W0367300

Moira Frank

NACHTSCHWÄRMER

MOIRA FRANK

NACHT
SCHWÄRMER

cbj

Sollte diese Publikation Links auf Webseiten Dritter enthalten, so übernehmen wir für deren Inhalte keine Haftung, da wir uns diese nicht zu eigen machen, sondern lediglich auf deren Stand zum Zeitpunkt der Erstveröffentlichung verweisen.

Dieses Buch ist auch als E-Book erhältlich.

MIX
Papier aus verantwortungsvollen Quellen
FSC® C014496

Verlagsgruppe Random House FSC® N001967

1. Auflage 2019
© Moira Frank 2019
Dieses Werk wurde vermittelt durch die
Literarische Agentur Michael Gaeb.
© 2019 cbj Kinder- und Jugendbuchverlag
in der Verlagsgruppe Random House GmbH,
Neumarkter Str. 28, 81673 München
Alle Rechte vorbehalten
Umschlaggestaltung: Geviert, Grafik & Typografie, Katharina Fusseder
Umschlagillustration: © Shutterstock
(EvaHeaven2018, Ryan Michael Wilson)
MI · Herstellung: UK
Satz & Druck: GGP Media GmbH, Pößneck
ISBN 978-3-570-16505-8
Printed in Germany

www.cbj-verlag.de

· 1 ·

ALS MEIN HALBBRUDER STARB, kauerte ich neunzig Kilometer entfernt vor dem Klo und wartete darauf, mich endlich zu übergeben. Ich war schon im Bett gewesen und dann doch noch mal aufgestanden, ungefähr in dem Moment, als Lukas am anderen Ende von Brandenburg den Reißverschluss seiner Jacke zuzog, die Tür des Gartenhäuschens schloss und seinem Tod entgegenging.

Es war nach Mitternacht und niemand außer mir wach. Sogar mein Vater, der oft noch um drei Uhr morgens an seinem Manuskript arbeitete, war früh ins Bett gegangen. Meine Stiefmutter hatte einen tiefen Schlaf, und Lily war auch kein Kindergartenkind mehr. Ich konnte ungestört vor dem Klo darauf warten, dass mein Magen die pürierte Gemüsesuppe vom Abendessen hergab.

Ich hatte mich auch nach sechs Jahren nicht dran gewöhnt, wie still der Neubau war. Der Boiler pochte nicht, die Dielen ächzten nicht unter unsichtbaren Schritten, und wenn jemand auf unserer gepflegten Straße gegrölt hätte, hätte ich es durch die doppelt verglasten Fenster nicht mitgekriegt. Ich hörte nur mich selbst ab und an vor Übelkeit stöhnen. In unserer alten Wohnung hätten meine Zähne geklappert, aber die Fußbodenheizung wärmte mir angenehm die Knie durch den

Pyjama. Auf den gepflegten Rasenflächen vor dem Badezimmerfenster lag eine weiße Schicht Märzfrost. Die Rosenbeete meiner Stiefmutter waren mit Tannenschnitt bedeckt und die Büsche mit Vlies aus dem Baumarkt umwickelt.

In dieser Nacht waren die Straßen im ganzen deutschen Nordosten vereist. Ich wäre gestorben, wenn ich jetzt ohne warme Leggings und Strickpullover vor die Tür gegangen wäre. Mein Kreislauf kriegte es im Winter kaum hin, meine langen Arme und Beine zuverlässig mit Körperwärme zu versorgen. Lukas hingegen war einer dieser Jungen, die nie frieren. Er hatte zum Beispiel betrunken eine Wette eingehen können, bei der er den ganzen Winter über nur Shorts trug, vom Oktober bis in den Februar, ohne sich eine einzige Erkältung zu holen. In dieser Nacht im März trug er, weil die Wette gewonnen war, lange Jeans, einen dünnen Windbreaker über einem Sweatshirt und Chucks, dunkelgrün und mit zu wenig Profil für den gefrorenen Boden auf den Sohlen. Wahrscheinlich zitterte er nicht mal.

Vor drei Wochen hatte ich auf Facebook eine Nachricht von einem wildfremden Typen geöffnet, der wissen wollte, ob ich zufällig an der rechten Hand nur vier Finger hätte. Was er natürlich absolut unmöglich wissen konnte. Er war achtzehn, ging in Prenzlau zur Schule und spielte Fußball in irgendeinem Dorfverein. Sein Profilbild zeigte einen großen, schlaksigen, attraktiven Jungen, der in der verschneiten ostdeutschen Pampa lässig an einem mit Eiszapfen gespickten Brückengeländer lehnte und mir mit einer Dose Vanillecola zuprostete. Blonde Locken, breites Grinsen. Er trug einen dicken Hoodie und Shorts, die knapp auf seine vor Kälte geröteten Knie reichten und vom letzten Sommer braun gebrannte Schienbeine bis an den Bildrand zeigten. Kein superseriöser erster Eindruck. Aber ich hatte mich drauf eingelassen, und der wildfremde Typ hatte sich als mein Halbbruder rausgestellt. Siebzehn Jahre Leben mit minimaler Verwandtschaft und null Ahnung, und plötzlich hatte ich einen Bruder, ich selbst, nicht irgendein Mensch mit einer total rührenden Story im Internet.

Während ich in der Wärme unseres energieeffizienten Neubaus hockte, mein Haar mit einer Hand im Nacken hielt und müde Speichel ins Klo spuckte, ging Lukas in der Kälte den Weg nach Hause. Er war ihn schon hundertmal gelaufen. Er war nicht besoffen genug, um sich zu verirren, und außerdem war es gar nicht stockdunkel. In der Uckermark lag die gleiche weiße Frostschicht wie in Berlin und ließ die hart gefrorenen, blanken Felder und die Straße zwischen ihnen schimmern. Er war der letzte Mensch auf dieser Straße. Vielleicht auf der Welt. Er hatte ja keine Ahnung, dass ich auch noch wach war. Dass wir zwei waren. Dass wir es noch ungefähr zehn Minuten sein würden.

Meine Augen fielen zu, irgendwann um diesen Dreh. Mein Kopf nickte schmerzhaft nach vorn. Mein Genick knackte leise, und ich zuckte zusammen und blinzelte in die leere Kloschüssel. Dann rappelte ich mich auf taube Beine auf, spülte, wusch mir den Mund aus und schlurfte auf mein dunkles Zimmer, an meinem mit Übungsklausuren und Lernheften bedeckten Schreibtisch und der mit sorgfältigen Notizen gefüllten Pinnwand vorbei. Kroch schwerfällig wie eine Sterbenskranke unter die Decke. Lauschte. Alles um mich herum war immer noch völlig still.

Angeblich spüren es ja manche Leute – Mütter, eineiige Zwillinge, Menschen, die ihr ganzes Leben tief verbunden sind. Es trifft sie auf der Arbeit und auf der Straße und schreckt sie in Schweiß gebadet aus dem Schlaf. Stunden, bevor der Anruf aus dem Krankenhaus kommt oder zwei müde Streifenpolizisten an ihrer Haustür klingeln, und obwohl sie Hunderte oder manchmal Tausende Kilometer weit vom Unfallort entfernt waren, wissen sie es schon.

Aber ich ahnte nichts. Ich fühlte keine wissenschaftlich unerklärliche kosmische Verbindung zwischen uns reißen. Dabei überfiel es mich seit drei Wochen ständig unpassend aus heiterem Himmel, die stromschlagartige Erkenntnis, dass ich jetzt einen Bruder hatte, dieser absolute helle Wahnsinn, und dass ich ihn treffen würde und mein ganzes Leben sich dadurch ändern würde. Mein erster Gedanke nach dem Aufwachen war an meinen Bruder, und mein letzter, bevor ich einschlief, auch. Außer diesmal. In fünf Stunden würde ich aufstehen und die Matheklausur schreiben müssen, von der meine Zulassung zum Abitur abhing. Das nahm mich langsam, aber sicher komplett in Beschlag. Während ich in meinem stillen Zimmer endlich in unruhigen Schlaf wegdämmerte, dachte ich nicht an Lukas, sondern nur daran, dass ich morgen versagen würde.

· 2 ·

EIN SPAZIERGÄNGER UND sein Hund fanden Lukas, noch ehe am Montagmorgen die Klausur auf allen Tischen lag. Das konnte ich mir später ausrechnen, weil es in der Zeitung stand. Wahrscheinlich hatte ich gerade mit zitternder Hand den soeben ausgeteilten Arbeitsbogen umgedreht.

Mathe und ich standen auf dem Kriegsfuß, seit wir in der ersten Stunde in der Grundschule im Chor einen Abzählreim aufsagen und dabei unsere Finger zählen sollten. Daran scheiterte ich, weil ich an einer Hand nur vier Finger hatte. Was ich dann meiner Klasse und der Lehrerin erst mal erklären musste. Und ab dann ging es nur noch abwärts. Mit Mathe und meinem Sozialstatus.

Ich kannte eine Menge Leute, die behaupteten, sie wären richtig schlecht in Mathe, aber keiner war so schlecht wie ich. Wenn mir jemand mit Kurven und Variablen und Prozenten kam, fror mir das Hirn ein. Ich hatte ein Riesenglück, dass die Kasse im Supermarkt, in dem ich jede Woche zehn Stunden aushalf, mir das Wechselgeld vorrechnete. Oder dass ich nicht im Kurs vom Jamek saß, der die Marker aus der Whiteboard-Ablage nach einem warf, wenn man sich zu dumm bei ihm anstellte. Selbst Ole hatte trotz aller Liebe aufgegeben, mir zu helfen.

Beim Durchlesen meiner in Hieroglyphen abgefassten Aufgabenblätter – *Die Zufallsvariable X ist binomialverteilt mit den Parametern* $n = 30$ *und* $p = 0{,}25$. *Berechne a)* $P(X = 10)$ *b)* $P(X \leq 10)$ *c)* $P(X > 5)$ *d)* $P(15 \leq X \leq 25)$ – hatte ich mein erstes Blackout. Im letzten Jahr waren es bloß diese kurzen, panischen Aussetzer gewesen, die jeder in der Schule mal hat, sogar Maren, die überall genial war außer in Sport. Der Schulstress, sagten alle, auch meine Hausärztin, die Menschen hasste und die ich deshalb möglichst selten aufsuchte. Gehen Sie raus an die frische Luft, schlafen Sie regelmäßig, ernähren Sie sich ausgewogen, die ganze Leier.

Doch seit die Klausurphase angefangen hatte, fuhr ich länger runter. Es war keine Ohnmacht, eher wie ein Roboter, dem der Saft aus ist. Ich fiel auch nicht vom Stuhl oder so, und wenn ich über meine Arbeit gebeugt saß, sah es so aus, als würde ich einfach sehr gründlich nachdenken.

Es hatte bislang noch keiner was gemerkt. Auch diesmal nicht, als ich wieder zu mir kam. Alle waren sehr beschäftigt mit Rechnern und Kugelschreibern und Handys unterm Tisch, und mir fehlten bloß sechs Minuten. Ich machte mich daran, auswendig gelernte Formeln hinzuschreiben. Da kamen manchmal ein, zwei Punkte bei zustande. Bei neuen Mathelehrern fügte ich eine Entschuldigung an, aber bei der Rehmann, die mich seit drei Jahren hatte, konnte ich mir das sparen. Dann wartete ich, bis Jana und Tarik abgegeben hatten, und brachte meine Klausur auch nach vorn. Rehmann kniff die Lippen zusammen und sagte nichts. Brauchte sie auch nicht, denn das war's für mich gewesen.

Immerhin, sagte ich mir, wie man sich das eben einredet, wenn gerade alles den Bach runtergeht, hatte ich es jetzt hinter mir. Vielleicht konnte ich heute Abend wieder was essen, ohne danach zu kotzen. Ich hängte mir meinen Rucksack um, verzog mich aus dem Klassenzimmer und setzte mich mit meinem Handy ins kühle, stille Treppenhaus.

Ich hatte gehofft, Lukas hätte mir geschrieben. Er wusste, dass heute die Klausur war. Ich hatte ihm schließlich genug damit in den Ohren gelegen. Er war der einzige Mensch, der von meinem Gejammer und meiner Mathedummheit noch nicht genug hatte, und das wahrscheinlich bloß, weil er mich noch nicht lang genug kannte. Er war selbst nicht besonders gut und hatte vorgeschlagen, eine Freundin von sich zu fragen, die da hochbegabt wäre. Aber mir hätte Laplace selbst nicht helfen können, und der hatte einen Teil von dem Mist erfunden, also hatte ich ihn bloß gebeten, mir die Daumen zu drücken.

Ich hatte keine Nachricht von ihm. Was aber okay war, immerhin schrieb er bald Abitur, und ich konnte ja nicht verlangen, dass er rund um die Uhr am Handy hing, nur weil ich Redebedarf hatte.

Ich schrieb: *Ich hab's vergeigt. Kann ich dich später anrufen?* Dann wartete ich, ob er die Nachricht jetzt gleich sah und mich anrief, und als er es nicht tat, weinte ich im Treppenhaus noch ein wenig um mein Abitur. Ich hatte früh abgegeben und jede Menge Zeit.

Abends rief ich ihn dann selbst an. Wir hatten schon viermal telefoniert, immer mehrere Stunden. Beim letzten Mal hatte er etwas von einem Projekt für den Sommer angedeutet, etwas, das mit Verschwörungstheorien zu tun hatte. Er stand auf so was – nicht, weil er es wirklich glaubte, sondern weil ihn faszinierte, dass andere es taten. Wie Menschen überzeugt sein konnten, dass die Erde in Wirklichkeit flach ist, weil man ja die Erdkrümmung nicht mit dem Auge sehen kann und weil das Wasser in den Weltmeeren drin bleibt statt wie an einem Ball runterzulaufen. Oder dass es in den USA keine Amokläufe gibt, sondern die von der Anti-Waffen-Lobby inszeniert werden und die trauernden Angehörigen bloß Schauspieler sind. Er hatte mir die wichtigsten Dokus für Einsteiger empfohlen, aber so was war mir selbst aus wissenschaftlicher Sicht zu abgefahren. Das war eher was für Spinner wie Isi, wo man nie so genau wusste, ob sie das ironisch glaubte oder ein bisschen in echt.

Er hatte mir nicht verraten, was genau er da anstellen wollte. Ich sollte es einfach abwarten, hatte er gemeint. Im Sommer würde ich das schon herausfinden, jedenfalls, wenn ich ihn wirklich besuchen käme. Er wohnte in einem kleinen Dorf mitten in der Pampa mit einem Badesee und Campingplatz um die Ecke. Auf den Fotos, die er mir geschickt hatte, war alles trist und graubraun in der leeren Jahreszeit zwischen Winter und Frühling. Im Sommer aber sehr schön. Eine Reise aus Berlin wert, meinte er.

Ich hätte nach diesem missratenen Tag nichts lieber getan, als mit Lukas den Sommer zu planen, doch er ging nicht ans Handy. Ich dachte an ihn, ehe ich einschlief. Nur war es natürlich schon zu spät. Ich hatte ihn eine Nacht vergessen, und er war gleich aus der Welt gefallen.

Am nächsten Tag war sein Profil verschwunden. Ich starrte lange auf den anonymisierten Account. Ich war kein Soziophobiker oder so. Ich hatte kein Problem mit Telefonaten.

Hotline-Anrufe machte bei uns im Haus grundsätzlich ich. Im November hatte ich für meinen vor Stress fast weinenden Vater sogar seine Agentin angerufen, um seine Deadline zu verschieben. Aber jetzt begannen meine Hände zu schwitzen, und mir wurde flau. Ich wählte in WhatsApp, wo er zum Glück noch war, seine Nummer, holte tief Luft und hielt das Handy ans Ohr. Die Mailbox sprang direkt an. Ich hinterließ ihm eine kurze und bemüht lässige Nachricht.

Da hätte ich es natürlich ahnen können. Ich weiß es im Nachhinein nicht. Vielleicht dachte ich bloß, er wäre von mir genervt, und Facebook konnte er einfach gelöscht haben, um seine Ruhe beim Lernen zu haben, oder weil heutzutage eh kaum einer, der nicht im Alter unserer Eltern war, noch auf Facebook herumhing.

Am Freitag übernachtete ich bei Ole. Zu dem Zeitpunkt machte ich mir schon solche Sorgen, dass ich abgesagt hätte, wenn ich ihn in den letzten Wochen nicht viel zu sehr vernachlässigt hätte. Es war unsere letzte Möglichkeit für ein gemeinsames Wochenende im März. Er fuhr gerade ständig mit dem Verein weg. Sie hatten es bis in die nächste Liga geschafft und repräsentierten jetzt ganz Berlin, und das machte mich natürlich auch stolz. Da hatten wir uns verliebt, beim Basketball. Ich hatte in der Oberstufenmannschaft der Mädchen gespielt, er bei den Jungs. Er war immer noch dabei, aber ich kam mit dem ganzen Stoff fürs Abitur einfach nicht hinterher, um auch noch Zeit für Sport zu haben. Seit den Weihnachtsferien machte ich jetzt Pause. Ich war ohnehin kein Überflieger wie Ole.

Wir waren in den Winterferien zusammengekommen, kurz nach Neujahr. Eigentlich war es an Silvester schon klar gewesen. Maren, Katta, Isi und ich hatten Sekt getrunken, einen Haufen Raketen und Knallfrösche in die Nacht geschickt und waren weiter durchs Viertel zu Friedrichs Party gezogen, und am Ende der Nacht hatte Ole mich auf der von geschwärzten Böllerresten übersäten Straße geküsst.

Heute waren seine Eltern im Theater und wir hatten das Haus für uns. Statt Pizza zu bestellen, hatte er vegetarische Carbonara mit Erbsen und Spinat für mich gekocht. Wenn er wollte, konnte er gut kochen, aber ich bekam nicht viel runter. Es war wie vor der Klausur, nur schlimmer.

Wir stritten uns deswegen, oder eher er mit mir. Ich müsse endlich aufhören, mich wegen Mathe fertigzumachen. Als wir schließlich schlecht gelaunt vorm Fernseher saßen und durch Netflix blätterten, stand er seufzend noch mal auf, ging in die Küche und machte mir einen der fürchterlich riechenden entschlackenden Kräutertees, auf die seine Mutter schwor. Er stellte ihn mir hin und küsste mich, und da hätte ich es ihm fast gesagt. Aber ich hätte ihm auch erklären müssen, warum ich das nicht schon vor drei Wochen getan hatte, und da beschäftigte ich mich lieber damit, meinen Tee in kleinen Schlucken runterzuwürgen.

Es war nicht nur Ole, der nichts von Lukas wusste. Ich hatte es niemandem erzählt. Nicht mal meinen besten Freundinnen, und schon gar nicht meinem Vater. Seit drei Wochen kein Wort. Was für andere sicher komplett verrückt klingt. Ist doch absolut fantastisch, plötzlich einen Bruder haben. Das muss man doch groß feiern. Das muss man allen sagen.

Natürlich hätte ich ihnen gleich die erste Nachricht von ihm vorlesen können, aber das war einfach nicht meine Art. Klar, ich wollte es ihnen sagen. Bald sogar. Aber erst mal wollte ich ihn in Ruhe kennenlernen. Siebzehn Jahre aufholen und dann weitersehen. Und wenn mich im Februar Leute fragten, warum ich so gut drauf war, sagte ich ihnen, dass es keinen bestimmten Grund hätte, und Ole sagte ich, dass ich ihn einfach liebte. Warum es mir jetzt so schlecht ging, fragte keiner. Dass jeder Grundschüler in Mathe besser war als ich, war ja allgemein bekannt.

Am Wochenende wurde es deutlich wärmer. Julia holte die Tannenzweige von den Beeten und wickelte das Vlies von den Büschen. Am Samstag war ich in dünner Jacke statt Winterparka unterwegs, und an den Hecken im Neubaugebiet zeigte sich jetzt das erste zarte Grün, das am Montag noch der Frost versteckt hatte. Als wir am Sonntag zusammen am Frühstückstisch saßen, schien die Sonne frühlingswarm in den Garten.

Das gemeinsame Frühstück stand so auf der Familienagenda. Julia sorgte dafür, dass mein Vater und ich uns nicht davor drückten, was mein Vater meist wegen dem Schreiben tat – wenn er einmal richtig dabei war, hörte er nur wieder auf, wenn es wirklich lebensnotwendig war – und ich, weil ich Teenager war und Besseres zu tun hatte. Heute war die halbe Stunde, die wir mindestens gemeinsam verbringen mussten, besonders zäh. Julia filterte Lily, die neun war und immer noch kein Fruchtfleisch mochte, den Orangensaft durch ein Teesieb und zog nebenbei meinem Vater Details über sein Manuskript aus der Nase, zu dem er dringend zurückwollte. Ich sah ihn unterm Tisch nervös mit den Knien zucken, als stünde ihm die Deadline genauso im Nacken wie mir der Gedanke an Lukas. Ich versuchte mich derweil lustlos an einem Croissant und fuhr erst hoch, als mein Handy klingelte.

Julia bedachte mich quer über den Tisch mit einem tadelnden Blick, den sie als Richterin sauber draufhatte, weil ich es überhaupt in die medienfreie Zone mitgebracht hatte, und ich sprang so schnell auf, dass ich mein Croissant vom Teller warf und meinen Stuhl gegen die Kommode knallte. Meine Familie starrte mich an. Ich stammelte eine Entschuldigung und verschwand in den Flur. Dort nahm ich zittrig das Gespräch an. Ich hatte Herzrasen.

»Hey!«, keuchte ich ins Handy. »Ich dachte, dir ist was –«

»Hier ist Christoph Weber«, unterbrach mich eine fremde Männerstimme. Ruhig und müde. Die Tonlage allein – sie zog mir den Boden unter den Füßen weg. Und da wusste ich es. In dem Moment spürte ich es. »Lukas ist in der Nacht auf Montag tödlich verunglückt. Ich habe die Löschung dieser Nummer beantragt, und sie wird dann neu vergeben. Ruf also bitte nicht wieder an.«

Ich war auf der Treppe erstarrt, das Handy ans Ohr gedrückt, den Mund geöffnet. Die Welt um mich herum war weg. Als hätte irgendwo eine göttliche Hand die Stopptaste gedrückt.

»Ich habe eure Nachrichten gelesen«, sagte Lukas' Vater. »Lösch sie bitte alle und nimm keinen Kontakt zu meiner Familie auf. Wir trauern.« Dann legte er auf.

Es war wie kurz bevor ich aus meinen Blackouts erwachte – oder bevor sie einsetzten. Julia kam nach mir sehen, und ich hörte mich erzählen, dass ich mich nicht gut fühlte und mich hinlegen würde. Sie dachte, glaube ich, dass irgendwas mit Ole war. Ich schloss mich auf meinem Zimmer ein und suchte mit meinem Handy im Internet. Meine Hände zitterten so sehr, dass ich ständig daneben tippte.

Ich hätte ihn schon viel eher googeln sollen, weil er nämlich seit fast einer Woche durch die Lokalpresse gereicht wurde. Überall wurde das gleiche leicht unscharfe Bild von ihm verwendet: ein Ausschnitt aus einem Gruppenfoto, vielleicht ein Familienporträt, er, unsere Mutter und sein Vater auf einer Gartenparty, Lichter im Hintergrund. Lukas lächelt in die Kamera, sympathisch, freundlich, ein Junge mit Zukunft, nicht der Spinner, der mit nackten Beinen im Schnee steht und grinst.

Am dritten Tag hatten wir uns neunzig Kilometer voneinander entfernt vor eine weiße Wand gestellt, Selfies gemacht und sie verglichen. Er war eins neunzig und ich eins zweiundachtzig, die größte aus meiner kleinen Familie. Laut Isi zwei Meter ohne Arsch und Titten. Aber wir hatten auch die gleichen Augen. Weit auseinanderliegend und leicht länglich wie die unserer Mutter, als wären unsere Vorfahren irgendwo aus dem Osten. Seine waren grün. Auf dem Foto kamen sie selbst auf einem kleinen Handydisplay richtig gut zur Geltung.

Die Polizei hatte eine Fahndung ausgeschrieben und riet Radfahrern und Fußgängern zum Tragen von reflektierenden Schutzwesten nach Einbruch der Dunkelheit. Eine Bürgerinitiative aus dem Nachbarlandkreis verlangte den Bau von Fahrradwegen. Ich überflog das alles, während mein bewusstes Denken mich verließ: *Fahrerflucht, 18-jähriger Schüler, Morgenstunden, fehlende Fußgängerwege, grüne Lacksplitter, sofort tot.* Fast wie ein Gedicht. Ich stand auf, ging ins Bad, erbrach mich und hatte mein bisher längstes Blackout.

· 3 ·

OHNE MUTTER UND MIT nur drei Fingern und einem Daumen an der rechten Hand hätte ich exzentrisch sein können. Aber ich traf eine bewusste Entscheidung, es nicht zu sein, und das brachte nie etwas ins Wanken. Meine engsten Freundinnen nicht und mein erster Freund nicht und kein Lehrstück darüber, wie toll Besonderssein ist und dass unsere Einzigartigkeiten uns doch erst so richtig zum Menschen machten.

Manchmal hatte ich das Gefühl, dass die Leute mir übel nahmen, dass ich meine fehlgebildete Hand nicht zu meinem Markenzeichen machte oder zum Party-Gag. Als hätten sie selbst dieses Defizit kreativer eingesetzt. Aber in meiner ersten Schulwoche hatte ein Junge herumerzählt, ich wäre ein Alien, bis einer noch kreativer war und meinte, ich hätte Lepra. Ich wusste nicht, was das hieß, nur, dass es wirklich schlimm war. Ich schlug es in einem Wörterbuch von meinem Vater nach, weil ich mich nicht traute, ihm davon zu erzählen. Nach den Ferien kam ein Mädchen in unsere Klasse, das mit ihrer Familie in Wohnwagen vor der Stadt lebte, bevor das Amt sie da wegjagte. Während sie die mobbten, vergaßen sie zum ersten Mal, bei meinem Anblick kreischend wegzurennen. Von wegen, Kindern wird so was irgendwann langweilig.

Als wir in Bio zum ersten Mal DNA drangenommen hatten, hatte mich Herr Römer nach vorn ans Pult kommen und meine Hände hochhalten lassen, um der Klasse zu zeigen, was ein winziger Genfehler auslösen konnte und was für Glück ich doch gehabt hatte. Ich hätte verkürzte Beine haben können oder überhaupt gar keine Finger, denn die Launen der Natur wären unergründlich und selbst die unter uns, die ganz normal aussahen, trügen vielleicht das Potenzial für deformierte Kinder mit sich. Dafür hätte er mir wenigstens eine Zwei geben können, fand ich.

Ich zeigte meine Hand nicht herum und ich erklärte sie niemandem, der nicht explizit danach fragte (*O-li-go-dak-ty-lie, vererbt,* sagte ich dann), und das tat zum Glück auch fast niemand. Es machte die Leute verlegen. Ole hatte mir versichert, dass er meine Hand toll fand, *besonders,* aber inzwischen hielt er trotzdem meine linke, weil er wusste, was mir lieber war.

Meine fehlende Mutter sah man mir wenigstens nicht an. Sie hieß Anja, und nach siebzehn Jahren kannte ich so viele Anjas, dass ich nicht mal zuerst an sie dachte, wenn ich den Namen hörte. Ich besaß nichts von ihr, keinen Brief, kein Foto. Sie hatte mir nichts mitgegeben außer meinen kleinen Genfehler und meine Größe, und ich hatte auch ihr Haar, glatt und hellbraun mit Rotstich, der im Sommer stärker wurde, als brenne die Sonne ihn hinein.

Solang ich denken konnte, bestand meine Familie aus mir, meinem Vater und seiner durchgeknallten Mutter, die wir einmal im Jahr in Kassel besuchen fuhren und die mir jedes Weihnachten einen zu einem Origami-Kranich gefalteten Zwanziger in einer weißen Pappkarte schickte. Ansonsten waren da noch ein paar entfernte Verwandte, die durch die halbe

Welt verstreut wohnten. Ich wusste, dass es sie gab, aber das war's dann auch.

Isi meinte, für Männer wäre es leicht, ein Kind zurückzulassen, denn sie gäben nur das Sperma und das Kind wuchs nicht in ihrem Körper und aus ihrem Fleisch und Schweiß. Dass es mehr Sinn machte, wenn Eva zuerst erschaffen und der Mann aus ihrer Rippe geschnitten worden war.

Aber meine Mutter hatte es auch hingekriegt. Sie war kurz nach meiner Geburt nach Berlin gekommen und hatte mich meinem Vater gegeben, weil sie mich nicht selbst großziehen konnte. Ich war ungelegen gekommen, wie ein Paket, während man unter der Dusche steht, oder die Periode im Schwimmunterricht. Oder auf der Party von Christine versehentlich die Tür ins Elternschlafzimmer öffnen und einen aus der Oberstufe zwischen Isis Beinen vergraben sehen. Ich hatte das nie ganz verstanden, aber ich hatte es akzeptiert. Denn logisch hatte ich lieber nur meinen Vater als Elternteil, der mich dafür wirklich wollte. Als der Vater von Vincent aus meiner ersten Gymnasialklasse gefeuert worden war – sein Chef hatte sich bei irgendwelchen Geschäften verzockt und Leute abgesägt, um die Firma zu retten –, hatte er eine Axt aus der Garage geholt und versucht, seine Frau und seinen Sohn zu erschlagen, statt sich einfach scheiden zu lassen. Das war wochenlang in allen Zeitungen gewesen. Reporter hatten vor unserer Schule gelauert, bis sogar die Polizei kam. Vincent hatte nach der Reha die Schule gewechselt. So was gibt einem Perspektive.

Mein Vater studierte im zweiten Semester Literatur und Psychologie und schrieb an seinem ersten Buch, als er ein Baby bekam. Seine Mitbewohner stimmten über meine Aufnahme in die WG ab, wie sie es auch über Partys oder Stromanbieterwechsel machten. Sie räumten ein Regal für Milchpulver und Brei frei und hängten einen Babysittingplan neben die Putzuhr. Sie entrümpelten die Abstellkammer, tapezierten die kaputten Wände neu und richteten mir darin ein Kinderzimmer ein. Zehn Jahre lang wohnte ich da, und es war ehrlich ein tolles Zimmer, Abstellkammer hin oder her.

Ich redete heute nie über meine WG-Kindheit, obwohl sie völlig in Ordnung gewesen war. Aber eben auch exzentrisch und schwer zu erklären. Ständig waren Leute in unser Leben und unsere Wohnung rein und wieder raus spaziert wie in einen Imbiss. Wenn es ihnen gut gefiel, blieben sie länger. Filipe zum Beispiel, der noch da wohnte, als wir nach zehn Jahren auszogen, und der mir am Kanal Angeln und in der WG-Küche Fische ausnehmen beigebracht hatte, oder Alina, in deren Zimmer es dick nach Patschuli und Salbei und angesengten Streichhölzern roch. Sie hatte mir aus Hühnerknochenresten einer Familienpackung Chicken Wings meine Vergangenheit gelesen (tragisch) und aus meinen Handflächen meine Zukunft (geheimnisvoll, aber vielversprechend). Die anderen gingen, wenn sie mit dem Studium fertig waren oder sich verliebt hatten oder sie einfach die Nase voll von der Wohnung mit ihren ganzen Macken hatten, und als mein Vater Julia traf, gingen auch wir.

Ich war gerade durch mit der Grundschule, als sie sich auf einer seiner Lesungen trafen. Mein Vater, der in zehn Jahren vier mäßig erfolgreiche Bücher veröffentlicht hatte und für ein Käseblatt Kolumnen schrieb, las an Wochenenden überall, wo man ihm ein paar Euros zahlte, Geschichten über drogenabhängige Privatdetektive und mordlüsterne Frauen. Ich saß dann immer in der letzten Reihe und lernte wichtige Dinge über das Leben aus Mädchenzeitschriften und wartete darauf, dass wir danach Falafel essen gingen.

An diesem Abend nahmen wir eine Frau mit zum Türken, und noch bevor ich trotz schlechter Mathenoten aufs Gymnasium kam, zogen wir zu Julia in das große Haus mit Garten am Stadtrand. Sie hatte eine kleine Tochter und ein Vermögen, war sechs Jahre älter als mein Vater und Richterin für Familienrecht, was ironisch war, denn ihr Mann hatte sie für seine Praktikantin verlassen und die Familienverhältnisse von mir und meinem Vater waren ja auch nicht gerade geordnet. Aber es machte ihr nichts aus.

Mein Zimmer in dem neuen Haus war so riesig, dass ich gar nicht wusste, was ich da alles reinstellen sollte. Wir hatten zum ersten Mal Geld. Auf der neuen Schule war niemand von meiner alten. Ich legte meine Kindheit ab wie ein ungeliebtes, aber wichtiges Kleidungsstück, das man nicht einfach wegschmeißen kann und deshalb ganz hinten in einer Tüte in den Schrank legt, und fing ganz neu an. Ich kriegte die Kurve, in der andere hängen blieben. Isi zum Beispiel mit ihren Bindungsängsten und ihren Lovern, von denen manche zehn Jahre älter waren als sie.

Ich war ganz normal geworden, allen Voraussetzungen zum Trotz. Ich kam mit meiner Familie klar, ich hatte meinen ersten richtigen Freund und ich war, von Mathe einmal abgesehen, ganz okay in der Schule. In Geschichte und Kunst zeigte ich sogar so was wie echte Begabung, auch wenn das natürlich Schwachsinnsfächer waren, die keinen interessierten. Was konnte ich mir davon kaufen, die Kursbeste in Geschichte zu sein? Und mein Vater war das beste Beispiel dafür, dass man, um von Kunst leben zu können, erstmal fünfzehn Jahre auf der Stelle treten muss. Dann schrieb Lukas Weber Nummer 61 von seiner Liste von Helenas aus Berlin: *Hey, komische Frage von einem fremden Typ, aber hast du vielleicht nur neun Finger?* Und selbst die Erkenntnis, dass meine Mutter fremdgegangen war und mich Kuckuckskind nicht haben wollte, traumatisierte mich nicht. Weil ich jetzt einen Bruder hatte. Bis ihn ein Autofahrer im Dunkeln übersah.

Ich versuchte es echt. Ich versuchte es wochenlang. Aber ich fand nicht zurück in mein mühsam erkämpftes normales Leben. Nicht nach Lukas. Er hatte alles geändert. Er hatte mich geändert. Drei Wochen hatten genügt. Ich ging kaputt, und es war mir egal, wie das klang, denn es war die Wahrheit.

· 4 ·

REHMANN BEHIELT MICH in der nächsten Woche nach Mathe da. Ja, sie hätte sich meine Klausur als erste angeschaut. Ich hatte nicht bestanden und meine dummen Nachfragen im Unterricht reichten auch nicht für eine gute mündliche Note. Sie könne mich so ganz einfach nicht zum Abi zulassen, und ihrer Meinung nach täte es mir gut, ein Jahr zu wiederholen.

»Ihre gravierenden Defizite in Mathematik sind nicht innerhalb eines Jahres zu schließen«, hatte sie gesagt, als wäre ihr das genauso unangenehm wie mir. Ich konnte ihr ansehen, dass sie die ganze Zeit überlegte, ob sie über den Tisch greifen und meine Hand tätscheln sollte. Ich sah vielleicht aus wie ein Mädchen, das bei allem heult, aber ich tat das privat. Also nickte ich nur, als sie sagte: »Tun Sie sich den Gefallen und nehmen Sie sich noch ein Jahr Zeit.«

Alle schwirrten sie um mich rum und übertrafen sich mit ihrer Betroffenheit. Katta heulte sogar. Sie war so ein Mädchen. Maren schlug mir vor, die Note anzufechten. Isi wollte Rehmann die Reifen ihres Elektrobikes zerstechen, das sie immer mit zwei dicken Kettenschlössern am Lehrerparkplatz anschloss. Ole war bis zum Schluss der Meinung, dass Rehmann zwar eine alte Schlampe sei, aber mich nicht durchfallen lassen würde. Mein Vater, der seine Deadline wieder einmal verschoben hatte, tauchte aus seinem Arbeitszimmer auf, klopfte mir auf die Schulter und erzählte mir, wie er damals in der fünften Klasse sitzen geblieben war und wie viel entspannter danach alles gewesen sei. Lily, der ich im Alltag ziemlich egal war, wenn ich sie nicht gerade babysitten musste, malte mir ein Bild, auf dem ein sehr großes weinendes Mädchen mit lauter glitzernden Herzchen überhäuft wird. Ich hängte es innen an meine Schranktür.

Ich hörte mir das alles an, doch es war mir eigentlich fast egal. Dann würde ich eben meinen Freundinnen zusehen, wie sie Abi machten und zu Work and Travel nach Australien und dann ins Studium aufbrachen, während ich zwischen lauter Siebzehnjährigen hockte und versuchte, endlich Mathe zu verstehen. Was spielte das jetzt noch für eine Rolle?

Lukas und ich hatten siebzehn Jahre gleichzeitig in dieser Welt existiert, ohne zu wissen, dass es den anderen gab, bloß neunzig Kilometer voneinander entfernt. Ich hätte ihm in Berlin über den Weg laufen können, ohne ihn zu erkennen. Vielleicht hatten wir die gleichen Festivals besucht. Wir konnten in den gleichen Clubs gewesen sein und im Morgengrauen betrunken lachend über die gleichen schäbigen Flohmärkte gelaufen sein, ich als Einheimische und er als Tourist, ohne dass einer von uns es je erfahren hatte.

Ich war eins dieser glücklichen Kinder gewesen, in dessen kleiner Familie nicht gestorben wurde. Der kosmische Ausgleich für meine durchgebrannte Mutter, hätte Isi gesagt. Bei Isi war alles kosmisch. Weil ich die Allergie meines Vaters geerbt hatte, hatten wir auch keine richtigen Haustiere, nur ein Aquarium in der WG-Küche, dessen Fische so häufig kamen und gingen, dass sie nicht richtig zählten. Vielleicht hätte ich damit umgehen können, wenn ich gelernt hätte zu trauern. Wenn ich mir unter dem Tod etwas Realeres hätte vorstellen können als in Papierservietten gewickelte tote Fischchen und das, was ich aus Büchern und Serien kannte.

Aber ich konnte mir ja kaum vorstellen, überhaupt einen Halbbruder gehabt zu haben. Dass es diesen Menschen wirklich gegeben hatte. Wenn er schon als Baby gestorben wäre oder am anderen Ende der Welt gewohnt hätte, dann hätte ich wenigstens überhaupt nicht die Möglichkeit gehabt, ihn kennenzulernen. Aber er war älter als ich gewesen. Er hatte es gerade eben bis ins Erwachsenenleben geschafft, und dann war er einfach so gestorben. Es braucht nichts Großes und Schreckliches wie Krebs oder einen Anschlag. Ein Reh vorm Auto reicht. Oder im Dunkeln übersehen werden.

Ich hatte es immer noch niemandem erzählt. Wahrscheinlich war sein Vater der einzig andere Mensch auf der Welt, der wusste, dass wir uns gekannt hatten. Anfangs hatte ich gedacht, ich bräuchte sicher nur eine Weile für mich. Zum Verarbeiten. Dann würde ich es Maren erzählen – Maren war die Vernünftige, die Realistin, die beste Trösterin – und dann Katta, weil die die Klappe besser halten konnte als Isi. Aber einen Monat später hatte ich es immer noch nicht getan. Und dann irgendwann war es einfach zu spät. Ich hatte zu tun, mit der Schule und so, und ich hoffte, dass das vielleicht alles doch nur ein Albtraum war, aus dem ich irgendwann aufwachen konnte. Der Gedanke an Lukas hing jeden Morgen über mir wie eine Regenwolke über einer depressiven Cartoonfigur, aber ich kriegte es nicht hin, darüber zu reden, und alle dachten, es wäre das in die Ferne rückende Abitur. Das war die beste Ausrede, die ich mir wünschen konnte. Helena hat keine Lust aufs Rumhängen? Klar, sie ist sitzen geblieben. Helena ist schon wieder krank gemeldet? Sie schafft ja das Abi nicht. Helena und Ole sind nicht mehr das Traumpaar? Logisch, schließlich haut er in einem Jahr ab.

Es wurde Sommer. Am letzten Tag vor den Ferien fiel ich dann auf dem Höhepunkt meiner Blackouts tatsächlich in Ohnmacht.

Wir bekamen unsere Zeugnisse im Theatersaal, der einzige Raum, wo die Oberstufe ganz reinpasste. Hundert schwitzende, zappelige Jugendliche, die in die Ferien wollen. Deo, Schweiß, Linoleumputzmittel. Und als Katalysator die Mittagssonne, die durch die hohen Fensterscheiben knallte. Irgendwer hatte die alle auf Kipp gestellt, aber es waren trotzdem die Tropen. Ich saugte mehr Feuchtigkeit als Luft in meine Lungen. Das Tanktop klebte mir am Rücken und unter den Armen, und meine nackten Oberschenkel schienen mit dem Stuhlrand zu verschmelzen.

Links neben mir hüpfte Isi auf ihrem Stuhl auf und ab, dass mir davon schlecht wurde. »Wird das heute noch was?«, zischte sie. Dass sie eigentlich Rücksicht auf meine schlechte Verfassung nehmen wollte, hatte sie schon wieder vergessen. »Ich hol mir das Scheißteil gleich selber. Spar ich mir das Gelaber.«

An unserer Schule muss man vor den Ferien eine Abschlussveranstaltung besuchen, nach dem Motto *Wir legen hier Wert auf Gemeinschaft*. Der Schulleiter und ein paar Lehrer redeten sich den Mund fusselig, dann wurden besondere Leistungen mit Rosen geehrt, die in einem billigen Strauß in einer Vase am Bühnenrand auf ihre Verteilung warteten, und dann konnte man sich endlich die Zeugnisse abholen.

In der Mittelstufe waren die Reden harmlos gewesen. Frau Ahlers, die wenigstens witzig war, ermunterte uns, gute Taten zu tun, als seien wir alle Pfadfinder, und Giese, der Alki, erklärte, dass uns die Schule mit frischer Begeisterung fürs Lernen zurückerwartete. Im letzten Jahr, als wir vor unserem ersten Jahr Oberstufe standen, war der Ton ernster geworden. Das folgende Jahr sei die Weichenstellung für unsere berufliche Karriere. Wir müssten selbst Verantwortung für unsere Zukunft übernehmen. Und tatsächlich waren wir alle nervös geworden. Weil das Abitur plötzlich zum Greifen nah war.

Vorn am Rednerpult schloss der stellvertretende Schulleiter das Mikro an, assistiert von einem hilflos dreinblickenden Schüler aus der ersten Reihe. Die Vase mit den Rosen, die dieses Jahr weiß statt rot waren, stand schon am Bühnenrand. Maren würde wie jedes Jahr eine für ihre Noten kriegen – alles 14 oder 15 Punkte, außer in Sport – und Katta eine für die Kreismeisterschaft im Basketball. Dafür hatte ich auch mal eine gekriegt, letztes Jahr, als ich den entscheidenden Korb im entscheidenden Spiel der Kreisliga gemacht hatte, ein Sprungwurf von ganz hinten kurz vor Abpfiff. Ich konnte mir noch das Brennen in meinen Armen und Händen von der Wucht des Wurfs vorstellen und das befriedigende, sichere Aufkommen meiner Turnschuhe auf dem Hallenboden, und ich sah den Ball immer noch – ich hatte gerade noch rechtzeitig hingesehen – perfekt ins Netz gehen. Er hatte nicht mal den Ring geschüttelt. Die Leute waren *durchgedreht*.

»Es ist erst Serienmord ab drei«, sagte Isi und boxte Katta, die ihr bestes öffentlichkeitswirksames oranges Shirt mit dem

Aufdruck *Kein Mensch ist illegal* trug, in den Arm. »Komm, fünf Euro! Ich würd's ja selbst machen, aber mich ehrt ja nie einer.«

Bei der letzten Verleihung war Katta, die bei so was immer in Panik geriet, filmreif gestolpert und hatte die Vase mit einem Tritt quer über die Bühne befördert. Daraufhin mussten dann erst mal zehn Minuten lang Scherben aufgesammelt und Wasser gewischt und Rosen gerettet werden.

»Für was denn auch?«, knurrte Katta zurück.

Ich hörte ihr Gekabbel kaum. Im Saal flimmerten winzige weiße Punkte. Mein Herz trommelte gegen die Rippen, dass ich es im ganzen Bauch fühlte. Bei jedem Atemzug bekam ich weniger Luft in meine Lungen. Ich holte dreimal mehr Luft und es half nichts. Als hätte ich das Atmen verlernt. Als hätten meine Mitschüler den ganzen Sauerstoff verbraucht.

Eine Rückkopplung kreischte durch den Saal. Alle fuhren erschrocken hoch. Maren, die auf Festivals Ohrstöpsel trug, hielt sich die Ohren zu, als würde es gleich noch mal lärmen. Isi buhte. Der Schulleiter lehnte sich übers Mikrofon, tippte entschuldigend ein paar Mal drauf, räusperte sich und fing an. Ich kriegte zum Glück nicht mehr als seine Begrüßung – »Liebe Schülerinnen und Schüler, liebes anwesendes Kollegium …« – mit, denn danach wurde mir tief und endgültig schwarz vor Augen.

· 5 ·

MEINE HAUSÄRZTIN WAR SO SCHLECHT gelaunt wie immer. Als kotze sie nichts mehr an, als einen Patienten behandeln zu müssen. Während sie mich an ein Gerät kabelte, das Herz und Puls aufzeichnete, meinen Blutdruck maß, mir mit einer Stiftlampe in die Augen leuchtete und mir Blut abnahm, ratterte sie ihren Fragebogen runter. Ob ich genug getrunken hatte? Medikamente nahm? Drogen? Ob ich Stress in der Schule hatte? Stress zu Hause? Stress mit meinem Freund?

Allein deswegen kann ich nicht empfehlen, ohnmächtig zu werden. In romantischen Filmen ist es elegant und dramatisch, aber im echten Leben wachst du mit einem Mordsschädel auf und hast dir, wenn du richtig Pech hast, auch noch in die Hose gemacht. Und das war auch das Einzige, vor dem ich bewahrt worden war.

Wenn ich nach links gekippt wäre, wäre ich auf Isis Schoß gelandet, der zwar knochiger als Kattas oder Marens war, aber definitiv nicht der Boden. Aber ich war nach rechts in den Gang gekracht und auf dem gummiartigen Linoleum zu mir gekommen, mit butterweichen Knien, staubtrockenem Mund und den widerwärtigsten Kopfschmerzen meines Lebens. Ich hätte nicht gedacht, dass irgendwas mal den Kater nach Isis Vierzehntem schlagen könnte (ich hatte fast eine ganze Flasche Malibu getrunken und ein ganzes Jahr lang nicht mal in Shampoo Kokosnuss riechen können, ohne dass mir speiübel wurde). Isi selbst kniete schon neben mir. Ole drängte sich durch die Reihen zu mir durch, und der ganze Rest machte die Hälse lang und stellte sich auf die Stühle, um zu glotzen, und irgendein Arsch hatte ziemlich sicher gefilmt.

Ole war im Saniraum bei mir geblieben, bis mein Vater gekommen war, um mich zum Arzt zu fahren. Ich hatte inständig gehofft, dass Julia mich vom Gericht abholen kam, denn bei ihr konnte man sich darauf verlassen, dass sie von Blinker und Bremse Gebrauch machte. Aber mein Vater stellte wenigstens nicht zu viele Fragen. Gerade hockte er im Wartezimmer und kritzelte in sein Notizbuch, weil mein Ohnmachtsanfall ihn so ungelegen aus seiner Schreibzeit gerissen hatte.

Meine Ärztin schrieb meinen Namen auf die Blutproben, verstaute sie im Mini-Kühlschrank, setzte sich hinter ihren Computer und blaffte mich über den Bildschirm an: »Kur.«

Ich: »Was?«

»Sie müssen auf Kur. Gute Luft. Vernünftiges Essen. Erholung. Sie haben jetzt Ferien?«

Ich nickte vorsichtig. Mein Kopf war das, was gerade am meisten wehtat. Ich hatte im Saniraum eins dieser blauen Kühlpacks dafür bekommen, aber das hatte längst Raumtemperatur.

»Verreisen Sie.« Ein mahnender Zeigefinger. »Innerhalb Deutschlands. Keine Flüge. Keine langen Busreisen. Sie sind zu dünn, Mädchen. Und zu blass. Es ist Sommer. Gehen Sie raus. Vermeiden Sie Stress. Eine Woche weder Fahrrad noch Fahrschule. Ich verschreib Ihnen Vitamine, etwas für den Kopf, was für den Blutdruck und außerdem

Gesprächstherapie. Schauen Sie sich's mal an. Jeder Bundesbürger sollte mindestens einmal die Couch aufsuchen. Mein Vorschlag für den innerdeutschen Frieden.«

Sie druckte mir einen Haufen Zettel aus, kabelte mich ab und entließ mich.

Den Rest des Tages verbrachte ich mit verschreibungspflichtigen Schmerztabletten und einem Kühlpack zu Hause auf dem Bett. Ich faltete meine Hände auf dem Bauch und lag dann da wie aufgebahrt. Ich machte mir nicht mal Musik an oder ein Hörspiel oder so. Ich driftete einfach vor mich hin. Dachte an alles und an nichts. Die Tabletten waren echt heftig.

Ole kam um sieben von seinem Spiel zurück, wegen dem er mich nicht zum Arzt hatte begleiten können. Ich hörte ihn unten im Garten mit Julia reden, die in einem ihrer Beete grub. Ich hatte die Tür zu meinem winzigen Balkon geöffnet, auf dem ich im Sommer meine Sukkulenten zog. Inzwischen war die Luft abgekühlt. Es roch nach gemähtem Rasen und Grillkohle. In den Nachbargärten liefen die Sprinkler, und auf dem Feld hinterm Neubaugebiet kickten ein paar Kinder in der Dämmerung einen Fußball hin und her. Ihr Geschrei hallte bis zu uns hoch. Mein Vater war in sein Manuskript vertieft. Ab und an hörte ich Julia unten mit einer Schere knipsen und Erde mit der Handschaufel festklopfen. Ein schöner Sommerabend am Berliner Stadtrand. Ich hätte auch da draußen sein sollen.

Ole kam die Treppe raufgejoggt und klopfte an, bevor er reinkam. Ich sah ihm sofort an, dass sie gewonnen hatten, auch wenn er wegen mir besorgt guckte. Er hatte nach dem Spiel geduscht und ein frisches weißes T-Shirt angezogen, das seine Sonnenbräune betonte. Als wäre er schon im Urlaub gewesen. Nur sein unter dichtem blondem Haar frisch ausrasierter Nacken war noch blass. Auf seinem Schlüsselbein blitzte die Kette, die ich ihm zum Geburtstag geschenkt hatte, kleine ineinander geflochtene Metallglieder, nicht assig, aber auch nicht schwul. Es ließ ihn irgendwie abgebrüht aussehen.

Er hatte mir von unten eine kalte Fruchtschorle mitgebracht. Das hatte ihm sicher Julia gesteckt. Sie hätte echt gern einen Sohn gehabt, und Lily war verknallt in ihn, seit ich ihn im Februar zum ersten Mal mit nach Hause gebracht hatte. Mein Vater hatte die Stirn gerunzelt, als ich ihm gesagt hatte, dass Ole keine Bücher las, aber das war es auch gewesen. Er musste nicht wie Romeo bei Julia durchs Fenster reinklettern. Er hatte einen eigenen Becher mit Zahnbürste im Bad und eine Schublade in meiner Kommode. Inzwischen durfte er sogar bei mir schlafen. Nicht, dass wir oft hier Sex hatten. Ich hatte immer Angst, dass Lily was hörte. Aber ich hatte nie ein hochpeinliches Gespräch mit meinem Vater oder Julia führen müssen.

»Kur?«, wiederholte Ole, nachdem er mir von seinen drei Körben und ich ihm von meinem Arztbesuch erzählt hatte. Er nahm meine Hand, die linke. »Machen das nicht bloß überforderte Mütter?«

Ich zog eine Grimasse. »Sehr witzig.«

»Ich mach doch nur Spaß.«

Er hatte natürlich vollkommen recht. Ausgebrannte Mütter mit zappeligen Kindern und geschwächte Großeltern mit neuem Hüftgelenk schickte man auf Kur, nicht Teenager, die abgesehen von ein bisschen Kreislaufstörung kerngesund waren.

»Du musst ja nicht gleich in die Klapse. Bloß mal entspannen. Wir können ans Meer fahren oder so. Wind in den Haaren.« Er wickelte sich eine Strähne von meinem Haar um den Finger. Ich hatte den Kopf an seine Schulter gelehnt und genoss den frischen, maskulinen Duft seines Shampoos. »Gleich nach Paris, wenn du willst.«

Ich hatte mit den Mädels eine Städtetour machen wollen, erst mit dem Fernbus für zwei Tage nach Amsterdam, dann für zwei weitere Tage nach Paris. Ich hatte ein halbes Jahr dafür gespart, sogar mein jämmerliches Französisch aufgebessert, weil die Franzosen sich ja weigern, Englisch zu sprechen. Aber schon beim Gedanken an Stunden im stickigen, schaukelnden Fernbus, den wir Sonntag früh am ZOB besteigen wollten, wurde mir schlecht.

»Paris schaff ich nicht.«

»Wissen deine Mädels das schon?«, fragte er, ein bisschen scheinheilig.

Wahrscheinlich konnten sie es sich zusammenreimen. Wahrscheinlich waren sie froh, wenn sie mich nicht im Schlepptau hatten, links und rechts untergehakt, falls ich auf offener Straße aus den Latschen kippte.

»Ihr könnt das doch bestimmt verschieben.«

»Katta ist danach auf diesem Entwicklungsprogramm in Kenia.«

Ole nickte und rollte die Augen. Ich hatte ihm davon erzählt, dass ich mit Kattas vor nichts und niemandem Halt machenden Helfersyndrom, Veganismus, Flüchtlingsarbeit und jetzt Antifa langsam nicht mehr mitkam, aber jetzt ärgerte ich mich über sein Augenrollen.

»Ich will zelten«, informierte ich ihn. Und erschrak selbst. Weil ich ihm das gar nicht hatte sagen wollen. Das war direkt klar, dass ich besser den Mund gehalten hätte, aber mein Kopf war seltsam wattig von den starken Tabletten, und meine Gedanken mussten erst durch diese Watte dringen. Vermutlich war ich ein bisschen high.

Ole sah mich an, als verarsche ich ihn. »Du hasst Zelten doch.«

»Na ja, auf Festivals schon.«

»Hä? Warum bist du nie mitgekommen? Ich hab dich doch gefragt!« Er war dieses Jahr schon dreimal mit seiner Familie und seinen Freunden zelten gewesen, meist irgendwo im Spreewald. Ich hatte immer eine Ausrede gefunden. »Du hast definitiv gesagt, du zeltest nicht gern.«

»Ich hab was rausgesucht.« Ich rief auf dem Handy die Website auf, die ich vorhin in meiner aktiveren Phase ergoogelt hatte. Eine kleine Seenkette in der Uckermark, in Comicschrift auf einem perspektivisch gestauchten Amateurfoto beworben. Es zeigte einen lichtdurchfluteten Kiefernwald, durch den Wasser schimmerte. Die ganze Seite sah aus, als hätte sie ein farbenblinder Grundschüler in Gimp gebastelt. Ohne Zoom konnte man nichts lesen. Beim Scrollen flimmerte der knallgelbe Hintergrund. »Es ist wahrscheinlich nicht viel los. Man kommt nicht so super hin. Aber es gibt einen Bahnhof in der Nähe.«

»Wie kommst du da drauf? Der sieht winzig aus.« Er nahm mir das Handy ab und runzelte die Stirn. »Wer hat denn den Scheiß entworfen?«

»Ich war da als Kind mal«, log ich. »Ist schon echt ewig her.«

Er scrollte weiter. Ich trank meine angenehm kalte Schorle und sah ihm zu. Mann, mein Kopf fühlte sich echt merkwürdig an. Als gehöre er gar nicht mehr richtig zu mir. Ich hätte plötzlich gern wieder meine Ruhe gehabt. Nur ich in meinem Zimmer und draußen der abendliche Stadtrand.

Ole sah auf und mich an. Kritisch, aber aufgeregt. »Du willst echt zelten? Mit Gaskocher und Mücken und allem? Wir können nicht mit dem Auto da weg, wenn es regnet oder wenn du keine Lust mehr hast.«

Ich gab mir Mühe, nicht die Augen zu rollen. Hätte eh nur wehgetan. »Ich will da ja nicht für immer bleiben. Nur mal so drei Tage oder so. Aber du willst doch eh Kanu fahren.«

Wir hatten für diese Ferien einen Deal. Eine Woche fuhren wir beide allein in den Urlaub, ich mit Isi, Katta und Maren, er mit Max und Sinan. Mit zwei Kanus von Sinans Onkel wollten sie bis hoch an die Ostsee. Sie planten den Trip seit drei Monaten. Ole hatte einen neuen Rucksack gekauft und einen Campingkocher. Zum Geburtstag hatte ich ihm ein dickes Buch mit Outdoor-Rezepten geschenkt, das sogar mir beim Durchblättern Lust auf Camping gemacht hatte.

»Ey, das verschieb ich ja wohl.« Er sprang, von null auf hundert hellauf begeistert, vom Bett, so schnell, dass ich schmerzhaft – und ein bisschen genervt – zusammenzuckte, und schnappte sich meinen Laptop, damit wir gleich hier und jetzt mit der Planung loslegen konnten.

Jetzt, wo ich ihn offenbar mitnehmen würde, musste ich ihm auch sagen, was ich eigentlich vorhatte, aber ich konnte nicht. Er war besser gelaunt als seit Wochen, und die Wahrheit war eben ein echter Stimmungskiller. Außerdem hatte ich auf Tabletten schon genug ausgeplaudert. Was würde ich jetzt noch alles sagen, wenn ich mich nicht zusammenriss? Ich würde es morgen machen, wenn ich darüber geschlafen hatte. Sagte ich mir.

· 6 ·

ICH WAR NOCH NIE in der Uckermark gewesen. Ich wusste nur, dass es hier viele Seen und Hügel gab: eine Endmoränenlandschaft, geformt von der letzten Eiszeit, reich an Natur, in der die Berliner sich gern erholten. Und es war natürlich Ostdeutschland, die Infrastruktur und so. Wusste man ja. Also nahmen wir, statt uns auf Busse zu verlassen, die Fahrräder mit, obwohl ich ja eigentlich eine Woche nichts fahren sollte.

Weil wir am Samstag losfuhren, war unser Zug knallvoll mit Touristen. Unsere gute Idee hatten alle anderen auch gehabt. Jedes Mal, wenn einer mit Rad aussteigen wollte, dauerte es zehn Minuten, bis er seins rausgepuzzelt hatte, und wenn jemand neu zustieg, noch mal zehn, bis der Hinterreifen nicht mehr aus der Tür ragte. An der vorletzten Station kämpften wir uns selbst aus dem Abteil und standen endlich schwitzend und keuchend auf einem zweigleisigen Bahnhof.

Nach zwei Stunden im klimatisierten Zug raubte mir die Schwüle draußen den Atem. Ole neben mir schwang sich den Rucksack über die Schulter und atmete tief ein, als könne er das Abenteuer schon riechen.

»Willkommen am Arsch der Welt!«, sagte er gut gelaunt.

Dann beluden wir erst mal unsere Fahrräder. Ole hatte wetterfeste Satteltaschen fürs Rad, ich bloß ein paar Spanngurte aus unserer Garage, um meine Sachen festzuschnallen. Überhaupt war er viel besser ausgestattet. Das Zelt, in dem wir schlafen würden, war von seinem Vater, ein ultraleichtes Teil für Leute, die Wandern wie Extremsport betrieben und es Trekking nannten. Sein Bruder war damit ein halbes Jahr durch Australien getrampt. Seine ganze Familie war so. Seine Mutter lief alle großen deutschen Marathons mit. Dann kam immer ein kleines Porträt über sie und ihre sportliche Familie in der Zeitung. Ich war im März, kurz vor Lukas' Unfall, mit ihr joggen gewesen, und ich war echt trainiert – zumindest, als ich noch Basketball gespielt hatte –, aber sie hätte mich total abziehen können, wenn sie nicht so furchtbar nett gewesen wäre. Wenn mein Vater mal aus dem Haus kam, dann in die Pathologie, um sich zur Recherche Leichen anzusehen (seinen starken Magen hatte er mir leider nicht vererbt). Julia arbeitete an der perfekten Rosenkreuzung und hielt wenig von Natur, die sich nicht mit der Heckenschere und Blumendraht bändigen ließ. In ihrem Garten hatte alles seinen rechten Platz. Einen Wanderrucksack hatten wir entsprechend nicht. Festes Schuhwerk: auch Fehlanzeige. Ich hatte Isis Rucksack leihen wollen, aber weil sie jetzt, wo Paris ausfiel, mit ihren Eltern nach Italien fuhr, brauchte sie den selbst. Also hatte ich meinen Schulrucksack aufgesetzt und meine Wochenendtasche mit den Einkäufen umständlich auf den Fahrradträger geschnallt und hoffte, dass ich mir in meinen Nikes keine Blasen laufen würde.

Ole hatte eine Karte der Gegend auf sein Handy runtergeladen und machte Reiseführer. Wir mussten nur vier Kilometer fahren, aber ich hatte mich mit den Hügeln verschätzt. Ich quälte mich mit brennenden Oberschenkeln hinter Ole her und freute mich immer, wenn es bergab ging. In der schwülen Hitze trat sich selbst der dritte Gang wie der siebte. Mein T-Shirt war schon am Rücken durchgeschwitzt und rutschte die Wirbelsäule hoch. Der Rucksack scheuerte. Die Sonne knallte mir in den Nacken. Mein Kopf pochte. Ich hatte Tabletten und Wasserflasche oben auf dem Rucksack griffbereit, aber ich wollte nicht jetzt schon eine Pause brauchen, und es ging schon – mein Vater hatte gemeint, ich wäre schon als Kind öfter mal mit dem Kopf wo angestoßen und es wär dank des vererbten naumannschen Dickschädels nie was Schlimmeres passiert.

Wir bogen auf eine uralte Nebenstraße, deren Asphalt aufgeplatzt und von Moosflechten bewachsen war, und holperten durch ein Waldstück. Sofort landeten Mücken auf meinen vom Schweiß klebrigen Armen. Ich wischte sie erschöpft weg, und auf der anderen Seite des Waldstücks fuhren wir wieder einen Hügel runter und kamen auf einer Brücke über einen kleinen Fluss richtig in Fahrt. Um uns herum süßlich stinkende späte Rapsfelder, früher Weizen mit roten Tupfern Klatschmohn darin. Lange Waldstücke. Gräben und kleine Flüsse. Uns kamen nur wenige Autos entgegen und nur einmal ein anderer Radfahrer.

»Fast da!«, rief Ole, als es mir gerade so langsam reichte, und wir kamen zurück auf die Landstraße, die uns auf einen schiefen Kirchturm hinter Bäumen zuführte. Hundert Meter die Straße runter stand in der Kurve ein Ortsschild, dessen Ränder der Mais berührte. Er stand still in der schwülen Hitze und verströmte einen intensiven Pflanzengeruch. Mein Magen zog sich so heftig zusammen, dass ich am ganzen Körper erschrocken zuckte.

Lauwitz.

Wir fuhren am Dorfrand entlang vorbei und sahen wenige Straßen mit schlechtem Asphalt. Bauernhöfe mit uralten Backsteinscheunen, deren Dächer in der Hitze flirrten. Staubige Autos. Eine schlaffe Deutschlandfahne an einem Fahnenmast. Wäsche im Garten. Gemüse und Unkraut. Pferde mit diesen groben Netzmasken auf den Köpfen auf einer Weide. Frei laufende Hühner.

Ole sah das Schild zuerst: *Lauwitzer See Ferienhäuser & CAMPING 1,6 km.* Wir bogen auf eine weitere Straße, die so stark mit Teer und Rollsplitt geflickt war, dass sie fast nur noch aus Schotter bestand. Auf der Website hatte gestanden, dass sie für Wohnwagen nicht geeignet wäre, aber sie war auch für alles andere nicht geeignet. Mein dünnreifiges Stadtfahrrad ächzte und eierte, dass ich Mühe hatte, gerade zu fahren, und rüttelte mich zur nächsten Gehirnerschütterung.

»Ich kann den See riechen!«, sagte Ole.

Ich roch nur den Mais und die schwüle Hitze. Die Schotterpiste lief auf einen großen Parkplatz aus. Ich hatte in jedem Schuh hundert bohrende Steinchen.

Die Seebesucher hatten nach Lust und Laune geparkt, und auch diese Autos waren staubig. Vielleicht kam das vom Schotter. Vor uns lag schräg unten ein Schimmern zwischen den Bäumen. Der Weg fiel ab, und ich presste die Fersen in den Rücktritt, um langsamer zu rollen. Zuerst hörte ich das Rufen und Kreischen von Kindern. Dann roch ich stehendes Wasser. Und dann sah ich ihn auch: Lukas' See. An dem ich ihn doch im Sommer vielleicht besuchen kommen könnte. Miese Zugangsstraßen, unfreundliche Inhaber, Ost-Charme. Ein echter Geheimtipp. Ich könnte meinen Freund mitbringen oder meine Freundinnen. Er und seine Freunde würden uns den Ort zeigen. Die null Attraktionen. Nichts los hier. Aber man konnte ja seine eigenen Partys am Wasser feiern. *Wasser,* hatte er geschrieben, *haben wir hier echt genug.*

Der See war eine riesige, sonnenweiße Fläche, das andere Ufer in dreihundert Meter Ferne gerückt. Vor uns, von lichten Bäumen überhangen, lag ein mit ergrauendem Sand aufgeschütteter Strand, an dem Leute auf Handtüchern lagen und auf Campingstühlen saßen und sich sonnten und lasen. Kinder mit aufblasbarem Schwimmspielzeug kreischten im flachen Wasser. Ein kleiner weißer Hund mit Frisbee im Maul flitzte herum. Von einem langen, in den Sand betonierten Steg hinaus in den See sprangen Leute ins Wasser.

Wir fuhren durch lichten Wald einen holprigen Weg zum Campingplatz. Es war hübsch hier. Kiefernzapfen lagen über den Boden verstreut, und zwischen den Baumwurzeln wuchsen Blaubeerbüsche. Dann kam die Ferienhaussiedlung, kleine weiße und braune Holzhütten am Seeufer. Ich sah einen Parkplatz, vor vielen Jahren gezogene, wuchernde Hecken, Autos, neben denen Zelte standen, an Wänden lehnende Fahrräder, Wäsche an einer Spinne, Plastikstühle auf Terrassen, spielende Kinder, sich sonnende Erwachsene.

Wir stiegen vor einem türkis gestrichenen Holzbungalow von unseren Fahrrädern. Ich war klatschnass geschwitzt und meine Beine ganz schwach. Über dem Eingang der Hütte stand in weißer Wandfarbe *Rezeption & Kiosk.* Wir lehnten unsere Räder an die Veranda des Bungalows, wo ein alter Plastikstuhl und ein kleines wacklig aussehendes Tischchen mit einer als Aschenbecher missbrauchten Coladose standen wie ein eben verlassener Wachposten.

Drinnen war es warm, eng und etwas muffig. Links an der Tür lag die Rezeption, eine vom Alter leicht durchhängende Holztheke mit Computerbildschirm, Telefon und einem Stoß billig gedruckter Broschüren drauf. Dahinter eine Tür ins Hinterzimmer mit Kalender dran und ein Regal Ordner. Es gab einen Ständer mit Postkarten und einen mit Karten von Radwegen und Wanderstrecken der Uckermark. Rechts war der Kiosk: frische Lebensmittel aus dem Kühlschrank und daneben eine brummende Eistruhe aus dem letzten Jahrhundert. In Regalen stapelten sich haltbare Lebensmittel und praktisches Camperzeug: Grillkohle, Klopapier, Duschgel, Streichhölzer, Batterien und so Zeug. Diverse Angebote waren ausgeschildert. Es gab morgens auf Bestellung frische Brötchen. Man konnte Fahrräder und Kanus mieten. An den Wänden hingen vergilbende Fotos von Jugendgruppen, die hier Urlaub gemacht hatten, Jungpioniere in weißen Hemden und Pfadfinder in schwarzen, alle mit bunten Halstüchern, und Schnappschüsse seltener Vögel. Von der Decke baumelte ein Klebestreifen voller toter Fliegen. Ich hatte gedacht, die wären inzwischen verboten. Tierschutz und so.

Ost-Charme, dachte ich.

»Hallo?«, fragte Ole laut. »Jemand da?«

»Vielleicht machen sie Mittagspause«, riet ich.

Es kam keiner, auch dann nicht, als Ole an die Tür hinter der Rezeption klopfte. Ich ging wieder raus und sah mich um, konnte aber niemanden entdecken, der hierhin gehörte.

Ich setzte mich zu unserem Gepäck auf die Veranda, nahm eine Schmerztablette, kippte die halbe Schotterstraße aus meinen Schuhen und sprühte mich gründlich mit Oles Mückenzeug ein, weil meine Arme jetzt schon juckten. Ich sah mich noch einmal vergeblich nach jemandem um, der offiziell aussah, vielleicht eine auf die Hütte zueilende Frau mit einem Klemmbrett unterm Arm oder ein Mann mit einer Befugnis verkündenden Schirmmütze.

An der Wand hing eine Anschlagtafel mit computergeschriebenen Zetteln, auf denen man, holprig in Englisch, Polnisch und Russisch übersetzt, alles über Übernachtungspreise, Naturschutz und den Weg zum nächsten Supermarkt nachlesen konnte. Ich fand gerade Wichtiges über den Schutz einer seltenen Vogelart heraus, die im Schilf des Sees nistete, als ich das Mädchen sah. Sie kam aus der Feriensiedlung, aber sie lief nicht auf der Straße, sondern durchs Unterholz. Erst fiel mir die Bewegung auf – merkwürdig zielstrebig –, dann sie. Sie ging rasch und krumm nach vorn geneigt. Ich sah kurz ihr Profil. Eine scharfe Nase, dunkles Haar. Sie trug einen oliven Rucksack, wahrscheinlich Bundeswehr. Ich sah das Aufblitzen ihrer nackten Füße auf dem mit Nadeln übersäten Boden. Ich sah ihr hinterher und fragte mich, was mich an ihr so verwirrte. Dass sie so schnell durch den Wald ging? Dass sie barfuß lief? Aber es war die lange, ausgebeulte Hose, die sie trotz der schwülen Hitze trug.

»Hier«, sagte Ole hinter mir und hielt mir eine von zwei Colas hin.

Ich sah zu der Dose voller Zigarettenstummel rüber. Er lachte. »Die ist aus dem Kühlschrank«, sagte er, öffnete die eine und trank sie in drei Zügen halb leer. »Komm, lass uns aufbauen.«

»Bevor wir bezahlt haben?«

Er wedelte mit einer der Broschüren, die von dem gleichen farbenblinden Grundschüler erstellt worden waren. »Wir bauen einfach irgendwo auf und dann geh ich und mach das.«

Ich stellte meine Cola zurück und trank den Rest von seiner. Ole schüttelte über mich den Kopf. Dann nahmen wir unsere Fahrräder und machten uns auf die Suche nach einem guten Zeltplatz. Ich sah mich noch einmal nach dem Mädchen mit der langen Hose um, aber sie war weg.

· 7 ·

ES WAR VIEL GEMÜTLICHER im Zelt, als ich es mir vorgestellt hatte. Ich konnte darin knien, ohne den Kopf einziehen zu müssen. Neben der dünnen, aber bequemen Luftmatratze war Platz für unsere Taschen. Es gab ein Fenster und Belüftungsschlitze und ein Vordach, das Ole in der Erde abspannte. Sobald der Schlafsack ausgerollt war, den Oles Bruder mir geliehen hatte, war ich mir sicher, das ein paar Tage auszuhalten.

Der Campingbereich lag etwas von den Hütten weg. Es gab eine zentrale Feuerstelle und einen Armvoll Hinweisschilder. Da, wo wir aufbauten, standen bloß zwei andere Zelte. Vor dem größeren waren Campingstühle und ein faltbarer Tisch aus Aluminium aufgebaut. Zwischen zwei Bäume hatte jemand Handtücher und T-Shirts gehängt.

»Helena!«

Ich duckte mich aus dem Zelt, das wir unter jungen Birken mit Blick aufs Wasser aufgestellt hatten. Ole winkte von einem der langen, in den See hinausführenden Holzstege, die ich an mehreren Stellen gesehen hatte. Die sonnenwarmen Holzbohlen waren ausgeblichen und krumm und an den Rändern mit Moos besetzt. Das Schilf stand ellbogenhoch auf beiden Seiten. Am Ende des Stegs lagen zwei Kanus, ein dunkelblaues und ein rotes mit je zwei Sitzen aus Nylongurten. Am Boden des blauen lagen zwei Paddel. Die Nummer vorn – Bug, glaube ich – war fast abgekratzt, weil zahllose unfähige Kanufahrer es ins Unterholz gelenkt hatten.

Ich war noch nie Kanu gefahren, nur Tretboot. Allzu schwer konnte das nicht sein, wo auf den ganzen Wanderprospekten doch überall glückliche Familien mit Kindern herumpaddelten.

Ole sprang in das blaue Kanu, das auf dem Wasser schwankte und kleine Wellen gegen die Pfähle des Stegs klatschen ließ, und holte die Paddel vom Boden. »Steig ein!«

»Wir wollten doch eh eins leihen.«

»Nur 'ne kurze Runde. Einmal rumfahren.« Er rollte die Augen. »Ey, die sind alle wandern oder so. Kümmert kein Schwein, ob wir damit rumtouren. Außerdem musst du doch üben, oder?«

Ich sah mich um. Weit und breit niemand zu sehen. Ich seufzte, nahm das Paddel und kletterte, etwas ungeschickter als normal, weil ich von der Fahrt erschöpft war, ins bedenklich schaukelnde Boot. Ole machte die Seile los und schob uns mit seinem am Steg entlang hinaus.

Ich stellte mich als einer der unfähigen Fahrer heraus, unter denen dieses Kanu schon gelitten hatte. Erst mal fuhr ich es gegen den Steg und verkeilte seine Nase darunter, sodass ich mich vorbeugen und mein Gewicht dorthin verlagern musste, um uns zu befreien. Kaum dass Ole uns auf den See gelenkt hatte, brachte ich uns erst zum Stillstand und dann dazu, uns wie ein Kreisel zu drehen.

»Du sollst nur paddeln, nicht lenken!«

»Ich lenk nicht!«

»Du musst auf einer Seite bleiben, sonst drehst du uns! Und überfahr den Typen da nicht!«

Der Typ, den er meinte, schwamm mindestens zwanzig Meter weit an uns vorbei. »Mach ich doch nicht!«

»Ey, du bist ja echt gemeingefährlich.«

»Dann mach du doch«, sagte ich, halb belustigt, halb verärgert, weil ich mich so dumm anstellte und er es mir unter die Nase reiben musste.

Während Ole uns herumfuhr, sah ich mir den See an, über dessen Oberfläche kleine blaue Libellen flitzten. Zweimal sah ich Fische herausschnellen, das Wasser teilen und Ringe sich von dort aus ausbreiten. Sie trafen die Wellen, die von Oles Paddelschlägen zum Ufer hin liefen, verzerrten das Wasser, schwappten an unser Kanu. Bei der Anmeldung hatte man auch Angeln leihen können. Dass ich mit Filipe in Berlin kleine, zappelnde Fische aus der Spree gezogen und mit einem Messer aufgeschnitten hatte, war mehr als zehn Jahre her, und ich fragte mich, ob ich das noch konnte. Ole wäre sicher beeindruckt gewesen, wenn ich ihm einen Fisch fing, ausnahm und überm Feuer briet. Vielleicht hatten sie Zitrone und Rosmarin im Kiosk.

»Siehst du?«, sagte Ole und schreckte mich auf. »Ist echt megaleicht.« Er nahm sein Paddel aus dem Wasser. »Jetzt du. Links und rechts.«

»Ich dachte, ich bleibe auf einer Seite.«

»Aber nicht, wenn du allein paddelst. Sonst drehst du dich nur wieder im Kreis.«

Ich versuchte es halbherzig. Ich hatte keine Lust zu fahren. Ole korrigierte mich: »Tauch es tiefer ein. Nicht *so* tief. Zieh es gleichmäßig nach hinten. Siehst du? Total einfach.«

Allmählich hatte ich das Gefühl, ich hätte den Dreh raus,

und gönnte uns einen Moment Treibenlassen. Betrachtete den See. Die Feriensiedlung, hinter uns zurückgeschrumpft. An den Stegen dort lagen ebenfalls Kanus, rot und blau wie unseres. Mir wurde warm in meinem T-Shirt, obwohl ich ein weißes trug, das Pochen in meinem Kopf wurde bohrender. Ich ertrug es eine Weile, bevor ich Ole sagte, ich wolle zurück. Er schien etwas enttäuscht, also sagte ich ihm, ich hätte bestimmt später noch mal Lust.

Als wir anlegten, fühlte sich mein ganzer Kopf heiß und schwer an vor Schmerz. Ich war froh, dass Ole zuerst ausgestiegen war und mir heroisch aus dem Kanu half. Er nahm mich in die Arme und küsste mich.

»Das ist jetzt unser See«, sagte er.

»Und der von hundert Urlaubern.«

Er strich mir das Haar hinters Ohr und sah mich ein bisschen besorgt an. »Alles okay?«

»Klar. Geht gleich wieder.«

»Hast du deine Tabletten genommen?«

»Klar.«

Er küsste mich noch einmal, dann ging er los, um uns an der Rezeption anzumelden. Ich legte mich ins Zelt und wartete darauf, dass die Kopfschmerzen etwas nachließen. Internet war hier ganz schlecht, und Netz war auch nicht der Knaller, aber es reichte für eine SMS an Julia, dass wir gut angekommen waren. Damit war das für sie erst mal abgehakt. Dem Klischee der überwachungssüchtigen, sadistischen Stiefmutter entsprach sie wirklich nicht, und es war ihr auch egal, wo wir waren, und zwar angeblich auf einem kleinen Campingplatz an der Ostsee. Eine reine Vorsichtsmaßnahme. Wenn ich Geheimnisse hatte, dann gab ich mir mit ihnen große Mühe.

· 8 ·

ICH SCHLUG DIE AUGEN AUF und wusste nicht sofort, wo ich war. Ich sah – absolut nichts. Es war nicht Berlin-dunkel, sondern vollkommen finster. In meiner Brust war es zu eng. Mein Herz schlug zu schnell. Schatten flitzten über meine Lider. Ich dachte, ich würde wieder ohnmächtig.

Dann erinnerte ich mich, dass ich in einem Zelt an einem See bei Lauwitz lag. Und warum ich hier war. Meine nackten, auf dem Schlafsack liegenden Arme waren eiskalt und fühlten sich fremd an, als ich darüberstrich. Neben mir schnarchte Ole leise vor sich hin.

Meine erste Nacht campen. Ich kam mir plötzlich schon viel gesünder vor. Wir waren einmal quer durch den See geschwommen und hatten auf der anderen Seite Pause gemacht, bis ich wieder fit genug für zurück war. Zum Rettungsschwimmer würde ich es nie bringen. Dann hatten wir uns von der Sonne trocknen lassen, und ich hatte Kanufahren gelernt. Es war dann doch ganz leicht, wenn man den Dreh einmal raushatte. Allerdings waren enge Manöver noch immer nicht meins, und ich hatte mir beim Anlegen wie ein Depp den Unterarm aufgeschürft. Ich fühlte die empfindliche Stelle auch ohne sie anzufassen. Abends hatten wir Ravioli mit Gemüsefüllung überm Campingkocher gemacht und dazu Baguette gegessen und Cola getrunken, die wir im Supermarkt in Berlin gekauft hatten. Wir hatten unsere Nachbarn kennengelernt. Das kleine Zelt gehörte einem kinderlosen Ehepaar, deren krummbeiniger sandfarbener Mischling – glattes Fell, fiese Augen – mich stumm anfletschte, Ole aber hinterherlief und sich von ihm schwanzwedelnd und winselnd kraulen ließ. Ole hatte die vier Biologiestudenten, denen das große Zelt gehörte, gefragt, was sie mit den Keschern wollten. Sie sammelten und untersuchten seltene Käfer. Einer hatte den ganzen Abend *Elephant Gun* auf der Ukulele gespielt, genau wie Katta, als sie ihre zu Weihnachten gekriegt hatte. Und dann hatten wir einfach ewig vor dem Zelt gesessen und uns den Sonnenuntergang angesehen und uns dabei auch geküsst. Aber mehr nicht. Dann war ich so früh wie seit Ewigkeiten nicht ins Bett, richtig k.o. von der vielen Frischluft.

Es war windig draußen, genug, dass ich den Wald hörte und den Wellen schlagenden See. Und noch etwas anderes. Das, was mich geweckt hatte. Es klang wie eine sehr weit entfernte Sirene. Leise. Gerade laut genug, dass sie bei mir ankam. Keine Feuersirene. Kein Amokalarm. Ich musste nicht erst lang hinhören, um zu wissen, dass ich so was noch nie gehört hatte. Der Ton schwoll ab, wurde immer tiefer, ganz langsam. Er trug gerade eben bis an den See, leicht schwankend im Wind. Ich lauschte steif im Schlafsack liegend, die eisigen Hände krampfhaft gefaltet, in die Dunkelheit. Ich hatte Gänsehaut bis auf die Fingerspitzen. Im Nacken standen meine Haare hoch. Der Ton erinnerte mich an etwas und war gleichzeitig vollkommen fremd. Wie Walgesänge.

Gab es hier ein Atomkraftwerk? Eine militärische Sperrzone? Waren wir nah genug an der Grenze, um die Sirene zu hören, die den Grenzschluss verkündete? Wäre die dann nicht lauter?

Ich lag da, starrte mit großen Augen in die Dunkelheit, atmete flach und mühselig, rührte mich keinen Millimeter. Ich weckte Ole nicht. Ich steckte den Kopf nicht aus dem Zelt, um den Ton besser zu hören. Die dünne Zeltwand und meine völlige Bewegungslosigkeit war alles, was mich vor diesem Ton und dem schützte, was ihn erzeugte. Eine unkontrollierte Kernschmelze. Der Einmarsch von oder in Polen. Ein Raumschiff im Landeanflug.

Das Heulen hatte den tiefsten Ton erreicht, ein Brummen, und dann war es so tief, dass es nicht mehr hörbar war, und im nächsten Moment war es still und ich mir schon sicher, mir das eingebildet zu haben. Ich hörte nur die Zweige über uns. Die Blätter auf der Zeltwand. Ich hörte den Wind auf dem See und das leise Gluckern von Wasser im Schilf und irgendwo eine Eule oder eine Taube. Oles Schnarchen. Mein eigenes Herz.

Nach fünf Minuten entspannte ich mich. Schämte mich über den Schwachsinn, den ich gedacht hatte. Meine Lider waren bleischwer. Ich schaffte es, meine eisigen Arme zu dem Rest meines Körpers in den Schlafsack zu manövrieren, damit sie mir nicht abfroren. Noch während ich einschlief, vergaß ich den Ton.

· 9 ·

AM MORGEN WACHTE ICH vom Regen auf, ein dünnes Knistern auf dem Zeltdach. Ein Rauschen in den Blättern. Ich sah Umrisse: im Wind über die Zeltwand wischende Birkenzweige, Ole, der tief schlief, mein umgekippter Rucksack an meinem Fußende. Ich horchte, ob da noch was war außer dem Regen. Aber überhaupt nicht. Nicht mal der See, und schon gar keine Menschen.

Das Zelt hielt dicht. Mein Schlafsack war warm. Zum ersten Mal seit Tagen tat mein Kopf nicht weh, aber ich hatte einen Knoten im Bauch und die Schramme am Arm.

Einige Minuten lag ich bloß da und lauschte dem See. Dann fielen mir unsere Handtücher draußen auf der Leine ein, die gerade nass geregnet wurden. Ich fand den Reißverschluss meines geliehenen Schlafsacks, wand mich hinaus und schaffte es aus dem Zelt, ohne Ole zu wecken.

Es war eine ganz andere Luft als gestern. Dünn und klar und sauber. Ich sog sie begierig in meine Lungen, bis mir auch davon ganz schwindelig wurde. Nieselregen fiel mir ins Gesicht. Ich fröstelte in meinen Sachen: ein dünnes Schlafshirt und eine kaum dickere Jersey-Jogginghose. Das Wasser lief in winzigen grauen Wellen aufs Ufer und ins Schilf. Aus dem großen Zelt schnarchte einer der Studenten. Vor dem Eingang lagen ihre grünen Insektenkescher herum. Die Asche dampfte. Die Blaubeerbüsche und Sträucher glänzten von Regen, der Sandstrand war dunkel geregnet. Nirgendwo rührte sich etwas. Ich war der einzig wache Mensch am ganzen See.

Mein Handy lag noch im Zelt, aber ich schätzte, es war so gegen halb sechs. Ich schlich mich ums Zelt herum zur Wäscheleine, nahm unsere Sachen ab und legte sie unter das Vordach ins Trockene.

Vor dem Sanitärgebäude funzelten die Solarleuchten, die als Nachtlichter gedient hatten, vor sich hin. Die Deckenlampen, in deren festgeschraubten Schirmen sich tote Insekten gesammelt hatten, sprangen summend über meinem Kopf an.

Die Toiletten waren neu gemacht worden, aber die Duschen noch DDR. Die Hähne im Waschbecken verkalkt. Die Spiegel voller Schlieren matter Stellen. Die hässlichen sandfarbenen Kacheln von tausenden Füßen blank poliert. Es roch modrig nach See, und das Wasser in der Dusche wurde nur lauwarm und roch leicht metallisch. Die Schürfwunde an meinem Arm zwiebelte, wo sie mit Wasser in Berührung kam.

Ich fror, als ich die Dusche ausstellte. Ich wickelte mich in mein Handtuch und stellte mich an eins der Waschbecken, um mir die Zähne zu putzen.

»Bist du fertig?«

Ich ließ erschrocken meine Kosmetiktasche ins Waschbecken fallen. In der offenen Tür stand ein Mädchen mit einem Putzeimer in der Hand.

»Ja, fast.« Ich stopfte hastig meine Sachen zurück in die Tasche. Die war von Isi zum Geburtstag und mit Cartoon-Einhörnern bedeckt, die Regenbogen kotzten. Plötzlich war sie mir furchtbar peinlich. »Tut mir leid, ist noch zu?«

Sie war in meinem Alter, aber einen halben Kopf kleiner als ich und viel stämmiger. Ihr Haar, dick und pechschwarz, lag vom Regen aufgeplustert um ihren Kopf. In ihrem zerkratzten Plastikeimer steckten Flaschen mit unleserlichen Etiketten, und in der rechten Hand trug sie einen Wischmopp. Sie starrte mich aus vor Müdigkeit und Misstrauen schmalen Augen an.

»Zu?«, wiederholte sie. Sie hatte die Spur eines Akzents, irgendwas aus dem Osten. Sie sagte zu wenig, als dass ich mir sicher sein konnte. Russisch konnte sein. Vielleicht sprach sie nicht richtig Deutsch. Vielleicht kam sie vom Balkan oder so. Sie hatte die dunkelsten Augen, die ich je bei wem gesehen hatte. Fast schwarz.

»Ist noch nicht auf? Ich meine, die Duschen und so? Kann ich da erst später duschen?«

»Hast doch geduscht«, sagte das Mädchen, und ich erkannte sie plötzlich. Sie war gestern viel zu warm angezogen durch den Wald gelaufen. Kein Armee-Rucksack heute, doch sie trug die gleiche, bis auf ihre nackten Fußrücken reichende, sackartige Tarnhose wie gestern, dazu ein schwarzes Männer-T-Shirt mit einem sich ringelnden grün-roten chinesischen Drachen, der brüllend die Krallen ausfuhr.

»Ich bin gleich weg«, sagte ich. Das schien sie hören zu wollen. »Tut mir leid.«

Sie zuckte die Achseln und stellte ihren Putzeimer in das freie Waschbecken. Ich zog mich in der mittleren Kabine um und wickelte mir das Handtuch um den nassen Kopf, während sie polternd die Putzmittel auspackte. Sie beachtete mich nicht, als ich angezogen herauskam. Ihr Eimer passte nicht ins Waschbecken. Ich hatte gestern Abend beim Geschirrspülen einen Schlauch an der Außendusche gesehen, doch sie kniete sich hin, griff unters Waschbecken und schraubte kurzerhand das Rohr raus. Dann kickte sie mit dem nackten Fuß den Eimer darunter, stellte das Wasser oben an und ließ es durchrauschen. Goss eine großzügige Portion Chlor dazu und schraubte das Rohr wieder an, als sie fertig war. Der Raum begann nach Schwimmbad zu riechen.

Während sie Glasreiniger auf den ersten Spiegel spritzte und mit einem ranzigen Lappen zu polieren anfing, putzte ich mir schnell die Zähne, spülte mein Waschbecken aus, packte meine Kosmetiktasche und sagte: »Sorry noch mal.«

»Kannst duschen, wann du willst«, sagte das Mädchen und begutachtete den Spiegel auf weitere Schlieren und Zahnpastaflecken. »Ist ja 'n freies Land.«

Ich wusste nicht, was ich dazu sagen sollte.

»Ist nur sonst keiner da um die Zeit und 'ne gute Putzfrau soll man ja nicht sehen. Nur sehen, dass sie da war.« Sie sah mich über die Schulter an. »Du zeltest hinten«, stellte sie plötzlich fest.

»Äh – ja.«

»Mit deinem Freund.«

»Genau.« Dann fragte ich mich, woher sie das wusste.

Ihre Augen glitten ganz kurz an mir herab und blieben an dem rosa Striemen an meinem Arm hängen. So kurz, dass ich mir das vielleicht auch einbildete. Dann an meinem fehlenden Finger. Etwas länger. Keine Einbildung.

»Wenn du das nächste Mal kommst, 'ne halbe Stunde später«, sagte sie. »Dann ist geputzt.« Sie wandte sich wieder ihrem Spiegel zu. Polierte an einem Fleck herum und nahm keine Notiz mehr von mir. Ich war schon draußen, als ich dachte, dass sie das mit dem Rohr nur gemacht hatte, um anzugeben. Warum auch immer.

· 10 ·

WIR FRÜHSTÜCKTEN AUFBACKBRÖTCHEN mit Marmelade, die ich gestern Abend noch beim Kiosk bestellt hatte. Dann packten wir ein paar Sachen ein und fuhren Kanu. Ich hatte ein dünnes T-Shirt über meinen Bikini gezogen und bereute es gleich, heute war es richtig heiß.

Wir fuhren am Ufer entlang, nah genug, dass unsere Paddel hin und wieder Schilf streiften und niedrig hängende Zweige über unsere Köpfe und Schultern glitten, und fanden dann eine kleine Lichtung, ein perfekter Anlegeplatz. Ich ließ Ole lenken, damit wir nicht auf dem letzten Stück kenterten. Von da sprangen wir ins Wasser. Es war eiskalt und der Boden unter meinen Füßen weich von totem Schilf. Wir wateten an Land wie zwei spanische Eroberer an die fremde Küste und standen zwischen Blaubeeren, Kiefernnadeln und krummen Bäumen. Es roch betörend nach Harz und Moosen und See, und ich dachte, Wahnsinn, ich war noch nie so lang an einem Stück draußen gewesen. *Richtig* draußen. Ich pflückte ein paar Blaubeeren, weil sie so perfekt aussahen. Kleiner als die aus dem Supermarkt, aber knallrund und so reif, dass sie zwischen meinen Fingern blutig zerplatzten.

»Die könnten Fuchsbandwurm haben«, sagte Ole, als ich sie probieren wollte.

Ich ließ die Beeren fallen, wischte mir die Hand am Oberschenkel ab und machte dunkelrote Flecken auf meine Haut, wie ungesundes Blut. Dann sah ich ihn misstrauisch an, weil er vielleicht einen Scherz gemacht hatte, aber er sah todernst aus. Trekking-Wissen. Von so was hatte ich eben keine Ahnung.

Wir legten uns in die Sonne und ließen unsere vom Wasser nassen Beine trocknen. Es wurde echt Zeit, dass ich mal rauskam. Neben Ole war ich so blass, als hätte ich ein halbes Jahr mit einer schweren Krankheit mein Zimmer hüten müssen. Meine schlecht gelaunte Hausärztin war sicher zufrieden, wenn ich braun gebrannt wiederkam.

Aber vor allem dachte ich schon den ganzen Morgen daran, wie ich Ole von Lukas erzählen sollte.

Ole küsste mich, und ich dachte, na gut, und küsste ihn auch. Dann schob er die Hand unter mein T-Shirt. Ich zuckte zusammen und schob sie weg. Ein bisschen zu grob. Meine Finger hatten Flecken von den Blaubeeren. Er richtete sich auf und griff nach meiner Hand. »Alles okay? Ist dir schwindelig?« Jetzt klang er ernsthaft besorgt. »Hast du deine Tabletten genommen?«

»Klar.« Ich konnte es ihm nicht sagen. Ich fand einfach nicht die richtigen Worte. Er sah mir besorgt zu, wie ich ihn zweifelnd anstarrte. Meine Zunge war mit einem Mal ganz schwer. Mein Kopf ganz träge. Ich hatte mir schon ein paar Mal ausgemalt, was ich ihm sagen würde. Oft genug. Ich zog geistesabwesend am Saum meines T-Shirts, den er über meine Hüfte hochgeschoben hatte.

»Helena?«, sagte er und klang jetzt fast *ängstlich*. »Alles okay?«

»Ja. Nein. Ich will – also«, sagte ich etwas energischer. Zog mein T-Shirt runter und machte mich gerade und versuchte ihn anzusehen. »Du weißt ja, die letzten Monate – ich war einfach fertig. Ich hab dich total vernachlässigt, aber ich –«

»Hey, das wird schon alles, okay?«, unterbrach er mich. Er nahm meine Hand und drückte sie und sagte: »Ist doch alles okay, Helena. Scheiß doch jetzt mal aufs Abi. Entspann dich. Es sind Ferien.« Er breitete die Arme aus. »Wir haben das hier alles für uns.«

»Ich meine nicht wegen Abi.«

Er wurde ganz starr, und erst dachte ich, es wäre wegen mir und was ich gesagt hatte. Dass er das sofort so interpretierte, dass ich mit ihm Schluss machen wollte. Ich hatte schon den Mund auf, um ihm zu sagen, dass ich *das* nicht meinte, *um Himmels willen*, da lehnte er sich an mir vorbei und sah stirnrunzelnd irgendwo hinter mir in den Wald, als wäre da was.

»Alter, was zum –«

Ich drehte mich eben um, da sprang er schon mit einem Satz auf, dass ich selbst vor Schreck einen machte, und brüllte: »Ey! Arschloch!«

Ich setzte mich ruckartig auf und sah eben noch, wie sich eine Gestalt zwischen die Bäume duckte – sich komisch von einem fallen ließ, als hätte sie da oben in den Ästen gesessen – und wegrannte. Ole stürzte ebenfalls los und schrie dabei wie ein Wahnsinniger: »Ey! *Ey!*«

Ole war Forward. Was die Stürmer im Fußball sind, war er im Basketball. Der schnellste Spieler der Mannschaft. Meist auf dem ganzen Platz. Wenn er nicht so hitzig und eigennützig gespielt hätte, wäre er inzwischen bestimmt von irgendwem gescoutet worden. Aber wer auch immer da rannte, der war auch nicht schlecht.

»Hey!«, schrie ich Ole entsetzt nach. Ich rappelte mich auf und lief in die gleiche Richtung ein Stück den Pfad runter. Mehr Schilf links, mehr Blaubeeren rechts. Im Schilf gluckerte der See, wo irgendwelche Mikroorganismen Schlamm und Sauerstoff zersetzten. »Ole! Hey!« Ich konnte sie schon beide nicht mehr sehen. Der Wald war hier hüglig. Voller Büsche und Sträucher. Plötzlich fühlte ich mich von allen Seiten beobachtet. Ich schlang im Gehen die Arme um die Brust und wünschte, ich hätte das ausgebeulte alte T-Shirt von Ole an, das ich zum Schlafen eingepackt hatte und das mir über den Hintern reichte.

Ich machte mir schon Sorgen, dass Ole den Typen erwischt hatte – oder der Typ Ole –, aber ich hörte ihn noch herumfluchen, und kurz darauf kam er allein zurück. Er keuchte. Sein Gesicht war rot vor Zorn, und er schwitzte. Er hatte sich echt verausgabt.

»Alles klar?«, fragte er mich keuchend. »Alter, ich hätt ihn gehabt, wenn er nicht in den Mais rein wäre!«

»Was sollte das denn?«, rief ich. Etwas laut vielleicht. Und etwas schrill. »Spinnst du?«

Er sah mich ungläubig an. Rot im Gesicht und aufgebracht und keuchend. Normalerweise hätte ich es irgendwie komisch gefunden. »Der Typ hat dich beobachtet!«

»Vielleicht war das bloß ein Spaziergänger! Warum bist du dem hinterher wie ein Irrer?«

»Klar, der hat bestimmt bloß Vögel beobachtet, deshalb ist er auch weggerannt oder was?« Er schüttelte ungläubig den Kopf. »Du bist manchmal echt so naiv!«

Ich lachte genauso ungläubig. »Und du spinnst! Mann, du hast mich mega erschreckt!« Und mir raste wirklich immer noch das Herz. »Wolltest du den verprügeln oder was?«

»Ich wollt ihm ja wohl bestimmt nicht die Hand schütteln!«

»Mann, du spinnst doch!«

Wir starrten uns eine Weile an, bevor wir beide entschieden, dass wir übertrieben hatten. Ich stieß schwer die Luft aus und rieb mir die Knie, und Ole sagte ruhiger: »Ich mach mir nur Sorgen um dich, okay? Ich will nur nicht, dass irgendein Vollspast meine Freundin anglotzt.«

Ich machte ein brummendes Geräusch, widerwillige Zustimmung. Dabei dachte ich, dass es eh nichts zu glotzen gegeben hätte. Ich war alles, aber nicht in der Stimmung für Draußensex, und Ole sicher auch nicht, wenn ich einmal von meinem toten Halbbruder angefangen hätte.

»Hey, tut mir leid, okay?«, sagte er. »Worüber wolltest du reden?«

Ich sah auf unsere Füße im Moos. Schüttelte den Kopf. »Nicht so wichtig«, sagte ich. Ein Teil von mir wünschte sich, Ole würde darauf bestehen. Aber der Rest von mir seufzte vor Erleichterung, als er es nicht tat, weil er noch zu erbost über den Vielleicht-Spanner war, über den ich mich nicht genug aufgeregt hatte.

Wir wollten beide nicht mehr bleiben. Selbst, wenn es doch nur einer gewesen war, der Vögel beobachtet hatte und den Ole zu Tode erschreckt hatte. Also fuhren wir noch ein bisschen mit dem Kanu herum. Quer über den See und ein Stück weit in den Zufluss dahinter, der unseren See mit einer Reihe kleinerer verband. Wir schwammen noch eine Runde, und ich versuchte, auf den Grund zu tauchen, aber das Wasser war unten eisig und ich bekam starke Ohrenschmerzen.

Später legte ich mich unter das Vordach vom Zelt und hörte mir ein Krimi-Hörbuch an, das ich mir vor der Fahrt aufs Handy geladen hatte, ohne richtig mitzukriegen, worum es ging. Irgendwann döste ich weg. Im Halbschlaf hatte ich eine neue Idee. Ich würde ihn einfach mitnehmen. Auch, wenn es echt richtig schäbig war: So konnte er ja unmöglich gleich sauer auf mich werden. Und ich würde es noch heute tun. Das schwor ich mir, bevor ich einschlief.

· 11 ·

STUNDEN SPÄTER SCHRECKTE ICH mit kribbelndem Sonnenbrand auf den Beinen und dröhnenden Kopfschmerzen hoch, weil wir Besuch hatten. Vor unserem Zelt standen zwei Jungen, einer mit einem Bierkasten und einer mit einem Einweggrill in den Händen.

»Sie ist wach!«, sagte der eine grinsend. »Hey, Helena!«

»Hey«, murmelte ich und rappelte mich schwindelig auf. »Was macht ihr denn hier?«

Aber Max hatte schon Ole entdeckt, der noch eine Runde im Wasser drehte. Er winkte mit einer Bierflasche. »Alter, wir haben alles nach euch abgegrast!«

»Alter!«, rief Ole begeistert zurück. Er kraulte an den Steg, kletterte aus dem Wasser und schnappte sich klitschnass zuerst Max. Er rempelte ihn vor die Brust, und sie boxten sich und klopften sich auf den Rücken. Max drückte Ole eine Bierflasche in die Hand, die er am Kasten aufmachte. Ole strahlte übers ganze Gesicht.

»Alles Gute, Mann!« Er boxte Max noch mal. »Wie ist die Volljährigkeit?«

Max machte ein vornehmes Gesicht. »Weiß nicht, ob ich auf die Verantwortung klarkomm.«

Max' Geburtstag. Normalerweise war ich gut darin, mir so

was zu merken. Er war ein Jahr älter als wir, weil er in der Siebten hängen geblieben war. Er sah irgendwie sogar aus wie gerade achtzehn geworden. Trug ein T-Shirt mit Palmenaufdruck und Sportshorts und das strohblonde Haar vom Kopf abstehend, grinste breit und strahlte irgendwie Freiheit und lässige Großzügigkeit aus. Als könne er jetzt überall sein und hätte sich trotzdem unserer in der Uckermark erbarmt.

»Wie geht's, Helena?«, fragte Sinan. Er klang ehrlich interessiert und war es auch. Von Oles Kumpels war er mein Favorit. Ein drahtiger, hochgeschossener Typ, selbst angesichts von Chaos absolut gechillt. Der Mann, den du anrufst, wenn du nachts besoffen am anderen Ende von Berlin festsitzt. Als ich in der Aula ohnmächtig geworden war, hatte er mir meinen Rucksack unter die Beine gelegt, weil er gelesen hatte, dass das bei Ohnmachten eine gute Idee war. Auch äußerlich war er die Definition von lässig. Er setzte seine Basecaps selbst im Unterricht nicht ab und war genau wie ich mit seinen besten Nikes in die Uckermark gekommen. Nur das Longboard mit der Bulldogge, das sich sonst entweder unter seinen Füßen befand oder, nach zahlreichen Verwarnungen, in der Schule unter seinen Arm geklemmt, hatte er nicht dabei. »Was macht dein Kopf?«

»Geht schon«, sagte ich vollkommen überfordert und wickelte mir die Kopfhörer ab, die sich um meinen Hals verknotet hatten. »Wie seid ihr hergekommen?«

»Mit der Karre von Mutti, die ich seit heute absolut einwandfrei legal fahren darf.«

»Wir sind zwei Stunden durch die Pampa gegurkt, weil der Spast kein Navi lesen kann«, sagte Sinan. »Ich dachte, wenn wir wen nach dem Weg fragen, schießen die bestimmt erst mal auf uns. Zumindest auf den armen Türken.«

»Die Straßen sind voll im Arsch. Hat wahrscheinlich noch Hitler persönlich gebaut. Ruinier ich noch die scheiß Achse mit.«

»Wir haben Zeug zum Grillen mit«, sagte Sinan und klopfte auf eine von Schrammen bedeckte blaue Thermobox, die sie neben den Kasten Bier ans Zelt gestellt hatten. »Wir dachten, ihr lebt hier draußen bestimmt von Beeren und essbaren Pflanzen, also liefern wir euch ein Survival-Kit.«

»Dann können wir uns das Einkaufen sparen«, sagte Ole begeistert. »Lass das Bier kalt stellen!«

Max, der sich auf den Kasten gesetzt hatte, sprang auf, und sie schleppten den Kasten zum Steg runter und versuchten sich dabei ins Wasser zu schubsen. Dann liefen sie noch mal zum Auto, das die beiden auf dem Waldweg geparkt hatten, und brachten den Rest mit: Grillkohle, zwei Schlafsäcke – und das Longboard. Und dann waren sie da. Als hätten wir schon den ganzen Tag auf sie gewartet. Max steckte sein Handy auf die Lautsprecherbox, die Sinan ihm geschenkt hatte, und spielte Deutschrap. Der See trug den Sound ein ganzes Stück hinaus.

Ich wachte erst mal richtig auf. Im Zelt durchsuchte ich meine Tasche und verfluchte mich dafür, dass ich nichts gegen Sonnenbrand eingepackt hatte. Meine Beine taten richtig weh, obwohl ich nach dem Wasser noch mal Schutzfaktor 30 draufgemacht hatte und auch nicht so anfällig für Sonnenbrand war wie Maren, der wegen Hautkrebsrisiko auch schon ein paar Leberflecken weggemacht werden mussten.

Sinan befeuerte den Einweggrill mit Kohle und trockenem Schilf, über das er profimäßig Benzin aus seinem Feuerzeug kippte, und legte erst billige Steaks in Paprikamarinade und dann noch Tofuwürstchen und einen Grillkäse für mich drauf. Jede Wette, dass er beim Einkaufen dran gedacht hatte. Max hielt mich für eins dieser empfindlichen, spaßbefreiten Mädchen, wegen der dein Kumpel plötzlich nicht mehr so oft nachts Böller schmeißt und in Abrisshäuser einsteigt. Aber hey, ich konnte ihn schließlich auch nicht leiden. Ich wusste, wie er über meine Freundinnen herzog, besonders über Isi, seit sie ihn an Silvester hatte abblitzen lassen. Eine von Isis Top-Entscheidungen.

Während das Essen gar wurde, kamen die anderen Camper zurück, die Studenten mit ihrer Ausbeute an Käfern und das Rentnerpaar mit dem fiesen Hund. Die Ukulele fing wieder an. Max drehte die Box gleich mal lauter und zauberte aus seinem Rucksack Papers, Filter und einen zerknitterten Tabakbeutel. Sinan kümmerte sich um den Grill, während Max und Ole um die Wette drehten. Max, der doppelt so viel kiffte wie Ole, präsentierte den perfekten Joint und lachte über Oles.

»Hast den nach 'nem bestimmten Vorbild gebaut?«

Sie lachten darüber, als wären sie schon bekifft. Ole zündete den Joint an der Grillkohle an und ließ ihn einmal kreisen. Ich schüttelte den Kopf, als er bei mir landete. Weil ich mir wie eine Spielverderberin vorkam, fügte ich hinzu: »Ich nehm doch Tabletten.« Vitamin B12, das in Fleisch und Milch vorkam, gegen Erschöpfung. Nichts, wo ein Joint was ausgemacht hätte, aber wenn ich jetzt noch kiffte, würde ich umkippen.

Es wurde spät. Der Himmel bekam Pastellfarben, die immer intensiver wurden. Der See schien dunkler zu werden, die Schatten dichter, obwohl es erst sieben oder so war. In Bikini und T-Shirt wurde es kühl. Meine Oberschenkel hingegen hatten die ganze Hitze des Tages gespeichert. Wenn ich auf die rote Haut drückte, blieben weiße Striemen zurück. Aloe Vera wäre jetzt echt gut, aber die würde ich am See in Ostdeutschland vergeblich suchen. Zwischen meinen Berliner Sukkulenten blühte ein großer Ableger.

»Helena hat hier früher gezeltet«, verkündete Ole unvermittelt.

Ich winkte ab. »Ist schon ewig lange her.«

»Echt schön hier«, sagte Sinan. Er hatte schon immer mal Tofu-Würstchen probieren wollen und aß mir die jetzt alle weg, aber das war schon okay. Mein Magen fühlte sich wieder mal flau an. Ich begnügte mich mit Cherrytomaten und dem weichen Inneren des Baguettes. »Ist bestimmt richtig Zen, oder? Gut für die Erholung.«

»Schon«, sagte Ole. »Hier laufen nur ein paar echte Spinner rum. Merkwürdige Leute.« Er gab den auf einen Stummel herabgeglühten Joint weiter und machte mit Sinans Feuerzeug sein drittes Bier auf. »Die Frau an der Information, ey. Echter Horror. So eine Polin, hat eine nach der anderen geraucht, und wie die mich angesehen hat. Schleicht bestimmt nachts um den See und schlägt Teenagern die Schädel ein.«

»Vielleicht penn ich doch lieber im Auto«, sagte Sinan und rieb sich die Arme, als grusele er sich ganz fürchterlich.

Max zeigte mit der Bierflasche zum Himmel, wo sich am Horizont ein paar dünn zerfranste Wolken gebildet hatten. »Was heißt das für's Wetter? Irgendein Streber hier, der so was weiß?«

»Keine Ahnung. Schlaft einfach draußen. Aber wehe, du schnarchst. Dann packen wir dich ins Kanu und schieben dich raus auf den See.«

»Das verstärkt das nur«, grinste Max. Allmählich ging er mir auf die Nerven. Er hatte irgendwie zu große Zähne, sodass sein Grinsen übertrieben pferdegebissig wirkte.

»Wenn es für Helena okay ist«, sagte Sinan.

»Nee, Quatsch«, sagte ich. »Klar.« Die Studenten spielten unverdrossen weiter ihre Ukulele: *If I was young, I'd flee this town.* Danke schön. Meine Beine waren immer noch richtig heiß. Ich hielt mein fast leeres Bier, das in meiner Hand warm geworden war. Ich wartete noch eine Minute, dann stand ich auf und kroch ins Zelt, um mir meine Shorts anzuziehen und auf mein Handy zu sehen. Kein Internet. Ich zog meine Flipflops an und kroch wieder nach draußen.

»Ich komm gleich wieder«, sagte ich zu den Jungs und ging weg.

· 12 ·

ICH SCHLENDERTE EIN STÜCK am aufgeschütteten Strand entlang, der im späten Sonnenlicht golden war, so langsam wie eine Rentnerin. Normalerweise nervten mich Leute an, die so schlichen. Als ich einen Flipflop vom Fuß schüttelte, war der Sand noch warm vom Tag.

Es waren noch Leute unterwegs. Die letzten Schwimmer. Eine vielköpfige junge Familie, die Picknickkörbe und Decken zusammenpackte und Strandspielzeug einsammelte. Zwei dürre Dreizehnjährige saßen am Ende eines Stegs, ließen ihre Turnschuhe über der Wasseroberfläche baumeln und unterhielten sich wild gestikulierend. Der kleine Hund von gestern buddelte ein Loch im Sand, von seinem Frisbee behindert, das er nicht ablegen wollte. Ich setzte mich unter einen Baum in der Nähe des Wassers und sah mir den See an, über dem langsam die Sonne unterging.

Irgendwann kam Ole mir nach.

»Da bist du ja«, sagte er, als ich in Rufweite war. Ich hörte seiner Stimme Gras und Bier an und seine Mühe, nüchtern zu wirken. Er hatte dieses Stirnrunzeln, das er immer hatte, wenn er sich über irgendwas Gedanken machte. »Du warst plötzlich weg.«

»Ich hab doch gesagt, ich geh kurz.«

»Eine halbe Stunde?«

Ich hatte nicht gemerkt, wie lange ich hier schon saß. Dass er es überhaupt mitgekriegt hatte, überraschte mich auch. Bekifft war kein Verlass darauf, dass er irgendwas mitkriegte.

»Du bist beleidigt«, stellte Ole fest.

»Ich bin nicht beleidigt«, sagte ich automatisch.

»Doch. Klar. Wegen Max und Sinan. Aber es ist nur ein Abend, okay? Und Max hat Geburtstag.«

»Ich weiß.«

Ole wartete, und als ich nicht mehr sagte, sagte er, diesmal mit deutlich Ärger und Kränkung: »Ich kann sie nicht einfach wegschicken, okay?« Als hätte ich das schon vorgeschlagen. Als wäre mir egal, ob sich seine zwei besten Freunde besoffen und bekifft zurück ins Auto setzten. Dabei war es okay, dass sie hier waren. Sie waren schon in Ordnung. Sinan jedenfalls. Es war nur eine Nacht, und ich musste mir mit ihnen nicht das Zelt teilen. Ole freute sich, sie zu sehen. Max hatte Geburtstag und Ole für mich seine Kanutour verschoben.

Ole setzte sich unbeholfen neben mich auf die Baumwurzeln. »Du musst aufhören, dich ständig deswegen fertigzumachen, okay?«, sagte er, sobald er gerade saß. »Wenigstens, während wir hier sind. Wenigstens mal fünf Minuten lang. Das ist doch nicht gesund. Und wenn du ein Jahr wiederholen musst, na und? Lauter Genies sind sitzen geblieben. Aber du kannst es jetzt nicht mehr ändern, und ehrlich, das belastet mich auch. Uns beide belastet das.«

»Es ist nicht wegen der Schule!«, platzte ich heraus. »Okay?«

Er blinzelte mich an.

»Es hat nichts mit dem Abi zu tun. Überhaupt nichts.«

»Ich hab dich nicht dazu gezwungen!«, erwiderte er plötzlich aufgebracht. Bekifft war er gleichzeitig superlangsam und wechselte blitzschnell die Richtungen. »Du hast gesagt, du willst das!«

Jetzt starrte ich ihn an. »Was?«

»Ich hab dir von Anfang an gesagt, dass du kein Outdoor-Mensch bist, und jetzt bin ich der Arsch, der dich hergeschleift hat, obwohl du Zelten hasst.«

»Was? Quatsch!«

»Ich weiß echt nicht, was ich machen soll. Du bist nur noch scheiße drauf. Was willst du eigentlich von mir? Ich kann ja wohl nicht Gedanken lesen, was dich glücklich machen würde. Mann!« Er stand stolpernd auf, schüttelte sich und stapfte wütend los zurück zum Zelt.

Ich saß noch eine halbe Minute da. Ich hörte den einen Dreizehnjährigen lachen, schrill, noch nicht im Stimmbruch. Die hatten natürlich zugeguckt. Ich spürte ihre bohrenden Blicke in meinem Rücken, den Hohn von zwei Jungen, die ich um vier Jahre und einen Kopf überragte, und stand ebenfalls auf. Ich öffnete den Mund, um Ole hinterherzurufen, und tat es dann doch nicht. Er war schon fast außer Sicht. Ich hatte keine Lust, herumzubrüllen. In die Schaumgummisohlen meiner Flipflops bohrten sich Kiefernzapfen und blank gelaufene, den Weg schneidende Wurzeln. Ich blieb prompt an einer hängen und legte mich der Länge nach hin, wobei ich mich gerade noch mit den Händen abfing. Der Aufprall presste mir alle Luft aus den Lungen. Ich stand zitternd und Flüche murmelnd auf, wischte meine brennenden, ertaubenden Hände ab und sammelte meinen davongeflogenen Flipflop wieder ein. Als ich mich umdrehte, kam ein Hund auf mich zu und zeigte mir warnend die

Zähne. Der krummbeinige Mischling des Ehepaars, der nur Ole leiden konnte. Seine Besitzer trugen ihre Reisekulturbeutel unter die Achseln geklemmt und Frotteehandtücher im Arm. Die Frau nickte mir freundlich zu. Ich nickte nachbarschaftlich zurück und massierte meine Handflächen.

Sinan war weg, als ich zurückkam, die Musik aus. Max hatte sich Oles Schlafsack aus dem Zelt geholt und sich draufgesetzt und baute mit größter Kiffersorgfalt einen neuen Joint. Ole war auf den Steg raus, Bier holen. Mir bloß aus dem Weg. Die Grillkohle glühte aus, und auf dem See brannte das Licht der untergehenden Sonne. Es war kühl geworden.

Ich kroch ins Zelt und legte mich auf meinen Schlafsack. Ich konnte Max' Schatten sehen, wenn ich den Kopf drehte, und die Studenten auf der Ukulele klimpern hören. Ich war wütend auf Ole, weil er mir nie richtig zuhörte – schließlich war es meine Idee gewesen, herzukommen –, aber vor allem war ich über seine Ehrlichkeit verblüfft. Bekiffte Mädchen übertreiben, aber bekiffte Jungs sagen die Wahrheit. In meiner Erfahrung jedenfalls. Und ich fühlte mich schlecht, weil er ja recht hatte. Ich *war* nur noch scheiße drauf.

Ole holte klappernd und platschend neues Bier aus dem Wasser und kam zurück, gleichzeitig mit Sinan, der fragte: »Wo ist Helena?«

»Die hat sich hingelegt«, brummte er. »Kopfschmerzen.«

»Oh. Scheiße. Aber die wird nicht wieder ohnmächtig da drin?«

»Nee. Gib mal Feuerzeug.« Das Zischen, als er den Kronkorken von seiner Flasche hebelte. Ich hatte es nie hingekriegt. Ich drückte mir nur rote Stellen in den Finger. Max sagte unglücklich: »Das Fleisch wird nicht durch.«

»Die Kohle ist ja auch aus.«

»Scheiße, echt?«

»Pack da doch nicht drauf! Mann, du Spasti!«

Ich hörte ihnen zu, wie sie sich kabbelten, und wälzte meine Gefühle und Gedanken hin und her. Dachte über uns nach. Über Ole, attraktiv und sportlich und beliebt, der wusste, was er wollte, der den Blick bereits hinters Abi auf sein Studium gerichtet hatte, mit seinen erfolgreichen Eltern, die ganze Familie voller Tatendrang, Ole, der Basketball liebte und gern draußen war, der das Abenteuer suchte, der mir nachts schlechte Horrorgeschichten aus dem Internet vorlas, der gern fotografierte und keine Tomaten aß. Mein erster Freund, mein erster richtiger Kuss, mein erster Sex. Ich wusste so viel von ihm, dass ich ein Buch hätte füllen können, und er wusste quasi nichts. Ich nahm und nahm und nahm von ihm und gab nichts zurück.

Draußen schlug Ole vor, Kanu zu fahren, was die anderen für eine super Idee hielten. Sie beratschlagten sich, ob sie das Essen mitnehmen sollten, für die nächste Hungerattacke, und das Gras, für Joints auf dem Wasser.

»Wir fahren kurz weg«, sagte Ole halblaut in meine Richtung. »Okay?«

»Die schläft bestimmt«, flüsterte Sinan, als ich nicht antwortete. »Lass sie, Mann.«

»Ist das euer Kanu?«, rief Max vom Steg. »Das ist angeschlossen!«

»Das ist bloß ein Strick, du Vollidiot.«

Ich hörte sie über den Steg poltern und ins Kanu steigen, das Platschen von Wasser und das dumpfe Knallen des Rumpfs gegen den Steg, und wie sie lachend wegruderten.

Nach zehn Minuten setzte ich mich auf. Ich schlüpfte barfuß in meine Nikes und stellte fest, dass meine an der Wurzel ramponierten Zehen darin echt wehtaten. Aber es würde schon gehen. Und weil es kühler werden würde und ich keinen Bock auf noch mehr Mückenstiche hatte, zog ich mein Sweatshirt an. Vor dem Zelt fiel das letzte Sonnenlicht lauwarm auf meine Schultern. Ich sah das Kanu hundert Meter draußen auf dem See. Ich machte gewissenhaft das Zelt zu, schloss mein Fahrrad auf und brach allein auf, den Hügel hoch in Richtung Parkplatz, von dem eine ramponierte Straße nach Lauwitz führte, wo der Gemeindefriedhof lag

· 13 ·

AUF DEM SICH LEERENDEN Parkplatz und der langen, mit Schotter geflickten Straße zurück zum Dorf war es noch sommerhell und die Baumwipfel wie in Gold getaucht. Ich fuhr an Urlaubern und Leuten aus dem Dorf vorbei, die zu ihren Autos und Häusern schlenderten und auf eigenen Rädern fuhren, und ließ sie auf einem Feldweg hinter mir zurück.

Ich hatte den Weg online nachgesehen. Der Friedhof lag ein Stück außerhalb von Lauwitz, was gut war, denn ich wollte nicht durchs Dorf.

Links von mir blühte Raps und rechts stand mannshoher Mais. Vor mir hob und senkte sich wild die hügelige Landschaft, und von oben sah ich die Häuser und Scheunen und alten Schuppen am Feldrand. Doch hier war niemand mehr unterwegs. Zu weit weg vom See.

Während der Fahrt weinte ich. Es überraschte mich selbst. Es war kein wildes, schluchzendes Rotz-und-Wasser-Heulen, sondern einfach nur jede Menge stumme Tränen und ab und an mein bebendes Luftholen. Es fing einfach an, und dann tat es gut. Niemand sah mich. Niemand kannte mich. Niemand fragte nach meinen Gefühlen und ob ich meine Tabletten nahm.

Nach hundert Metern Feldweg merkte ich, dass ich ein paar

kleine schwarze Käfer auf dem Pullover sitzen hatte. Ich wischte sie umständlich weg, sah gerade noch rechtzeitig auf und bremste ab. Zuerst dachte ich, es wäre ein toter Vogel, den ich fast über den Haufen gefahren hatte. Dann hielt ich es für ein Modellflugzeug. Erst, als ich davorstand, sah ich, dass es eine Drohne mit vier kleinen Rotorblättern war. Ungefähr einen halben Meter lang und breit. Unten hatte jemand eine kleine Vorrichtung angebracht und eine GoPro drangeschraubt.

Ich sah mich um und wischte mir mit dem käferfreien Ärmel über die Augen. Die Sonne war bereits hinter den Baumwipfeln verschwunden. Es wurde allmählich dämmrig. Weit und breit niemand zu sehen. Ich hob die Drohne auf und stellte erst mal die Kamera aus, die noch lief. Dann sah ich nach, ob auf dem Ding irgendwo ein Name stand wie bei Brieftauben.

In Berlin hätte ich sie einfach zur Polizei oder ins Fundbüro gebracht wie damals, als Maren und ich mal ein Portemonnaie aus einem Brombeergebüsch hinter der Schule gefischt hatten. Ich bezweifelte allerdings ernsthaft, dass es in Lauwitz überhaupt eine Polizeistation gab.

Während ich noch überlegte, wie ich mit meinem Wertgegenstand verfahren sollte, knackte es rechts im Feld. Dreißig Meter entfernt bewegten sich eine Reihe Pflanzen im Maisfeld, als breche etwas Großes hindurch, ein Reh – oder ein Wildschwein.

Bevor ich in Panik geraten konnte, tauchte ein Junge aus dem sich teilenden Feld hervor, hochgeschossen und schmal in schwarzen skinny Jeans und langem T-Shirt. Er hielt einen Kasten in einer Hand und wischte sich mit einer ärgerlichen

Bewegung das dunkle Haar aus dem Gesicht, drehte sich auf dem Weg um und sagte: »'nen Zehner, dass sie im Wasser –«

Dann bemerkte er mich und blieb sofort stehen, auf ein Bein gelehnt, einen Fuß halb erhoben. Es sah irre komisch aus.

»Zum Glück hast du's ja«, sagte der zweite Junge, der aus dem Mais kam, und nahm einen tiefen Zug aus einer Bierdose. Er war kleiner und bulliger, hatte sich eine Glatze rasiert und trug eine abgewetzte schwarze Dreiviertelhose, ein fleckiges graues T-Shirt mit abgerissenen Ärmeln und lädierte Springerstiefel. Auch er blieb stehen, als er mich sah.

Wir sahen uns an, alle gleichermaßen überrascht. Dann stellte sich der erste Junge wieder auf beide Füße und sagte: »Hey, da ist ja gleich noch was vom Himmel gefallen!«

Ich blieb, wo ich war. Hauptsächlich, weil der zweite Typ aussah wie ein Nazi.

Der erste Junge hingegen war selbst auf Abstand schön. Nicht bloß attraktiv oder gut aussehend, sondern künstlerisch. Wie eine von diesen abgefahren Marmorskulpturen von Michelangelo, wo der Marmor aussieht wie Seide. Blass und dazu dichtes dunkles Haar, das sich in der Stirn ein wenig lockte. Er kam ein paar Schritte auf mich zu, damit er nicht mehr rufen musste, und sagte: »Entschuldigen Sie, gnä' Frau, Sie haben da unseren Quadrokopter.«

»Der lag hier«, sagte ich, was wohl ungefähr das war, was Diebe sagen, wenn sie auf frischer Tat ertappt werden. »Ich hab ihn nur gefunden.«

»Mikey? Ruf die Polizei.«

Für eine Sekunde kaufte ich ihm das hundertpro ab. Aber dann richtete er den Kasten in seiner Hand, der aussah wie ein Playstation-Controller, wie eine Waffe auf mich und sagte mit bester Tatort-Stimme: »Zwingen Sie mich nicht, das Gerät einzusetzen.«

»Alter«, sagte Mikey, der Nazi. »Lass sie, Mann.« Er schien dringend zurück in den Mais zu wollen. Er machte die Augen ganz schmal, als blende ihn die Sonne, nur dass da schon gar keine mehr war.

»Ich unterhalt mich doch nur!«, protestierte sein Freund. »Reg dich mal ab, Junge!« Er drehte sich wieder zu mir. »Wenn gnä' Frau die Finger kurz aus den Rotoren – Danke schön!« Er richtete die Fernsteuerung auf die Drohne und drückte darauf herum. Das Gerät, das ich wie einen flüggen Vogel hochhielt, blieb tot.

Mikey schubste ihn grob und kam auf mich zu. Ich wich unwillkürlich einen Schritt zurück und schwankte mit dem Fahrrad um Halt. Er sah, wie gesagt, brutal aus. Irgendwie gerade weil er kleiner war als ich. Er hatte mehrere Piercings in beiden Ohren und ein abheilendes blaues Auge. Allerdings doch keine Glatze, sondern hellrotes, aus einer radikalen Rasur zurückwachsendes Haar. Er streckte die Hand nach der Drohne aus, und ich gab sie ihm. Seine Fingerknöchel waren mit zum blauen Auge passenden dunkel verschorften Platzwunden bedeckt, und er hatte eine so heftige Fahne, dass es mich fast umhaute. Mit Mühe unterdrückte ich das Würgen.

»Ich – äh, hoffe, sie ist nicht kaputt.«

»Mhm«, machte er und bastelte an der Drohne herum. Ich hatte keine Ahnung, wie er es schaffte, so nüchtern zu wirken. Seiner Fahne nach hatte er mindestens fünf von diesen Bieren intus. Ich konnte nach einem Glas Wein meine Schuhe nicht mehr binden.

»Oh, und ich – ich hab die Kamera ausgemacht. Die lief noch.«

Der andere Junge kam zu uns rüber und wollte Mikey die Drohne abnehmen, aber der schubste ihn weg. »Dein Fehler«, sagte er und klatschte ihm die flache Hand auf den Hinterkopf, als er sich nicht schnell genug duckte. »Spacken.«

Ungerührt streckte der schöne Junge mir die Hand hin. Ich ergriff sie überrumpelt. Statt von Nahem erkennbare Makel zu haben, war er vielleicht so noch schöner: ein sorgsam geschnittenes und fast symmetrisches Gesicht, graue Augen, eine schmale Nase, dazu das gekonnte schiefe Lächeln. Es irritierte mich richtig, wie er aussah. Ich musste mir alle Mühe geben, dass er das nicht merkte. Sein T-Shirt hatte am Kragen kleine Löcher, wie man sie fertig kaufen konnte. Er war im Gegensatz zu seinem Nazifreund zu gut gestylt, um der Typ zu sein, der seine Sachen über die Zeit fadenscheinig trug. Sie hatten beide das gleiche halbe Dutzend Festivalarmbändchen um die Handgelenke.

»Viktor«, sagte er.

Und das haute mich dann um. Denn ich *wusste*, wer Viktor war. Und sein Nazi-Freund, der dann logisch kein Nazi war, auch. Ich wusste es zwar nur aus ein paar Handy-Nachrichten, aus Nebensätzen, aus ein paar witzigen Anekdoten, weil Lukas mir keine Fotos von ihnen geschickt hatte. Ich hatte es geschafft, an meinem zweiten Abend in Lauwitz seine besten Freunde zu treffen. Was vielleicht nüchtern betrachtet nicht so unmöglich war, denn immerhin wohnten hier nicht besonders viele Leute.

Viktor sah während meiner Erleuchtung auf meine Hand runter und bemerkte, dass ich zu wenig Finger hatte. Er hatte schon verblüfft den Mund aufgemacht, als er sich im letzten Moment selbst bremste. Das hatte er sich wahrscheinlich über die Jahre selbst antrainiert: *Halt. Noch mal nachdenken.* Ich konnte ihm bereits jetzt ADS diagnostizieren. Ihn als Lehrer in der Klasse zu haben musste ein Albtraum sein.

Ich hörte mich sagen: »Maren.« Der erste Name, der mir in den Sinn kam. So schnell konnte ich gar nicht darüber nachdenken, warum ich gelogen hatte. Ich zog meine Hand aus Viktors. Redete rasch weiter: »Sorry wegen eurer Drohne.«

»Alles klar bei dir? Du siehst ein bisschen, wie sagt man –«, er wedelte mit der Hand vor seinem Gesicht, »– derangiert aus, wenn ich's mal so formulieren darf.«

Ich war noch zu schockiert von der Tatsache, dass ich vor Lukas' Freunden stand, um darüber wirklich beleidigt zu sein. Mir war schon klar, dass ich gerade nicht klasse aussah. Rote Augen, zu wenig Make-up, Sonnenbrand im Gesicht und auf den Beinen. Vor mir der schönste Junge der Gegend. »Danke, es geht schon«, sagte ich benommen, angespannt darauf wartend, dass er mich erkannte.

»Schlechte Farbe.«

»Was?«

Er zeigte auf mein goldgelbes Sweatshirt, das kleine schwarze Käfer anzog wie Zucker Ameisen. »Rapskäfer. Die gehen auf Gelb ab.«

Ich schnippte sie von meinem Ärmel und kam mir wie das dumme Stadtkind vor, das ich ja war.

»Akku alle«, sagte Mikey und sah von der Drohne auf.

»Mann, verarsch mich nicht! Akku alle?«

»Akku alle«, bestätigte Mikey. »Wahnsinn, dass sie nicht gecrasht ist. Du hast mehr Glück als Hirn, Junge.« Er holte zu einem neuen Schlag auf den Hinterkopf aus, aber diesmal tauchte Viktor drunter weg. Er hatte einen weiteren Geistesblitz, klopfte seine Hosentaschen ab und drehte sich dann mit einem unterdrückten Fluch zu Mikey um. »Mikey! Hast ein Taschentuch?«

»Junge, bin ich deine Mutter?«

Er wandte sich bedauernd um, und ich klopfte meine Shorts ab, falls ich welche eingesteckt hatte. Er sah mir zu, mild verwirrt und sehr charmant, und sagte: »*Ich* wollte *dir* eins geben.«

»Oh«, sagte ich. »Danke. Äh – für die Geste.«

»So hält's der Gentleman.« Er deutete einen eleganten Knicks an. Er hatte eine richtig gute Körperbeherrschung. Herr Fiedler, der uns in Sport in Schwebebalken und Barren gedrillt hatte, bis wir nicht mal mehr auf die Dinger raufkamen vor Erschöpfung, hatte rauf und runter davon gepredigt. *Den Körper spüren, beherrschen, anspannen, halten! Und halten! Und halten!* Bei Viktor wäre er hin und weg gewesen.

»Komm jetzt, Junge«, sagte Mikey und exte sein Bier. »Abmarsch.«

»Der ungehobelte, undankbare Klotz ist übrigens Mikey.«

»*Mike*«, korrigierte Mikey. Auch das wusste ich von Lukas. Und dass er kein Nazi war, sondern Nazis verprügelte, woher er wahrscheinlich das blaue Auge hatte. Offenbar kannten ihn hier alle gut genug, als dass irgendwer ein durchgestrichenes Hakenkreuz oder einen *Good Night White Pride*-Aufnäher an seiner zerschlissenen Hose verlangt hätte wie bei Kattas linken Freunden. Mike machte Lukas zufolge Statements gleich mit den Fäusten.

»Und wohin bist du unterwegs, Maren?«

Es wäre mir komisch vorgekommen, geradezu unheimlich, wenn ich *Ach, nur zum Friedhof* gesagt hätte, selbst, wenn es mich nicht verdächtig gemacht hätte. »Nur eine Runde fahren«, sagte ich. »Ich bin zelten. Campen, meine ich. Am See.«

Viktor nickte, als hätte er das schon kombiniert. »Brauchst du einen Guide? Zu den schönsten Ecken von Lauwitz? Allen dreien? Der Bierschuppen, die Bushaltestelle, Mikes Mutter?«

Mike schlug erneut nach ihm, aber jetzt, wo er das Bier runter hatte, zielte er nicht mehr besonders gut. Viktor musste sich bloß etwas zur Seite lehnen.

»Ich komm schon klar«, sagte ich. »Aber danke.« Ich stieg auf mein Fahrrad. Mike machte mir etwas zu viel Platz und stolperte ein Stück ins Rapsfeld. Mein Pulloversaum war schon wieder mit Käfern besetzt. Mein Kopf dröhnte vor Schreck. Ich hatte niemanden treffen wollen. Ich hatte auch nicht lügen wollen. Und ich war mir nicht mal sicher, ob sie es geglaubt hatten.

Als ich schon ein Stück gefahren war, sah ich über die Schulter. Das Herz schlug mir immer noch bis zum Hals. Aber Viktor und Mike waren zurück in den Mais verschwunden.

· 14 ·

ICH HATTE LANGE ÜBERLEGT, was ich auf sein Grab legen wollte. Zuerst hatte ich Blumen gedacht, aber die wären auf dem Weg eingegangen. Eine Kerze erschien mir irgendwie nicht angebracht. Wir hatten keinen Gegenstand gehabt, der für uns stand, Kartenabrisse aus dem Kino oder Schlüsselanhänger von einem Jahrmarkt oder Postkarten oder so was. Ich hatte mich in Berlin an meinen Schreibtisch gesetzt und richtig mit Füller auf Papier einen Brief geschrieben – den ersten seit Jahren, seit Isi, Maren und ich uns nicht mehr alberne Bandenbriefe schickten –, oder eher hundert Versuche davon. Was konnte ich schließlich sagen?

Am Abend vor der Abfahrt, als meine Taschen schon gepackt vor meinem Bett gestanden hatten, hatte ich die Idee, einfach unseren Chat auszudrucken. Es wären sicher fünfzig Seiten geworden mit all den Smileys und den Bildern, die wir uns schickten, von uns, von unserem Zimmer, unserer Straße. Die Beweise, die er mir lieferte. Der Anfang unserer Geschichte und ein Anriss der Geschichte meiner nicht zusammengehörenden Familien. Die alte Affäre. Meine herzlose Mutter. Für alle Grabbesucher zum Nachlesen.

Und genau deshalb ließ ich es dann. Ich wollte nicht herkommen, um irgendein Geheimnis ans Licht zu zerren. Ich würde eben doch Blumen auf sein Grab legen, und dann würde mein Leben weitergehen.

Der Friedhof lag ganz oben auf einem Hügel. Es gab eine kleine weiße Kapelle, deren Dach so schief war wie die Kirche unten im Dorf, und schöne alte Bäume, die eine Allee zwischen den Gräbern bildeten. Der schmale, mit Unkraut bewachsene Schotterparkplatz war leer, doch an einer uralten Steinmauer lehnte ein Fahrrad, neben das ich meins stellte.

Neben dem Hügel stand Weizen, doch davor wuchsen auf einer verwilderten Wiese Blumen oder vielleicht auch buntes Unkraut. Ich ging hinüber und pflückte einen Strauß zusammen. Verirrte Stängel Raps, Kornblumen, Margeriten, wilde Stiefmütterchen und andere Pflanzen, die mir nichts sagten. Die Gräser waren kühl in meinen Fingern. Ein paar Mücken schwirrten um meine nackten Beine. Im Feld summten die Grillen. Es roch bis hier oben nach dem Rapsfeld und frischem Grasschnitt. Ich kürzte die Stängel, so gut es ging, mit der Hand und betrat dann den Friedhof.

In der Dämmerung schimmerten die Grabkerzen wie rote Irrlichter. Ich schlich über den mit grauem Kies ausgeschütteten Weg und sah mich nach links und rechts um. Ich war noch nie auf einem Friedhof gewesen. Ich wusste aus Filmen, wie sie aussahen, klar, doch wie ich ein bestimmtes Grab finden sollte, wusste ich nicht. War das wie mit den Parzellen beim Camping?

Es war dann nicht so schwer. Hier waren höchstens hundert Menschen begraben, und ganz außen, am weitesten weg von der Kapelle, fand ich das unübersehbar jüngste Grab, vor dem ein kleines Meer aus Grablichtern leuchtete.

Der Stein war so dunkel, dass ich die blasse Inschrift darin ohne die Kerzen schon nicht mehr hätte lesen können. Ich beugte mich etwas hinab, und mir wurde plötzlich ganz schwummrig. Ich ging auf dem Pfad vor dem Grab in die Hocke und atmete tief durch.

Es war nicht, wie ich es gedacht hatte. Ich spürte nicht seine Präsenz oder so was. Was natürlich auch Bullshit gewesen wäre. Ich brach auch nicht weinend zusammen oder wurde von dem Drang überwältigt, eine emotionale Rede zu halten. Mir wurde einfach nur klar, dass es ihn wirklich gegeben hatte, einen echten Jungen aus Fleisch und Blut, und dass er wirklich tot war: *Lukas Weber, *1999 † 2017, geliebter Sohn.*

Da waren die Kerzen, zwanzig oder mehr, und es lagen mit bunten Bändern versehene Kränze auf dem Grab, einzelne Blumen und Gestecke und kleine Töpfe mit Zierpflanzen, aber alles ganz frisch, wie heute früh auf ein Grab hingelegt, das gestern erst zugeschüttet worden war. Irgendjemand – vielleicht meine Mutter – goss das hier alles und warf weg, was zu verwelken begann. Wahrscheinlich jeden Tag.

Ich hatte kein Recht, hier zu sein. Das hier war ein privater Ort. Egal, wie öffentlich er war. Ich war hier nicht erwünscht. Fast hätte ich es sein gelassen mit den Blumen, aber dann fand ich eine Lücke für sie und legte sie rasch hinein, unten links ein Stück vom Grabstein entfernt. Ich stand auf und wischte meine von Pflanzensaft klebrigen Hände an meinen Shorts ab, und dann weinte ich doch. Diesmal kam es von tief aus der Brust, wie Husten. Mein Schluchzen war hohl und schnappend und machte mir Angst.

Ich ging über den Schotterweg zurück und stellte dabei fest, dass doch andere Leute hier waren. Eine sehr alte Frau mit Rollator und ein gebeugt auf einer Zierbank sitzender Mann, beide mit ihren Andachten an die Toten beschäftigt, keine Notiz von mir nehmend. Ich ging schneller, stumm schluchzend, und die letzten Meter zum Tor rannte ich fast, und wenn es nicht auf gewesen wäre, wäre ich drübergesprungen.

· 15 ·

»MAREN!«, RIEF EINE STIMME, als ich gerade aus dem Feldweg auf die Schotterstraße bog. Sie kam von weit weg. Wie vom anderen Ende eines Fußballfelds. »Hey!«

Ich sah mich um und konnte niemanden sehen. Erst im zweiten Anlauf entdeckte ich Viktor auf einer der Pferdeweiden vor dem Dorf. Er winkte mir wild mit beiden Armen vom Dach einer kleinen Hütte, auf dem er mit noch jemandem saß. Wahrscheinlich Mike.

Ich zögerte, aber dann trocknete ich mir mit dem Ärmel noch mal das Gesicht und bog doch zu ihnen ab. Unterdessen kam Viktor heruntergeklettert und mir entgegen an ein schweres Eisengatter, das mitten im Elektrozaun saß.

»Wie war dein Ausflug?«, fragte er, als ich vom Rad stieg, und stützte sich auf verschränkten Armen lässig über das Tor.

»Nicht so gut.« Meine Stimme war nicht ganz so fest, wie ich sie haben wollte.

»Ach Mensch.«

Einen Moment standen wir da in der Dämmerung. Dann deutete Viktor über die Schulter. »Willst du auf einen Trostschnaps hoch?«

Ich schüttelte den Kopf.

»Siehst aber aus, als könntest du einen vertragen.«

»Wo sind die Pferde?«

»Magst du keine Pferde? Welches Mädchen mag keine Pferde?«

»Ich hab nichts gegen Pferde.«

»Klingt wie was, was ein Pferdehasser sagen würde.« Er deutete auf mein Sweatshirt. »Bist ja deine Käfer-Freunde losgeworden.«

Ich sah an mir hinab. Ich sah wieder halbwegs passabel aus. Im Schutz der Dunkelheit.

»Ich muss wieder zurück«, murmelte ich.

»Termindruck?«

Ich hatte mein Handy in meine Hose gesteckt, aber niemand hatte versucht, mich zu erreichen. Ole hatte noch gar nicht bemerkt, dass ich weg war. Ich zuckte die Achseln.

»Wir sind völlig legitime Gesellschaft. Klar, Mikey hat einen sitzen, hat er aber immer. Wir trinken Schnaps und jammern über Gott und die Welt. Gnä' Frau ist herzlich zur Teilhabe eingeladen.«

Fast tat ich's nicht. Dann aber doch. Ich musste es, glaube ich, tun. Mein Kopf tat weh, meine Lungen, meine Augen, und ich wollte noch nicht zurück und allein im Zelt weinen. Ich lehnte mein Fahrrad ans Gatter, griff die obere kalte Metallstange und kletterte drüber. Wir stapften über trockenes, stoppelkurz gefressenes Gras den Hügel hinauf. Es roch nach Stroh und Pferdemist. Der Unterstand, auf den wir zuliefen, war aus Holz, das Dach mit Teerpappe gedeckt. Oben lag Mike flach auf dem Rücken, die Beine über die Dachkante gehängt. Ich konnte seine Fahne bis hier unten riechen. Alter Schwede.

An der Rückwand der Hütte wuchsen brusthoch Brennnesseln. Eine Menge poröse Gummireifen stapelte sich dort. Viktor stieg hinauf und war im nächsten Moment schon oben.

»Hält uns alle drei«, versprach er.

Ich stieg zögerlich auf die Reifen, setzte meinen Fuß auf den gleichen Querbalken wie Viktor und kletterte ihm hinterher. Das Dach knarrte und hielt. Die raue Pappe war unter meinen Handflächen noch warm vom Tag. Es war mehr Platz hier oben, als ich von unten vermutet hatte, und obwohl der Hügel klein erschienen war, konnte ich bis hinab zum See sehen.

Mike lag links an der Kante, hatte die Arme im Nacken verschränkt und ließ die Springerstiefel baumeln. Auf seinem Bauch lag die Drohne, der der Akku ausgegangen war. Unter seinem linken Knie, halb unter seinem Hosenbein verschwunden, entdeckte ich ein schiefes Tattoo, das wie selbst gestochen aussah. Es sah aus wie ein Hundekopf.

Mike öffnete ein Auge und blinzelte mich trüb an.

»Hey«, sagte ich unsicher und versuchte, unauffällig durch den Mund zu atmen.

Er machte das Auge wieder zu.

Viktor klopfte aufs Teerdach. »Rück mal was raus«, sagte er zu Mike, der widerwillig grunzte und aus seinen klirrenden Taschen drei Kurze hervorzauberte. Er drückte mir einen Feigling und einen Jägermeister in die Hand. Viktor nahm mir den Feigling ab, schraubte ihn auf und hielt ihn mit feierlicher Miene hoch. Mike schloss sich ihm schwerfällig an.

»Auf die ehrliche Finderin«, sagte Viktor.

Ich hob also meinen Jägermeister ebenfalls, und dann tranken wir alle gleichzeitig. Meine Kehle brannte, dann mein Magen. Mike sammelte alle Fläschchen ein, steckte sie zurück in seine Taschen und schloss wieder die Augen. Vielleicht hatte er Angst, sonst betrunken runterzurollen.

Ich betrachtete das in Dämmerung sinkende Land vor mir. Den endlosen, stillen Mais. Den aus dem Wald kriechenden Nebel. Die leere Schotterstraße, den halb vom Feld verborgenen Parkplatz, den dunkler werdenden See. Ein Naturgemälde, aber von jemandem in melancholisch-dunkler Stimmung gemalt. Die Zelte sah ich nicht. Wir waren nicht hoch genug über dem Wald. Aus dem Dorf zog der Geruch nach Grillkohle und von der Wiese der nach Gras und Pferd. In den Hecken wieder die Grillen. Kleine weiße Falter hoben sich zuckend vom Boden. Der Himmel war im Westen violett und feuerrot und in unserem Rücken schon dunkel wie Tinte. Man sah die ersten Sterne. Die Teerpappe wärmte meine Beine und der Jägermeister meinen Hals.

»Luftverschmutzung«, sagte Viktor.

»Was?«, fragte ich mit erneut belegter Stimme.

»Der Sonnenuntergang. Wär nicht halb so nice ohne Abgase.«

Ich nickte, weil ich das schon mal gehört hatte. Alles Schöne ist eigentlich große Scheiße.

»Gib mal die Kamera«, verlangte Viktor dann. Mike seufzte und zog auch die aus einer seiner Taschen. Viktor stellte sie an und lehnte sich zu mir, sodass wir zusammen das Video sehen konnten. Die Drohne startete vom Boden, schraubte sich höher, stand über Mike und Viktor, die zu ihr hochsahen, Viktor grinsend mit ihrem Schatten auf der Schulter und der Fernbedienung in der Hand, die jetzt neben Mike lag. Der Wind pfiff so laut, dass Viktor den Ton ausstellte. Dann stieg sie noch höher. Ich sah Häuser, Ziegeldächer, Schuppen, Gemüsegärten, weil sie am Dorfrand auf einem Feldweg standen. Das riesige Maisfeld aus der Vogelperspektive. Es füllte das ganze Bild aus, ein erstarrtes, grünes Meer, nur unterbrochen von gleichmäßigen Reihen, wo der Traktor beim Aussähen gefahren war. Ab und an das gelbe Blitzen des Rapsfeldes.

»Was habt ihr gefilmt?«

»Nur ein Experiment«, sagte Viktor mit einem merkwürdigen Unterton. Ich sah ihn an, und er grinste wieder dieses halbe Grinsen. Als wüsste er mehr als ich. »Liest du King?«

»Äh –« Ich dachte an Martin Luther King, dessen Reden wir in Englisch angehört hatten.

»Stephen King. *Kinder des Mais*. Ein junges Paar fährt aufs Land und wird von einer Kindersekte entführt, die Mais anbeten.«

»Verfilmt ihr das oder wie?«

»Könnten wir«, sagte Viktor, unablässig grinsend. »Bei all dem Mais.« Dann wurde er etwas ernster. »Kann man von hier nicht sehen, aber ein paar Hügel weiter steht 'ne Biogasanlage. Dafür ist das ganze Zeug. Billig anzubauen und alles.«

Wir sahen uns weiter den Film an. Das Display war jetzt der hellste Fleck in der Dämmerung. Es beleuchtete uns, wo wir die Köpfe zusammensteckten. Es hatte etwas Beruhigendes. Der stumme Film und die dahingleitenden Reihen Mais. Ich spürte, wie sich etwas in mir ein Stück löste. Ein wenig Spannung von dem starren Band in meinem Körper genommen wurde. Die Drohne flog Schleifen, sogar ein Stück auf den See, und kehrte dann zurück über die Felder, wo sie plötzlich abstürzte. Ich erschrak. Viktor lachte. Er legte die Kamera, die nur noch Schwarz zeigte, vor uns aufs Dach wie einen Mini-Fernseher.

»Und?«, fragte er. »Hast du das Heulen gehört?«

Er beobachtete mich. Ich bekam wieder das Gefühl, dass er mich verarschte. Aber vielleicht war das einfach seine Art. Diese permanent mitschwingende Ironie. Ein bisschen wie bei Isi. Und dann erinnerte ich mich an das fremdartige Heulen, das immer tiefer geworden war. Die Gänsehaut, die meinen Körper gestern Nacht überzogen hatte, kam zurück. Wanderte auf meine nackten Beine, unten warm vom Dach, die Schienbeine auskühlend.

Viktor sah mich an, seine Miene todernst, aber seine Augen funkelnd. »Ich bin davon wach geworden. Mir macht so schnell nichts Angst, aber das – Mann.«

»Was war das?«, fragte ich und bemerkte, dass ich beinahe flüsterte, weil auch er die Stimme gesenkt hatte. Verschwörerisch. »Eine Sirene?«

Er schüttelte den Kopf. »Wir haben eine Feuerwehr und ein altes Russengelände ein paar Kilometer die Straße runter, aber so was habe ich noch nie im Leben gehört. Richtig, Mikey? Hab ich so was schon mal vorher gehört?«

Mike hatte die Augen zu und reagierte nicht. Vielleicht war er eingeschlafen.

»Gibt es hier nicht ein AKW?«

»Rheinsberg. Ist aber schon seit Ewigkeiten stillgelegt.« Er zuckte die Achseln. »Wenn, dann kommt was aus Tschechien oder der Ukraine. Aber einen Tag danach? Längst zu spät. Jod fressen würde uns auch nicht mehr retten. In ein paar Wochen fallen uns die Zähne aus dem Mund. In Tschernobyl dachten die Leute, es regnet unsichtbaren Regen.«

Ich bekam eine Gänsehaut. Dann stapfte irgendwer hinter uns den Hügel rauf. Ich lehnte mich etwas zur Seite und sah zwei Pferde herübertrotten, eins grau, eins braun, beide schmutzig und zerzaust. Sie hatten genau die Größe zwischen Pferd und Pony, dass ich nicht sicher war, was sie jetzt waren. Ich glaube, es waren die mit den Netzmasken von unserer Ankunft. Entweder hatten sie uns nicht bemerkt oder sie störten sich nicht an uns.

»Auf dem da hab ich reiten gelernt«, sagte Viktor und deutete auf das Graue. »Stalin.«

»Stalin?«

»Klar, kannst ja nicht den Grauen Hitler nennen.«

Diesmal war ich sicher, dass er mich verarschte. »Nee.«

»Wir sind in Brandenburg, Baby. Egal ob dein Pferd oder dein Hund braun ist, du nennst ihn besser wie den guten alten Führer. Und wenn du ein richtiger deutsche Vorzeigebürger bist, dann bringst du ihm den Hitlergruß bei.« Er lachte über mein Gesicht. »Ehrlich! Der alte Reinken hat einen Schäferhund, der hebt die Rechte, wenn du –«

»'s Tierquälerei«, brummte Mike, der offenbar doch noch wach war.

»Jaja, alter Vegetarier. War Hitler auch.«

»Hitler war kein Vegetarier«, knurrte Mike und machte die Augen auf. »Das mit dem Tierschutz war bloß Blendung. Das war bloß Teil von Rassenpropaganda, von Artenerhalt, und selbst, wenn er Vegetarier gewesen wäre, hat er sechs Millionen –«

»Mann, Mikey«, sagte Viktor und deutete zu den Pferden, »erzähl's doch Hitler und Stalin.«

Mike hob kraftlos eine Hand, als wolle er wieder nach Viktor schlagen, ließ sie dann aufs Teerdach fallen und schloss die Augen wieder. Die Pferde zogen grasend an der Hütte vorbei.

Wir wedelten nach den Insekten, die von ihnen zu uns herauftaumelten.

»Da bist du!« Viktor lehnte sich vor und schnappte sich die Kamera. Für zwei Sekunden wischte mein blasses, erstauntes Gesicht über das Display, als ich die Drohne aufhob und umdrehte, um nach einem Hinweis auf den Besitzer zu suchen. Kurz darauf stellte ich die Kamera aus. Ohne das Licht vom Display war es sehr dunkel auf dem Dach, und da kam ich wieder ein bisschen zu mir.

»Ich muss langsam los.«

»Dann bring ich dich«, sagte Viktor sofort. »Nur bis zum See. Hier laufen eine Menge Spinner herum.«

»Biste einer von«, brummte Mike.

»Penn hier nicht ein und roll runter. Hitler ist unberechenbar, wenn's nicht genug zu beißen gibt.«

Ich kletterte zuerst nach unten, leicht schwankend auf den alten Traktorreifen. Ich war schwach auf den Beinen und froh, dass wir bergab liefen. Die Pferde standen am Zaun beim Maisfeld und streckten die kurzen Hälse auf der Suche nach jungen Kolben übers Elektroband. Wir kletterten nacheinander über das Gatter, Viktor genauso behände, wie ich vermutet hatte, und schoben mein Fahrrad die Schotterstraße runter in Richtung See. Mit jedem Schritt wurde mir übler. Dann fingen wir beide gleichzeitig zu reden an, und er sagte: »Oh bitte, ladies first.«

»Ich heiße Helena«, platzte ich heraus. »Nicht Maren. Ich bin hier, um – ich wollte Lukas' Grab besuchen. Ich bin – ich – ich bin seine Schwester. Halbschwester.«

»Ich weiß.«

Wir blieben stehen und sahen uns an.

»Vier Finger«, sagte Viktor und wedelte mit der rechten Hand. Und fügte rasch hinzu: »Ich weiß nicht viel, okay? Du bist Helena aus Berlin. Du hast nur neun Finger. Du bist der Bastard seiner Mutter. Oder wie man das politisch korrekt sagt, sorry. Das ist auch schon alles. Er hat uns nur gesagt, dass er dich gefunden hat. Und dass du vielleicht im Sommer vorbeikommst.« Er breitete die Arme aus, als präsentiere er mich einem Publikum. »Und hier bist du.«

Hier war ich.

»Du siehst ihm übrigens wirklich ein bisschen ähnlich. Vielleicht hätte ich dich auch ohne die Finger erkannt. Schade, dass wir keine Gegenüberstellung machen können.«

»Tut mir leid«, sagte ich verunsichert. »Dass ich – sorry.«

»Wofür?«

»Na ja, dass ich – dass ich hier bin.« Ich wusste selbst nicht, was ich da redete. »Sorry.«

»Jetzt hör aber auf«, sagte Viktor. Er klang ehrlich überrascht. »Du bist Familie. Wenn einer hier sein darf, dann du.«

»Ich wusste nicht mal, dass es ihn gibt. Nur drei Wochen.«

Er zuckte die Achseln. *Was kann man machen?*

»Ich hab dich auch erkannt. Er hat dich und Mike öfter erwähnt.«

»Hoffentlich nur, um uns zu preisen.« Er grinste. Es war ein wenig gequält. Ein wenig flehentlich. So, als würde er nicht aushalten, wenn ich jetzt in Tränen ausbrach. Also sagte ich: »Natürlich. In den höchsten Tönen.«

Er machte ein Peace-Zeichen zum Himmel hoch. »Danke, Mann«, sagte er. »Wo zeltest du?«

»Hinter den Häusern. Am Wasser.«

»Allein?«

»Mein Freund ist mit.«

»Vermisst der dich nicht langsam mal?«

Mein Magen zog sich kurz zusammen. »Seine Freunde sind auch da.«

»Wie, und die machen Party, während du allein ans Grab deines Bruders fährst?«

Ich war froh, dass er mich im Dunkeln nicht richtig sehen konnte. Der Jägermeister brannte in meinem Magen. »Nee. Macht er nicht. Ich wollte nur – ich wollte lieber allein sein.«

»Du bist jetzt schon ewig weg. Was hast du da für einen Penner? Gibt's ja gar nicht.«

»Er ist kein Penner. Ich hab ihm gesagt, ich will allein sein. Kümmer du dich mal lieber um Mike.«

»Der ist eh hacke.«

»Ja, solltest du dann nicht auf ihn aufpassen? Was, wenn er da runterfällt?«

»Der ratzt immer noch tief, wenn ich wieder da bin. Er hat nicht mal mitgekriegt, wer du bist. Außerdem hab ich dir versprochen, ich bring dich. Ich erwähn auch deinen Freund nicht mehr. Auch wenn's mir schwerfällt.« Er tat so, als ziehe er sich einen Reißverschluss über die Lippen und schnippe den Verschluss weg.

Also gingen wir zusammen weiter. Auf dem Parkplatz standen nur noch die Autos der Übernachtungsgäste. Viktor ging mir ein Stück voraus. Er kam von hier. Er kannte den See wie seine Westentasche. Zwischen den Kiefern war es fast dunkel. Mein Sweatshirt und meine Schuhe leuchteten. Mein Fuß pochte als Erinnerung an den Sturz vorhin, und ich klickte meinen Dynamo gegen den Reifen, damit wir etwas Licht hatten. Wir liefen vorbei an erleuchtenden Hütten und späten Abendessen, an Müttern mit Kindern, die zum Zähneputzen loszogen, an Rauchern vor den Zelten. An der Feuerstelle klampften die nimmermüden Studenten, aber der Grill vor unserem Zelt war aus. Ich stellte das Fahrrad ab und sah mich um. Viktor wartete in respektvollem Abstand.

»Ole?«

Keiner war da. Das Zelt war leer. Die Schlafsäcke fehlten. Ich suchte nach einem Zettel oder so was. Nichts. Ich leuchtete alles ab. Ich rief noch einmal nach ihm und sah auf mein Handy. Keine Nachrichten. Mir wurde schlecht vor Sorge. Ich zögerte, ließ Viktor stehen und ging zu den Studenten ans Feuer. Sofort bot mir einer Bier an.

»Die ist erst fünfzehn!«, sagte sein Freund entrüstet.

»Habt ihr die Jungs von da drüben gesehen?«, fragte ich sie höflich.

Hatten sie. Sie waren noch mal zurückgekommen, hatten ihre Schlafsäcke eingesammelt und noch ein paar Sachen und waren wieder ins Kanu gestiegen.

»Da drüben«, sagte der Typ, der mir Bier angeboten hatte. »Ist ja eigentlich verboten.« Ich folgte seinem herumschwenkenden Fingerzeig und sah am anderen Ende des Sees einen winzigen orangen Feuerschein. »Aber hey, bei uns ist noch Platz im Zelt, falls es dir da zu einsam wird.«

»Alter, die ist *fünfzehn*!«

Viktor stand am kalten Grill, als ich zurückkam, aß die letzte Cherrytomate aus der Plastikpackung und schob mit dem Fuß Sinans Longboard vor und zurück.

»Sorry«, sagte er mit vollem Mund. »Soll ja nicht umkommen.«

Ole musste geglaubt haben, ich wäre gerade auf Toilette

oder so was. Dass mein Fahrrad nicht mehr hinterm Zelt stand, hatte er gar nicht gesehen. Jetzt spürte ich doch was. Kränkung und Ärger, ein fetter Kloß im Hals. Wenn wir uns stritten, war ich diejenige, die sich versöhnte. Das ging mir in diesem Moment auf, mit vollkommener Klarheit.

Isi liebte Drama. »Ich bin Stier«, sagte sie immer, als wäre damit alles erklärt. Ich hingegen konnte nicht einschlafen, wenn mein Magen hart vor Ärger und Schuld und Kummer war. Aber Ole machte das nichts aus. Er konnte es aussitzen.

Ich setzte mich in den Zelteingang und brach zu meiner Überraschung wieder in Tränen aus. Viktor ging gleich höflich auf Abstand und setzte sich auf das Longboard an den erloschenen Grill, als hätte ich ihn dahin eingeladen.

»Erteil ihm eine Lektion.«

Ich wischte mir mit dem Ärmel die Tränen weg. »Was?«

»Hau wirklich ab. Das würde ich machen.«

»Quatsch«, würgte ich hervor und stützte meinen pochenden Kopf in die Hände. Ich brauchte dringend eine Tablette.

»Ich hab ein Auto. Ich fahr dich.«

Ich konnte sein Gesicht kaum erkennen, weil es dunkel war und meine Augen vom Weinen brannten, aber ich wusste: Der meint das todernst. Wahrscheinlich hätte er mir das allerdings nicht vorgeschlagen, wenn ich ihm die Wahrheit gesagt hätte.

»Quatsch«, sagte ich noch mal, aber nicht mehr ganz so überzeugend. Mir ging rasch die Luft aus, wie einem angestochenen Schwimmring. Ich wollte ins Zelt kriechen, einschlafen und am nächsten Morgen feststellen, dass sich all meine Probleme in Luft aufgelöst hatten. »Ich komm schon klar.«

Er setzte sich an den kalten Grill und schüttelte die leere Tomatenpackung. »Hast du noch irgendwelche Reste, die wegmüssen?«

Ich tastete um mich rum und fragte mich dann, was ich da eigentlich machte. Aber dann dachte ich, was soll's, und warf ihm den Rest Baguette rüber. »Aber lass das Longboard.«

Er hörte auf, es hin und her zu schieben, schlang das Baguette runter und knüllte das Papier zusammen. Dann nahm er den Rost vom Grill und schob damit in den Kohlen herum. Er beugte sich vor und blies in die Glut, sodass weiße Asche aufstieg. Er machte das etwa eine Minute, und dann glühte irgendwo ein vergessener Splitter Kohle auf. Der Funken sprang auf die Papptüte über, die im Grill in Flammen aufging. Es war ein richtiger kleiner Feuerball, kein langsames Kokeln. Ich musste geblendet wegsehen. Die Hitze wusch über mich.

»*Ta-da*«, sagte Viktor, als das Feuer wieder aus war und die Verpackung zu Asche zerfallen.

Ich sah bloß weiße Flecken, wo sich das Licht in meine Augen gebrannt hatte. Ich wischte mir noch mal über die Lider, aber ich hatte mich schon wieder ausgeheult. Kurz und heftig und vorbei. »Du hast da was reingetan. Benzin oder so.«

»Klar, hab meinen Kanister immer dabei.« Er stand auf. »Weißt du, was passiert ist?«

»Was?«

»Mit Lukas.«

Ich konnte nicht gleich etwas sagen, aber diesmal wartete er. »Er ist überfahren worden.«

»In der Zeitung gelesen?«

»Sein Vater hat mich angerufen. Eine Woche später.«

Das überraschte ihn. »Christoph hat dich angerufen?«

»Er hat mir gesagt, dass die Nummer gesperrt wird und ich –« Zum ersten Mal fragte ich mich, wie er sich wohl fühlen würde, wenn er rausfand, dass ich hergekommen war. »Na ja, dass ich jedenfalls nicht mehr anzurufen brauche. Wir hatten nie Kontakt oder so. Er hat unseren Chat gelesen.«

»Klar«, sagte Viktor mit scharfer, bitterer Verachtung. »Er hat Lukas' Handy geknackt. Hat auch seine Accounts gelöscht. Er hatte sie schon nicht mehr alle, bevor jemand seinen Sohn plattgefahren hat.«

Ich verstand nicht, wie er so von Lukas' Tod reden konnte, fast ironisch. Mir wurde ganz komisch davon. »Haben sie eigentlich den erwischt, der es war?«

Ich wusste, dass sie es nicht hatten. Ich hätte es sonst online gelesen.

»Keine Spur.«

Ich nickte.

»Ich kann dir zeigen, wo es passiert ist.«

Ich blinzelte zu ihm hoch. Er deutete rüber zu meinem Fahrrad, das ich neben Oles an die Birke gelehnt hatte. »Ist nicht weit von hier«, sagte er. »Viertelstunde mit dem Fahrrad. Wenn du mir das von deinem Freund leihst, zeig ich es dir.« Als empfehle er mir eine Sehenswürdigkeit.

Das andere Foto, das die Artikel über Lukas' Tod illustriert hatte, war von einem mit Blumen geschmückten Kreuz am Straßenrand gewesen. Als ich das im März auf einer meinem Handydisplay das erste Mal gesehen hatte, war ich aufgestanden und ins Bad gelaufen, um mich zu übergeben. Dann hatte ich in einem kurzen, klaren Moment, dem ungefähr einzigen an diesem Tag, eine Box Tampons angebrochen auf die Ablage gestellt und die Wärmflasche mit auf mein

Zimmer genommen, damit es aussah, als hätte ich einfach meine Tage.

Wenn ich jetzt aufs Fahrrad stieg und zu dem Kreuz fuhr, würde ich zusammenbrechen. Das wusste ich. Da würden Blumen liegen, und ich würde in den belaubten Bäumen und Sträuchern am Straßenrand nach abgesägten Ästen suchen, wo im März ein Körper reingeschleudert worden war. Jeder Fleck auf dem Asphalt wäre sein Blut. Und dann konnte ich für nichts garantieren.

»Nein«, sagte ich und war überrascht, wie ruhig und vernünftig ich klang. »Besser nicht.«

Viktor nickte seinerseits, als verstünde er das. Dann, bevor ich ihn höflich darauf hinweisen konnte, dass ich echt müde war, sagte er, wieder ganz heiter: »Gib mir zehn Minuten und du schläfst fünf Sterne, aufs Haus, als Willkommensgeschenk.«

»Was?«

»Lukas würde mir Feuer unterm Arsch machen, wenn ich seine Schwester allein im Wald pennen lasse. Oder sie auf meine Couch einlade.«

»Ich kann eine Nacht allein im Zelt schlafen.«

Er schüttelte den Kopf. »Nimm deine Zahnbürste mit und überleg es dir unterwegs, weil das ist genau meine Richtung, und wenn's dir nicht passt, dann gehen wir getrennter Wege.«

· 16 ·

ICH HATTE VERLOREN, sobald ich mich darauf eingelassen hatte, und dann verlor ich noch mal, als ich Viktor nicht rechtzeitig davon abhielt, an die Tür der Hütte hinter dem Rezeptionsgebäude zu klopfen. Ich lief noch auf etwa fünfzehn Prozent, Tendenz fallend.

»Das ist bescheuert«, murmelte ich. »Ich kann nicht –«

Die Tür ging auf. Eine Frau so Mitte fünfzig stand vor uns, klein, mager, drahtig und knallbraun gebrannt, mit Fältchen um die Augen und einer Zigarette im Mundwinkel. Sie hatte einen schiefen, grauen Bürstenschnitt wie ein General aus einem 90er-Jahre-Hollywoodfilm und trug einen glänzenden schwarzen Trainingsanzug. In ihren billigen Plastikschlappen steckten rotlackierte Zehen. Wie sie blitzschnell erst Viktor ansah und dann mich, musste ich an einen Falken denken. Viktor und ich überragten sie um ein ganzes Stück und trotzdem wollte ich vor ihr den Kopf einziehen, falls sie plötzlich auf mich losstürzte. Kein Wunder, dass Ole sie nicht gemocht hatte. Er konnte dominante Frauen nicht ausstehen. Wohl wegen seiner Mutter.

»Scharf!«, krächzte die Frau. Sie hatte eine Stimme wie aus einem Gangsterfilm, heiser vom Kettenrauchen und mit einem selbst aus diesem einen Wort herausklingenden polnischen Akzent. Die Zigarette hüpfte in ihrem Mundwinkel.

Viktor hatte sein charmantestes Lächeln aufgesetzt, geradezu blendend. Offenbar war Scharf sein Familienname. »Einen wundervollen Abend, Frau Pawlak!«

»Was willst du?«, blaffte sie ihn an. »Mein Boot klauen? Mein Auto?«

»Das war alles mal«, sagte Viktor, als schmeichle sie ihm mit diesen Vorwürfen. »Heute Abend bin ich hier, um an Ihr gutes Herz zu appellieren.«

Sie lachte krächzend und aschte auf die Veranda. »Vergiss es. Habe keins.«

»In ganz Brandenburg erzählt man sich von Ihrer Güte und Herzlichkeit!«

Sie lachte wieder, offenbar ehrlich erheitert durch den späten Besuch und ihre Kabbelei, aber dann wurde ihr Ton geschäftsmäßiger. »Was willst du von mir, Scharf?«

»Einen Schlafplatz«, sagte Viktor, der ebenso sachlich wurde.

»Hat dich dein verdammter Vater rausgeworfen?«

»Nein, wundersamerweise immer noch nicht. Aber ich habe Ihnen wen anders mitgebracht.« Er machte einen Schritt zur Seite und winkte mich heran. Frau Pawlak musterte mich von oben bis unten. Die peinliche Kosmetiktasche, die ich umklammerte. Mein Sonnenbrand. Meine rot geheulten Augen.

»Hallo«, sagte ich und fühlte mich dämlich.

»Helena ist eine gute Freundin von mir. Sie zeltet mit ihrem Freund hier. Ich habe ihn noch nie leiden können, und jetzt hat er sie sitzen lassen, ohne Zelt und ohne Schlafsack. Ich würde ihr jederzeit meine Couch beziehen, aber Sie wissen ja, wie es um meinen Vater bestellt ist.«

Ihre Augen wurden schmal. Sie zog heftig an ihrer zur Neige gehenden Zigarette. »Bring sie in die Pension.« Sie sprach das Wort mit unverhohlener, lange gereifter Verachtung aus.

»Zur *Konkurrenz?*«, rief er. »Was denken Sie denn von mir?«

Sie murmelte etwas, das ich nicht verstand und das wahrscheinlich eine Beleidigung war, nahm einen letzten Zug Zigarette und verschwand mit dem Stummel zurück in die Hütte.

»Ich muss wirklich nicht –«, begann ich, doch da kam sie schon wieder zurück, mit einer Coladose als Aschenbecher und einer neuen Zigarette im Mund. Ihre Finger waren nikotingelb und ihre Zähne auch. Sie suchte ihre Trainingsjacke nach dem Feuerzeug ab und beförderte nur Taschentücher zutage.

»Lassen Sie mich«, sagte Viktor und zauberte doch tatsächlich ein Streichholzheftchen hervor. Frau Pawlak lachte krächzend und ärgerlich auf und sagte: »Nichts da! Du«, sie deutete mit ihrer Zigarette auf mich, »musst ein Dach über deinem Kopf haben, ja?«

Viktor nickte für mich.

»Ich kann schon –«

»Berlinerin?«

»Äh – ja?«, erwiderte ich leicht verwirrt und stark eingeschüchtert. Mann, ich hätte wahnsinnig gern *Madam* oder so was zu ihr gesagt. Sie flößte mir mehr Respekt ein als jeder Lehrer.

»Scharf, komm rein. Und mach das Netz zu! Mücken!«

Viktor reckte beide Daumen hoch, folgte ihr in die Hütte und schloss die Tür hinter sich. Ich blieb stehen und sah mich um. Ich konnte nichts hören. Vielleicht sollte ich einfach wieder gehen.

Die Tür ging auf. Frau Pawlak schlappte wortlos an mir vorbei, ihre Zigarette für gleich hinters Ohr geklemmt. Viktor, der hochzufrieden aussah, drängte mich, mitzugehen.

»Sie brauchen wirklich nicht –«, begann ich noch einmal, doch sie wedelte ärgerlich mit der Hand, und ich gab es gehorsam auf. Wir liefen vorbei an nach Lust und Laune der Erbauer am See verteilten Hütten, die Grundstücke getrennt durch schlecht geschnittene Hecken, duftende Sträucher und schiefe hölzerne Einzäunungen. Gelegentlich sah ich den See durch das Schilf schimmern. Ich hörte lauter werdende, elektronische Musik.

Vor der Hütte, aus der sie kam, blieben wir stehen. Platz für zwei Erwachsene und zwei Kinder, nahm ich an. Die schmale Auffahrt, wo andere Gäste Autos oder Fahrräder geparkt hatten, war leer, aber hinter den Fenstern brannte Licht. Und natürlich lief die Musik. Irgendwas weit weg von meinem Geschmack, Elektrorock oder so. Frau Pawlak öffnete die Tür, steckte zwei Finger in den Mund und pfiff gellend darauf. Etwas krachte und die Musik ging aus.

Ein Mädchen rief etwas Verärgertes in einer anderen Sprache und schlitterte barfuß in Richtung Tür, wo sie abrupt stehen blieb, als sie sah, dass Frau Pawlak nicht allein war. Sie trug die gleiche Bundeswehrhose wie heute Morgen bei den Duschen und darüber einen schweißnassen grauen Sport-BH. Das dunkle Haar klebte ihr am Hals und im vor Anstrengung geröteten Gesicht. Sie hatte die muskulösesten Arme und Schultern, die ich je bei einem Mädchen gesehen hatte, und auf dem Bauch eine große, nach innen gewölbte Narbe, die halb unter ihrem strategisch geschickt hochgezogenen Hosenbund verschwand.

»Beata!«, fauchte sie anklagend und machte kehrt.

»Du sollst putzen!«

»Ich putz ja!«, blaffte sie zurück.

Frau Pawlak stieß die Tür ganz auf und marschierte hinein, sodass ich jetzt ins Haus in eine enge Wohnküche mit Sofa und ausziehbarem Esstisch sehen konnte. Eine Glastür führte in den kleinen Garten, der in Seerichtung lag. Rechts ging eine Tür ins Schlafzimmer und eine ins Bad ab. Dem über die Jahre gedunkelten Holz hätte ein heller Anstrich gutgetan. Der Raum hätte viel größer gewirkt. Eine Leiter mit schmalen Sprossen führte hoch auf eine enge Galerie unter dem Dach, wo die Kinder schlafen konnten. Auf dem mit einer bunten Häkeldecke bedeckten Sofa stand ein alter CD-Spieler. Das Schlafzimmer stand offen, die Betten waren halb abgezogen, die Laken ein Haufen daneben. Ein Eimer stand im Durchgang, Putzmittel waren auf dem Tisch und dem platt getretenen alten Teppich verteilt.

Das Mädchen war ins Schlafzimmer verschwunden.

»Was ist mit dem Teppich?«, rief Frau Pawlak und deutete auf einen großen Fleck, der wie Rotwein aussah. »Salz, Clara, Salz!«

»Oh Mann, ist gut!« Sie kam im T-Shirt zurück ins Wohnzimmer und zog es runter, so weit es ging. »War ja dabei!« Ihr wütender Blick fiel auf mich und Viktor. »Was macht er hier?«, fauchte sie, und Viktor hob sofort beide Hände, als würde er verhaftet.

»Helena schläft heute Nacht hier, wenn du fertig bist.«

»Hä?«

Frau Pawlak drehte sich um und winkte mich ungeduldig ins Haus. Ich bückte mich nach meinen Schuhen, doch sie krächzte: »Lass an, lass an! Clara putzt!«

Ich kam unsicher mit Schuhen ins beengte Wohnzimmer. Clara musterte mich misstrauisch.

»Morgen kommen neue Gäste. Bis dahin musst du raus sein. Oben ist frisch. Was du schmutzig machst, musst du selbst putzen. Und kostet dich nichts.«

»Wenn es Ihnen wirklich keine Umstände macht –«

Sie winkte grimmig ab, als würde es ihr eigentlich sehr viele Umstände machen, und war schon wieder bei Clara. »Wie lang noch?«

»Stunde.«

»Was hast du gemacht?«, fuhr sie auf. »Sie sind um sechs abgefahren! Was machst du den ganzen Tag? Morgen um zehn ist das hier sauber!«

Clara warf frustriert die Hände hoch. »Was jetzt? Soll ich machen oder nicht?«

»Du sollst machen! Und ohne Musik!« Sie steckte sich ihre Zigarette in den Mund und suchte nach ihrem Feuerzeug, aber das ging ja nicht mehr. Sie schnippte in Viktors Richtung. Er gab ihr wie ein guter Butler das Streichholzheftchen, das den Aufdruck einer Kneipe trug. »Kein Rauchen im Haus!«, schnarrte sie und verschwand hinaus.

Viktor drückte sich in der Tür herum und grinste mir zu. »Willkommen in Lauwitz«, flüsterte er.

»Scharf!«, bellte Frau Pawlak, und zu uns ins Haus: »Kein Männerbesuch!«

»Clara, lass sie an einem Stück, ja?«

»Fick dich!«, fauchte Clara ihn an.

»Ruhe jetzt!«, herrschte Frau Pawlak. »Hier ist Erholungsgebiet!«

Viktor winkte, und ich winkte schwach zurück. Dann verschwanden die beiden.

Ich glaubte nicht an Auren, aber Clara hatte eine, strahlte Wildheit und Wut ab. Nach einem Moment angespanntem, verlegenem Schweigen sagte sie barsch: »Kann ich zumachen?«

»Was? Klar.« Ich wich ihr aus, und sie warf die Tür zu, blieb davor stehen und holte tief Luft, so wie ich es tun sollte, wenn mir wieder schwindelig wurde. »Halbe Stunde«, sagte sie dann. Viel ruhiger. »Ich beeil mich.«

»Tut mir leid, dass – ich will dich nicht stören.«

»Störst nicht.«

»Soll ich dir helfen?«

Sie drehte sich um und sah mich an, als verarsche ich sie. »Nee. Du kannst ins Schlafzimmer. Oben ist frisch. Ich hol die Laken runter. Ja?«

»Das kann ich ruhig machen.«

Sie kniff misstrauisch die Augen zusammen. Dann zuckte sie die Achseln, schnappte sich eine Packung Jodsalz vom Herd und ließ sich vor dem Rotweinfleck auf die Knie fallen, dass sie hörbar knackten. An ihrer linken Seite hing eine dünne Metallkette von Gürtelschlaufe zu Gürtelschlaufe wie die, mit denen achtjährige Jungs ihre Klettverschlussportemonnaies sichern.

Ich stellte meine Tasche auf das abgezogene Doppelbett. Die Matratze war mit einer Art Plastikunterlage bezogen, die an die Wand geschraubten Bettlampen so antik wie der Rest der Einrichtung. Ich knipste eine davon an und setzte mich ans Fußende. Ich spürte die Federn durch den Schaumstoff.

Das Fenster überm Bett stand auf Kipp, und am Fliegengitter saßen Falter. Einen Moment saß ich nur da und atmete ein und aus und überlegte, ob ich wieder gehen sollte.

Clara tauchte auf und bückte sich kommentarlos nach dem Haufen abgezogener Laken. Kurz darauf hörte ich die Leiter knarren und dann die Decke über mir, als sie hoch auf die Galerie stieg. Ich stand auf und ging ins Wohnzimmer.

»Ich mach das schon«, sagte ich, doch kurz darauf kam sie schon wieder herunter und reichte mir die noch frisch gefaltete weiße Bettwäsche von oben.

»Danke.«

Sie zuckte wieder die Achseln.

»Ich bin Helena«, sagte ich und hielt ihr die Hand hin. Was sie genauso überforderte wie Viktor vorhin mich. Aber sie ergriff sie, bemerkte meine Finger, räusperte sich und krächzte: »Clara.« Sie hatte verschwitzte und wahnsinnig warme, starke Hände.

Ich nickte unbeholfen. Wusste ich ja schon. Wir sahen beide auf den Teppich. Ihr Rotweinfleck war größer als vorher.

»Hast du Mineralwasser?«

Sie sah mich an.

»Äh, die – die Kohlensäure löst die Farbstoffe«, sagte ich.

Sie angelte eine Flasche heran. »Ich hab Chlor.«

»Das geht auch.«

»Kennst dich aus, ja?« Sie sagte das auf eine Art, die mich verlegen machte, mich verteidigend erwidern ließ: »Hab ich, glaube ich, mal irgendwo gelesen.«

»Okay.«

»Du solltest Handschuhe benutzen. Bei Chlor.«

»Weiß ich«, sagte sie und holte welche aus dem Eimer.

»Und eigentlich Augenschutz.«

Sie sah mich an, als hätte ich ihr noch einen Helm und Sicherungsgurt empfohlen. »Geht doch so. Siehst du?« Sie schrubbte weiter den Fleck, ungeübt, aber konzentriert. Ich überlegte, ob ich ihr noch mal anbieten sollte, ihr zu helfen. Je länger ich zusah, desto sicherer war ich mir, dass sie keine Ahnung hatte, was sie da machte.

»Ich hab Übungen gemacht«, sagte sie, ohne aufzusehen.

»Was für Übungen?«, fragte ich verwirrt.

Sie stand auf und holte zwei Flaschen mit Billigcola-Label, in die sie bis unter die Kappe Sand gefüllt hatte. Das war das, was sie polternd im Putzeimer versenkt hatte.

»Gewichte heben«, sagte sie. »Hab keine Hanteln. Das hier geht auch.«

»Oh«, sagte ich.

Sie machte es vor. Die Sehnen an ihren Handgelenken traten hervor, ihr Bizeps spannte sich unter dem Männer-T-Shirt. Sie stellte die Flaschen auf die Anrichte und wischte sich mit der Armbeuge das Haar aus dem verschwitzten Gesicht. »Ich hab nicht – als Beata – ich hab nicht –« Ihr Kiefer mahlte. Sie drehte sich weg und machte sich daran, den Kindersicherungsdeckel von der Chlorflasche zu hebeln. »Ich hab nicht masturbiert«, presste sie hervor. »Ich hab meine Übungen gemacht.«

Ich war vollkommen perplex. Mir fiel nichts ein, was ich hätte sagen können, und dann war der Moment eh vorbei. Clara goss eine Kappe voll Chlor auf den Teppich und griff sich wieder ihren Lappen. Ein angenehmer Geruch nach Schwimmbad breitete sich aus.

Ich bezog eine Seite des Bettes, klopfte das Kissen zurecht. Meine Hände waren immer noch grün von dem Strauß, den ich oben am Friedhof gepflückt hatte. Rochen nach Chlorophyll. Ich sortierte meine Kosmetiktasche neu, um mich zu beschäftigen, weil ich nicht auf mein nachrichtenfreies Handy sehen wollte, und hörte ihr dabei zu, wie sie im Wohnzimmer herumlief, Oberflächen putzte. Zuletzt staubsaugte sie. Bei dem Lärm fiel mir ein, dass ich ihr noch nicht gesagt hatte, dass sie ruhig ihren CD-Spieler wieder einschalten könnte. Ich legte mich aufs Bett, um abzuwarten, bis sie fertig war, damit ich meine Zähne putzen und mir Lukas' Strauß von den Händen waschen konnte, und war eingeschlafen, ehe ich das Licht ausknipsen konnte.

· 17 ·

DAS AN MEINEM BEIN vibrierende Handy weckte mich. Ich wälzte mich auf einer harten Matratze auf die Seite, tastete blind herum und stieß mir die Fingerknöchel an einer offen stehenden Tür.

Ich lag vollständig angezogen auf einem fremden Bett unter einer kratzigen, ein wenig muffigen Häkeldecke. Mein Mund schmeckte widerlich. Mein Schädel war wie mit Watte ausgestopft, als hätte ich gestern viel geheult. Meine Haut brannte. Die Sonne schien in das winzige Zimmer, und ich roch Pflanzen, stehendes Wasser und etwas Chemisches. Schwimmbad.

Alles, was in der letzten Nacht passiert war, kam auf einmal zurück. Mein Magen verkrampfte sich, als hätte mir jemand einen Aufwärtshieb verpasst. Die Decke glitt von meinen unter den Shorts nackten Beinen, als ich mich aufsetzte und das summende Handy aus meiner Hosentasche zerrte. Mein Herz sank noch ein bisschen tiefer. Einen Moment starrte ich auf das Display, das mir sagte, dass ich vergessen hatte, mein Handy an Oles Powerbank zu laden und dass es schon fast zehn war, dann ging ich ran.

»Helena?«, fragte er überrascht. Er hatte das Handy schon halb vom Ohr genommen. »Hey, wo bist du denn? Duschen oder was?« Ich hörte jemanden im Hintergrund etwas fragen,

Sinan oder Max. »Wir sind jetzt wieder da, aber du nicht. Wo bist du? Beim Kiosk?«

»Was? Nein.«

»Alles okay bei dir? Was ist mit deinem Kopf? Wo bist du denn?«

Ich kapierte gar nichts. »Ich – am See?«

»Okay.« Er drehte sich weg und sagte halblaut: »Sie ist schwimmen, glaube ich.« Dann wieder zu mir: »Wir sind gerade erst zurückgekommen. Haben total verpennt. Tut mir echt leid. Hast du noch gut geschlafen? Wo ich dich ausnahmsweise mal nicht vollgeschnarcht habe?«

Und dann schnallte ich es. Er wusste nicht, dass ich die Nacht woanders verbracht hatte, weil er auch nicht dagewesen war. Als sie gestern noch mal zurückgekommen waren, um sich Snacks zu holen, hatte er gedacht, ich würde schon schlafen, und jetzt glaubte er wirklich, ich würde meine erste Morgenrunde im Wasser drehen und mit Brötchen für alle zurückkommen.

»Wann kommst du denn zurück? Max und ich wollen in die Stadt, einkaufen.« Er nahm das Handy herab und sagte: »Ich hab keine Ahnung, wo hier der Supermarkt ist.«

»Da war ein Laden, wo wir durch sind«, hörte ich Sinans Stimme.

Er kam zurück ans Handy. »Sollen wir dir noch was mitbringen? Helena?« Ich hatte immer noch nichts gesagt. »Alles okay? Die Jungs fahren gleich nach dem Frühstück. Ich hab das geklärt.«

Mir war ganz kalt geworden. Das Handy zitterte plötzlich an meinem Ohr. Meine wattigen Kopfschmerzen wurden scharf und real. Scheiße. Ich hatte total überreagiert. Ich musste völlig benebelt gewesen sein. Ich hätte Viktor zum Teufel jagen sollen. Ich hätte –

»Helena? Ey, bist du noch dran?«

»Bin ich«, sagte ich benommen. »Tut mir leid, ich bin –«

»Sollen wir dich abholen? Willst du mit?«

»Nee. Ist schon okay. Fahrt ruhig. Ich wollte noch duschen.«

Dann saß ich erst mal da und hätte fast wieder losgeheult. Stattdessen zwang ich mich auf die Beine, weil ich darin inzwischen gut geworden war, und ging mir endlich die Zähne putzen. Die beigen Kacheln im Bad waren mit Szenen aus dem Landleben bedruckt, Frauen mit Kopftüchern und Weizenbündeln auf den Rücken, Jungen, die Sensen schwangen, Männer auf Pferdekarren. Ich sah sie mir alle an, um mich abzulenken. Der Spiegel war in besserer Verfassung als die im Duschhaus. Mein Sonnenbrand war dunkler geworden und juckte nicht mehr ganz so schlimm wie gestern.

Ich hätte gern wirklich geduscht, aber ich hatte ja nichts dabei, noch nicht mal Wechselsachen. Aber mit Deo, Make-up und gekämmten Haaren sah ich immerhin etwas lebendiger aus. Ich spülte sorgfältig das Waschbecken durch und auch noch mal hinterm Hahn, wo Clara nicht richtig geputzt hatte, und machte mich daran, das Bett abzuziehen.

Mittendrin klopfte es. Im Wohnzimmer roch es trotz auf Kipp gestellter Terrassentür intensiv nach dem Chlor, mit dem Clara, halbwegs erfolgreich, den Rotweinfleck aus dem Teppich gebleicht hatte. Die Putzsachen waren verschwunden, ihre mit Sand gefüllten Colaflaschen ebenfalls.

Viktor stand vor der Tür, heute in Vans, schwarzer Jeans mit offenen Knien – so gekauft, nicht wie Mike bei einer Prügelei aufgerissen – und stone-washed grauem Hemd, dessen kurze Ärmel seine langen blassen Arme zeigte. Die obersten zwei Knöpfe hatte er offen gelassen. Das Haar hatte er sich mit ein wenig Gel zur Seite gekämmt, aber es fiel schon wieder wild aus der Frisur. Er grinste mich an. »Gut geschlafen?«

»Ganz okay.«

»Hunger? Ich lad uns zum Frühstück ein.«

»Ich muss zurück.«

»Musst du?«

»Ich soll bis zehn hier raus.« Ich beschloss, dass es das Beste war, wenn ich nicht mit ihm diskutierte. »Weißt du, wo die Wäsche hinkommt?«

»Ich denke schon.«

Ich ging wieder rein und zog die Bettwäsche ab, raffte sie zusammen, faltete die Häkeldecke und legte sie auf die Sofalehne zurück. Dann hatte ich keinen Grund mehr, länger in der Hütte zu bleiben. Draußen wartete ein schöner, warmer Tag auf mich.

»Und?«, fragte Viktor.

»Was?«

Obwohl ich ahnte, was. Sein Ton war nicht ganz beiläufig. Ich merkte, wie er mich von der Seite her ansah. »Dein Freund. Gestern Nacht? Ich kenn ja deine Standards nicht, aber ich hätte dich nicht allein zum Friedhof geschickt und dich obendrauf noch allein im Zelt schlafen lassen.« Er verkaufte es mir ein bisschen spielerisch, aber mir war klar, dass er es absolut ernst meinte. Dass er an meiner Stelle sauer war. »Gut gemeinter Rat von 'nem reizenden Fremden: Mach gestern noch Schluss.«

»Ich will nicht darüber reden, okay?«

Er zog die Brauen hoch, doch zu meiner Erleichterung

bohrte er nicht weiter. Ich folgte ihm niedergeschlagen zur Rezeption, um dort meine Wäsche abzugeben. Gerade kam Clara aus Richtung der Sanitäranlagen zurück. Sie schleppte wie immer Putzzeug mit sich herum. Sie trug Kopfhörer, nickte im Takt der Musik und bemerkte uns erst, als sie fast vor uns stand. Heute trug sie ein T-Shirt mit Adidas-Streifen auf den Ärmeln, das in den Achtzigern mal rot gewesen sein musste und vom vielen Waschen in ein graustichiges Rosa verblasst war. Irgendwer hatte mal mit Edding draufgeschmiert. Vielleicht ein altes Autogramm. Von ihrer Tarnhose baumelte das Metallkettchen. Ihre Augen waren noch röter als meine gestern. Entweder hatte sie geheult oder wieder leichtsinnig mit Chlor hantiert.

Sie erkannte uns, blieb stehen und schob sich die Kopfhörer auf den Hals. Ich hörte blecherne, elektrische Musik.

»Bist also wach«, sagte Clara. »Hätt dich sonst geweckt.«

»Kein Problem. Tut mir leid, dass ich gestern einfach eingeschlafen bin.«

Sie zuckte die Achseln. Sie hielt den vollgestopften, schweren Putzeimer immer noch, den abgezogenen Mopp über der Schulter, als wolle sie gleich weiter. Sie hatte eine schmerzhaft ungesunde Haltung. Auf dem Evolutionszeitstrahl, der beim auf allen vieren laufenden Primaten anfing und beim aufrecht stehenden modernen Menschen endete, hing sie haltungstechnisch eine Stufe davor fest.

Ich hielt die Wäsche hoch. »Ich wollte das wegbringen.«

»Klar, gib her.« Sie nahm mir die Bezüge ab und stopfte sie in ihren Eimer. Sie tat mir leid. Sie sah völlig fertig aus. Ich hatte das Gefühl, dass ich ihr was schuldete, weil ich ihr irgendwie ständig im Weg war. Sie jetzt schon dreimal beim

Putzen erwischt hatte, obwohl sie früh aufstand oder nachts arbeitete, damit sie keiner dabei sah.

»Willst du mit frühstücken kommen?«, fragte ich sie.

Sie sah mich verständnislos an. »Warum?«

»Menschliches Grundbedürfnis Nahrungsaufnahme«, sagte Viktor. »Wusstest du vielleicht nicht.«

Durch ihr Gesicht ging ein Zucken, aber dann ignorierte sie ihn einfach.

»Ich lad euch beide ein«, sagte ich und kam mir gleich dumm vor, vor allem wegen Clara, die fast schon empört aussah. »Wenn ihr wollt. Wir haben einen Campingkocher und alles.«

»Wenn dein Freund nichts dagegen hat, dass du deine Müsliriegel und Dosenfutter mit uns teilst«, sagte Viktor blöd grinsend. »Ich hab zur Abwechslung mal eine bessere Idee: Wir setzen uns ins Auto und fahren nach Prenzlau und frühstücken wie zivilisierte Menschen.«

»Macht ihr«, brummte Clara. Sie schob sich an uns vorbei und verschwand klappernd hinterm Gebäude.

»Hey«, sagte Viktor, etwas ernster, »wenn du nicht willst, musst du nicht. Aber wenn Lukas nicht da ist, um dir den Empfang zu bereiten, den du verdienst, mach ich es gern.«

Nur dass Lukas mich nicht so hart angeflirtet hätte.

»Mein Freund –«

»Dann sagst du ihm halt, dass du heute einen Tagesausflug machst.«

Sinan und Max würden nach dem Essen wieder verschwinden. Und dann würden wir über gestern reden müssen. Über unseren merkwürdigen Beinahe-Streit. Über unsere Beziehung. Ich würde Ole endlich erzählen müssen, was Sache war.

Das gab dann den Ausschlag. So war ich halt: feige. Das hatte ich in den letzten Monaten über mich rausgefunden. Wenn ich noch einen halben Tag rauszögern konnte, Ole endlich alles zu sagen, dann gern. Ich konnte mir schon vorstellen, wie das ausging. Hatte ich auch immer wieder seit März, aber wenn ich das zu intensiv tat, bekam ich Blackouts. Das war eine Bombe. Das hatte das Potenzial, unsere Beziehung in die Luft gehen zu lassen. Und es würde einen ewig langen Rattenschwanz nach sich ziehen. Es würde definitiv übel werden, und dafür war ich nicht bereit. Jedenfalls nicht ohne Frühstück. Und noch mehr Lügen machten ja jetzt auch nichts mehr aus, wo ich ja seit März durchgehend log. Ziemlich gut offenbar, weil mich nie mal wer beiseitegenommen und gesagt hatte: *Ey Helena, da ist doch noch mehr bei dir los als das Abi, oder?*

»Okay«, sagte ich. »Aber nicht lang.«

Viktor sah sehr zufrieden mit sich aus. Wahrscheinlich war es rein psychologisch gesehen keine gute Idee, ihm schon wieder nachzugeben. Er zeigte irgendwo in den Wald. »Mikey parkt da hinten. Den muss ich leider mitnehmen. Wenn das nicht klargeht –«

»Nee, Quatsch. Weiß er – weiß er jetzt, dass ich –?«

»Klar. Er ist ja nicht dauerhacke. *Aber.*« Er hob einen Zeigefinger. »Sprich ihn nicht drauf an. Lukas ist tabu. Mike hat es nicht so mit Emotionen. Er hatte mal eine und es war ein reiner Misserfolg. Also erwähn ihn einfach nicht.«

Clara tauchte wieder auf. Diesmal ohne Putzzeug. Sie sah Viktor an mit dem entschlossenen, aber leicht angewiderten Blick von jemandem, der in den sauren Apfel beißt. Ich hatte noch nicht ausgiebig darüber nachgedacht, aber sicher kannten sie sich aus der Schule. »Fahrt ihr jetzt nach Prenzlau? Ich brauch was von zu Hause.«

Viktor sah mich an, und ich zuckte die Achseln und nickte. Ich hatte nichts dagegen, dass Clara mitfuhr. Ich hätte sie ja auch zum Frühstück eingeladen. Er seufzte und klatschte in die Hände.

»The more, the merrier«, sagte er.

· 18 ·

ES WAR DAS MIESESTE AUTO, das ich je gesehen hatte: ein alter dunkelblauer Toyota Yaris, den Kratzer und Beulen und eine klebrige Staubschicht zusammenhielten. Mike lehnte an der Motorhaube, als wäre es ein geiler Schlitten, und paffte den Rest einer Selbstgedrehten. Er trug das gleiche Outfit wie gestern und dazu zwei dicke Metallketten um den Hals. Wie Oles, bloß assig und brutal. Es stand ihm aber. Der Nazischreck von Lauwitz.

Ich sagte ihm Hallo, aber er antwortete nicht, obwohl er mich eindeutig gehört hatte. Das machte mich direkt unsicher. Viktor informierte ihn, dass Clara ein Stück mitfahren wollte, worüber er die Schulter zuckte. Dann rauchte er seine Zigarette bis zum Filter fertig und drückte sie zwischen Daumen und Zeigefinger aus. Den Stummel steckte er in die Hosentasche.

Clara und ich stiegen hinten ein. Im Auto roch es nach Bier und den drei vom Rückspiegel schaukelnden Duftbäumchen. Clara brachte einen scharfen, künstlichen Zitronengeruch von parfümiertem Putzmittel mit sich, der die beißende Mixtur abrundete. Die Vordersitze waren mit Matten aus Holzperlen bezogen, die Rückbank abgewetzt, alle Kopfstücke nicht mehr das Original. Es war erstaunlich sauber. Geradezu verdächtig.

So als hätten sie heute Morgen noch mal die Bierdosen rausgefegt und den Papiermüll in die Tonne getreten und wären nicht wegen der Wärme mit offenen Fenstern hergefahren.

»Ist das euers?«, fragte ich höflich, um ein bisschen Konversation zu machen.

»Mikeys. Grüne Plakette.« Viktor zeigte drauf. »Wahnsinn, oder?« Dann machte er ein großes Theater darum, den Sitz zu verschieben, damit ich bequem sitzen konnte. Mike ließ den Wagen an, wendete und fuhr uns rumpelnd aus dem Wald. Er verströmte einen intensiven Geruch nach altem Tabak und ungewaschenem Mann. Seine Metallketten waren im Nacken provisorisch mit Schlüsselringen zugemacht.

Viktor lehnte sich vom Beifahrersitz zu mir nach hinten. Clara ignorierte er. »Sorry für den Geruch, ich wollte ihn noch in den See schicken, aber –«

Mike bremste und schleuderte Viktor aufs Armaturenbrett und Clara gegen die Rückenlehne. Ich fing mich mit beiden Händen am Sitz vor mir ab, und der Sitzgurt knallte mir in die Brust.

»Alter!«, fauchte Clara, und Viktor rief: »Boah, du Arsch!«

»Anschnallen«, sagte Mike.

»Und so was schimpft sich links! Stell dich gegen's System! Fick den Status quo!«

Mike fuhr ruckartig an und würgte ab. Clara hielt sich noch am Sitz fest, Viktor fiel runter. Sie schnallten sich beide fluchend an. Clara verschränkte die Arme vor der Brust und sank gereizt und erschöpft in den Sitz zurück. Die Haut um ihre Augen war bläulich vor Schlafmangel, sodass es aussah, als trüge sie Lidschatten. Mike fuhr weiter ins Dorf.

»Hier gibt's weit und breit nichts«, verkündete Viktor, der

sich zum Guide ernannt hatte. »Vom alten Erholungszentrum mal abgesehen – nur nennen sie's natürlich nicht mehr so. War der heiße Scheiß im Osten, Erholung mit Familie und Kind am See, aber die Uckerseen waren dann doch größer und schöner und hatten richtige Straßen. Kostet angeblich zu viel, das alles neu zu machen. Der Antrag ist seit ungefähr zwanzig Jahren im Rathaus. Richtig, Mikey?«

Mike grunzte. Ich hörte ihnen mit halbem Ohr zu und sah aus dem Fenster nach Ole. Halb erwartete ich, dass er plötzlich auf der Straße stand und mich im fremden Auto sofort erkannte. Wahrscheinlich würde er denken, die Typen hätten mich entführt. Doch er packte im Netto gerade Sachen fürs Frühstück ein. Bei der Vorstellung wurden meine Bauchschmerzen noch ein bisschen stärker.

Lauwitz wirkte genauso verlassen wie bei unserer Ankunft. Ich sah verfallene Grundstücke, leer stehende Höfe und Häuser mit verwilderten Gärten und einstürzenden Schuppen. In der Dorfmitte kamen die schiefe Kirche, eine Kneipe, eine freiwillige Feuerwehr, eine leere Bushaltestelle und ein Bäcker, in dessen Auslage ein einziges Brot lag. Das war so absurd, dass ich mir vornahm, auf dem Rückweg noch mal genau hinzusehen.

»Sechshundert Einwohner und es geht rasant bergab«, sagte Viktor, der mitten in seiner mäßig interessanten Historie von Lauwitz steckte. Da half auch sein Erzähltalent nichts. »Wo wohnst du in Berlin?«

»Pankow«, sagte ich überrumpelt.

»Wo ist das? Stadtrand? Viel los da?«

»Nicht so.«

»Also doch kein Stadtkind?«

»Ich hab in Kreuzberg gewohnt, bis ich aufs Gymnasium gekommen bin.«

Wir fuhren jetzt auf einer löchrigen Landstraße über noch mehr Hügel zwischen Wiesen und Feldern hindurch, erst der endlose Mais, dann mehr Raps und Weizen. Dazwischen riesige Holundergestrüppe und zusammengesackte, mit Unkraut überwucherte Scheunen und hier und da Feldwege, die ins Nichts davon abführten. Mike hatte den Unterarm ins offene Fenster gestützt und die Augen gegen die runterknallende Sonne zu Schlitzen verengt. Trotz des klapprigen Autos, mit nur einer breiten Hand am Lenkrad und auf Entzug, fuhr er okay.

Schließlich bogen wir auf eine richtige, ansehnliche Straße mit mehr Verkehr, und fünf Minuten später fühlte ich mich wieder halbwegs in einer Stadt, denn wir waren in Prenzlau.

Mike parkte das Auto in der Nähe einer Bäckerei, und wir stiegen alle aus. Nur Clara nicht. Sie hatte die Arme vor der Brust verschränkt und die Hände unter den Achseln eingeklemmt und schlief tief und fest. Ihre Lippen standen leicht offen. Ich duckte mich zurück ins Auto und berührte sie zögerlich an der Schulter. Sie schlief knallhart weiter. Viktor schnippte laut vor ihrem Gesicht.

»Die ist weg«, sagte er anerkennend.

»Lass pennen«, rief Mike, der schon einen Fuß in der Bäckerei hatte und nach Kaffee brannte. Er warf Viktor den Schlüssel zu, der ihn auffing.

»Sollen wir sie einfach hierlassen?«, fragte ich zweifelnd.

»Ja logisch. Hätte ja besser nicht laufen können. Aber mach das Fenster runter. Bei der Hitze. Von wegen Tierquälerei.«

Ich kroch zurück auf den Rücksitz, griff vorsichtig an Clara vorbei und kurbelte ihr Seitenfenster runter. Sie streckte ein Bein noch ein wenig weiter unter den Beifahrersitz, wachte aber nicht auf.

Ich kam mir gemein vor, sie einfach so im Auto zu lassen, obwohl wir es von der Bäckerei aus im Blick hatten. Sie hatte mich gestern mit dieser Patchworkdecke zugedeckt. Natürlich wäre es bei der Hitze Wahnsinn gewesen, aber ich hätte gern was Netteres gemacht, als einfach zu gehen.

Wir bestellten drei Kaffee und belegte Brötchen, die Viktor bezahlte. Mike goss seinen Becher bis zum Rand mit Milch auf und stürzte ihn dann runter wie andere eine kalte Dose Cola. Dann ließ er ihn sich gleich wieder auffüllen, als wäre er in einem amerikanischen Diner.

»Er hat null Schmerzempfinden«, erklärte Viktor. »Und koffeinsüchtig ist er auch.«

Mike kam mit neuem Kaffee zurück, und weil er rauchen wollte, setzten wir uns raus an einen freien Resopaltisch in die Sonne zwischen frühstückende Rentner und pausierende Fahrradfahrer mit fingerlosen Handschuhen an den Händen und Spandex an den Beinen. Ich holte mein Handy raus, stellte besorgt fest, dass es nur noch vier Prozent Akku hatte, und schrieb Ole, dass ich mir ein wenig die Gegend ansehen wollte und dass ich nichts dagegen hätte, wenn Max und Sinan noch blieben. Das schien mir das Mindeste zur Versöhnung nach gestern. Ich versuchte mir vorzustellen, wie er darauf reagieren würde, dass ich mit zwei Jungs, die ich vom Hörensagen und eine Stunde live kannte und von denen einer aussah wie ein Schlägertyp und der andere wie ein Adonis, vor einem Café frühstückte. Ich konnte es einfach nicht.

Neben mir trank Mike Kaffee wie ein Verdurstender. Es war wie im Zeitraffer dabei zusehen, wie eine Pflanze unter guter Pflege wieder erblüht. Er machte die Augen richtig auf und setzte sich gerader hin und sah sich um, als würde er seine Umgebung erst jetzt richtig wahrnehmen. So viel zum Thema guter Autofahrer. Viktor kippelte auf seinem Stuhl herum, und ich aß langsam mein Brötchen und wartete nervös darauf, dass einer Lukas ansprach.

»Wir sollten ein bisschen herumfahren«, sagte Viktor und kippelte noch ein bisschen mehr. Ich hätte ihn am liebsten am Kragen gepackt und wieder gerade hingestellt. »Dir sightseeingtechnisch was bieten.«

»Die schönsten Maisfelder Brandenburgs?«, fragte ich matt. Viktor lachte. Mike beobachtete mich und trank seinen Kaffee. »Ich will euch nicht auf die Nerven gehen.«

»Wir haben doch dich eingesammelt und nicht du uns.«

»Ich sollte einfach wieder nach Hause fahren.«

Viktor zuckte die Achseln, riss ein Zuckerpäckchen auf und schüttete es sich in den Mund. »Hast du denn gemacht, wozu du hergekommen bist?«

Ich nickte.

»Grab angeguckt?«

»Ja.«

»Das scheiß Grab«, sagte Viktor mit einem Anflug von Ärger, den ich nicht verstand. Zwischen seinen Zähnen knirschte der Zucker. »Du hattest nichts zum Drauflegen dabei.«

»Da war eine Wiese. Da hab ich Blumen gepflückt.« Ich fühlte mich, als würde ich gleich losheulen, wenn ich nicht vorsichtig war. Ich legte mein Brötchen weg und beschäftigte mich stattdessen mit meinem Becher schwachen Milchkaffee.

Mike stand auf und schlurfte rein, um ihn sich ein viertes Mal auffüllen zu lassen. Ich sah die Straße runter, um Viktor nicht in die Augen sehen zu müssen. Clara hatte sich nicht vom Fleck gerührt.

Viktor kippte seinen Stuhl noch ein Stück nach hinten in eine unmögliche Schräglage, von der mir ganz übel wurde, und informierte mich: »Sie war mal mit Lukas zusammen.«

»Was? Echt?«

»Nicht richtig natürlich.« Er stellte seinen Stuhl zu meiner Erleichterung zurück auf vier Beine, riss das Zuckertütchen auf und versuchte daraus ein winziges Boot zu falten. »Er hat so getan, als wäre er ihr Freund, damit sie nicht mehr alle fertigmachen. Aus reiner Nettigkeit. So einer war er. Ein echter Samariter.«

»Er hat nie was von ihr erzählt.«

»Klar. War ja auch nicht wirklich seine Freundin. Hast du sie mal angesehen? Lesbe.«

»Was? Ach komm.«

»Sie hat dieses Mädchen in Prag auf der Studienfahrt gefingert. Angeblich«, fügte er hinzu und schnippte sein missratenes Boot im hohen Bogen in den Rinnstein.

»Das sind doch Klischees.«

Er belächelte mich. »Wenn du meinst.«

»Also waren die beiden nicht richtig zusammen?«

»Nein, nie. Das war alles letztes Jahr nach dieser Studienfahrt. Da waren sie beide, Lukas und sie. Gleicher Mathekurs. Sie ist übrigens ein echtes Genie. Hat letztes Jahr einen der wichtigsten Wettbewerbe überhaupt gewonnen, und jetzt sollte sie in der nächsten Runde Deutschland vertreten. Aber sie ist von der Schule geflogen.«

»Echt? Warum?«

»Hat einem Typen die Fresse eingeschlagen.«

Ich starrte ihn an.

»Im März. Kurz nach Lukas. Die Polizei hat sie nach drei Tagen auf irgendeinem Acker festgenommen. Wenn ich sie wäre, hätte ich das ja hübsch ausgemolken.« Er ahmte ihren Akzent nach: »*Mein Freund ist gerade gestorben, da muss ich vor lauter Trauer durchgedreht sein!*« Er zuckte die Achseln. »Seine Mutter hat sie verklagt. Deshalb arbeitet sie bei ihrer Tante.«

»Wow.«

»Er ist jetzt nicht dran gestorben oder so was und der schlechteste Kandidat für ein bisschen Renovierung oben rum war er auch nicht.«

Mike kam mit einem Kaffee und einem pinken Erdbeerdonut zurück, ließ sich wieder auf seinen Platz fallen und deutete auf mein Brötchen. »Magst das nicht?«

Ich schüttelte den Kopf und schob ihm den Rest hin. Allein schon, weil er endlich mal was zu mir gesagt hatte.

»Klinisch?«, fragte Viktor.

»Was?« Dann verstand ich, was er meinte. Ich wurde rot. Das dachten die Leute, die mich nicht kannten, immer. Sogar meine Hausärztin. »Nein. Ich hab bloß – ich esse im Sommer nie viel.«

Er zog die Brauen hoch, sagte aber nichts. Mike aß mein Brötchen auf, rollte sich noch eine Zigarette für unterwegs und stand dann endlich auf.

»Wohin?«

Viktor zuckte die Achseln. Da fiel mir Clara wieder ein, die im Auto schlief und einem Typen das Gesicht eingeschlagen hatte. Vielleicht war sie deshalb immer so angepisst von Gott und der Welt.

»Ach ja«, sagte Viktor wegwerfend, als ich ihn erinnerte. »Wir setzen sie unterwegs aus, die klaut schon keiner weg. Scherz«, fügte er hinzu, als er mein Gesicht sah, mild ungläubig. »Hab ich dich und deine Zähne nicht gerade vor ihr gewarnt?«

Ich zuckte die Achseln und kam mir vor wie in der Schule, wenn man versehentlich mit einem der Weirdos wie mit einem normalen Menschen geredet hat oder bei der Geburtstagseinladung zu großzügig war. Das, was früher manchen Kindern passierte, wenn sie nett zu Helena Naumann waren, dem armen Mädchen mit den Alienfingern, das zu dumm war, um bis zwanzig zu zählen. Ich ging noch mal rein und kaufte ihr einen Kaffee.

· 19 ·

ZURÜCK IM AUTO schüttelte ich Clara behutsam an der Schulter wach, falls sie nach mir schlug oder so. Sie gähnte, dass ihr die Tränen kamen, richtete sich schwerfällig auf ihrem Sitz auf und sah sich um, als wüsste sie nicht, wo sie war.

»Wo. Wohnst. Du?«, fragte Viktor überdeutlich für Dumme.

Sie gähnte noch einmal heftig, drückte sich die Hand an den Mund – sie hatte breite, scharf aussehende, beeindruckend weiße Eckzähne – und nannte ihm eine Adresse und eine ziemlich gute Wegbeschreibung. Mike kurbelte am Lenkrad, und wir rumpelten wieder los. Ich hatte Clara auf gut Glück einen Milchkaffee und ein Brötchen gekauft und reichte ihr beides rüber.

»Ich hab Milch reingetan und Zucker.«

Sie blinzelte mich verblüfft an, dann nahm sie den Becher. »Geil«, krächzte sie. »Danke.«

»Ich wusste nicht, ob du Vegetarierin bist.« Aber sie hatte das Brötchen schon aus der Tüte geholt und hungrig reingebissen. Sie lotste Mike mit vollem Mund an den Stadtrand und hatte das Brötchen runtergeschlungen, bevor wir da waren. In einer Straße voller vierstöckiger, typisch heruntergekommener Häuserblocks sagte sie: »Hier. Zwei Minuten.«

Wir sahen ihr nach, wie sie barfuß die Straße überquerte und in einem Hauseingang verschwand. Es war Mittag und ruhig. Aus einer angelehnten Balkontür kam Musik. Eine Frau mit Hund weiter hinten die Straße runter, zwei auf Fahrrädern rumeiernde Kinder und sonst niemand draußen. Auf den Balkonen hing Wäsche. In bunten Blumenkübeln steckende Plastikwindräder stagnierten in der Luftstille. Die Sonne knallte auf die Fassade. Wir warteten schwitzend und mit runtergekurbelten Fenstern.

»Was holt sie?«, fragte ich.

»Kann ich hellsehen?«, sagte Viktor.

»Schuhe?«, riet ich. »Oder vielleicht Klamotten?«

»Nee, die holt sie aus dem Container.«

»Nicht jeder ist ein reicher Pisser wie du«, brummte Mike. Er kramte in der Seitentür, dann drüben bei Viktor, und fischte schließlich eine klobige Sonnenbrille mit Leopardenprint auf dem Gestell aus der Ablage, die zu einer reichen alten Tante gepasst hätte. Er wischte den Staub an seinem T-Shirt ab, setzte sie auf und lehnte sich mit verschränkten Armen im Sitz zurück.

»Vielleicht duscht sie schnell. Wär gut.«

»Komm, hör auf«, sagte ich und dachte, dass ich selbst echt duschen musste. Und Mike auch. Nur Viktor roch wie frisch gebadet.

»Vielleicht eine Waffe.«

»Hä?«

»Einen Schlagring.«

»Quatsch.«

»Eine Tasche voll Bargeld.«

»Schnauze«, sagte Mike und lehnte den Kopf aus dem

Fenster. Da hörten wir es auch. Laute Stimmen aus einem Treppenhaus. Dann flog die Tür wieder auf und Clara kam raus, einen halb mit irgendwas gefüllten Stoffbeutel mit Recycling-Aufdruck in der Hand. Wenn ein Auto gekommen wär, wär sie direkt vor unseren Augen überfahren worden. Aber um Mittag war wie gesagt nicht viel los. Im dritten Stock war ein Fenster aufgegangen und eine Frau hängte sich raus und rief etwas auf Polnisch. Ihre Mutter. Clara drehte sich im Gehen um und rief etwas Wütendes zurück, dann sprang sie ins Auto, ließ den verwaschenen Beutel dumpf in den Fußraum fallen und keuchte: »Okay. Fertig.« Sie schwitzte. Sie musste im Affenzahn die Treppen hoch sein. Ich war mir sicher gewesen, dass sie nur mitwollte, um sich vor der Arbeit zu drücken. Wenn ich in meinen Ferien Klos putzen und Weinflecken aus Teppichen hätte schrubben müssen, hätte ich wohl auch die Flucht ergriffen. Aber da lag dieser Beutel, in dem sicher keine Schuhe steckten.

»Scheint deine Mutti anderer Meinung zu sein«, sagte Viktor. »Oder hast du die Olle gerade beklaut?«

Clara lehnte sich aus dem Fenster und schrie etwas hoch in den zweiten Stock. Die Frau gestikulierte verzweifelt, dann verschwand sie vom Fenster. Clara haute mit der Faust gegen die Rückenlehne und sagte: »Fahr, Mann, die kommt runter.«

Auf den Zorn einer Mutter hatte keiner von uns Lust. Mike ließ den Motor an und fuhr in vorbildlichem Tempo 30 die Straße runter, an den Zehnjährigen vorbei, die mit ihren Mountainbikes Stunts versuchten. Clara starrte die ganze Zeit angespannt aus dem Fenster. Ihre Mutter tauchte im Rückspiegel aus der Haustür auf, als wir gerade um die Ecke bogen und uns gemütlich aus Prenzlau davonmachten.

»Und jetzt?«, fragte Mike, als wir genügend Abstand zwischen uns und Claras aufgebrachte Mutter gebracht hatten, und kratzte sich die Nase unter der Leopardenbrille.

»Mir egal«, sagte Clara. Sie klang erschöpft und erleichtert zugleich. »Mir echt egal.«

· 20 ·

MIKE BOG AUF DIE ERSTE ausgestorbene Nebenstraße, auf die wir trafen, und fünf Minuten später hielten wir hinter einem Hügel an einer Betonbrücke mit rostigem Geländer. In den Weizenfeldern rundherum leuchtend rote Tupfer Klatschmohn, und unter uns plätscherte ein schmaler Fluss dahin.

»Warum halten wir an?«, fragte ich unsicher, als Mike den Motor ausstellte und ausstieg.

»Genau, warum halten wir, Mikey? Ist wieder Waschtag?«

Mike brummte nichtssagend. Er öffnete den Kofferraum und holte ein altes grünes Handtuch, eine schmutzige Flasche mit einem Bodensatz giftig blauem Duschgel und eine zerfledderte Zahnbürste heraus. Er zog mitten auf der Straße seine Stiefel aus – der rechte war vorn sorgfältig mit schwarzem Panzertape geflickt –, dann sein T-Shirt und seine Hose. Ich konnte gerade noch hastig weggucken, bevor er auch schon aus seinen Boxershorts stieg. Kurz darauf hörte ich ein Klatschen, als er von der Brücke runter ins Wasser sprang.

»Ey, Mikey, warn einen Mann!«, rief Viktor ihm nach und stieg ebenfalls aus, um sich zu strecken. Clara machte seufzend ihre Tür auf, hängte die Füße raus und trank ihren Rest Kaffee. Ich gesellte mich zu Viktor. Mike hatte seine Klamotten zum Auslüften über das rostige Geländer gehängt und watete im knietiefen Wasser herum. Es musste eiskalt sein. Sein Rücken war bleich und von Sommersprossen übersät, seine Arme und sein Nacken hingegen braun gebrannt. Zum ersten Mal kam mir der Gedanke, dass er vielleicht obdachlos war. Seine zerschlissenen Sachen, das miese Auto, das Überlebenskit im Kofferraum. Ich hätte Viktor gern danach gefragt, aber ich wusste nicht, wie ich das höflich formulieren sollte.

»Seine Augen sind auf der anderen Seite«, sagte Viktor, der bemerkte, dass ich Mike im Wasser beobachtete. »Unglaublich, ey.«

»Quatsch!«, sagte ich verlegen, obwohl er lachte, und guckte danach lieber durch die Gegend. Die Straße war ramponiert und in beide Richtungen leer. Es roch nach Holunderbüschen, Staub und sumpfigem Wasser. Viktor lehnte sich ans Brückengeländer, und da dachte ich, dass das hier aussah wie der Hintergrund von Lukas' Foto. Mir wurde sehr heiß und dann sehr kalt vor Schreck, aber es bemerkte in dem Moment keiner.

»Willst du vielleicht auch noch?«, fragte Viktor.

»Leck mich«, sagte Clara, ohne ihn überhaupt anzusehen.

»Was haste denn geholt? In der Tasche?«

»Geht dich 'n Dreck an.«

»Viktor!«, rief Mike. Viktor trat ans Geländer. »Handtuch.«

Er warf es ihm runter, und kurz darauf kraxelte Mike mit dem Handtuch um die Hüften das dicht mit Schilf und Gras bewachsene Ufer hoch und stapfte zurück auf die Brücke. Er duftete heftig nach Männerduschgel. Die Zahnbürste trug er im Mund wie eine dicke Zigarre und das jetzt fast aufgebrauchte Duschgel vorn in das Handtuch gesteckt.

Während er sich abtrocknete, stieg Clara runter an den Fluss und klatschte sich Wasser ins Gesicht. Diesmal sah ich zu. Sie war ja nicht nackt, anders als Mike, der sich auf offener Straße anzog. Sie strich sich das Haar aus dem Gesicht zurück, hätte dazu aber Gel in Superstärke gebraucht, denn es ließ sich nicht bändigen. Dann kam sie wieder rauf und verkündete Mike, der gerade dabei war, sich mit einem stinkenden Deo einzunebeln: »Ich muss zurück.«

»Dringend«, sagte Viktor. »Wenn Beata erfährt, dass wir ihre beste Putze verschleppt haben, dreht sie mir den Hals um.«

Clara kramte in ihrer Tasche und beförderte eine leere Packung Apfelkaugummi, einen Euro und ein paar Centstücke hervor, die sie Mike in die Hand drückte, als er mit dem Deo durch war. »Kilometergeld«, sagte sie barsch.

Er zuckte die frisch besprühten Achseln, steckte es ein und deutete aufs Auto. Wir stiegen alle ein, sobald er sein Zeug zurück im Kofferraum und diese absurde Brille wieder aufhatte. Jetzt rochen wir wie ein Sammeltaxi auf dem Weg zur Party. Wie ein Haufen vierzehnjähriger Jungs, die in der Dorfdisco zum ersten Mal auf die Damenwelt losgelassen werden. Also hängten wir uns alle aus unseren Fenstern und ließen uns die schwüle Sommerluft durch die Haare fahren. Die roten Stoppeln auf Mikes Kopf waren längst wieder trocken, und Claras Locken wölbten sich um ihren Kopf wie ein Lichtkranz, wenn man gegen die Sonne fotografierte.

Wir fuhren zwischen Rapsfeldern und Mais und Weizen über endlose Hügel. Wir fuhren durch winzige Dörfer, kamen an ordentlich hinter rostigen Drahtzäunen angelegten Gemüsebeeten und verwilderten Vorgärten vorbei, Unkraut auf den

Fußwegen, wenn es die denn gab, Nebenstraßen ohne Teerbelag, Obstgärten, Sonnenblumen, dicken Trauben Rosen an alten Hauswänden. Und nirgendwo war wer auf der Straße. Einmal sah ich einen Mann, der in seinem Garten auf einer Trittleiter stand und Kirschen pflückte, und es gab Weiden mit Pferden oder im Schatten dösenden Kühen, aber sonst war alles wie einfach verlassen. Bei manchen Gebäuden konnte ich nicht mal sagen, ob da noch wer wohnte, der einfach nur keinen Wert darauf legte, seinen Rasen zu mähen oder das Haus mal neu zu streichen. Es war seltsam und traurig und schön und langweilig und schläfrig, und es lullte mich richtig ein. Bis Mike plötzlich lebendig wurde. Er drosselte das Tempo unter die innerörtliche Vorzeigegeschwindigkeit und hängte sich noch ein bisschen weiter aus dem Fahrerfenster, sodass er mit dem Hintern kaum noch den Sitz berührte.

Viktor folgte seinem Blick und fing an zu lachen. Ich begriff nicht. Wir rollten die Straße an den letzten Grundstücken des Dorfs vorbei: ein schönes altes Bauernhaus mit Scheune und staubigem Kopfsteinpflasterhof, gemähtem, aber totem Rasen und an einer Fahnenstange eine große schlaffe Deutschlandfahne.

Clara stöhnte genervt. Ich sah von ihr zu den Jungs und wartete auf eine Erklärung.

»Da ist keiner«, sagte Viktor. »Halt hinterm Schild.« Er war schon mit einem Bein raus aus dem Auto. Mike hielt halb auf dem Seitenstreifen hinter dem Ortsschild, unter dem jemand einen laminierten Computerdruck angebracht hatte: *Dieser Ort wird durch eine Bürgerwehr geschützt.*. Darunter das Ganze noch mal in Polnisch und Russisch. Clara hängte sich aus dem Fenster und studierte blinzelnd die hilfreiche

Übersetzung. »Hat vielleicht wer vorher deren Wörterbücher geklaut«, sagte sie.

Mike griff in eine seiner vielen Taschen und holte ein zerkratztes Schweizer Taschenmesser raus. Er hatte eine Hose wie dieser Außerirdische in den Micky-Maus-Comics: Zigaretten, Bierdosen, Kurze, Messer, Cents. Sie stiegen aus. Viktor grinste mir zu und machte eine eindeutige Geste: *Passt auf, dass keiner kommt.* Mike sah sich nach links und rechts um und ging dann gemessenen Schritts über die Straße auf das Grundstück und die Fahnenstange zu.

Und da fiel endlich der Groschen bei mir.

»Arschgeigen«, knurrte Clara. Sie stieg aus und lehnte sich mit mürrisch verschränkten Armen ans Auto, um ihnen aus der Entfernung zuzusehen. Ich wollte nicht als Einzige sitzen bleiben und kletterte ebenfalls raus. Stellte mich neben Clara. Die Deutschlandfahne hing schlaff an der Stange. Die Amis zogen sie wenigstens auf Draht auf, damit sie immer aussah, als wehte sie.

In den letzten Sommerferien waren Isi und Katta ins Schwimmbad eingebrochen. Ich konnte nicht mal schwarzfahren, ohne in Schweiß auszubrechen und Magenkrämpfe zu kriegen. Der Bademeister war außerdem ein absoluter Tyrann, der dir schon, wenn das Schwimmbad offen war, ständig wegen so was wie zu schnell am Beckenrand laufen mit Prügel und Polizei drohte. Es war Isis Idee gewesen, und Katta hatte nicht klein beigeben wollen und war hinterher. Und irgendwann war ich natürlich auch mit über den Zaun. Erwischt hatte uns keiner, aber ich hatte zwanzig Minuten lang Qualen gelitten, während die beiden in Slip und BH ein paar Runden drehten.

Jetzt stand ich am Auto – nicht ganz so gelähmt vor Panik wie im Schwimmbad, aber doch ziemlich nervös – und sah mich in alle Richtungen um. Niemand da. Verschwanden die um die Mittagszeit alle?

»Die können an keiner Fahne vorbei«, verriet Clara mir auf einmal redselig. Abgesehen davon, dass sie angepisst aussah, gab sie sich lässig. »Hättest sie bei der Weltmeisterschaft sehen müssen. Die trainieren für EM.«

Ich erinnerte mich an die Fahne, die ich auf der Hinfahrt gesehen hatte. »Was ist mit der in Lauwitz? Direkt am Dorfeingang?«

»Sie sind zwar dumm, aber wildern nicht im eigenen Garten.«

»Aha.«

»Und sie hängen Naziplakate ab und verbrennen sie. Hat Lukas erzählt.« Sie bemerkte nicht, wie ich reagierte, weil sie die Jungs beobachtete. »War ein Kumpel von –«

Im Haus fing ein Hund an zu bellen, laut und donnernd. Ein Riesenvieh. Wir gefroren zu Eis, wo wir gerade standen. Mike und Viktor tauschten auf dem Grundstück Blicke. Zwei Freunde, die sich kannten, seit sie zusammen im Kindergarten gewesen waren. Ein Blick und alles ist klar.

Sie machten eine Räuberleiter, und zwar eine wie aus dem Bilderbuch. Da merkte man gleich, da sind zwei Profis am Werk. Viktor stieg leichtfüßig hoch auf Mikes Schulter und sprang mit dem Schweizer Messer in einer Hand an die Fahnenstange, griff in die Fahne und hängte sich hinein, um das Band an den Ösen leichter durchschneiden zu können. Mike hielt seine Fußknöchel auf seinen Schultern. Die Fahne löste sich oben und glitt Viktor über die Schulter. Sie war so lang, dass sie Mike ins Gesicht fiel. Viktor durchtrennte die zweite Befestigung und klappte vorsichtig das Messer ein. Es dauerte kaum zehn Sekunden, aber es kam mir bei dem wilden Gebell vom Grundstück wie eine Ewigkeit vor.

»Macht schon!«, zischte Clara.

Am Haus flog eine Tür auf und der Hund war frei. Viktor sprang mit Fahne und Messer in der Hand von Mikes Schulter, da war er schon halb über den Rasen geschossen, und ich war keine Expertin, aber der wollte eindeutig nicht spielen. Es war ein Schäferhund, na klar. Ein Blick auf ihn löste bei mir den wilden Urinstinkt Flucht aus, wie noch nie etwas es je getan hatte. Ich hatte gute Reflexe. Schließlich hatte ich eine Weile echt passabel Basketball gespielt.

Ich brüllte: »Lauft!«

Als ob ich das hätte sagen müssen. Viktor, der auf allen vieren gelandet war, um seinen Sprung abzufedern, schnellte hoch wie ein Sprinter aus dem Startgerät, die Fahne flatternd hinter sich. Clara riss die Vordertür auf und sprang auf den Fahrersitz. Für eine irre Sekunde dachte ich, sie wollte ohne uns wegrasen. Fluchend würgte sie am Motor herum. Die Jungs waren halb über die Straße. Ich sprang zu Clara ins Auto, auf die Rückbank, hysterisch vor Panik, und stieß die Tür auf, damit sie reinspringen konnten.

»Fass!«, kreischte eine Frauenstimme. »Fass! Fass!«

»Fuck!«, schrie Viktor. »Fuck!«

»Scheißkarre!«, brüllte Clara. Der Motor sprang an und soff gleich wieder ab. Viktor schlitterte ums Auto herum und der Hund folgte ihm. Wir brüllten und Viktor kreischte wie ein Mädchen und Mike knallte im Rennen in die offene Tür, dass das Auto auf den Rädern hüpfte und er sich fast ausknockte.

»Komm rein!«, brüllte ich.

Es krachte und der Yaris schwankte, als Viktor sich mit einem gewagten Hechtsprung aufs Dach rettete, und dann gleich noch einmal, weil vierzig Kilo Hund auf der Jagd nach Viktors Bein oder Fahne oder Hintern gegen das Fenster donnerten, das ich gerade eben noch hochgekurbelt hatte, weil ich dachte, wir hielten hier länger. Mike rappelte sich leicht schielend auf. Ich warf mich über den Rücksitz und zerrte ihn am Arm.

»Ich ruf die Polizei!«, kreischte die Frau. »Diebe! Abschaum! Polacken!«

Clara donnerte die Faust auf die Hupe, die für ein so kleines, schäbiges Auto sehr laut war. Der Hund machte einen Satz vom Auto weg und Viktor rutschte auf der anderen Seite runter, fast auf Mike drauf, kreideweiß und hysterisch lachend vor Schock und Adrenalin und Begeisterung auf einmal. Ich rutschte durch, wir quetschten uns zu dritt auf den Rücksitz und Mike warf die Tür zu und kurbelte wie ein Weltmeister die Scheibe hoch, aber das Biest hatte schon den hässlichen Kopf drin. Von seinen gefletschten Zähnen hing ein nasser goldener Fetzen Deutschland. Mike warf sich seitlich über Viktor, um nicht das Ohr abgerissen zu kriegen. Der Hund merkte, dass wir rollten, und zog sich zurück, aber Clara beschleunigte nicht. Wir fuhren im Schritttempo an.

»Fahr!«, brüllte Viktor. Seine Stimme überschlug sich in ein Kreischen. »Alter, *fahr*!«

Der Hund knallte noch mal gegen die Scheibe, aber diesmal zu tief. Er hetzte neben uns her und bellte sich die Seele raus. Clara hielt das Steuer mit beiden Händen gepackt und brüllte Viktor an: »Ich überfahr kein' Hund!«

»Der killt uns!«

Jetzt kam die Frau über die Straße gehetzt.

»Gib Gas!«, schrie Mike, und ich schrie mit, ein hysterischer Chor: »*Gib Gas!*«

Der Hund donnerte noch mal gegens Fenster. Clara hupte und er sprang zurück, und endlich trat sie aufs Gas. Der Yaris machte einen wilden Satz und noch einen und dann legte sie endlich den nächsten Gang ein und wir rasten los. Die ersten fünfzig Meter hetzte der Hund uns nach, dann wurden er und sein wild mit den Armen ruderndes Frauchen im Rückspiegel kleiner und kurz darauf war das Dorf hinter einer Kurve verschwunden.

»Deutschland, Deutschland über alles«, keuchte Viktor. Dann fing er an zu lachen wie ein Irrer. Er hockte eingezwängt zwischen mir und Mike, in die riesige Fahne verheddert wie ein Römer in seine Toga. Neben ihm rang Mike pfeifend nach Atem, rechts schlug mir das Herz im Hals, als wolle es rausspringen. Keiner von uns kriegte genug Luft, um Viktor zu sagen, er solle mit dem scheiß Lachen aufhören, oder Clara, sie solle nicht so verdammt rasen. Aber dann nahm sie von selbst den Fuß etwas vom Gas und fuhr uns rucklig weiter.

»Ihr scheiß Spasten«, würgte sie hervor. »Ihr dummen Penner. Ihr habt doch den Arsch offen.«

Ich fing auch an zu lachen. Der Schock saß mir in den Knochen, aber ich lachte, dass es mich schüttelte. Dann steckte ich Clara an und sogar Mike grinste, und dann konnten wir nicht mehr aufhören. Keine Ahnung, wann ich zuletzt so gelacht hatte, dass mir die Tränen kamen. Ich glaube, es war ziemlich lang her.

· 21 ·

CLARA LENKTE DAS AUTO auf einen Feldweg, nahm ein paar Schlaglöcher voll mit und parkte schief im kniehohen Gras. Ich schwankte gekrümmt vor Seitenstechen einen Schritt in ein Weizenfeld und holte tief Luft. Mein Kiefer war verkrampft vom Lachen und ich sah alles ganz verschwommen, weil meine Augen immer noch tränten.

»Und was machen wir jetzt damit?«, fragte ich, als ich wieder reden konnte.

Viktor hatte sich die Fahne wie ein Cape umgeschlungen und rieb sich mit verzogenem Gesicht die Rippen. »Na, mit irgendwas müssen wir den Grill heute anzünden.«

Ich ging auf dem Feldweg in die Hocke, überlegte es mir anders und setzte mich erschöpft. Der Himmel über uns war wahnsinnig blau, als wäre ein Sättigungsregler hochgeschoben worden. Keine Kondensstreifen, nur dicke kleine Wolken, die wie von einer Vorlage kopiert aussahen und vom Horizont her über die impressionistische Landschaft glitten und gelegentlich für eine halbe Minute die Sonne verbargen. Es roch nach Sand und Staub. Um uns herum blühten wilde Blumen und grüne Hagebutten an Büschen, die im Mai voller Wildrosen gewesen sein mussten. In den Büschen summten Bienen, und jenseits der Hügel hörte man das leise Zischen einer Straße.

Allerdings kein Hundegebell und kein Geschrei und schon gar keine Polizeisirene. Wir waren ganz allein.

Viktor zeigte anklagend auf mich. »Was machst du schlapp? Du bist doch gar nicht gerannt!«

»Die hat bestimmt das Kennzeichen, oder?«

»Schraub ich mal wieder ein neues dran«, brummte Mike, der in seinem Gesicht herumtastete. Er hatte einen dicken roten Streifen am Kinn, wo er gegen die Tür gedonnert war, aber es schien alles noch an ihm dran zu sein.

Ich sah wohl ziemlich besorgt aus, denn Viktor sagte freundlich: »Helena, da passiert nichts.«

»Und wehe, wenn«, schnaubte Clara. Sie gewann allmählich ihre alte Gereiztheit wieder. Das Lachen, widerwillig, breit, hatte ihr echt gut gestanden. »Ich hab kein Führerschein.«

»Woher kannst du fahren?«

»Vom Autoknacken«, sagte Viktor. »So lernt mal in Polen fahren.«

Ich war felsenfest davon überzeugt, dass sie dafür sofort auf ihn losgehen würde. Aber sie sagte bloß: »Hab Beatas Auto geliehen. Ich kann sogar Trecker. Und Lastwagen.«

»Klar, und dann fast an Mikes Karre scheitern.«

Mike grinste – schon das zweite Mal, dass ich ihn grinsen sah – und steckte sich eine krumme Zigarette aus einer seiner tausend Taschen an. »Du hast gekreischt wie ein Mädchen.«

»Und du hättest mich dem Vieh zum Fraß vorgeworfen, um deinen fetten Arsch zu retten.« Er schlug die Hände an der Wange zusammen und tat, als schmachte er Mike dankbar an. »Oh, mein edler Ritter, nehmt zum Dank meine Hand!«

Mike runzelte die Stirn, paffte seine Zigarette und verkündete: »Ich muss pissen.« Er stapfte los zu dem höchsten Busch und wir drehten uns alle höflich weg.

»Kann ich eben mit dir reden?«, fragte ich Viktor.

Clara warf ihm einen misstrauischen, irgendwie leicht angeekelten Blick zu, sagte aber nichts. Er nickte und ging mit mir fünfzig Meter den Weg runter, bevor wir stehen blieben. Mein Magen krampfte wieder. Viktor grinste blöd, und obwohl ich nicht wusste, was er wollte, befürchtete ich, dass er gleich mit irgendeinem Spruch ankommen würde oder einem verrückten Vorschlag.

»Wie ist meine Mutter so?«, fragte ich, bevor er den Mund aufkriegte. Ich erinnerte mich eigentlich nicht, wann ich das das letzte Mal gesagt hatte: *meine Mutter*. »Du kennst sie doch, oder?«

»Klar kenn ich sie«, sagte er überrascht. »Sie ist – keine Ahnung, sie ist okay. Definitiv besser als Christoph. Hast du ehrlich nie mit ihr Kontakt gehabt? Seit du ein Baby warst? Ich meine, zahlt sie denn nicht wenigstens Unterhalt oder so was? Oder schreibt dir zum Geburtstag?«

»Ich hab noch nie im Leben mit ihr gesprochen«, sagte ich, in Verlegenheit gebracht und genervt und beschämt darüber. Genau deshalb hasste ich es, das mit meiner Mutter zu erklären. Wenn ich ein bisschen härter gewesen wäre – wenn ich Eiswasser in den Adern gehabt hätte, wie mein Vater seinen abgebrühten Privatermittler beschrieb –, dann hätte ich einfach behauptet, sie sei tot, und mir die Fragerei erspart. »Ich wusste bis Februar nicht mal, dass ich einen Bruder hab, okay?«

Viktor hob abwehrend die Hände. »Okay, okay, okay! Ich frag ja nur.«

Ich kriegte schon wieder einen Knoten im Hals. »Ich weiß nicht mal, ob sie weiß, dass Lukas mir geschrieben hat. Jedenfalls hab ich überlegt – vielleicht –«

»Willst du sie treffen?«

Ich stand da und dachte darüber nach. Zum ersten Mal richtig. Wollte ich das? Lukas und ich waren mit unserer Planung des Sommers nicht so weit gekommen. Wir waren uns einig gewesen, dass das eine große Sache war – vielleicht die größte Sache, auf jeden Fall zu groß, um schon in den ersten drei Wochen geplant zu werden. Vielleicht hätten wir darüber im Juni geredet, wenn die Sommerferien und unser erstes Treffen am See plötzlich in greifbare Nähe gerückt wären.

»Ich weiß nicht«, sagte ich wahrheitsgemäß und stellte überrascht fest, dass ich flüsterte. Als könnte eine Brise unsere Stimmen zu Clara und Mike tragen. »Ich glaube – ich glaube, Lukas hätte versucht, uns zusammenzubringen. Sie und mich. Wir haben nicht so viel über sie geredet, aber ich glaube, das war sein Plan für wenn ich ihn besuche. Und zu dem Zeitpunkt war ich da echt nicht bereit zu, aber jetzt – ich weiß nicht. Vielleicht sollte ich.«

»Meine Mutter würde durchdrehen, wenn ich plötzlich vor ihrer Tür stehe, und die sieht mich jedes erste Wochenende im Monat.«

Ich zuckte hilflos mit den Schultern.

Er wechselte die Strategie. »Ich zeig dir einfach, wo sie wohnt, und du überlegst es dir spontan. Aus dem Bauch raus. Und wenn du nicht willst, dann weißt du es. Intuition.« Er war ungewohnt ernst. Sein Blick sagte: *Hey, vertrau mir, ich hab nur gute Ideen.* Aber es half echt nicht, dass er immer noch in die Deutschlandfahne gewickelt war.

»Hey!«, rief Mike vom Auto her. »Abmarsch!«

Ich gab mir einen Ruck und sagte: »Okay. Spontan.« Denn es war ja keine Zusage. Spontan nach dem Bauch gehen, das konnte ich, dachte ich, und kriegte gleich Schweißausbrüche.

»Deal. Du kannst allerdings auf keinen Fall unbewaffnet gehen.«

»Was – wegen Christoph?«

Viktor lachte laut und herzlich. »Der ist eh arbeiten. Pack Blumen ein. Wichtigster, bester Trick. Dann hast du erst mal was zum Festhalten und dein Gegenüber muss sie dann annehmen und ins Wasser stellen. Bingo, du bist drin. Mach ich bei Mikes Mutter auch immer so.«

Mike hatte das gehört und genug Kaffee intus, um ihn am Hinterkopf zu erwischen. Clara beim Auto rollte die Augen. Aber diese Idee stimmte wirklich. In Berlin war ich Expertin in Mitbringseln. Selbst gemachte Himbeermarmelade für Oles Mutter, als sie sich letzten Monat eine Knieentzündung geholt hatte und den nächsten Marathon nicht laufen konnte. Ein Micky-Maus-Heft für Kattas kleinen Bruder, wenn wir bei Katta Filmnacht machten, damit er uns nicht nervte.

»Kann ich noch kurz Blumen pflücken?«, fragte ich Clara, die ja am dringendsten zurückmusste.

»Warte«, sagte Clara. Sie tauchte ins Auto, wühlte in ihrem Beutel und kam mit einem Messer in einer abgewetzten Lederscheide zurück. Sie hielt es mir ganz lässig hin, aber sie warf es nicht und zuckte dabei nicht mit den Achseln. Es war nicht einfach irgendein Messer für sie. Der Griff war aus Horn und glatt von jahrelanger Benutzung. »Vorsicht. Scharf.«

Es war alt, das sah ich auch als Mensch ohne Schimmer von Messern sofort. Die Klinge hatte matte Flecken, nicht

Rost, sondern als wäre ein Spiegel angelaufen. Ansonsten war sie makellos poliert und so scharf, dass sie durch die Pflanzenstängel glitt wie durch weiche Butter, als ich es probierte. Damit hätte Viktor die Fahne in der Hälfte der Zeit runtergeschnitten. Ich beeilte mich mit meinem Wildstrauß: Klatschmohn, Kornblumen und irgendwas mit harten gelben Blüten, an der ich das Messer etwas mehr anstrengen musste.

»Die stinken«, warnte Viktor. Ich roch an den Blumen, stellte fest, dass sie süßlich wie Aas rochen, und warf sie weg. Mist. Die lagen auch auf Lukas' Grab. Dafür fügte ich noch ein paar Weizenähren hinzu und einen Zweig Hagebutten, von dem ich die Dornen entfernte.

»Ist gut«, sagte Clara. Sie räusperte sich. »Der Strauß. Schön.«

Ich wischte das Messer vorsichtig an meinen Shorts ab und reichte es ihr zurück. Wir stiegen in den Yaris, und ich legte den Strauß auf meine nackten Knie. Ein vergessener Dorn kratzte meine Haut. Ich knipste ihn mit den Fingernägeln ab. Ich zitterte, aber ich redete mir ein, dass das noch die Nachwirkungen von dem Hund waren, der uns fast zerfleischt hatte.

· 22 ·

IRONISCHERWEISE WAR ICH bei Müttern übrigens schon immer beliebt gewesen. Als könnten die irgendwie spüren, dass ich keine hatte, und das war jetzt für sie die Gelegenheit, die Lücke für eine Weile auszufüllen. Noch heute saß ich, wenn ich Isi besuchte, früher oder später immer mit ihrer kaputtgearbeiteten Mutter auf dem Balkon. Sie trank Rotwein aus einem Whiskeyglas, rauchte eine Zigarette nach der anderen, redete von Gott und der Welt und tätschelte mir lachend den Arm, als seien wir alte Freundinnen. Einmal hatte sie mir von Isis Vater erzählt und wie sehr sie den Wichser noch liebte und mich dann schluchzend so fest und würgend umarmt, dass eine ziemlich angepisste Isi mir zur Hilfe kommen musste. Kattas Mutter machte mir, wenn ich vorbeischaute, immer erst mal was zu essen, weil ich ja so ein dürres Ding war, und die von Maren wollte ständig von mir hören, wie es in der Schule ging, als wäre ich ihre dritte Tochter. Ole, der dauernd mit seiner Mutter stritt, mit der ich mich so super verstand, hatte mal gesagt, ich hätte eben keine Standards. Das verletzte mich, aber ich glaube, er hatte recht. Womit die Zeichen für die erste Begegnung mit meiner Mutter seit 17 Jahren ziemlich gut standen. Wenn man von den Umständen absah. Alles in allem.

Ich hielt mich die ganze Fahrt an meinem wilden Blumenstrauß fest wie an einer Rettungsleine. Clara, die jetzt wieder neben mir saß, sah mich ständig von der Seite her an. Sie hatte ja überhaupt keine Ahnung. Viktor hatte mir von ihr und Lukas erzählt, aber niemand hatte ihr gesagt, wer ich war.

Als Mike vorm Ortsschild zum See abbiegen wollte, sagte Viktor: »Setz uns mal hier ab.«

»Hier?«, fragte Mike.

»Klar.«

Er hielt mitten auf der Straße. Kam ja keiner. Er sah Viktor an. Sehr lang und sehr ruhig. Viktor sah gekonnt an ihm vorbei und stieg aus. Aber vorher knotete er Gott sei Dank noch sein Cape ab. Er beugte sich zu meinem Fenster, und ich holte tief Luft und stieg auch aus. Ich kam mir vor wie ferngesteuert. Meine Knie zitterten.

»Penner«, murmelte Mike so leise, dass ich es kaum verstand.

»Was?«, fragte Clara und sah zwischen ihnen hin und her. »Was ist jetzt wieder?«

»Geht dich 'n Dreck an«, sagte Viktor.

»Leck mich«, sagte Clara.

Mike legte den Gang ein und fuhr weiter, und da standen wir am Straßenrand. Clara lehnte sich aus dem Fenster und sah mir nach.

Wir waren fünfzig Meter die Straße hoch und schon bei den ersten Backsteinscheunen und Viktor hatte fairerweise noch gar nichts gesagt, als ich stehen blieb, tief Luft holte und sagte: »Kann ich da allein hingehen?«

»Klar. Klar, Mann.«

»Ich will nur nicht, dass –«

»Versteh ich schon. Ich hab Gefühle, okay?«

Ich dachte an seine Art, über Lukas' Tod zu reden, und nickte. »Okay. Danke.«

»Nichts zu danken. Du gehst einfach die Straße weiter ins Dorf. Die zweite Straße links und dann ein ganzes Stück rein. Nummer 21. Das Haus mit der blauen Garage.«

Ich nickte.

»Ich warte hier auf dich.«

»Und wenn es vielleicht lange dauert?«

»Ich wohn hier. Ich bin Profi im Zeit totschlagen.«

Ich ging also allein los. Die Straße runter nach Lauwitz rein, seinen Blick im Rücken, neben mir stille Gärten und stille Häuser, über mir diese geknüllten Wolken, die irgendwas bedeuteten, was ich vergessen hatte. Eine davon glitt vor die Sonne, als ich die erste Straße links überquerte. Auf dem Kopfsteinpflaster vor einer Scheune sonnte sich eine fette graue Katze.

Es fehlte nur noch eins von diesen Gebüschen, die in Western raschelnd durch die Stadt rollen, oder eine sanfte Brise, die ein paar Zeitungsblätter über die Straße gegen mein Bein wehte. Wenn ich sie aufhob, würde da *Pandemie! Dorf in der Uckermark evakuiert!* oder *Grenze geschlossen – Panik!* stehen. Wenn ich jetzt in die Häuser ginge, wären sie verlassen, alles bereits von einer dünnen Staubschicht überzogen, die Betten ungemacht, das Essen auf den Tischen verschimmelt. Meine Mutter und ihr Mann längst verschwunden. Die Blumen auf Lukas' Grab schon verdorrt.

Irgendwo klapperte ein Fenster und ich hörte ein Radio und dann roch ich, dass jemand ein spätes Mittagessen kochte oder früh zu Abend. Ich bog in die zweite Straße ein. Niemand da außer mir und zwei fette Hühner, die auf der Straße herumliefen und im Gras pickten. Vielleicht die gleichen wie von meiner Ankunft am Samstag, immer noch auf freiem Fuß. Ich dachte an den Witz mit dem Huhn und der Straße. Der Strauß war heiß in meiner Hand. Die Hagebutten schlugen an mein Knie. Ich spürte mein Herz im Mund: Nummer 3; Nummer 7; Nummer 15.

Nummer 21 war ein ganz normales Haus. Etwas in die Jahre gekommen vielleicht. Weiß getüncht, unten die Steine durchschauend, die Dachziegeln hier und da mit Moosflecken durchsetzt. Eine Hecke, die nicht ganz so geschniegelt war wie Julias in Berlin. Der Rasen nicht ganz so glatt gemäht. Ein Apfelbaum im Vorgarten, im Frühjahr verblühte Rhododendren und riesige, prächtige Sonnenblumen. Keine Deutschlandfahne, bei der es Mike in den Fingern gejuckt hätte. In der Auffahrt stand kein Auto. Die selbst gebaute Garage war himmelblau gestrichen.

Ich stand dicht am Zaun und konnte mich nicht rühren. Meine Beine waren bis oben mit Blei gefüllt. Mein Kopf summte. Die in meiner vierfingrigen Hand zusammengepressten Stängel waren glitschig vom Schweiß. Ich fühlte mich, als wäre ich nicht wirklich da. Als wäre ich in der Phase im Traum, wo du im Unterbewusstsein schon weißt, dass du nur träumst. Wo du aufwachen kannst, wenn du das deinem Körper nur klarmachst. Ich musste meine bleiernen Beine in Bewegung setzen, da raufgehen und auf die Klingel gucken, wenigstens das, aber ich hatte meinen Körper irgendwie verlassen und wusste nicht, wie ich wieder reinkommen sollte. Ich hatte ein Blackout.

Wenn ich als Kind nicht einschlafen konnte, stellte ich mir vor, meine Mutter würde bei uns klingeln und mich in den Park oder ins Schwimmbad mitnehmen. Dann fütterten wir zusammen Vögel, spielten Federball und aßen Wassereis.

In diesen Einschlafträumen, die manchmal zu richtigen wurden, sah sie immer anders aus und war auch immer wer anders. Manchmal sah sie aus wie ich, wie ich mir mich selbst in älter vorstellte. Manchmal hatte sie bunte Dreadlocks bis zur Hüfte, wenn ich am Morgen eine Frau damit in der Stadt gesehen hatte. Manchmal war sie von Beruf Chemikerin oder Astronautin oder arbeitete im Zirkus, wo sie weiße Tiger durch brennende Reifen springen ließ, und manchmal war sie auch bloß Lehrerin oder erfolglose Autorin wie mein Vater. Jedenfalls war sie immer nett, und wenn sie ging, beugte sie sich runter und gab mir einen Kuss auf den Kopf, weil sie so groß war.

Das hatte ich alles logisch nie wem erzählt. Schon gar nicht meinem Vater. Aber jetzt dachte ich wieder daran. An die tausend Varianten von ihr, die ich mir ausgedacht hatte.

»Hey Schätzchen!«, rief eine Frauenstimme hinter mir. Der Strauß rutschte mir aus der Hand, und ich wirbelte herum, dass ich ins Taumeln geriet. Eine Frau stand im Garten gegenüber. Spaten in der Hand. Verschwitzter blauer Overall. »Hast dich verirrt?«

Ich kniete mich hin und sammelte meinen Strauß ein. »Nein«, krächzte ich, »nein, ich –« Mir kamen heiß und jäh die Tränen. Ich würgte sie runter und schüttelte meine Blumen zurecht und versuchte, nett auszusehen und nicht wie eine zitternde Irre. »Ich wollte – wollte nur –«

»Webers?«

»Was?«

»Da wohnen Webers. Wolltest da hin?«

»Ja.«

Sie sah mich erwartungsvoll an.

»Ist – ist – ist sie da? Frau Weber?«

»Na, seh ich aus wie eine Hellseherin?«

Ich ging die Auffahrt hoch den kurzen Weg zum Haus. Stellte mich vor die Tür. Davor lag eine saubere, neue Fußmatte aus Bast. Vielleicht hatte die vielen Gäste mit Beileidsbekundungen die alte kaputt getreten.

Ich fühlte, dass ich gleich ohnmächtig werden würde. Ich durfte nicht. Nicht vor der Nachbarin. Auch wenn am Ortsschild von Lauwitz kein Bürgerwehr-Aushang gehangen hatte: *Wir schießen auf verdächtige Teenager.* Ich atmete ein und aus und ein und aus und drückte die Klingel und hörte das Summen im Haus. Ich wartete. Lange. Eine Minute. Vielleicht länger. Und die ganze Zeit kämpfte ich dagegen an, umzukippen. Ich war vor lauter Anstrengung in Schweiß gebadet.

»Ach, sie hat ja Nachtschicht«, sagte die Nachbarin, als wäre ihr das zufällig gerade eben erst eingefallen. »Sie wird wohl schlafen und dich nicht hören.«

Und da wusste ich: Ich wollte sie nicht sehen. Ich wollte weg. Sofort. Ich drehte mich um und lief los, als sie mir nachrief: »Schätzchen!«

Ich drehte mich im Gehen stolpernd um.

»Wir passen hier auf uns auf. Wer bist du denn? Was soll ich ihr sagen?«

»Nichts«, keuchte ich. »Danke!«

Wenn sie noch was wollte, dann kriegte ich es nicht mit. Erst nach fünfzig Metern merkte ich, dass ich in die falsche Richtung lief. Die Straße war zu Ende. Ich bog auf einen Feldweg. Ich lief ihn weiter hinauf, weg vom Dorf, um mich herum der warme, würzige Geruch von Heu, dicke große Ballen, die quer zum Hang lagen, und irgendwo da setzte ich mich dann hin und heulte, bis ich nicht mehr konnte.

· 23 ·

CLARA FAND MICH. Sie stand plötzlich einfach hinter mir. Ich war so erschöpft, dass ich mich nicht mal richtig vor ihr erschrecken konnte. Als ich sie bemerkte, wischte ich mir die Tränen weg. Sie kam zu mir rüber. Sie atmete schwer. Ihre Schultern bebten, ihr Gesicht war verzerrt vor Anstrengung. Sie war den Weg gejoggt. Gerannt.

»Da bist du ja.«

»Hey«, krächzte ich und wischte an meinen Augen herum. »Ich dachte, du bist am See.«

»Nee. Nicht so wichtig.«

Ich sah mich um. Viktor oder Mike und sein Yaris waren nirgends zu sehen.

»Bin von da hinten aus gelaufen«, sagte Clara und zeigte vage in Richtung Dorf. Niemand hier schien richtig zeigen zu können. »Mann, sag doch was.«

»Was denn?«

Sie atmete keuchend ein und aus und runzelte die Stirn. »Dass du seine Schwester bist?«

Wir schwiegen eine Weile. Clara verlagerte das Gewicht von einem auf das andere Bein. Sie sah verärgert aus, aber ich glaube, nicht auf mich. Auf Viktor und Mike, weil sie nichts gesagt hatten?

»Hast du sie getroffen? Deine Mutter?«

Ich schüttelte den Kopf und fing zu meinem Entsetzen schon wieder an zu weinen. »Sie hat nicht aufgemacht. Weil sie Nachtdienst hatte. Sagt ihre Nachbarin. Da bin ich abgehauen.«

Clara kramte in ihrer Hosentasche und hielt mir etwas daraus hin. Es war der letzte Streifen Apfelkaugummi.

Ich schüttelte verlegen den Kopf. »Nein danke.«

»Zucker«, beharrte sie. »Bist total blass.«

»Die sind zuckerfrei, glaub ich.«

»Oh.« Sie runzelte wieder die Stirn. »Hat aber sicher Süßungsmittel. Nimm jetzt. Hab eh noch mehr.«

Ich nahm mit einem zittrigen Lächeln das Kaugummi, schälte die Alufolie ab und steckte es in den Mund. Es war von der Hitze und zusätzlich ihrer Hosentasche ganz weich. »Danke«, nuschelte ich. Sie zuckte die Achseln und setzte sich neben mich. Allmählich kam sie wieder zu Atem.

»Wo sind die anderen?«

»Keine Ahnung.« *Mir doch scheißegal.* »Sich streiten, glaub ich. Mike hat mich rumgebracht.«

»Hat er dir das gesagt? Mit Lukas?«

Sie nickte grimmig. »Die Vollidioten. Können dich doch nicht einfach so da hinschicken. Alter. *Männer.*«

Ich kaute mein Kaugummi und sah auf meinen Blumenstrauß. Dem Mohn gingen die Blätter ab. Ein paar musste ich vor dem Haus meiner Mutter gelassen haben.

»Er hat's mir mal gesagt«, sagte Clara. Ich sah auf. »Dass er eine Schwester hat. Und dann, dass er sie gefunden hat. Anfang vom Jahr. Er meinte, du kommst im Sommer vorbei. Hat Viktor dir gesagt, das von uns? Lukas und ich?«

Ich dachte daran, was er mir alles gesagt hatte. »Ihr wart mal ein Paar.«

»Er hat's mir betrunken erzählt. Dass er das schon immer irgendwie geahnt hat. Weiß nicht, ich hab keine Geschwister. Aber vielleicht spürt man's ja wirklich. Aber das war richtig tabu bei seinen Eltern. Er wusste jedenfalls nicht, wie du heißt. Hat er wohl erst später rausgefunden.«

Ich nickte schwach. »Im Februar. Er hat mich auf Facebook gefunden. Weil er meinen Namen wusste und dass ich nur neun Finger habe.«

»Hab ich gesehen, ja. Echt abgefahren. Genfehler?«

»Ja.«

»Und das hat seine Mutter ihm gesagt?«

»Er hat gesagt, er hätte es rausgefunden, aber ich weiß nicht genau, wie. Vielleicht von irgendwelchen Unterlagen. Er hätte es mir sicher erzählt. Im Sommer.«

Wir schwiegen eine Weile. Vom Dorf wehten Radioklänge hoch. Irgendein Hitsender.

»Sie hatte eine Affäre. Mit meinem Vater.« Diese komische Pause, in die eigentlich die Frage gehörte, warum sie mich nicht abgetrieben hatte. Aber so war das eben. »Isi, meine Freundin, sagt, dass es für Männer leichter ist. Weil das Kind nicht in ihnen wächst. Mit dem Verlassen.«

»Kann sein. Aber ist doch egal, oder? Kannst du nichts für. Hast du ja nicht drum gebeten.«

»Ich weiß. Es stört mich ja nicht mal richtig. Ich meine, schon, natürlich. Aber Lukas – das war mir einfach wichtiger.«

Clara nickte langsam, als verstünde sie das nicht ganz, wolle mir aber zeigen, dass sie trotzdem mit mir fühlte. »Willst du sie denn dann überhaupt treffen? Wenn du eh abgehauen wärst?«

»Ich weiß nicht.«

»Okay. Aber du solltest was trinken. Bist du krank?«

»Nee. Wieso denken das –«

»Weil du wirklich blass bist. Du hast so ein Dreieck.« Sie zeigte sich auf den Mund. »Wenn das weiß ist, bist du dehydriert. Survival-Fakt.«

Da ich nur einen Kaffee und ein Stück Brötchen gehabt hatte, stimmte das vielleicht sogar.

»Es geht schon. Ich nehme Tabletten. Vitamine und so.«

Sie hob die Brauen.

Ich zuckte wieder die Achseln, aber jetzt hatte ich ihr schon so viel gesagt. »Ich bin letzte Woche in der Schule ohnmächtig geworden. Die wollten mich eigentlich auf Kur schicken.«

»Hast du ein Glück, dass ich dich gefunden habe. Wenn du da ohnmächtig gelegen hättest?«

Wir sahen uns an, und ich musste zittrig lächeln. Sie grinste zurück. Sie hatte Grübchen. Im Licht waren ihre Augen nicht schwarz, sondern ganz dunkelbraun.

»Ich hätte nie herkommen sollen«, sagte ich endlich. »Ich weiß nicht, warum ich das überhaupt wollte. Ich kenn euch alle nicht. Ich kannte ja nicht mal Lukas. Nur drei Wochen.« Ich schob meinen Strauß zusammen. »Ich sollte einfach wieder zurück zu meinem Freund und nach Hause.« Und zu meinem Entsetzen liefen mir plötzlich, wo ich doch geglaubt hatte, es wäre endlich vorbei, wieder die Tränen runter, schneller, als ich sie abwischen konnte.

»Hey«, sagte Clara, die sich hörbar unwohl fühlte, »hey.«

»Tut mir leid, tut mir –«

»Macht doch nix.« Sie rutschte ein Stück zu mir rüber und tätschelte mir kurz und sehr vorsichtig die verschwitzte Schulter. Dann saßen wir einfach da. Ich beruhigte mich wieder. Wischte mir mit dem Träger meines Tops die Tränen weg und zitterte vor mich hin. Ich wollte Clara sagen, dass ich froh war, mit ihr hier zu sitzen, obwohl sie wahrscheinlich richtig Ärger kriegen würde, weil sie Putzdienst schwänzte, aber irgendwie tat ich es dann doch lieber nicht. Ich kannte sie ja gar nicht.

Am Horizont wurde der Himmel violett, obwohl es erst früher Nachmittag war. Ich merkte, wie stark ich schwitzte, wie sehr mein Kopf pochte. Ich hatte seit Stunden nicht auf die Uhr gesehen. Man verlernt es echt schnell. Wir sahen hinab ins Dorf, in dem nichts passierte. Wenn ich ein anderer Mensch wäre oder das hier die 20er, wäre ich eine reiche Berlinerin auf Landpartie. Ich würde meine Staffelei genau hier hinstellen und das alles malen. Viele kleine Striche und Tupfer zu einem wilden impressionistischen Bild zusammensetzen, die Blumen, die Häuser, die Strohballen auf der Stoppelwiese, und über allem das heranziehende Gewitter.

Irgendwann sammelte ich meine welkenden Blumen zusammen, und wir gingen außen ums Dorf herum zurück in Richtung See.

· 24 ·

WIR BOGEN GERADE auf einen Feldweg aus dem Dorf, als der Yaris hinter uns rollte. Clara drehte sich im Gehen um und fuchtelte wütend mit den Armen, dass sie sich verpissen sollten. Mike holperte im Schneckentempo neben uns ran. Clara musste ins Maisfeld ausweichen. Viktor lehnte sich aus dem Fenster.

»Ihr scheiß Penner«, sagte Clara. »Mann!«

»Alles klar?«, fragte Viktor mich.

»Natürlich nicht alles klar!«

»Halt dich mal da raus.«

»Am Arsch!«

»Ich red mit Helena.«

»Mir geht's gut«, sagte ich. Mit roten Augen und verquollenem Gesicht. Langsam hatte ich das ganze Geheul selbst satt. Ich würde mich ins Zelt legen und erst mal eine Stunde schlafen.

»Ja, so siehst du aus. Mitfahrgelegenheit gefällig?«

Weil es noch ziemlich weit war und unser Zeug auf der Rückbank lag, stiegen wir doch ein. Mike war schlecht drauf, fast so sehr wie Clara. Er sah aus, als bräuchte er dringend ein Bier.

Auf den letzten zwei Kilometern wurde das Licht weicher und goldener. Die Wolken begannen sich zu türmen und ihre Bäuche sich dunkel zu färben. Über die Felder schossen Schwalben. Wenn es eine längere Fahrt gewesen wäre, wäre ich eingeschlafen. Jetzt, wo ich nicht mehr zitterte und vor Nervosität schwitzte, überkam mich bleierne Müdigkeit.

Mike fuhr uns bis dahin, wo er uns abgeholt hatte. Beim Aussteigen empfing uns tropische Schwüle. Als wäre die Hälfte des Sees in die Luft verdunstet.

»Helena?«

Und da stand Ole mitten auf der Waldstraße, in Shorts und weißem T-Shirt, gut aussehend wie immer. Er war in zwei Tagen ernsthaft braun geworden. Als wären wir im Süden Frankreichs gewesen und nicht irgendwo im Osten Deutschlands. Zur Abwechslung sackte mir das Herz in die Magengegend, statt mir hoch in den Hals zu fahren.

»Scheiße, wo warst du?« Er kam schon auf mich zu, außer sich vor Schreck und Wut. Er war blass und verschwitzt. Als wäre er gerannt. »Ich hab die ganze Zeit versucht, dich anzurufen! Ich wär fast zur Polizei!«

»Mir geht's gut!«, sagte ich verblüfft. »Ich hab dir doch geschrieben!«

»Diese Studenten meinen, du wärst mit einem Typen weg!« Sein Blick fiel auf Clara und dann auf Viktor, der ausgestiegen war und sich gar nicht mehr so lässig gab wie sonst, sondern plötzlich von Kopf bis Fuß angespannt war, die Muskeln spannte. Sein Grinsen war weg, und er hatte einen Blick, den ich von ihm noch nicht kannte. Auf Streit aus. Weil er immer noch dachte, Ole wäre ein Riesenarschloch, dem egal war, dass seine Freundin ihren Bruder verloren hatte.

»Wer ist das denn?«, wollte Ole laut wissen.

»Gute Frage«, sagte Viktor laut.

»Warte. Warte kurz!« Ich lief zurück, und Clara, die schnell geschaltet hatte, angelte meine peinliche Kosmetiktasche vom Rücksitz. Ich drückte ihr im Austausch meine welken Blumen in die Hand. »Sorry«, sagte ich zu ihr und Viktor, »ist schon gut, alles okay!« Und zu Ole: »Ich komm schon, ja? Die haben mich nur mitgenommen. Die sind okay. Lass uns ein Stück. Ole, komm schon.«

Er folgte mir widerwillig. Richtig aufgebracht. Ich musste ihn beim Arm nehmen und ziehen. Auf der Zufahrt zum Feriendorf blieben wir stehen, und er fing sofort an: »Ich hab ungefähr hundertmal versucht, dich anzurufen! Ich dachte, du wärst irgendwo – keine Ahnung, umgekippt oder so!«

»Ich hab dir doch vorhin geschrieben, dass ich unterwegs bin!«, erwiderte ich empört.

»Ja, vor zwei Stunden! Du bist letzte Woche ohnmächtig geworden und es sind mindestens dreißig Grad! Was, wenn du einen Hitzschlag gekriegt hättest? Mann, wir haben alles nach dir abgesucht, sogar mit dem Auto! Warum bist du nicht ans Handy?«

Weil der Akku alle war. Ich hatte es gerade wütend rausgezogen, um ihm noch mal meine SMS zu zeigen, und starrte auf einen schwarzen Bildschirm. Ich hatte es ja heute Nacht nicht geladen.

»Und was sind das für Typen?«, fauchte er.

»Das sind Freunde von meinem Halbbruder«, sagte ich, und mein Magen drehte sich, als hätte ich auf der Treppe eine Stufe verpasst, aber dann wurde ich gleich wieder ruhig. Jetzt, wo es nach Monaten endlich so weit war.

»Deinem –« Er lachte kurz, wie jemand lacht, der nicht weiß, ob er verarscht wird. »Du hast doch keinen Halbbruder.«

Ich erzählte ihm alles. Ich holte ziemlich weit aus, bei der Affäre von meinen Eltern, damit das alles gleich mit erklärt war. Er hörte auf zu lachen und sah immer ungläubiger aus. Als wäre das die wildeste und absurdeste Verschwörungstheorie, die er je gehört hatte, würde aber gleichzeitig auch Sinn ergeben. Während er mich wegen Abi getröstet hatte, hatte ich eigentlich um meinen totgefahrenen Halbbruder geweint. Erst glaubte er kein Wort und quatschte mir die ganze Zeit dazwischen. Aber ich war nicht groß darin, andere zu verarschen. Das dämmerte ihm dann auch allmählich. Er hörte auf, mich zu unterbrechen, und dann, als ich nicht mehr viel vor mir hatte außer Erklärungsversuche und Entschuldigungen, sagte er: »Warum hast du mir nichts erzählt?«

Kein Geschrei. Nur bittere, fassungslose Enttäuschung. Es tat mir bis ins Mark weh. Und das war der entscheidende Punkt: Ich wusste nicht mal, warum ich ihm nichts erzählt hatte. Ich konnte an mir selbst herumpsychologisieren, dass ich Angst vor meiner Vergangenheit hatte und dass die ganze Sache mit dem Halbbruder zu schön war, um wahr zu sein, und dass ich eben sichergehen wollte, bevor ich es irgendwem erzählte. Es wäre auch nicht gelogen gewesen, dass ich ein privater Mensch war. Mein Zimmer und mein Eigentum waren mir heilig und wenn ich heulte, dann allein in meinem Bett. Aber Tatsache war, es gab einfach keinen Grund, der gut genug gewesen wäre. Im Traum nicht.

Also sagte ich das Einzige, was ich sagen konnte: »Es tut mir leid.«

»Es tut dir *leid?*«

»Ich weiß, ich hätte es machen sollen.«

»Und warum hast du nicht?«

»Ich weiß es nicht«, sagte ich, hundertprozentig ehrlich, so ehrlich, wie ich nur sein konnte.

Er starrte mich an. Er sah benommen aus. Als wäre er gegen eine Wand gerannt. Wie ich gestern am See, als er mir gesagt hatte, er würde mich überhaupt nicht mehr verstehen. »Das weißt du nicht? Du sagst mir ein halbes Jahr nichts von deinem Halbbruder und du weißt nicht, warum? Das ist doch Wahnsinn! Das ist doch total bescheuert!«

»Ich weiß.«

»Und Isa und Maren und –«

»Die wissen es auch nicht. Niemand weiß es. Hab ich dir doch gesagt. Ich hab's noch nicht mal meinem Vater erzählt. Ich weiß nicht mal, ob er von Lukas *wusste*.«

Das beruhigte ihn gleichzeitig und machte ihn ganz verrückt. »Und diese Typen waren –«

»Ich sag doch, das sind Freunde von ihm. Ich hab sie zufällig getroffen, als ich bei seinem Grab war.«

»Wann warst du –« Er kriegte den Mund nicht wieder zu. »Heute Morgen am Telefon, da warst du bei seinem *Grab?*«

»Gestern Nacht.«

Er lachte fassungslos auf. In einem Comic hätte sein Kopf zu rauchen angefangen oder wäre angeschwollen und dann geplatzt.

»Ich wollte dich mitnehmen. Ich wollte es dir eigentlich zeigen.« Ich fragte mich, ob das wirklich alles einfacher gemacht hätte. Wenn wir gerade vor dem schlecht leserlichen Grabstein stehen würden. Vor den vielen Gedecken, den Kerzen.

»Ich raff das nicht«, sagte er. »Ich versteh es einfach nicht, okay?« Als redete er mit sich selbst. Er schüttelte heftig den Kopf. Er sah mich an, als begreife er mich überhaupt nicht. Als hätte ich ihm gerade gebeichtet, dass ich seit Monaten eine Affäre hatte oder gar nicht wirklich Helena hieß, sondern die echte Helena Naumann ermordet und ihre Identität geklaut hatte. »Darum wolltest du ausgerechnet an diesen See.«

Ich nickte matt. Ich wünschte, ich hätte diese beschissene Tasche gerade nicht in der Hand.

»Deine *Mutter* wohnt hier? Und dein Halbbruder, der tot ist? Den du drei Wochen lang kanntest?«

»Ja, das hab ich dir doch –«

»Ey, ich kapier das einfach nicht«, wiederholte er. »Ich und die Jungs sind fünfmal um den ganzen See und ins Dorf und zwischen den Feldern herum, weil ich dachte, dir ist was passiert, und du warst die ganze Zeit über mit den Freunden von deinem toten Halbbruder weg?«

Ich zuckte hilflos mit den Schultern.

»Du verarschst mich. Du verarschst mich echt. Du hast die ganze Zeit so getan, als wäre es das Abi. Das fucking Abi! Immer, wenn ich dich gefragt hab, was mit dir los ist –«

»Du hast mich nie gefragt.«

»Jetzt fang nicht so an, okay? Ich bin nicht derjenige, der nichts von seinem Halbbruder erzählt hat!«

»Und es tut mir leid, okay? Glaub mir, es tut mir leid.«

»Wie soll ich dir das glauben?«

Ich starrte zurück.

»Ich meine, wie soll ich dir jetzt noch irgendwas glauben? Was hast du mir noch nicht erzählt?«

Einen Moment wusste ich nicht, was ich darauf antworten sollte. »Nichts«, sagte ich. »Ich hab dir alles erzählt.«

»Und woher weiß ich das?«

»Weil ich es dir sage. Weil ich jetzt nicht mehr –« Ich wollte es nicht lügen nennen. Es war ja keine Lüge gewesen. Nur ein Auslassen der Wahrheit. »Ich hab dir jetzt alles gesagt.«

Er schüttelte den Kopf. »Du spinnst«, sagte er. Wie einen Fakt. Und es war einer.

Ich spinne echt, dachte ich.

Wir standen da im Wald und sahen uns an. Ich und der Junge, mit dem ich zusammen war. Mit seinen schönen Augen und dem Wirbel im Haar und der dünnen Kette, die ich ihm geschenkt hatte. Ein echt gutes Geschenk. Ich dachte daran, wie ich im Zelt über ihn gedacht hatte. Unter den Bäumen war es noch schwüler als am See. Es roch nach Wald und See und die Luft war schwer und klebrig süß, als sonderten die Kiefern ihr Harz direkt in sie ab. Meine Kehle schmerzte, meine Brust brannte, und ich heulte nicht. Mir musste dringend eine Medaille verliehen werden.

»Du hast mich gefragt, was ich will«, hörte ich mich sagen. Als spreche eine Fremde mit meinen Stimmbändern und meiner Zunge. »Gestern. Und ich glaube, ich muss erst mal alleine sein. Hier alleine. Ohne dich.«

Er starrte mich sehr lange an. Schon komisch lange. »Willst du Schluss machen oder was?«

Ich wusste es nicht.

Vielleicht.

Er schüttelte den Kopf. »Nee, okay? Du hast mich angelogen. Du hast die ganze Zeit von Anfang an gelogen. Wenn hier jemand Schluss machen sollte, dann ja wohl ich.«

»Dann mach«, sagte ich. Ganz ruhig. Mit dieser fremden Zunge.

Ich hatte ihn ganz oben auf einem Zehner stehen lassen und jetzt musste er da runterspringen, wenn er nicht wie ein Feigling aussehen wollte. Das war eins der tausend Dinge, in denen wir Tag und Nacht waren. Ich kam damit klar, feige zu sein. Den einfachen Weg zu gehen. Er wäre lieber gestorben, als klein beizugeben.

»Okay«, sagte er. Aber er klang nicht fest und wütend, sondern unsicher und von sich selbst überrascht. »Gut.«

Ich tat noch etwas, worin ich sonst beschissen war, zum ersten Mal: Ich erkannte den genauen Moment, wann ich gehen musste. Und ging dann auch wirklich.

· 25 ·

DER YARIS WAR NOCH da, aber die Jungs und Clara waren verschwunden, was mir gut in den Kram passte. Ich wollte nicht, dass sie mich schon wieder heulen sahen.

Ich weinte nicht so heftig wie als ich vom Grab weggelaufen war und nicht wie auf dem Feldweg hinterm Haus meiner Mutter, und auch nicht so lang. Ich fand eine einsame Stelle Moos im Wald, warf Isis dämliche Tasche beiseite und setzte mich hin. Wischte mir die Tränen weg, holte tief und gleichmäßig Luft und fühlte mich, als würde mein Bewusstsein ein Stück über meinem Körper schweben. Was bestimmt nichts Gutes hieß. Aber mir wurde nicht schwindelig und ich bekam keine Atemnot, also nahm ich nicht an, dass ich gleich ohnmächtig würde.

Unter allen anderen Umständen – und mit vollem Akku – hätte ich Isi angerufen. Wenn eine Erfahrung mit Trennungen hatte, dann war das sie. Andrei, der Russe, hatte mit drei Monaten am längsten gehalten. Stattdessen legte ich mich lang ins Gras und tat erst mal nichts. Um mich herum standen stumm und still die Bäume. Weiter weg am See lärmten Badegäste. Ole war mir nicht nachgekommen oder fand mich jedenfalls nicht.

Erst, als irgendwo in der Ferne Donner rollte und die Mücken immer lästiger wurden, setzte ich mich auf und rieb mir die kalten Knie. Dann sah ich mich um und erschrak darüber, wie grau der Himmel über mir war und wie weit ich gelaufen war, ohne es gemerkt zu haben.

Bestimmt konnte ich im Nachbarort noch am Abend einen Zug nach Hause erwischen, zurück zu meinem Vater und Julia und meinen Freundinnen. Zurück ins echte Leben mit seinen besorgten Mitmenschen und ins Internet, wo ich meinen geänderten Beziehungsstatus bekannt geben musste, falls Ole nicht schneller war. Vielleicht war es echt an der Zeit, Facebook zu vergessen.

Der Donner rollte ein zweites Mal. Viel näher. Ich schnappte meine Tasche und machte mich, Mücken wegwedelnd, auf den Rückweg. Plötzlich hatte ich vor, mich jetzt richtig heftig zu betrinken, und wenn es mit kleinen Fläschchen Jägermeister war. Auch das war neu und merkwürdig. Ich trank sonst echt wenig und auf einmal juckte es mich am ganzen Körper danach.

Ich machte einen Umweg, um nicht direkt an den Zelten vorbeizulaufen, wegen Ole. Ich nahm an, dass sie jetzt abbauen würden. Das Zelt einpacken und wegfahren. Ich lief fünf Minuten leicht paranoid herum, bis ich Viktor auf einem der langen Stege sah, die in den See hinausführten. Er telefonierte und hatte sich von mir weggedreht. Vor einer der ganz winzigen türkis gestrichenen Hütten, die auf der Homepage für zwei Erwachsene ausgeschrieben waren, saß Clara neben ihrem Putzeimer auf der Terrasse und trank polnisches Dosenbier. Auf dem freien Stuhl hing mein Rapskäfer-Pullover, den ich im Auto vergessen hatte. Auf dem wackligen Plastiktischchen stand in einer oben abgeschnittenen Milchpackung mein schlapper Blumenstrauß und erholte sich von den Strapazen. Clara war überrascht, mich so schnell zu sehen, oder überhaupt.

»Und?«, fragte sie.

Ich zuckte die Achseln. Sie bot mir den Plastikstuhl an. Ich setzte mich und zog erst mal mein Sweatshirt an. Ich fror. Clara sah mich von der Seite her an wie vorhin auf dem Feldweg.

»Wir haben uns getrennt.«

»Scheiße.«

»Nein«, sagte ich. »Ist schon okay.« Und erstaunt stellte ich fest, dass es stimmte. Ich fühlte mich ausgelaugt, aber sonst ganz neutral. Als hätte ich mal wieder meine Gefühle ausgelagert. Wie akzeptieren, dass man sitzen geblieben ist, und kapieren, dass man dann auch nicht hundertzehn Prozent für etwas geben muss, das man eh nicht schafft.

»Wie lang wart ihr –?«

»Seit Januar.«

»Oh«, sagte Clara, als wisse sie nicht so recht, ob das schon lang genug war, um besonders tragisch zu sein. »Tut mir leid.«

Viktor telefonierte schimpfend weiter und rannte mit gesenktem Kopf und ruckartigen, kurzen Schritten auf dem Steg auf und ab.

»Mit wem telefoniert er?«

»Seiner Mutter, glaub ich.«

»Und wo ist Mike?«

»Schwimmen.« Sie deutete auf den See, und als ich mich etwas zur Seite beugte, sah ich ihn im See kraulen, fünfzig Meter raus, sein kahler Kopf und seine kräftigen Arme durch die Oberfläche brechend. Er war ein guter Schwimmer. Sah ich gleich. »Mann, ich würd ja auch noch rein.« Sie kickte missmutig gegen den Eimer und brachte die Putzmittel zum Klappern. »Willst du ein Bier?«

Ich hatte immer noch Alkoholdurst. Clara stand auf und holte mir eins aus dem Kühlschrank. Ich knackte die Lasche und stieß neben dem Strauß mit ihr an. Das Bier schmeckte gut. Bitter und besser als Bier sonst. Es war eiskalt. Nach drei Schlucken wurde mir schwindelig.

Es grollte wieder. Der Himmel über uns hatte ein dunkles, gewittriges Blau angenommen. Der Geruch nach See und Wald war intensiv, wie vergossene Essenz, durchsetzt vom harten Gestank von Grillkohle und dem weichen, süßlichen Duft irgendeines blühenden Schilfs oder einer wilden Hecke in der Siedlung. Unter meinem Sweatshirt war meine Haut klamm und ölig vom Schweiß. Ich hatte meine bohrenden Kopfschmerzen auf meinen Stress und Kummer geschoben, aber vielleicht war es auch das heranziehende Gewitter, das seit Stunden die Luft auflud.

»Fährst du?«

Ich schreckte auf. »Was?«

»Nach Berlin zurück.«

Ich sah auf meine Füße neben ihren, die vom Straßenstaub grau gefleckten Turnschuhe, meine Knöchel darüber vom gleichen Staub schmutzig statt von der Sonne gebräunt. »Er fährt sicher mit den Jungs. Mit seinen Kumpeln.« Ich zuckte die Achseln. Das polnische Dosenbier prickelte auf meiner Zunge. In diesem Moment erschien mir alles und nichts gleichzeitig möglich. Mit dem Fahrrad nach Berlin zurück. Ole irgendwann wieder ins Gesicht sehen. Aller Welt von Lukas erzählen. »Ich kann Zug fahren. Ich hab ja ein Fahrrad.«

Wir sahen Viktor beim Telefonieren zu. Er hatte sich auf den Steg gesetzt, von uns weg, und hatte sich etwas beruhigt. Mike zog seine Bahnen im See, als trainiere er für einen Marathon.

Viktor legte auf. Er rief Mike etwas zu und stand auf, um zu uns rüberzukommen. Clara rutschte unruhig auf ihrem Stuhl, als wolle sie etwas sagen, und vertiefte sich dann wieder in ihr Bier. Viktor wirbelte Mikes Autoschlüssel um den Zeigefinger.

»Wie ist es gelaufen?«

»Wir haben uns getrennt.«

»Gut!«, sagte er, so vehement und mit grimmiger Befriedigung, dass Clara ihn überrascht ansah. »Super. Aber alles klar bei dir?«

»Ich denk schon.«

Es donnerte ein viertes Mal. Es klang, als wäre es gleich hinterm Wald.

»Wie kommst du nach Hause? Mit dem Rad?«

»Ich nehm den Zug.«

»Wir chauffieren dich natürlich. Wenn du endgültig von uns genug hast.«

Ich musste lächeln, auch wenn es bestimmt nicht gerade überzeugend aussah. »Wie, ihr habt noch mehr zu bieten?«

Er zwinkerte. »Wenn du noch bleibst, schon.«

»Kannst ja bei mir pennen«, sagte Clara. Wir sahen sie beide an. Sie deutete hinter sich auf die Tür der Hütte und räusperte sich. »Sofa ist frei.«

»Oh«, sagte ich. »Ich will dir nicht –«

»Machst keine Umstände.«

Mike rief etwas aus dem Wasser. Viktor drehte sich um und

winkte mit dem Schlüssel. »Hier, Blödmann! Ich brauch das Auto!«

Ich zögerte. Aber nicht lang. »Wenn es echt okay ist, dann bleib ich noch eine Nacht.«

»Ist es«, sagte sie und grinste kurz in ihr Bier. Als hätte sie mit Viktor darum gefeilscht, wer mir den besseren Schlafplatz anbieten konnte.

Mike kraulte an den Steg und kletterte raus, immerhin in Unterwäsche. Er raffte seine Klamotten zusammen und kam zu uns rüber, auf dem Steg hinter ihm eine Spur aus nassen Fußabdrücken. Er wühlte in seinen Hosentaschen und guckte nicht mehr ganz so mürrisch, als hätte das Schwimmen ihn entspannt.

»Ich hab den Schlüssel schon, Mann«, rief Viktor ihm zu. »Du brauchst echt 'ne Brille. Fährst du mich jetzt?«

»Bin ich dein Chauffeur? Pflanz deinen faulen Arsch auf 'n Mountainbike das nächste Mal.« Er stieg nass, wie er war, in seine Hose und hängte sich sein zusammengerolltes Shirt um den Hals. Die dicken Eisenketten glitzerten nass auf seinem sommersprossigen Schlüsselbein. Seine Lippen waren bläulich vom Wasser. »Dein Alter?«, fragte er Viktor.

»Das war Mutti. Er ist schon wieder nicht angetanzt, und jetzt soll ich ihr die Unterlagen holen. Scheidungskrieg«, fügte er an mich gewandt bereitwillig hinzu. »Wie das so ist. Da ist man mehr Laufbursche als Sohn.« Er klang, als machte ihm das alles gar nichts aus, aber ich hatte ja gerade gesehen, wie aufgebracht er auf dem Steg herumgelaufen war. »Also, noch mal Gratulation, ja? Vielleicht seh ich später nach dem Rechten. Bring dir einen Döner vorbei, damit du nicht an Claras Kochkünsten verreckst.«

»Leck mich«, sagte Clara. »Und verpiss dich von meiner Terrasse.«

Die beiden machten sich zum Yaris davon. Clara starrte ihnen missmutig hinterher. »Weiß nicht, warum er jetzt so tut, als wär'n wir Freunde«, murmelte sie. Sie exte den Rest von ihrem Bier und stand auf. »Ich räum kurz auf. Sind deine Sachen noch da? Schlafzeug und so?«

Scheiße. Meine Sachen.

»Die sind noch im Zelt«, stöhnte ich. »Oh Mann, ich –«

»Wo? Ich hol sie.«

»Was? Du kannst nicht –«

»Klar.«

Ich starrte sie unsicher an.

»Klar kann ich. Wo?«

Ich beschrieb es ihr. »Aber wenn er noch da ist, dann –«

Sie winkte ab und verschwand. Ich saß bang da und wartete, und nach fünf Minuten war sie wieder da, mit meinem Rucksack in der Hand, ganz lässig, als wäre sie eben schnell einkaufen gewesen.

»Die sind fast weg«, sagte sie und stellte ihn mir hin. »Bauen gerade ab. Ich geh rein, ja?«

Ich nickte überwältigt und sah ihr nach, wie sie in die Hütte verschwand. Ich roch einen Hauch von Räucherstäbchen durch die Tür. Ich war wieder sieben und saß in Alinas Patschuli-Zimmer auf einem dicken roten Samtkissen, und sie las aus Hühnerknochen und meiner verkümmerten Hand mein Schicksal. Sie im Lotussitz und ich, kindlich gelenkig, genauso. Auf mir liege ein Fluch seit vor meiner Geburt. Um ihn zu brechen, zündete sie Kerzen an und verbrannte Weihrauch. Dann nahm ich in der rostigen Wanne ein Bad mit Salzen und

Kräutern, bis mir ganz schwindelig von dem Duft wurde. Zwei Wochen hatte unsere ganze Wohnung bis in den letzten Winkel danach gerochen, mein Bett, meine Anziehsachen.

»Minute!«, rief Clara.

»Okay«, sagte ich. Ich trank mein Bier und sah den Schwalben zu, die in wildem Zickzack so dicht übers Wasser schossen, dass ich immer wieder dachte, sie würden reinstürzen. Lauschte dem Donnerrollen. Als Clara mich rief und ich aufstand, hätte ich beinahe den Strauß umgeworfen, den sie auf den Tisch drapiert hatte.

Claras Hütte bot Platz für zwei Personen, die keinen Wert auf viel davon legten. Es gab einen Raum, der Schlafzimmer, Küche und Wohnbereich gleichzeitig war, und dazu ein winziges Bad ohne Klo, aber mit Duschecke. Wenn die Haustür geöffnet war, kam man aus dem Bad nicht mehr raus. Fast alles sah aus wie DDR-Original. Der ausgelegte Teppich war entweder schon immer grau gewesen oder grau geworden. Das auf krummen Alubeinen stehende Bett, hastig gemacht und mit einer kotzgrünen Wolldecke abgedeckt, konnte man an die Wand hochklappen. Das flammend orangene Sofa nahm viel zu viel Platz weg. Jede Inneneinrichterin hätte das als Erstes rausgeschmissen. Gegenüber gab es eine neuer aussehende Küchenzeile mit zwei Herdplatten, billiger Spüle und winzigem Einbaukühlschrank.

Clara hatte sich nicht besonders eingerichtet. Auf dem Sofa lag ein Stapel Bücher, ein paar klobige Formate, die nach Schule aussahen, und obenauf ein zerfledderter Roman von Stephen King, bei dem ich an Viktor dachte. Ihr Koffer mit dem Recycling-Beutel obenauf war unters Bett geschoben, und an einem Haken an der Haustür hing ein abgetragener Parka irgendeiner Armee. Daneben standen ihre provisorischen Hanteln und auf der Fensterbank eine Untertasse mit Räucherzeug. Vielleicht kriegte ich den Duft raus, wenn ich dran roch. Etwas mit Zitrus. Vielleicht Zitronengras.

Irgendwie war es gemütlich. Ich dachte an den Wohnwagen von Kattas Nachbarn, in dem wir früher durch die Playboys von ihrem großen Bruder geblättert hatten.

Clara hatte sich auf die Bettkante gesetzt und sah aus, als sei sie wütend auf sich selbst. »Ich kann Beata fragen«, murmelte sie, ohne mich richtig anzusehen. »Das hier ist zu klein.«

»Ist doch okay.«

»Nee, ich kann fragen. Irgendwas steht hier immer leer. Hast du doch gesehen.«

»Das Sofa ist wirklich okay.« Ich stellte meinen Rucksack drauf. Und weil sie immer noch mürrisch dreinsah, fügte ich hinzu: »Ich hab mal in einer Abstellkammer gewohnt. Eigentlich sogar zehn Jahre.«

Sie sah zweifelnd zu mir hoch.

»Ehrlich. Wie Harry Potter.«

»Du brichst dir da den Rücken drauf. Du bist so *groß*«, stellte sie verblüfft fest. Vielleicht fiel es ihr jetzt in der Hütte erst auf. »Wenn du willst, kannst du das Bett haben.«

»Das Sofa ist super.« Ich setzte mich drauf, um ihr zu zeigen, dass es ging und weil mir außerdem echt schwindelig war, und sie beugte sich rüber und sammelte die Bücher auf. Eins fiel ihr runter, ein dicker, hässlicher Wälzer mit dem Titel *GAMMA: Eulers Konstante, Primzahlstrände und die Riemannsche Vermutung*.

Und da erinnerte ich mich, dass Lukas mir doch mal von Clara erzählt hatte. Sie war die Freundin mit der mathematischen Hochbegabung. Er hatte sie bloß nicht mit Namen erwähnt.

»Ich hab gehört, dass du ein Mathegenie bist.«

Sie zuckte die Achseln, zu bescheiden, um zu bejahen, und zu ehrlich, um abzuwiegeln. Eine elegante Lösung.

»Ich bin sitzen geblieben. Wegen Mathe.« Ich spreizte meine Finger von mir weg. Ich konnte mich nicht erinnern, wann ich zuletzt jemandem meine Hände so gezeigt hatte. Oder warum ich plötzlich überhaupt Lust hatte, jemandem meine tragische Hintergrundgeschichte zu erzählen. Ich nahm noch einen Schluck Bier, für geschmierte Stimmbänder. »Mein Vater meint, es liegt an meinen Fingern. Weil ich als Kind nicht richtig zählen konnte.«

»Glaub nicht, dass es daran liegt«, sagte Clara fasziniert. Sie hätte mich bestimmt nie gefragt, aber ich zeigte ihr meine Hand von beiden Seiten. »Hat dein Vater das auch?«

»Nee. Und bei ihm in der Familie sonst auch keiner.« Ob es jemand mütterlicherseits hatte, würde ich nie erfahren, denn Lukas hatte es nicht gewusst und ich hatte meine Mutter heute nicht getroffen und würde es nie mehr versuchen.

»Das kann Generationen überspringen. Vielleicht haben deine Enkel es dann wieder.«

Ich nahm meine Hand zurück und wartete darauf, dass sie noch eine der üblichen Fragen stellte. Wie mich der fehlende Finger behinderte. Ob ich lieber Linkshänder wäre. Wie der Typ, der Simpsons-Witze machte, kam sie mir nicht vor, aber man weiß ja nie. Aber sie wollte gar nichts wissen. Einen Moment saßen wir beide da.

»Ich hol dir Bettwäsche«, sagte Clara dann. Sie hatte irgendwie meinen Rucksack aus der Todeszone geholt, aber mein Schlafsack war inzwischen wahrscheinlich im Kofferraum von Max' Familienkarre verstaut.

Der Himmel hatte sich zugezogen. Die Vögel schossen immer noch übers Wasser, blitzschnell wie Fledermäuse nachts. Clara verschwand in Richtung Rezeption. Ich blieb da. Ich ging den Steg hinaus, auf dem Viktor mit seinem Vater telefoniert hatte. Mikes nasse Fußabdrücke waren ins wettergebleichte Holz eingezogen und hatten es gedunkelt. Ich ging ein Stück weiter und ließ den Blick über den See schweifen. Von hier sah ich ein paar Zelte im Wald, halb vom Schilf verborgen, und war mir nicht sicher, ob ich unseres erkannte. Ich würde rüberlaufen und mein Fahrrad holen müssen. Das stand einsam an eine der Birken angeschlossen, bei denen wir vor zwei Tagen unser Zelt aufgebaut hatten, um möglichst lang den Elementen zu trotzen.

Ich hatte mal gelesen, dass auf der Welt mehr Menschen von umfallenden Bäumen als von Blitzen erschlagen werden. Beim nächsten Wetterleuchten ging ich trotzdem zurück zu Claras Hütte. In der Feriensiedlung wurden Wäsche eingeholt und Klappliegen geräumt. Ein Sturm zog auf.

· 26 ·

CLARA KAM MIT WEISSEM Jugendherberge-Bettzeug für mich wieder, die wir zusammen bezogen. »Ich muss los«, sagte sie und schüttelte das Kissen aus. »Kannst ja solang was lesen.«

»Quatsch, ich helf dir. Ich bin gut im Putzen.«

»Du bist eher so der Kellnertyp.«

Ich musste grinsen, weil ich mir kurz vorstellte, wie ich mit einem vollgestapelten Geschirrtablett eins meiner Blackouts hatte. »Nee. Aber ich hab früher in einer WG gewohnt. Ich kenn mich aus.«

»Ich dachte, du hast unter der Treppe gewohnt wie Harry Potter.«

»Ja, unter der Treppe in der WG.«

»Ich hab Musik. Macht mir nix aus. Ist wie meditieren.« Sie ging an den Schrank über der Spüle und holte zwei Packungen gepuffte Maisstangen raus.

»Hey, die kenn ich! Isi isst die immer.«

Sie drückte mir eine in die Hand. »Iss, bevor du dein Bier austrinkst.«

Ich war gleichzeitig gerührt und beleidigt, dass sie sich um mich Sorgen machte, aber mir war wirklich schon ganz schwummrig von Hunger und Bier.

Wir setzten uns mit den Maisstangen nach draußen auf die Plastikstühle und aßen unsere Packungen leer. Am See zog ein kühler Wind auf. Blätter und Zweige raschelten, das Schilf summte. Dann bog es sich ganz flach. Der See glättete sich erst und kräuselte sich dann. Die Vögel machten Höchsttempo. Sie flitzten so schnell von links nach rechts, dass ich sie kaum mit dem Blick verfolgen konnte. Das Schilf lag fast waagerecht. Es klang wie rasselnde Knochen. Der See begann zu rauschen, die Siedlung zu klappern: vergessene, flatternde Wäsche auf sich drehenden Spinnen, im Freien stehende Fahrräder und Gartenliegen, offene Fenster, schlagende Türen. Erwachsene, die ihre Kinder in Häuser und Zelte riefen. Es donnerte jetzt in kurzen Intervallen, so laut, dass ich die Vibration im Trommelfell spürte und hinten im Rachen schmeckte, aber Blitze sah ich noch immer keine. Der Wind blies scharf um die Häuser. Die feinen Härchen in meiner Kniekehle stellten sich auf. Meine Knöchel wanderte eine Gänsehaut hinauf bis unter meine Shorts. Der ölige Schweißfilm auf meiner Haut kühlte aus. Die Bierdose in meiner rechten Hand wurde eisig, und wenn ich die gepufften Maisstangen in die Luft hob, wehte sie mir der Wind fast aus der Hand. Über uns wirbelte der Himmel, als koche er. Von hinter uns wälzte der Sturm heran, eine riesige, dunkelgraue Wolkenmasse, schwer von Regen, wie mit dicken, wirbelnden Pinselstrichen gemalt.

Claras Unterarme ruhten auf den Knien. Ihr dickes, dunkles Haar zitterte um ihr Gesicht, wenn eine Böe schräg an uns vorbeifuhr. Ihre erstarrte Haltung hatte etwas Ehrfürchtiges, als würde sie jeden Moment die Hände zum Gebet falten.

Der Wind schwoll ab. Es hatte höchstens eine Minute gedauert.

Es wurde still. Mein Herz schlug schneller. Irgendein tief verwurzelter Instinkt aus Zeiten, wo von dem Gespür für sich anbahnende Stürme mein Leben abgehangen hätte. Ich nahm nervös und irgendwie auch überwältigt einen Schluck Bier. Dann krachte es laut wie ein Kanonenschuss. Der Blitz musste irgendwo eingeschlagen haben. Ich verschüttete ein wenig Bier über meine Hand, und mein überraschter, verlegener Ausruf ging im lautesten Donnerrollen unter, das ich je gehört hatte. Ich spürte es in der ganzen Brust. Dunkle Flecken erschienen auf dem kargen Stück Rasen und Weg vor uns. Der Himmel öffnete sich und der Regen kam runter wie eine Wand. Das andere Seeufer verschwand in einem Schleier aus kaltem Regen und Dampf.

Clara lachte. Ich hörte sie nicht, weil der Regen über uns rauschte und schon wieder Donner kam, aber ich sah sie ja. Sie lehnte sich mit ihrem Bier zurück und sah mich an, erwartungsvoll, mit leuchtenden Augen, als hätte sie mir etwas gezeigt, das ich noch nie gesehen hatte. Und irgendwie hatte sie das. Ich hatte eine Gänsehaut am ganzen Körper. Meine Kopfschmerzen hatte ich vergessen. Vielleicht waren sie sogar weg.

»Ich liebe Gewitter!«, rief Clara.

Ich nickte. Ich dachte, Mann, ein Glück, dass ich nicht im Zelt bin. Der Regen war heftig genug, dass er bis zu uns spritzte, meine Knöchel benetzte. Der Steg war schwarz und das Schilf flach gedrückt. Ein weit verästelter Blitz zuckte über den Himmel. Dann kam wieder langer, wilder Donner. Meine Ohren dröhnten. Unsere Plastikstühle waren eiskalt geworden.

Clara bemerkte, wie ich die Packung nach mehr Maisstangen absuchte, stand auf und holte mir noch eine.

»Ich will dir nicht alles wegessen.«

»Die bestehen doch aus nix. Quasi Luft.«

»Hast du davon einen Jahresvorrat oder was?«

»Klar, und von dem Bier.«

Ich riss die Packung auf und aß hungrig weiter. Clara schob den linken Fuß unter den rechten Oberschenkel, ein lässiger halber Schneidersitz, trank ihr Bier aus und sah hinaus auf den See. Die Kanus schaukelten an den Stegen, als wollten sie sich losreißen. Ein neuer Blitz kam runter, verzweigt wie ein in den Himmel geschlagener Bruch, so hell, dass ich ihn noch minutenlang sah, wenn ich die Augen schloss.

»Sollten wir nicht rein?«

»Nee, ist doch alles sicher.«

»Wie nah ist es?«

»Die Zeit zwischen Blitz und Donner in Sekunden mal Schallgeschwindigkeit.«

»Und wie viel ist die Schallgeschwindigkeit?«

»Kommt drauf an.«

»Worauf?«

»Auf die Luft. Wenn's warm und trocken ist, schneller.«

»Wie viel ist sie jetzt?«

»Keine Ahnung. Etwa dreihundertdreißig?« Der nächste Blitz kam. Clara zählte die Sekunden mit dem Finger runter und hielt zwei hoch.

»Keine Ahnung.«

»Was?«

»Ich – ich kann das nicht ausrechnen.«

Sie lachte, aber dann sah sie meine Miene und hörte überrascht auf. »Dreihundertdreißig mal zwei. Einfach doppelt.«

Ich schüttelte den Kopf. Der Schluck Bier, den ich gerade genommen hatte, war plötzlich unerträglich bitter in meinem

Mund. Clara sah mich an, als wäre sie nicht sicher, ob ich sie nicht vielleicht verarschte. So wie Ole mich vorhin angesehen hatte.

»Du kannst nicht addieren?«

»Nein«, sagte ich heftiger, als ich gewollt hatte. »Ich bin scheiße im Rechnen, okay?«

»Echt jetzt?«

Ich zuckte ausweichend die Achseln. Ein neuer Blitz ging über den Himmel hinter den ganzen Wald. Über uns rollte gleich der Donner.

»Hast du Dyskalkulie oder wie?«

»Was?«

»Dyskalkulie. Zahlen-Legasthenie.«

Ich starrte sie an.

»Ey«, sagte sie verblüfft und nahm ihr Bier runter. »Weißt du das nicht?«

»Was?«, fragte ich. »Ob ich – hä? Nee!«

»Kannst du Zahlen auswendig?«

»Wieso?«

Sie wedelte mit der Hand. »Telefonnummern und so? Kannst du die?«

Nachdem ich mal ohne Akku nachts an der Endstation der S-Bahn gestrandet war, hatte ich mir eine zweite Liste wie für die Kasse gemacht: unsere Berliner Festnetznummer, das Klapphandy meines Vaters, das er auf Lesungen dabeihatte, Julias Nummer und Oles. Die stand ganz unten, sodass ich sie mit Edding ausstreichen oder abschneiden konnte, jetzt, wo es aus war. Im März hatte ich noch überlegt, ob es schon an der Zeit war, Lukas mit draufzuschreiben. Ob jetzt bald mein Leben beginnen würde, in dem ich einen Bruder hatte, den ich anrufen konnte.

»Ein paar kann ich«, sagte ich verteidigend.

»Okay. Zähl mal von fünfzig rückwärts.«

»Ich zähl doch jetzt nicht«, sagte ich beleidigt.

»Mach mal. Bloß mal zum Test.«

»Ob ich Dyslexie habe?«

»Dyskalkulie. Dyslexie ist was anderes. Irgendwas mit dem Körper.«

»Quatsch, das ist Anorexie.«

»Jetzt zähl schon!«

Ich musste grinsen, weil das alles so absurd war. Diese Situation hier und die Gesamtsituation sowieso. Von drinnen schien warmes Licht durch die gläserne Verandatür und beschien uns fast schon romantisch. Durch die Luftfeuchtigkeit kräuselte sich Claras Haar wild um ihren Kopf, wie statisch aufgeladen. Meine wilden Blumen in der improvisierten Vase wirkten schon ganz erfrischt. Ich zeigte mit dem Finger drohend auf Clara. »Wehe, du lachst!«

»Ich lach nicht!« Sie riss ernst die Augen auf und hob die Hände zum Schwur. »Mach ich nicht!«

Also zählte ich langsam von fünfzig runter. Als Kind hatte ich beim Verstecken die Uhr zur Hilfe genommen. Ich gab mir Mühe wie immer, aber heute verknoteten mir nicht nur die Zahlen, sondern auch Claras Bier das Hirn. Und Claras wachsamer Lehrerblick. Sie lachte ehrlich nicht, obwohl ich mir bescheuert vorkam und es auch war, siebzehn Jahre alt, aber nicht zählen können. Nach 30 sagte ich 39 und 38, bevor ich meinen Fehler bemerkte, herumstotterte und knallrot anlief. Ich rutschte auf meinem Stuhl hin und her und versuchte darüber zu lachen. »Siehst du?«

Doch Clara lachte immer noch nicht. Sie sah mich bloß

stirnrunzelnd an. Wie ein Therapeut, der mit seinem Glas Wein von hinter seinem Eichenholz-Schreibtisch an dir rumdiagnostiziert, nur dass sie Dosenbier über einen Plastiktisch hielt. »Wie bist du damit durchgekommen? Das muss doch auffallen.«

»Wenn ich einen Taschenrechner benutzen darf, geht es. Und bei so Standardaufgaben kann ich mir das Ergebnis merken. Ich hab ein ganz gutes Gedächtnis. Das kleine Einmaleins kann ich auswendig, und für wenn ich an der Kasse arbeite, habe ich –«

»Du kassierst?«, wiederholte sie ungläubig. »Du musst doch Geld rausgeben!«

»Ich hab mir eine Tabelle gemacht.« Ich zeigte ihr mit den Fingern, wie groß sie war. »Die hab ich mir laminiert und immer mit.« Ich stand auf, ein wenig zittrig auf den Beinen, und holte aus meinem Rucksack mein Portemonnaie mit den beiden Kärtchen. Clara nahm sie mit offenem Mund. Das schien sie vollkommen umzuhauen. Sie hielt die Wechselgeldtabelle hoch, die so groß war wie eine Visitenkarte.

»Das ist für deine Arbeit? Das ist echt krass!«

»Manchmal wollen die Leute helfen und mir was passender geben, aber dann sag ich, dass die Kasse das nicht kann. Du weißt schon. Rentner mit Cent-Sammelgläsern und so. Ich tippe die Zahlen ab und dann weiß ich, was ich rausgeben muss.«

»Warum kein Job ohne Zahlen?«

»Gibt es nicht.«

»Nachhilfe oder so?«

»Ich kann nur Geschichte und Kunst. Da braucht keiner Nachhilfe.«

Sie gab mir vollkommen fassungslos – und ein bisschen ehrfürchtig – meine Kärtchen zurück. »Und das hat nie wer gemerkt? Das muss echt ich dir sagen?«

»Meine Stiefmutter meint, ich hätte bloß nie richtig zählen gelernt.«

»Scheiße, du kannst nicht mal addieren! Das hat doch mit deinen Fingern nix zu tun! Du hast Dyskalkulie!« Sie lehnte sich zurück und musterte mich ungläubig. »Du bist mathebehindert, Mann! Glückwunsch!«

»Kann schon sein«, sagte ich ganz benommen. Ich spürte, dass ich immer noch rot war. »Ich weiß nicht.«

»Du kannst 'nen Test machen. Dann hast du's offiziell. Ich hab Legasthenie. Dachten bis dahin alle, ich bin einfach asozialer Kanake, der nicht Deutsch lernen will.« Sie grinste. »Und du kannst einfach angeboren nicht quantitativ denken. Geb ich dir die Hand drauf.«

Ich war nicht so schlecht mit Zahlen, weil ich kein Mathe konnte. Ich war schlecht in Mathe, weil ich keine Zahlen verstand. Soeben hatte meine Ferienbekanntschaft mir diagnostiziert, was in elf Schuljahren sechs Mathelehrer nicht herausgefunden hatten. In diesem Moment hatte ich Ole und Lukas vollkommen vergessen. Mathe hatte mich am See eingeholt und war für zehn Minuten wichtiger.

»Heißt das, ich – ich kann vielleicht Abi machen?«

»Keine Ahnung. Ich krieg bloß in Klausuren mehr Zeit. Als ob mir das was hilft.« Sie lehnte sich zu mir vor, hob ihr Bier und sagte feierlich: »Auf deine Dyskalkulie.«

Der nächste Blitz kam.

»Auf deine Legasthenie!«, rief ich über den Donner, und wir stießen an und tranken drauf.

· 27 ·

IN DER HÜTTE GAB ES keinen Fernseher, und mein Handy hatte ich immer noch nicht an die Steckdose angeschlossen. Ich war seit Jahren nicht mehr so lange ohne ausgekommen.

Ich streckte mich auf dem Sofa aus, wobei ich die Knie anwinkeln musste, und versuchte mich an *Friedhof der Kuscheltiere*, das Clara mir geliehen hatte. Ich mochte eigentlich nichts richtig Gruseliges – bei Horrorfilmen hatte ich die meiste Zeit die Hände vorm Gesicht –, aber ich wollte mich ablenken und vermisste plötzlich das Lesen. Ich konnte mich nicht erinnern, wann ich zum letzten Mal ein Buch in der Hand gehabt hatte, das nicht für die Schule war. Wahrscheinlich das von meinem Vater. Meine geliehene Bettwäsche roch nach fremdem Waschpulver und muffiger Lagerung und alles sonst nach den Räucherstäbchen. Der Regen rauschte aufs Dach, als müsse heute noch die Welt untergehen. Es war wahnsinnig gemütlich. Nach zehn Minuten pennte ich mit dem Buch auf dem Bauch ein.

Ich träumte, dass ich eingeschult wurde. Weil ich ein Alien war, musste ich an dem Tisch für Aliens sitzen und bekam Bücher für Aliens. Ich fühlte mich nicht süß und liebenswert komisch, sondern merkwürdig, fremdartig und unglücklich. Genau wie früher. Von allen Seiten starrten mich gesichtslose Kinder an. Meine Hände hatten viel zu wenig Finger, wie früher manchmal in meinen Fieberträumen, wo sie nacheinander verschwanden, aber ich schaffte es einfach nicht, sie zu zählen. Alle Zahlen waren aus meinem Kopf verschwunden. Dann veränderte sich der Traum, und ich rannte durch die Schule und suchte nach einem Jungen, der mir bei den Hausaufgaben helfen sollte, aber genauso, wie ich meine Finger nicht zählen konnte, konnte ich auch diesen Jungen einfach nirgendwo finden.

Ich wachte von meinem knurrenden Magen auf. Mir war schwummrig und leicht übel und meine Zunge bis in den Rachen wie mit Pelz bewachsen. Ich drehte mich um und fing verschlafen das herabrutschende Taschenbuch auf, bevor es auf den Teppich polterte. Einige Sekunden lag ich bloß da und blinzelte verwirrt. Dann fiel mir alles wieder ein. Ich war an Lukas' Grab gewesen und es hatte absolut gar nichts besser gemacht. Der Gedanke an ihn war immer noch ein heißer Längsstich durch Herz und Magen. Mein Bruder war unwiderruflich für immer tot. Ich hatte das alles nicht geträumt.

Aber das war nichts alles. Ich hatte mich außerdem vorhin von Ole getrennt. Ich würde allein zurück nach Hause fahren. Ich würde meine Kommode im Neubaugebiet in Berlin ausräumen, in deren unterste Schublade ich seine Pullover faltete und seine Socken rollte, wenn sie bei uns in der Wäsche auftauchten. Und dann würde ich mich endlich allen erklären. Meinen Freundinnen. Meinem Vater. Auch wenn der mir sicher ebenfalls was zu erklären hatte.

Aus dem Geschütte war ein zarter Nieselregen geworden. Das Gewitter war abgezogen. Es musste schon Abend sein.

Clara war immer noch putzen. Ich sah mich nach einer Uhr um und fand auf dem Nachttisch eine klobige Armbanduhr mit Gurtband und integriertem Kompass, ein Männerteil für Camper. Es war schon halb sieben.

Ich wusch mir im Bad das Gesicht, fand, dass ich auch wacher noch erbärmlich aussah, und ging dann an Claras Vorräte, um mich nützlich zu machen. Ihr Kühlschrank gab mehr Dosenbier, eine Tüte H-Milch, sechs Eier, ein Glas in Essig eingelegter Zwiebelchen und viele bunte kleine Tomaten her. Im Schrank fand ich neben stapelweise China-Nudeln (alle Geschmacksrichtung Shrimp) mehr Maisstangen sowie je eine Dose Instantkaffee, eine mit Zitronenteegranulat und eine mit Proteinpulver für den Muskelaufbau.

Ich zog mir den durchsichtigen Festival-Poncho über, den ich in Berlin eingepackt hatte, und ging zum Kiosk. Es war kühl und klar, alle Schwüle aus der Luft geregnet. Das gelangweilte Mädchen, das mir Lebensmittel verkaufte, betrachtete mit mildem Spott meinen Poncho, der mich offenbar als Städterin auswies. Dann vertiefte sie sich wieder in ihr Handyspiel.

Als ich zurückkam, war Clara wieder da. Sie stank nach Putzmittel und war nass geregnet und verschwitzt. »Dachte, du wärst doch noch abgehauen«, sagte sie, und es klang halb witzig gemeint, halb erleichtert. »Was hast du gekauft?«

»Ich dachte, ich koch uns Nudeln, und du hattest nicht alles da.« Ich schälte mich aus meinem Poncho und stellte meine Tüte auf den Herd. »Kann ich deine Tomaten nehmen?«

»Du musst nicht kochen.«

»Mach ich gern.«

Sie zuckte die Achseln. »Wenn du willst. Die Tomaten sind von hinter Beatas Haus. Nimm ruhig. Ich dusch.« Sie sammelte etwas anzuziehen und ein Handtuch zusammen. Bevor sie ins Bad verschwand, gab sie mir das Hornmesser, das sie mir für meinen Strauß geliehen hatte, zum Schneiden. Es glitt selbst durch die Zwiebeln wie durch weiche Butter. Ich musste kaum heulen.

Die Nudeln waren fast al dente, als Clara aus der Dusche kam. Sie sah plötzlich ganz anders aus. Sie hatte sich das nasse, ölig glänzende Haar über den Kopf zurückgekämmt wie mit sehr viel Gel, und es stand ihr mit ihrem kantigen Gesicht, den schweren Augen und ihrer breiten, geraden Nase richtig gut. Es verblüffte mich richtig, wie sie aussah. Wie ein alternatives Model, wo die Figur nichts machte. Sie trug wieder eine Cargohose, aber diesmal oliv und nicht im Tarnmuster, und ein frisches graues T-Shirt mit einem Ufo über einem Wald und dem Aufdruck *I want to believe*.

»Oh, *X-Files*«, sagte ich.

»Klar! Fan?«

»Ich hab's nie gesehen, aber Isi geht da total drauf ab.«

»Sag Isi, sie hat guten Geschmack.« Sie beugte sich über den dampfenden Soßentopf. »Ey, das riecht megagut. Hättest du nicht machen müssen.«

»Ich koch wirklich gern. Wenn ich dir schon nicht beim Putzen helfen darf.«

»Das ist mein Job.« Sie grinste schief. »Lass ich mir doch nicht von 'ner dahergelaufenen Deutschen klauen.«

»Wir sollten tauschen. Du bist gut in Mathe und kannst an die Kasse, und ich bin echt gut im Putzen. Win-win. Also abgesehen davon, dass dein Genie voll verschwendet wäre.«

»Ich hab nicht die Haltung für Dienstleistungssektor. Oder die Looks.«

»Quatsch! Darauf kommt's doch überhaupt nicht an. Und sowieso siehst du doch gut aus«, fügte ich rasch hinzu. »Das steht dir.«

»Das?«, fragte sie verdutzt. »Das T-Shirt?«

»Die Haare.« Ich machte eine Geste mit der Hand, als würde ich mir das Haar nach hinten streichen. »Als wären die kurz. Steht dir gut. Wirklich.«

»Okay«, sagte sie, als ob sie eigentlich schon wieder dachte, ich verarsche sie. Sie schnappte sich Besteck aus der Schublade und verschwand zum Tischdecken hinaus. Ich sah ihr irritiert hinterher. Dann goss ich die Nudeln ab, rührte die Soße unter, tat uns zwei dampfende Teller voll auf und trug sie raus in die Dämmerung.

Es war richtig gutes Essen. Clara sagte gleich zweimal, es sei absolut genial und dass sie noch nie bessere Tomatensoße gegessen hätte, auch wenn ich das übertrieben fand. Vielleicht versuchte sie nur nett zu sein, nachdem sie eben so komisch auf ein harmloses Kompliment reagiert hatte, aber so oder so aßen wir restlos auf. Das war mir seit Wochen nicht mehr passiert. Meinem kleinen Kater ging es auch schon viel besser. Vorsichtshalber trank ich Wasser mit zuckrigem Instanttee statt noch mehr Bier.

Während des Essens waren wir beide zu hungrig gewesen zum Reden, doch danach erzählte ich noch einmal die ganze Geschichte. Weil Clara es erstens verdiente, alles zu hören, und weil es zweitens wirklich guttat zu reden. Die sagenumwobene therapeutische Wirkung von Gesprächen entdeckte ich an diesem Tag. Diesmal ergänzte ich die Berliner Seite der

Geschichte, die ich für Ole ausgelassen hatte. Erzählte ihr von meinem alleinerziehenden Vater und der alten Wohnung und den Mitbewohnern, von Julia und von Ole. Von Lukas' erster Nachricht, und davon, wie ich alles verschwiegen hatte, erst drei Wochen und dann immer länger. Wie ich nicht mehr gewusst hatte, wie ich das alles auflösen sollte. Meine Entscheidung, hierherzukommen. Die Begegnung mit Viktor und Mike. Ich redete ewig lang, während es überm See immer schummriger wurde und Claras ernstes Gesicht in der einsetzenden Dunkelheit immer schemenhafter. Sie hörte sich alles an und fragte kaum was nach. Sie lachte nicht, sah nicht empört drein, schüttelte nicht ungläubig über mich den Kopf. Dann endete ich mit unserer Trennung am See vor ein paar Stunden. Ein halbes Jahr Beziehung im Eimer, weil ich geschwiegen hatte.

»Das war Vertrauensbruch«, sagte ich und nahm, weil meine Stimme inzwischen ganz heiser war, noch einen Schluck gesüßtes Wasser. »Ich versteh ihn.«

»Ich versteh dich«, erwiderte Clara, und ich fand, es klang, als meine sie es so – und da wurde mir irgendwie leichter um die Brust herum. »Manchmal ist das einfach so. Man kann's nicht erzwingen.«

Ich fragte mich, was ihr Geheimnis war. Dass sie lesbisch war?

»Ich glaube, es wär eh passiert. Die Trennung, meine ich.« Ich betrachtete den Bodensatz Tee in meinem Glas. »Wir haben gar nicht so gut zusammengepasst. Also schon, aber nicht für länger.«

Wir schwiegen eine Weile. Aber nicht unangenehm. Ich war erschöpft, aber ich fühlte mich auch – frei. Ruhig. Ich sah hinaus auf den See, und auch der war jetzt ganz still. Es war ziemlich kühl geworden. Clara hatte einen Zitrus-Räucherkegel auf einer Untertasse angezündet, gegen die Mücken, aber er wärmte natürlich nicht. Ich fröstelte, und Clara stand auf, ging rein und holte mir die kotzgrüne Wolldecke von drinnen.

»Danke«, sagte ich gerührt und wickelte mich ein wie eine alte Dame vor einem Café.

»Klar«, sagte sie und setzte sich wieder. Selbst schien sie überhaupt nicht zu frieren, nicht mal im T-Shirt und barfuß.

Wir schwiegen so lang, dass ich schon Angst hatte, dass einer von uns gleich ansprach, dass ich morgen wieder fahren musste. Eine Nacht hierzubleiben war noch entschuldbar. Verrückt, weil ich Clara kaum kannte, aber entschuldbar, weil ich mich gerade getrennt hatte und weil ich sie ja eben doch ein bisschen kannte und sie mit Lukas zusammen gewesen war. Aber noch eine?

Ich versuchte mir vorzustellen, wie ich zu Hause ankam, allein und nur mit einem Rucksack, von Ole verlassen. Und dann stellte ich mir vor, dass er allen von Lukas erzählt hatte. Nicht, dass er einen Grund dazu gehabt hatte. Aber vielleicht ja doch. Schließlich waren wir deswegen nicht mehr zusammen.

»Willst du 'ne Story von Lukas hören?«, fragte Clara plötzlich.

Ich sah sie überrascht an. »Klar.«

»Viktor und Mike können sicher bessere erzählen. Aber die ist aus Prag. Exkursion letztes Jahr im Herbst. Da waren sie nicht mit.«

»Okay.«

»Wir haben uns da den ganzen Tag die Füße wund gelaufen. Die ganzen Kirchen und Statuen und Kafka und diese alte Brücke. Karl irgendwer, über die Moldau. Ich vergess so was, Namen. Aber auf der Brücke gibt's so ein Bild auf einer der Königsstatuen, wo man für Glück den Hund streichelt. Die Stelle ist ganz poliert. Ich mag diesen Kram. Und jedenfalls sind abends alle raus in die Stadt, Party machen. Wir und die von der Partnerschule. Unsere Schule hat 'ne Partnerschule da.«

Man merkte, dass sie nie irgendwem irgendwas erzählte. Aber sie gab sich Mühe für mich.

»Das war im September. Ziemlich warm.« Ich stellte sie mir vor, wie sie barfuß in ihrer Armeehose durch die Prager Straßen lief. »Jedenfalls bin ich zurück zu dieser Brücke. Uralt, aus Steinbögen. Ich setz mich ans Ufer. Hab mir 'nen Milchshake gekauft und den Hund gestreichelt. Den auf der Brücke. Das war schon unser letzter Tag. Es geht da bis runter ans Wasser. Man kann die Füße reinhalten. Es sind noch'n paar Touris da, aber nicht mehr viele. Alle über die Brücke oder in die Kneipen und so. Jedenfalls sitz ich da und seh ein Stück weiter runter Leute. Ich kenn ein paar davon. Von der Schule. Nur Vollidioten. Da sind Mädchen mit, ein paar von den Tschechinnen, und die graben die schon den ganzen Tag hinter dem Rücken vom Lehrer an. Und zwei von denen kommen auf die Idee, sie können ja rüberschwimmen. Über die Moldau. Fünfhundert noch was Meter. Dumm und dümmer bei Strömung und nachts, und wenn man hacke ist – klar.« Sie nahm einen Schluck Bier und fuhr fort: »Jedenfalls springen sie rein und schwimmen los. Sind nicht die Leuchten an meiner Schule. Kann man nur von Glück reden, dass sie nicht von der Brücke gesprungen sind, weil, klar, dann wären sie tot. Und diese Brücke hat Stützpfeiler. Ich glaube, sie wollten von Pfeiler zu Pfeiler. Schlau. Da gibt es so Wellenbrecher oder so was dran, kann man sich festhalten dran. Kann ich so ungefähr sehen von da, wo ich sitze. Die anderen feuern sie an. Die Mädchen. Ich denk, da muss doch einer kommen. Polizei oder so was. Ist sicher verboten. Hat aber keine Sau interessiert. Der eine gibt dann auf. Will den anderen mitnehmen. Aber der macht weiter. Und der erste schwimmt schon ewig zurück, da hängt der andere an Pfeiler Nummer sechs fest. Aber er kommt nicht mehr da weg. Der ist besoffen und hat Krämpfe vor Erschöpfung.«

»Lukas?«, fragte ich gespannt.

»Nee, der war schon gleich am Anfang umgekehrt. Der war nicht so intelligent, es nicht zu machen, aber so sehr, zurückzuschwimmen. Also, der Typ hängt da und alle schieben Panik. Er ruft ein bisschen um Hilfe, aber nicht richtig laut, weil er ist ja erschöpft. Und die Hälfte der Leute haut erst mal ab. Verpisst sich einfach. Außer Lukas, weil er springt wieder rein. Schwimmt den ganzen Weg zu dem Typen hin, packt ihn und holt ihn da raus. Hat bestimmt zehn Minuten gedauert, und ich dachte wirklich, er säuft auch ab. Ich bin rüber, falls ich helfen kann. Aber er hat's geschafft. Dann kam die Polizei, weil die hatte wohl doch wer gerufen, und alle hauen ab. Totales Chaos. Lukas und ich zusammen. Er ist zwar k.o. und blau, aber wir rennen los.«

»Und der Typ? Der Schwimmer?«

»Der war am Leben. Mega undankbar natürlich. Seine Kumpels haben ihn wohl mitgenommen. Jedenfalls müssen wir ja irgendwo trocken werden, also gehen wir in einen

McDonald's und stellen uns auf dem Klo unter die Handtrockner. Das ist jetzt nicht mehr so spannend. Wir sind jedenfalls nicht erwischt worden. Von den Bullen nicht und von den Lehrern auch nicht. Und als wir dann zurück sind zum Hostel, hat er mir erzählt, dass er glaubt, er hat eine Schwester, die irgendwo anders lebt. Dass er das schon immer gedacht hat, aber dass seine Eltern darüber nicht reden. Er war einfach echt fertig, glaube ich, sonst hätte er mir das nicht erzählt. Es war ein Geheimnis. Hab ich gleich gemerkt. Er dachte, vielleicht bist du bei der Geburt gestorben. Oder dass du, ich weiß nicht, behindert bist oder so.«

Ich nickte, als würde ich das verstehen. Mir war trotz Wolldecke ganz kalt geworden. Er hatte an mich gedacht. Schon immer. Er hatte irgendwie gespürt, dass es mich gab. Und ich? Ich hatte ja nicht mal gemerkt, dass er gestorben war.

Clara stand auf und streckte sich. »Willst du noch Wasser?«

Ich schüttelte den Kopf. Sie brachte die Teller rein und holte sich diesmal kein Bier, sondern eine Tüte H-Milch. Sie setzte sich wieder in ihren halben Schneidersitz und sortierte die Blumen in der Tetrapak-Vase. Dann sagte sie leise und nervös: »Wir waren nicht richtig zusammen, okay? Es war nur echt kurz. Es war nichts Ernstes.«

»Ist schon okay«, sagte ich, weil ich das Gefühl hatte, dass sie das hören musste. Ich hätte mich fragen können, warum sie mir nicht einfach sagte, wenn sie eine Lesbe war, denn inzwischen glaubte ich das irgendwie auch. Aber dann wiederum hatte ich nie jemandem von Lukas erzählt, bis ich schließlich musste. Es war, wie sie gesagt hatte: Manchmal war es einfach so, und man konnte es nicht erzwingen.

· 28 ·

ICH SCHAFFTE ZWEI KAPITEL von dem Buch – es wurde noch nicht mal gruselig –, bevor meine Augen zu stark brannten. Ich putzte mir im winzigen Bad die Zähne und rollte mich wieder auf dem Sofa zusammen. Ich war todmüde. Als müsse ich elf Schuljahre Schlaf nachholen. Clara las auf dem Bett den Wälzer über mathematische Rätsel, als wäre es leichte Literatur. Schon vom Anblick drehte sich bei mir alles. Sie bot mir sofort an, das Licht auszumachen, aber ich murmelte, dass mich das nicht störte, und tat es auch nicht, denn nach fünf Minuten war ich eingepennt.

Dann wurde ich gefühlt gleich wieder wach. Diesmal ohne Kater, dafür mit einem Prickeln auf den Armen und im Nacken und einem nervösen Knoten im Bauch. Draußen war es stockdunkel. Meine schlecht eingestellte innere Uhr sagte mir, dass es schon nach Mitternacht sein musste. Clara hatte die kleine Lampe am Bett angemacht und zog sich gerade einen Hoodie über.

Das Heulen war zurück, der gleiche lang anhaltende, allmählich tiefer werdende Ton aus dem Wald, gerade eben durchs offene Fenster hörbar. Genau wie vor zwei Nächten.

»Was ist das?«, flüsterte ich.

»Keine Ahnung, aber ich geh jetzt raus. Willst du mit?«

»Was? *Jetzt?*«

Sie kramte in ihrem Jutebeutel und holte eine Taschenlampe raus. Sie zitterte vor Aufregung.

»Du gehst da echt raus?«, fragte ich ungläubig, doch sie hatte schon die Tür geöffnet und stand jetzt lauschend auf der Schwelle, den Kopf in die Nacht gestreckt. »Okay«, sagte sie, drehte sich um und deutete in die Luft irgendwo schräg über uns. Diese verdammte nutzlose Zeigerei. »Das kommt von da hinten.«

Für mich kam der Ton von überall.

»Du musst nicht.«

»Okay, okay, okay«, sagte ich und setzte mich in Bewegung. Kämpfte mich in mein Sweatshirt und meine Schuhe und hätte gern auch zur Taschenlampe gegriffen. Ole hatte eine mitgebracht, so ein Trekking-Ding mit unzerbrechlichem Glas, das auch unter Wasser funktionierte. Ich tauchte hinter die Couch und zog mein Handy vom Kabel, das ich vorhin angeschlossen hatte, falls Julia und mein Vater sich Sorgen machten (hatten sie nicht, da waren nur neun verpasste Anrufe von Ole heute früh), und nahm das mit. Besser als nichts.

Es nieselte noch immer. Die Luft war eisig, die Hecken glänzten nass. Ich hätte meinen Atem sehen müssen, so kalt war mir. Wir standen knöchelhoch in Nebelschwaden, die vom See und aus dem Wald geglitten waren. Clara knipste ihre Lampe an und leuchtete in den Wald. »Da«, keuchte sie. »Es kommt von da.«

»Was zum Teufel ist das?«

»Ich find's raus.«

»Barfuß?«

»Ich spür so alles viel besser.«

Wir überquerten den Weg, schlüpften durch die Hecken und waren dann im Wald. Wir liefen direkt auf das Heulen zu. Mein Instinkt grub die Fersen ein und schrie Umkehr. Der zitternde Lichtstrahl der Lampe zuckte über pechschwarze, wie mit Teer bedeckte Baumstämme, glänzende Gräser und Blaubeerbüsche, halb im Nebel versunken, und weite Moosteppiche, die im Dunkeln aussahen wie Tümpel. Der Wald gähnte uns an, war tausend Meter tief. Die Bäume warfen eisige Regentropfen auf uns herunter. Das Heulen klang bereits viel tiefer, eine Oktave vielleicht. Und es war ein wenig lauter geworden. Es kam aus dem Wald. Oder dicht dahinter. Aber nicht aus dem Dorf.

Ich hatte Gänsehaut von Kopf bis Fuß. Ich hatte einen Mordsschiss und nur noch nicht die Flucht ergriffen, weil ich prompt gegen den nächsten Baum gerannt wäre. Und weil ich Clara nicht hier allein lassen konnte. Auch wenn sie vermutlich ihr Messer in der Tasche hatte. Meine Beine fühlten sich an wie absterbend, wie Marmor unter meiner Jogginghose. Meine Turnschuhe sanken im Moos ein und wurden nass. Der Boden stieg steil an, sodass wir fast schon klettern mussten. Das Heulen schien von über uns zu kommen. Der Ton war fast zu einem Brummen abgeklungen. Wenn er nicht noch mal von vorn anfing, dann würde er wie vor zwei Nächten am See bald verstummt sein.

»Weiter!«, keuchte Clara. Zweige wischten uns nasse Striemen in die Sweatshirts und kratzten über die ausgestreckten Hände. Ich wünschte, ich hätte den Ast aufgehoben, über den ich gerade gekraxelt war, hätte einen Baseballschläger oder so was. In jedem Horrorfilm der Welt hätte ich die Krise gekriegt, zwei Teenagern dabei zusehen zu müssen, wie sie in Pyjamas in den stockfinsteren Wald loszogen.

Clara blieb stehen und ich etwas verspätet auch. »Wo sind wir?«, keuchte ich.

»Scht!«

Ich hörte unser Keuchen und das Geräusch von Regentropfen auf Blättern und sonst nichts. Kein Tier. Keinen Menschen.

»Letztes Mal ist es von woanders gekommen. Weiter da drüben.«

Ich folgte ihr durch nasse Büsche und über schmatzendes Moos. Vor uns lichteten sich die Bäume. Der Boden unter unseren Füßen verwandelte sich in losen, von Gräsern durchsetzten Schotter. Ein alter Forstweg, der vor uns aus dem Wald hinaus auf ein Maisfeld führte. Wir hatten keine fünf Schritte darauf gemacht, als Clara vor Schmerzen laut aufschrie. Sie stolperte und schlug hart zu Boden. »Scheiße!«, schrie sie, außer sich vor Schmerz und Wut. Ich kriegte sofort Panik. »Oh, *Scheiße*!«

»Was ist los? Was ist passiert? Clara!«

»Mich hat was geschnitten!«, schrie sie. »Scheiße! Scheiße, Mann! Wo ist die Taschenlampe?« Sie tastete danach und haute mir heftig vors Schienbein. Ich holte mein Handy raus und leuchtete damit. Sie umklammerte ihren rechten Fuß, und der blutete so stark, dass mir vor Schreck gleich schlecht wurde. Als wäre sie in ihr eigenes Messer getreten. Ihre Finger glänzten vom Blut, ganz dunkel und ölig im Licht. Wir starrten beide hypnotisiert darauf hinab. Dann tastete Clara über ihre Fußsohle und zog eine blutige, messerscharfe Glasscherbe raus.

Ich konnte mir vielleicht keine echten Leichen angucken wie mein Vater, aber ich war jetzt auch nicht zimperlich. Ich hatte schon blutige Nasen versorgt und Prellungen gekühlt und immerhin, verdammt noch mal, blutete ich ja selbst einmal im Monat. Trotzdem wurde mir kurz ganz komisch und flau.

Clara stöhnte schwach und fassungslos, schleuderte die Scherbe weg und drückte fest die Hand auf die Wunde.

»Oh Mann«, sagte ich geistreich. »Oh, fuck.« Dann war das Gefühl weg, und ich tastete nach einem Taschentuch, aber ich hatte keins dabei. Also setzte ich mich auf die nasse Straße und zog meine Schuhe aus. Ich streifte meine Socken ab, faltete eine zusammen und drückte sie auf Claras Fuß. »Steckt da noch mehr drin?«

»Ich weiß nicht«, stöhnte sie.

Ich drückte ihr mein Handy in die Hand, damit sie mir leuchten konnte, wickelte den zweiten Socken um ihren Fuß drumherum und knotete die Enden zusammen. Zum Glück hatte ich welche angehabt, die elastisch waren und bis auf die Wade gingen. Clara knirschte heftig mit den Zähnen. Das Handy zitterte in ihrer Hand.

»Du musst zum Arzt.«

»Scheiße, nein!«

»Das ist megatief, das muss wer nähen! Das muss abgebunden werden!«

»Bist du 'n Doktor oder was?«, fuhr sie mich an. Sie zog mir den Fuß weg und fing wieder an, nach ihrer Taschenlampe zu suchen. Das schwache Licht des Handys glitt über nasse Rinde, ölige Blätter, ein paar Meter in den Wald. »Scheiße, Mann, wo ist das Scheißteil?«

»Wenn da noch Scherben drin –«

»Da sind keine Scherben mehr drin!«, fauchte sie.

»Die ist fast durch deinen Fuß!«

Clara fand ihre Taschenlampe, die ausgegangen war, robbte keuchend hin und hob sie auf. Sie ging noch. Sie leuchtete einmal im Kreis um uns herum. Nichts. Sie rang nach Luft und beruhigte sich. Ich schnürte meine Schuhe an die nackten Füße, weil ich wusste, wann es keinen Sinn hatte, zu diskutieren. Ich musste sie schleunigst auf die Beine und zurück zur Feriensiedlung kriegen und Beata wach klingeln, damit sie uns zum Arzt fuhr. Um diese Uhrzeit wahrscheinlich eher noch Notaufnahme.

»Kannst du aufstehen?«

»Klar.« Sie ächzte und quälte sich hoch. Ich schlang den Arm um ihren Rücken und stemmte sie auf beide Füße. Wir schwankten. Sie hielt die Taschenlampe aufs Maisfeld gerichtet, suchte die Reihen ab, als erwarte sie, dass jeden Moment jemand daraus hervorbrechen könnte.

»Hier war's«, keuchte sie. »Hier, ganz sicher.«

Ich sah hoch und hörte mich selbst sagen: »Was ist das?«

Am Himmel entlang glitt ein verschwommener ovaler Lichtfleck. Etwas war direkt hinter der Wolkendecke. Während wir noch beide nach oben starrten, erschien ein zweites Licht und kurz darauf ein drittes. Sie bewegten sich langsam und gleichmäßig, und sie schienen höher zu steigen.

Ich hatte schon öfter Lichter am Himmel gesehen, die da auf den ersten Blick nicht hingehörten, Flugzeuge auf Umwegen und Satelliten und die bis hoch an die Wolkendecke reichenden Lichtstrahlen als Special Effects vor Clubs. Aber das hier war nichts davon. Es war etwas ganz anderes.

Gebannt sahen wir zu, wie die Lichtformation über das Maisfeld dahinglitt. Sie beschrieb sanfte Kurven und Bögen, stieg höher und tiefer, als tanze sie. Mein Atem wölbte sich vor meinem Mund. Um mich herum war die Welt zurückgetreten. Die starren Reihen Mais, in denen der Nieselregen ab und an ein Blatt hinabdrückte, der schwarze Wald, der uns für den Moment hergegeben hatte, alles war Hintergrund. Da war nur noch Clara neben mir, warm unter ihrem Hoodie, mein Arm um ihren Rücken geschlungen, und über uns die stillen Lichter. Ich hatte eine Gänsehaut am ganzen Körper.

Dann erschlaffte Claras Arm an meinem Rücken und als ich sie packte, war sie schon zur Seite weggekippt und lag auf dem Schotterweg.

· 29 ·

ICH FIEL NEBEN IHR auf die Knie, aber sie kam mir mit dünner Stimme zuvor. »*Nic mi nie jest*«, murmelte sie.

»Was?«, schrie ich sie an.

Sie schob meine Hände schwach weg und hielt stöhnend ihren Kopf und dann doch lieber den rechten Oberschenkel, weil sie nicht an den verletzten Fuß rankam. Dann versuchte sie, sich auf die Seite zu drehen, machte ein ersticktes Geräusch, als müsse sie kotzen, und beruhigte sich wieder. Über uns waren die Lichter abgedreht.

»Ich hol Hilfe«, sagte ich, »ich hol wen, okay? Bleib einfach liegen und – hier, warte.« Ich zog rasch mein Sweatshirt aus und wollte es ihr unter den Kopf schieben. Sie wehrte sich.

»Alles okay«, ächzte sie. »Mann, alles gut.«

»Du bist gerade umgekippt!«

Sie murmelte was, aus dem ich *Cholera* raushörte. Entweder Polnisch oder sie hatte sich echt heftig den Kopf angeschlagen. Ich drückte sie an den Schultern zurück, als sie sich aufzusetzen versuchte, und rief: »Bleib liegen! Ich bin gleich wieder da, okay?« Dann schnappte ich mir ihre Taschenlampe, sprang auf und drehte mich einmal im Kreis, weil – Feriendorf oder es riskieren?

Ich joggte los, dem fliegenden Licht nach. Dann rannte ich.

Ich musste höllisch aufpassen, dass ich mich auf dem vom Regen rutschigen Weg nicht auch noch auf die Fresse legte. »Viktor!«, schrie ich. »Mike!«

Das Ufo fand Viktor vor mir. Was ja kein Wunder war, weil er die Fernsteuerung dafür in der Hand hielt. Es war tief übers Feld gesunken, und wenn mir das Blut nicht in den Ohren gerauscht hätte, hätte ich sicher die kleinen Rotorblätter gehört. Ich blieb keuchend stehen, leuchtete die stillen Reihen Mais links und rechts ab und rief: »Ich weiß, dass ihr da seid! Ich brauch eure Hilfe!«

Nichts. Ich keuchte und holte Luft, um weiterzuschreien, dann knackte der Mais und Viktor schlüpfte wie durch einen Vorhang auf den Feldweg, genau wie gestern. Ohne die Fernbedienung und mit seiner eigenen Taschenlampe. »Na, hallo!«, rief er ganz überrascht und nahm seine Kapuze ab. Aber er hatte mich natürlich schon rumbrüllen hören. »Was verschafft mir denn –«

»Clara«, keuchte ich. Ich zitterte in meinem T-Shirt vor Kälte. »Clara ist verletzt. Sie hat sich den Fuß an Glas aufgeschlitzt und ist umgekippt. Ich glaube, sie kann kein Blut sehen. Wo ist Mike? Wo ist euer Auto? Sie muss echt ins Krankenhaus.«

»Wo ist sie?«

»Am Wald, an der Straße in den Wald.«

Wir rannten zurück. Clara hatte sich mitten auf die Straße gesetzt. Sie hielt ihren Fuß im Schoß umklammert, rieb sich den Kopf und blinzelte benommen in unsere Taschenlampen.

»Bist du okay?«, japste ich.

»Klar«, krächzte sie und machte eine schwache Handbewegung zum Waldrand. Sie kaute Kaugummi. »Geh da nicht rüber, ich musste kotzen. Scheiße, Mann, was macht der hier?«

»Ärzte ohne Grenzen«, sagte Viktor, der eine wundersame halbe Minute ausgekommen war, ohne dummen Scheiß von sich zu geben. »Wir scheuen selbst Brandenburg nicht, schlimmstes aller Krisengebiete. Wo brennt's denn?«

»Verpiss dich!«

»Ist dir schwindelig? Hast du Kopfschmerzen? Musst du noch mal kotzen?« Ich klang wie meine Hausärztin. Sie schüttelte den Kopf, drückte mir mein Sweatshirt in die Hand und murmelte: »Hab auch nicht draufgekotzt. Ehrlich.«

Viktor leuchtete auf ihren Fuß. Meine grau melierten Socken mit der eingestickten kleinen Rose oben waren dunkel durchgeblutet, und der provisorische Verband, der mir so schlau vorgekommen war, hielt nur noch, weil Clara ihn mit einer Hand an seinem Platz hielt.

»Boah«, würgte Viktor und drehte sich taumelnd weg. Er ging bis zum Mais auf Abstand und beugte sich nach Luft ringend vornüber. Und das war eindeutig kein Witz. Klasse. Zwei Leute, die kein Blut sehen konnten.

»Wo ist euer Auto?«, fragte ich ihn noch mal. »Wir müssen in die Notaufnahme.«

»Ey, ich geh nicht in ein scheiß Krankenhaus!«

»Was, wenn du Tetanus kriegst oder Tollwut?«, fuhr ich sie an. »Mit so was geht man zum Arzt!«

»Ich geh nirgendwo hin!« Sie ließ ihren Fuß los und versuchte aufzustehen, aber sie hatte sich noch nicht so ganz wieder unter Kontrolle. »Ich bin geimpft!«

»Gegen dich gibt's was?«, fragte Viktor schwach hinter einer Hand hervor.

»Hol Mike her, Mann!«, schrie ich zurück, aber der tauchte in diesem Moment von selbst auf, in seinen geklebten Springerstiefeln und einem abgetragenen schwarzen Hoodie.

»Was 's los?« Er war völlig dicht. War mir klar, bevor ich seine Fahne roch. Drei Leute, alle kurz vorm Kotzen, und ich. »Was macht ihr für'n Lärm?«

Viktor gestikulierte schwach in Claras Richtung. Mike stellte sich schwankend neben mich. »Oh, Scheiße«, brummte er. Und dann nüchterte er sich aus, einfach so, indem er einmal tief Luft holte, sich schüttelte wie ein Hund oder einer mit Anfall. Er machte die Augen weit auf und verzog das Gesicht, wie man das im Theater macht, um die Mimik aufzuwecken oder so ein Blödsinn. Dann hockte er sich vor Clara, die zu ausgeknockt war, um sich zu wehren, hob ihren Fuß am Knöchel ein Stück an und untersuchte ihn ganz ruhig. Das war beeindruckender als die Räuberleiter mit Viktor und jeder Zaubertrick.

»Was is' passiert?«, fragte er mit einem minimalen Alkoholnuscheln.

»Sie ist in eine Flasche getreten oder so was. Da war eine riesige Scherbe in ihrem Fuß.«

»Nicht riesig«, ächzte Clara. »Bloß 'n Splitter.«

Mike drückte auf ihren Fuß, und sie brüllte los. »Tut das weh?«

»Alter, leck mich tut's weh!«

»Is' da noch was drin?«

»Weiß nicht, Mann! Ich glaub nicht.«

Mike blinzelte zu mir hoch, als könne ich ihm das sagen. Ich schüttelte hilflos den Kopf.

»Wie tief?«

»Tief«, sagte ich, »auf jeden Fall –«

»Es blutet schon nicht mehr«, beharrte Clara. »Es hat nur so viel geblutet, weil ich immer barfuß bin. Wenn er da nicht draufdrückt –« Mike drückte drauf, und sie schrie und trat ihn. Er kippte aus seiner Hocke auf den Hintern. Dafür war er dann doch nicht ausgenüchtert genug. Er schüttelte sich, setzte sich wieder auf und winkte nach meiner Taschenlampe. Ich gab sie ihm und dachte, er würde auf ihren Fuß leuchten, aber er blendete Clara ins Gesicht.

»Hör auf, Mann!«

»Also«, sagte Mike mit ruhiger Lehrerstimme, wie Giese, wenn der einen Kater hatte und uns vorschlug, einen Film zu gucken, statt Politik zu machen. »Ich könnt dich fahrn. Nach *Prenslau.*«

»Du bist besoffen!«, fauchte sie ihn an.

Er ließ sich diesen Einwand einen Moment im Kopf rumgehen und nickte. »Oder Viktor. Aber wir müssen's Auto erst aus'm Dorf holen.«

»Ich will nicht nach Prenzlau! Ich will bloß 'n scheiß Pflaster und meine Ruhe und *jetzt hör auf mich anzuleuchten, Alter*!«

»Viktor, komm rüber.«

»Nee, danke.«

»Beweg dein scheiß Arsch.«

Viktor kam rüber, vorsichtig, als hätte Clara was Ansteckendes. Mike drückte ihm die Lampe in die Hand.

»Mann, ich hab selber doch eine.«

»Leuchte uns. Und nicht auf sie drauf. Kannst du fahrn?«, fragte er mich überraschend.

»Ich hab bislang nur Theorie.«

»Weil wenn du umkippst, muss Helena fahrn«, sagte Mike

zu Viktor. »'s will sie bestimmt nicht. 's wär illegal. Geh mal vor. Leuchte.« Dann bückte er sich nach Clara und wartete auf mich, bis ich mein Sweatshirt umgeknotet hatte. Zusammen nahmen wir sie unter den Achseln und zogen sie hoch auf die Beine. Sie war schwer. Ohnmächtig hätte ich sie nicht aufheben können. Sie lehnte sich auf uns, schwankte, stöhnte und blieb stehen. Mike legte ihren Arm um seinen Nacken, weil sie quasi gleich groß waren. Weil sie nicht richtig an meine Schultern kam, hielt Clara sich an meinem Rücken fest. Immerhin fühlte sie sich warm an, nicht kühl und klamm wie ich nach meiner Ohnmacht. Ihr Kaugummi roch nach Apfel. Offenbar hatte sie sich auch davon einen Vorrat angelegt.

»Wo sind die Sachen?«, fragte Viktor und leuchtete Mike an.

»Mülltüte«, grunzte er.

Mit dieser mysteriösen Antwort auf eine mir nicht ganz verständliche Frage gab Viktor sich zufrieden. Er leuchtete voraus und wir folgten ihm auf die Schotterstraße in den Wald. Zwanzig Meter rein fand er die Scherben. Grünes Glas. Vielleicht bildete ich mir nur ein, dass da Blut dran war. Viktor schob Schotter mit dem Fuß drüber und Clara ächzte: »Die einzigen scheiß Scherben im ganzen Wald, Mann.« Mike stützte die Seite, wo sie den Fuß nicht aufsetzen konnte, ich half an der anderen. Das ging ganz gut, auch wenn ich jetzt schon spürte, wo ich morgen eine Zerrung in der Schulter haben würde. Ein paar Mal musste Clara fluchend die Socken ein Stück hochziehen, wobei sie aber weder umfiel noch kotzen musste.

· 30 ·

ALS ICH ENDLICH die Solarlichter der Feriensiedlung durch die Bäume sah, waren gefühlt Stunden vergangen. Meine Schulter brannte und meine Füße waren bleischwer und ich hundemüde. Mike übernahm die letzten Meter und schleppte Clara in die Hütte. Sie machte sich von ihm los und sackte rücklings aufs quietschende Bett. Sie war ganz grau im Gesicht. Mike, der blutunterlaufene, betrunkene Augen hatte, holte ein Küchenhandtuch aus dem Schrank, wobei er schmutzige Fußabdrücke über den Teppich verteilte, füllte den Wasserkocher und machte ihn an.

»Was wird das denn?«, krächzte Clara.

»Verband«, brummte Mike.

Ich stand in der offenen Tür, um ihm nicht im Weg zu sein, Viktor lehnte neben mir an der Außenwand, die Taschenlampen in die Hosentaschen gesteckt wie ein Cowboy seine Colts.

»Was macht er?«, fragte er mich.

»Einen Verband.«

»Na, hervorragend.« Er sah sich nach irgendwas um, wo er sich raufsetzen konnte, dann ging er um die Ecke und kam mit einem Plastikstuhl wieder, den er in den Kies der Auffahrt stellte. »Ich warte dann mal hier.«

Mike steckte den Kopf raus. »Pinzette?«

»Da ist nichts mehr drin«, brummte Clara, die beide Arme übers Gesicht gelegt hatte. Ihr ganzer Fuß war voller Blut, aber es lief wenigstens nicht mehr nach.

»Ich hab eine mit.« Ich musste mich umständlich an Mike vorbeischieben, um zur Couch und meinem Kulturbeutel zu kommen. Die kotzenden Einhörner waren jetzt auch egal. Ich gab Mike meine Kosmetikpinzette. Er nahm sie so vorsichtig, als könne er sie zerquetschen, und ließ sie in den dampfenden Wasserkocher fallen. Abkochen. Logisch.

»Ich hab auch Pflaster«, sagte ich und holte die kleine Reiseapotheke raus, die ich zu Hause eingepackt hatte: neben meinen Kopfschmerztabletten und Vitaminen auch noch Blasen- und Heftpflaster. Ich gab letztere an Mike weiter.

»Hast zufällig Kleber?«

»Was?«

»Sekundenkleber.«

Ich starrte ihn an. »Für auf die Wunde?«

Er nickte. Zog seinen versifften Hoodie hoch und hielt mir seinen sommersprossigen Unterarm vor die Nase. Er dünstete süßen, fauligen Biergeruch aus. »Geklebt«, sagte er, und ich bemerkte die blasse rosa Narbe, die aussah wie ein sehr langer Kratzer.

»Ich hab keinen Kleber. Das ist doch bestimmt nicht der gleiche beim Arzt.«

»Ich brauch keinen Kleber«, sagte Clara.

»Mit Angelschnur kann man auch gut nähen.«

»Du nähst gar nichts.«

»Was macht ihr denn da drin?«, fragte Viktor von seinem Gartenstuhl. »Wenn ihr operiert, bin ich raus.«

Mike machte die Tür zu und deutete auf Claras Fuß. »Das muss ab.«

Clara rappelte sich mühsam auf, rutschte schwankend an die Bettkante und begann langsam, die ruinierten Socken von ihrem Fuß zu lösen. Sie hatte große Füße und stoppelige, seit einigen Tagen unrasierte Beine. Ihr Hosenbein war am Rand blutig und nass. Ich holte ihr das graue Handtuch aus dem Bad für unter den Fuß, falls der wieder losblutete. Blut geht schwer raus, dann schmeißt man lieber ein Handtuch weg.

Der Schnitt war eher hinten, dunkel unter den zerrissenen Hautlappen. Die Scherbe hatte ihr die weiche Seite am Fuß aufgeschlitzt, wo selbst chronische Barfußläufer keine Hornhaut haben, und war in ihrer Ferse stecken geblieben.

Clara winkelte das Bein an und legte ihren Fuß auf ihr Knie, damit Mike ihn sich ansehen konnte, und sah selbst vorsichtshalber weg. Sie war blass um die Nase, hatte jetzt das Dreieck, vor dem sie mich hinter dem Haus meiner Mutter gewarnt hatte. Mike kniff die Augen zusammen und drehte ihren Fuß ein wenig hin und her, dann deutete er auf mich. »Pinzette.«

Ich wollte sie ihm holen, aber er schüttelte den Kopf. »Du.«

Was mir natürlich einleuchtete, denn so nüchtern war er dann doch nicht. Also hockte ich mich vor Clara auf den Teppich und sah mir ihren aufgeschlitzten Fuß an, während Mike aufstand und den Wasserkocher ausstellte und die Pinzette in die Spüle goss und dann seine Taschen auf die Anrichte leerte: Tabak, Filter, leere Kurze, das gammelige Taschenmesser.

»Tut es, äh – irgendwo weh?«, fragte ich Clara. Es sah nicht so aus, als wäre da noch eine Scherbe drin, aber vielleicht war das von außen und mit dem ganzen Dreck drumherum ja nicht zu erkennen. Ich traute mich allerdings nicht, ihren Fuß abzutasten.

Sie schnaubte. »Macht da einfach was drauf, ja? Es brennt echt.«

»'s brennt gleich mehr«, sagte Mike. Er hatte in seiner Gesäßtasche gefunden, was er gesucht hatte: ein Fläschchen Billig-Wodka, wie man sie an der Supermarktkasse oder im Kiosk kaufen konnte. Er schraubte es auf, nahm einen Schluck und gab es mir dann nach unten.

»Killt Bakterien«, sagte er.

Ich starrte auf den Wodka. Das klang eher nach Actionfilm. Clara nahm mir das Fläschchen aus der Hand, nickte, gab es mir zurück und legte sich wieder flach auf den Rücken. Vorausschauend, falls sie wieder umfiel. »Mach.«

Also kippte ich etwas Wodka auf die Ecke vom Küchentuch und tupfte ihr damit das Blut von dem Schnitt. Ich hatte eine Hand auf ihren Knöchel gelegt, um sicher arbeiten zu können, und fühlte das schmerzerfüllte Zucken dadurch in ihrem ganzen Bein. Sie lag stocksteif auf dem Bett, beschwerte sich nicht und atmete höchstens ab und an scharf ein. Dann nahm ich die Pinzette und überlegte, ob ich sie wirklich in ihre Wunde schieben wollte. Ich schwitzte. Ich zog ein bisschen die Ränder auf, aber die Wunde begann sofort wieder zu bluten. Clara knirschte mit den Zähnen und verkrampfte sich so heftig, dass ihr Knie knackte, und ich wollte nicht ins Gesicht getreten werden. Ich drückte das Küchenhandtuch auf den Schnitt und sagte mit krampfendem Magen vor Schreck und Mitleid: »Sorry, tut mir leid, tut mir leid.«

»Das Blut spült's raus«, sagte Mike, der sich den Wodka zurückgeangelt hatte und noch einen Schluck nahm. Also warteten wir erst mal, bis es zu bluten aufhörte. Diesmal war es nicht so schlimm.

»Lebt die Patientin noch?«, kam Viktors Stimme von vor der Tür. »Wird sie je wieder Geige spielen können?«

»Verpiss dich«, sagte Clara laut.

Ich tupfte noch mal vorsichtig die Wunde ab. Mike versuchte zittrig, die Pflaster aufzupulen, aber das musste ich dann selbst machen. Ich klebte vier Stück aneinander über den Schnitt. Mike riss das letzte fadenscheinige Küchenhandtuch mit den Zähnen in dünne Streifen, woraus ich dann einen Verband fabrizierte, den ich gerade so auf ihrem Fußrücken verknotet bekam.

»Ich würde das nähen lassen«, sagte ich noch einmal.

»Passt doch.« Clara streckte ihr Bein und winkelte es vorsichtig wieder an. »Sieht doch gut aus.«

Ich legte die Socken in das Handtuch, damit keiner deswegen noch ohnmächtig wurde, und ging mir gründlich die Hände waschen. Clara setzte sich schwankend auf und testete ihren Fuß. Mike setzte die Wodkaflasche an, um den Rest zu stürzen.

»Gib mal.«

Er setzte sie ab und reichte sie ihr.

»Du solltest nicht – du hast Kreislauf«, sagte ich.

Sie sah mich an, als hätte sie so einen Blödsinn noch nie gehört, aber dann zuckte sie matt die Achseln und gab Mike das Fläschchen zurück.

»Und du auch nicht. Du fällst fast um.« Er stank wie eine Brauerei bei schlechtem Wind und schwankte im Stehen und hatte auch keinen Grund mehr, sich nüchtern zu geben, jetzt, wo ich Clara versorgt hatte. Aber ich wusste sofort instinktiv, dass ich was absolut Falsches gesagt hatte. Er starrte mich über das fast leere Fläschchen an, als hätte ich es ihm gerade aus der Hand geschlagen. Legte die Stirn in heftige, böse Falten. Seine Augen waren so rot, er hatte wahrscheinlich noch Gras geraucht.

»Was geht dich das an?«, fragte er. Er lallte, aber nur minimal.

»Ich wollte –«

»Wer bist du eigentlich, *Helena?*«

Ich hatte meinen Namen noch nie ausgespuckt gehört. Im schlimmsten Streit mit Katta und Isi nicht. Oder mit Ole.

»Hey«, sagte Clara hinter mir scharf. Sie stand auf ihr gesundes Bein auf und Mike schob seinen Kopf ruckartig vor, als wolle er mich headbutten, brachte sein Gesicht nah an meins, und obwohl er kleiner war als ich, schrumpfte ich zusammen.

»Was willst –«

Aber da packte Clara mich schon am Arm und stieß Mike mit der anderen Hand vor die Brust, nur leicht, nur ein Schubsen, bei dem jemand mit einer Promille weniger stehen geblieben wäre und das Mike gegen die Tür taumeln ließ. Er verschüttete den Rest Wodka über seine Hand.

Sie standen sich gegenüber so eng wie wir eben. Mike gegen die Tür gelehnt, Clara auf ihrem Verband in breitem, festem Stand, mich im Rücken. Drei Sekunden lang. Die Anspannung war elektrisch. Reichte von einem zum anderen und verknüpfte uns fest miteinander. Mein Herz raste, dass ich es im ganzen vor Schreck kalten Körper spürte.

»Raus«, sagte Clara. Im gleichen Befehlston, aber nicht mehr laut. »Hau ab, Mann.«

Mike drehte sich um, öffnete die Tür und prallte mit Viktor zusammen, der uns gehört hatte und aufgestanden war. Das Fläschchen klirrte in die Einfahrt. Mike rammte ihm die Schulter vor die Brust, als er an ihm vorbeistolperte und gerade so den Plastikstuhl verfehlte.

»Was zur Hölle, Mann?«

Mike drehte sich schwankend in der kleinen Auffahrt um. Zeigte auf mich. Diesmal zeigte er gut und deutlich. »Du gehörs' nich' hierher«, lallte er. »Hau doch ab nach Berlin.«

Viktor ging zu ihm und wollte seine Schulter greifen, die *Beruhig dich, Bro*-Geste, die Sinan ständig machte. Ein Zwei-Mann-Stück mitten in der Nacht, schlecht beleuchtet von dem Licht aus der offenen Tür. Mike stieß Viktor hart weg und drehte sich auf der Suche nach seiner verlorenen Flasche um sich selbst. Fand sie nicht. Wie ein Hund, der seinen Schwanz jagt.

»Mike«, sagte Viktor. »Mike, Mann. Komm.«

»Du wills' sie nur *ficken*«, sagte Mike, und er klang angewidert und verzweifelt und als habe er Schmerzen oder würde gleich weinen oder vielleicht alles auf einmal. Er schrie nicht und das war das Schlimmste daran. Er schubste Viktor noch mal weg. »Lukas' Schwester, Mann, und du wills' nur, dass sie dir –«

Viktor stieß ihn zurück, bevor er rausbekam, was Viktor angeblich wollte, dass ich tat. Mike flog rückwärts in den Schotter der Straße. Das war's, dachte ich, vor Schock erstarrt. Aber er drehte sich schon wieder auf die Seite, unkaputtbar. Clara stand in der offenen Tür, wartete gespannt wie eine Sehne, ob sie, Fuß hin oder her, losrennen musste und dazwischengehen. Viktor ging zu Mike rüber, packte ihn am Arm, hievte ihn unter gewaltiger Anstrengung auf die Beine und nahm ihn in den Schwitzkasten. Sie taumelten im Dunkeln herum. Ich konnte sie kaum sehen.

»Hör auf«, hörte ich Viktor keuchen. Leise. Wütend. »Hör auf, Mann.«

Mike hörte auf. Schließlich ließ Viktor ihn los. Mike zitterte. Ich sah es selbst auf zwanzig Meter Entfernung. Er schwankte zur nächsten Hecke, lehnte sich hinein und kotzte und stöhnte. Als ihm nichts mehr hochkam, packte Viktor ihn an der Kapuze wie eine rabiate Mutter ihr Kind. Zog ihn ein paar Meter die Straße hoch und schlang dann den Arm um ihn, wie wir es vorhin bei Clara getan hatten. Kurz darauf waren sie im Wald verschwunden.

· 31 ·

ERST, ALS CLARA im Bett lag und ich auf dem Sofa, sagte ich: »Ich hätte das nicht sagen sollen.«

»Vergiss es.«

Mir war ganz kalt. Trotz Decke. Ich hätte müde sein müssen, wo es doch tief in der Nacht war und wir gerade durch den ganzen Wald gerannt waren. Ich war froh, dass Clara im Dunkeln mein Gesicht nicht sah. Es brannte vor Scham. »Doch. Hätte ich nicht.«

»Du hast doch recht. Wissen alle, dass er Alki ist. Muss er nicht überrascht tun.«

»Es war unhöflich. Es geht mich nichts an.«

»Ich hätte ihn nicht auf dem Teppich pennen lassen«, sagte Clara. »Oder 'nen Krankenwagen gerufen wegen Vergiftung. Nicht nach der Nummer. Arschloch.«

Ich schwieg.

»Viktor kümmert sich doch um ihn. Mach dir keine Sorgen.«

»Aber wenn er obdachlos ist?«

»Der geht nur nicht mehr nach Hause.«

»Ist das nicht obdachlos?«

»Denen geht's gut. Ich schwör dir. Die Chaoten. Morgen sind die wieder auf'm Damm.«

»Okay«, sagte ich, obwohl ich es nicht okay fand. Obwohl mir zum Heulen zumute war. Aufs Dach tröpfelte immer noch der Regen. Bloß ein Flüstern. Als würde es gleich aufhören.

»Hasst er mich?«, fragte ich Clara dann doch.

»Hä? Mike?«

»Ja.«

»Nee. Warum?«

»Hast du doch gehört.«

»Er ist einfach fertig, glaub ich. Emotional. Und besoffen. Redet Scheiße.«

»Er hat kaum was zu mir gesagt. Gestern, als wir unterwegs waren. Als hätte er mich am liebsten gar nicht mitgenommen.«

»Hm«, machte Clara, wahrscheinlich, weil auch sie keine Argumente hatte, die mich irgendwie getröstet hätten.

Wir schwiegen wieder. Ich starrte unglücklich an die Decke.

»Glaubst du an Geister?«, fragte Clara dann.

»Was?«

»Geister«, sagte Clara. »Also, die die Wissenschaft nicht erklären kann.«

»Nee. Weiß ich nicht.«

»Willst du was von Geistern hören?«

»Jetzt?« Ich drehte den Kopf und sah, dass sie mich beobachtete. Oder zumindest in meine Richtung blickte. Ich sah ihr Gesicht, ein heller Fleck im Dunkeln. Sie hatte ihren nassgeregneten Hoodie ausgezogen und die nackten Arme auf dem T-Shirt mit dem Ufo-Aufdruck verschränkt. Ein gutes T-Shirt für diese Nacht. Als hätte sie was geahnt.

»Okay«, sagte ich. »Wenn du willst.«

Ich dachte, sie würde mir von Lukas erzählen. Ich war sogar darauf vorbereitet.

»Ostern«, sagte sie, »sind wir nach Krakau, meinen Großvater besuchen. Meine Mutter und ich. Beata ist nie mit. Sieben Stunden im Auto hin, sieben zurück. Auf der Rückfahrt sind wir lang im Stau. Mama hasst nachts fahren, aber dann ist eben Nacht. Wir halten. Ich geh zum Klohaus. Meine Mutter bleibt beim Auto, aber guckt rüber. Falls da ein Spanner ist. Aber niemand da außer mir. Ich geh auf die Tür zu und spür gleich was. Eine Kälte. Eine Anwesenheit. Aber keine von einem Menschen. Da ist ein Unterschied. Das weißt du, wenn du's weißt.«

An dem Punkt kriegte ich eine Gänsehaut. Als wäre ich wieder auf Klassenfahrt in der Sechsten und Isi flüsterte die steinalte Gruselgeschichte ins Zimmer, in der die Frau die Hand vom Bett hängen lässt, damit der Hund beruhigend dran lecken kann, und in der Nacht leckt der Mörder dran. Im Tageslicht mega lächerlich, eine Geschichte, die jedes Kindergartenkind schon mal gehört hat, aber nach Mitternacht in knarrenden Jugendherbergsbetten geflüstert? Und Clara hatte genau die richtige Stimme dafür. Ein bisschen heiser. Tiefer als bei den meisten Mädchen, wenn sie ruhig sprach. Oder vielleicht verstellte sie sich auch, für den Effekt. Aber es war mir egal. Hier im Dunkeln klang sie überhaupt nicht unbeholfen. Sie klang einfach nur gut.

»Ich geh also rein. Niemand da. Ich seh in die Kabinen. Ich habe ja das Messer. Aber eigentlich weiß ich, dass es mir hier nichts nützt. Als ich mir die Hände wasche, seh ich eine Frau neben mir. Etwas größer als ich. Schön. In Pullover und Jeans. Viel zu warm. Ist ja Sommer, als ich da bin. Sie ist wie da hinprojiziert. Durchlässig. Aber vor allem ist sie auf einer anderen Ebene da. Einer anderen Dimension, einer fünften oder sechsten oder siebten. Und sie scheint bis zu mir hindurch, sodass es noch bei mir ankommt.«

»Und dann?«, flüsterte ich. Es war doch nicht wie auf Klassenfahrt oder mit Ole im Bett, der Horrorstories von Reddit vorlas. Mit Clara war es anders. Weil Clara, die so genial in Mathe war, dass sie Stipendien kriegte, das wirklich glaubte. Das Ufo *und* den Geist. Weil es ihr – und in dem Moment konnte ich es beinahe schon glauben – wirklich passiert war. Ich sah alles, was sie mir erzählte, als stünde ich gerade neben ihr in einer stinkenden Raststättentoilette, Clara in ihrer Tarnhose, über das Waschbecken gebeugt. Die blasse Frau hinter ihr, die durch die Dimensionen existierte.

»Dann geh ich«, sagte Clara. »Sie passt auf mich auf. Wie meine Mutter. Wartet, bis ich hinaus bin. Ich spüre ihre Präsenz noch bis auf den Parkplatz. Dann ist sie weg.«

Sie machte eine Pause, wie für eventuelle Nachfragen. Aber ich hatte keine.

»Sie war kein guter Geist. Nur einer ohne Ziel. Eine Raststätte ist kein ewiger Ruheort. Sie war noch nicht lang da. Sie hatte noch eine Aufgabe. Passte auf. Auf Frauen. Auf Mädchen. Vielleicht wurde sie dort ermordet. Entweder sie erfüllt ihre Aufgabe. Dann kann sie weitergehen. Oder sie wird zu einem schlechten Geist. Dann weiß ich nicht.«

»Wow«, murmelte ich, und dann sagten wir lange nichts, so lange, dass ich schon dachte, Clara wäre am Einschlafen. Ich hatte immer noch ein bisschen Gänsehaut, und ich wünschte, sie würde mir noch mehr erzählen. Einfach für ihre Stimme.

»Ich weiß, dass Viktor und Mike das waren«, sagte sie dann.

Sie drehte sich von mir weg. Die alten Bettfedern ächzten leise. Sie atmete einmal zischend ein, als sie ihren verletzten Fuß bewegte. »Vorhin. Mit 'ner scheiß Drohne oder so. Schon klar. Aber das Ostern? Das ist wirklich passiert.«

Ich sah noch lange hoch an die Decke, und irgendwann schlief ich dann in der Stille ein.

· 32 ·

ICH WURDE MIT EINER heftig brennenden Schulter wach. Der Himmel vor der Terrassentür war hell bewölkt, doch die Luft hinter dem halb geöffneten Fenster war warm und süß von den Blüten, die ich schon gestern gerochen hatte, als hätte der nächtliche Regen ihren Duft herausgespült. Meine Beine hingen über die Sofalehne und meine Füße kribbelten vom Blutmangel. Mein Handy zeigte elf. Normalerweise hatte ich ein schlechtes Gewissen, wenn ich so lang schlief, aber nach der Episode im Wald schien mir das gerechtfertigt.

Clara schlief halb auf der Seite, halb auf dem Bauch, ein Knie hochgezogen, den verletzten Fuß über die Länge des Bettes von sich gestreckt. Ihre Decke war vom Bett gerutscht und über ihrem Koffer auf dem Teppich gelandet. Ihr dunkles Haar lag wie ein Vorhang über ihr Gesicht gebreitet und bewegte sich, wenn sie leise pfeifend ausatmete.

Ich wollte sie nicht aufwecken und ging mit meiner Kosmetiktasche, einem Handtuch und Wechselsachen rüber zum Sanitärgebäude, statt bei uns zu duschen. Der See war wie einmal umgerührt vom ganzen Regen, ganz dunkel. Der Staub war von den Fenstern der Hütten und den Autos in den Einfahrten gewaschen. Das Wasser in den Kabinen kam wieder nur lauwarm, aber das war mir inzwischen egal. Unter der

Dusche dachte ich darüber nach, was ich Clara sagen sollte. Langsam gingen mir die Gründe aus, noch hierzubleiben, wo doch mein Ex längst zurück in Berlin war und es für mich hier nicht mehr viel zu tun gab außer vielleicht noch ein paar Fahnen klauen. Ich hatte schon viel mehr getan, als ich eigentlich geplant hatte, nämlich sein Grab zu besuchen. Für mich gab es nichts Vernünftiges mehr hier. Außer vielleicht eins, und ich wusste nicht, ob ich das schaffen würde.

Clara war wach, als ich frisch geduscht zurückkam. Sie lehnte auf einem Bein am Herd und machte Instantkaffee und Omelettes mit den Eiern und dem Rest Tomaten von gestern. Ihr Haar stand vom Schlaf zerzaust vom Kopf ab. Sie lächelte mich verhalten an, irgendwie, als täte sie das nicht oft, und ich vergaß kurz meine in mir nagenden, schmerzhaften Vorstellungen und lächelte zurück.

»Hinterm Haus wächst Schnittlauch.« Sie deutete zur Terrassentür und versteckte ein Gähnen hinter erhobenem Arm. »Kannst du was holen?«

Ich ging raus und fand vor der Hecke tatsächlich ein paar Halme. Irgendwer hatte hier vor Jahren seine Küchenkräuter ausgewildert. Ich brachte Clara ein kleines Büschel rein und sie zerhackte es mit ihrem Messer. Dann sah sie plötzlich richtig besorgt aus. »Oh, Scheiße, Mann, bist du vegan?«

Klar fragte sie, weil ich Berlinerin war. »Nur vegetarisch«, sagte ich und verkniff mir ein Grinsen.

»Also Ei okay?«

»Klar. Sieht echt gut aus.«

Clara nahm die zerbeulte alte Pfanne vom Herd, wiegte sie etwas, wie um sich mit ihrem Gewicht vertraut zu machen, schleuderte das Omelett mit schnellem Schwung einen halben Meter hoch und fing es gedreht wieder auf. Und das alles auf einem Bein. Den verbundenen Fuß hatte sie leicht eingeknickt auf die Zehenspitzen gestellt.

»Ha!«, sagte sie und strahlte. »Ist nicht gegeben!«

Ihre gute Laune steckte mich an. Vielleicht, weil sie sonst nicht so war. »Lass mich auch mal«, verlangte ich, und sie gab mir die Pfanne. Ich machte es genauso wie sie, aber mein Omelett rollte sich beim Wenden an einer Seite auf, sodass ich das mit der Gabel wieder richten musste. Clara verteilte es gerecht auf zwei Teller, wobei sie selbstlos die ramponierte Seite nahm, als es klopfte.

Viktor stand vor der Tür, in T-Shirt und Jeans und Turnschuhen, frisch und gestylt wie immer. Also davon abgesehen, dass seine Unterlippe links eingerissen und dick angeschwollen war.

»Die Nacht überlebt?«, fragte er, und außer, dass er minimal nuschelte, hörte ich unter seiner Beschwingtheit eine Spur von – ich konnte es nicht genau sagen. Er klang, als wäre er erschüttert. Als hätte er mit irgendwem einen Riesenstreit gehabt. In dem ihm sein Gegenüber vielleicht eine runtergehauen hatte. »Oh, nice, Omelett!«

Clara knallte die Pfanne in die Spüle. »Keiner hat dich eingeladen!«, knurrte sie.

Er hob abwehrend die Hände, seine häufigste Geste. »Jesus. Ich wollte nur sichergehen, dass Helena eine anständige Mahlzeit bekommt und du ihr nicht eine deiner Shrimpssuppen vorsetzt.«

Sie zeigte mit dem Pfannenwender zwischen seine Augen. »Hau ab. Und nimm Mike mit.«

»Der pennt noch. Ich hab ihn zu Hause gelassen.«

»Wieso? Hat *er* dir die Fresse poliert?«

Viktor lächelte sie an, aber es war ein wenig anstrengt. »Das ist aus Solidarität. Ist es mir gestattet zu sprechen?«

Clara sah zu mir, zuckte dann gereizt die Achseln und setzte sich auf die Bettkante, den gesunden Fuß unter den anderen Oberschenkel geschoben. Viktor blieb in der Tür stehen. Er wippte mit einem Fuß und hielt die Hände in den Hosentaschen still.

»Ich entschuldige mich«, sagte er dann ganz ungewohnt förmlich.

»Wofür?«, fragte ich.

»Für gestern. Für Mike. Er sollte dir das selbst sagen. Das macht er auch noch. Aber er braucht jetzt gerade eine Auszeit. Es geht ihm echt nicht gut. Da dreht er manchmal am Rad.«

»Ja, merkt man«, sagte Clara, aber sie klang nicht mehr bloß mürrisch. Ich hörte ihr an, was ich auch fühlte. Dann schwiegen wir alle einen Moment, weil es uns allen dreien so ging. Keiner von uns hatte Bock, über das zu reden, was Mike gestern gesagt hatte, aber wir dachten alle dran.

Ich beschloss, dass Thema zu wechseln. »Ihr wart das gestern, oder? Mit dem Ufo?« Obwohl uns das natürlich auch allen dreien klar war. »Warum habt ihr das mit dem Megafon gemacht? Dieses Heulen? Damit es wer sehen kommt?«

Viktor zuckte die Achseln. »Im Grunde, klar. Und wir haben den Lärm von der Drohne kaschiert. Die Dinger brummen. Und ein paar Soundeffekte haben wir auch probiert. Hat man bis zum See gehört, ja?« Dann grinste er wieder: »Hat *I want to believe* da drüben dran geglaubt?«

»Ja klar, Mann«, sagte Clara höhnisch. »Oscar für's beste Ufo.«

»Lass sie hier nicht die Rationale geben, nur weil sie besonders geil addieren kann«, sagte Viktor zu mir, als wäre ich da total auf seiner Seite. »Was glaubst du, warum es hier riecht wie beim Weissager? Sie glaubt an diesen ganzen Zigeunerscheiß von –«

Clara war wieder auf den Beinen. Mann, war sie schnell. Aber ich zum Glück auch.

»Hört auf damit! Viktor, Mann! Clara!«

»Hau ab!«, blaffte Clara ihn über meine Schulter an. »Raus hier!«

Er lehnte sich ihr entgegen, gefährlich nah. Seine Schulter berührte meine, und ich roch sein Shampoo. »Was ist eigentlich dein Problem?«

»Du bist mein scheiß Problem, du scheiß –«

»Lass dir vielleicht mal was gegen deine psychotischen Anfälle verschreiben!«

Jetzt wollte sie wirklich auf ihn los. Ich entschärfte die Situation genau so, wie ich es gestern vorbildlich ausgeführt gesehen hatte. Ich schob Viktor rückwärts nach draußen und warf die Tür vor Claras wütenden Beleidigungen zu. In der Auffahrt stand noch der Plastikstuhl von gestern Nacht, und das leere Wodkafläschchen hatte ich nach dem Duschen auch nicht aufgehoben.

»Was soll das?«, fuhr ich Viktor an. »Müsst ihr zwei immer streiten?«

»Sie ist doch ausgerastet!«, erwiderte er, wie ein Kind vor seiner Mutter.

»Dann nenn sie nicht Zigeuner!« Ich hatte Schiss, dass

Clara uns nachkam und die beiden sich prügelten. Tat sie aber zum Glück nicht. »Lass sie doch einfach mal!«

Viktor schüttelte verärgert den Kopf. Er kam sehr viel schneller wieder runter als Ole oder als Mike gestern. »Fuck!«, sagte er zu sich selbst, wischte sich über den Mund und zuckte überrascht und schmerzerfüllt zusammen. Ich hatte das Gefühl, dass seine geschwollene Lippe in den letzten Minuten noch dicker geworden war. Es musste gerade erst passiert sein.

»Brauchst du was zum Kühlen?«

Er zwinkerte, aber heute war es nicht ganz so überzeugend. »Geht gleich wieder. Und es war nicht Mike!«, fügte er vehement hinzu, als hätte ich den Verdacht geäußert.

»Okay, okay«, sagte ich in dem gleichen beschwichtigenden Tonfall, mit dem ich Isi und Katta immer voneinander abhielt, wenn sie sich wegen so was wie Burger mit doppelt Beef stritten, den Isi nur bestellte, um Katta eins reinzuwürgen. »Hör mal, du wolltest mir das Kreuz zeigen. Als wir am See waren.« Das schien mir ewig her zu sein, aber es war vorgestern gewesen. »Ich glaube, ich würde da gern hin.« Was maßlos übertrieben war. Wenn ich da überhaupt hinwollte, dann nicht gern. Aber es schwirrte mir jetzt schon die ganze Zeit im Kopf herum, und ich wollte auch nicht, dass er wieder mit reinkam und Clara anging. »Ich will nicht von hier wegfahren, ohne dass ich da war.«

»Jetzt?«, fragte er überrascht. Vielleicht, weil er mitgekriegt hatte, wie schlecht mir die letzten Versuche getan hatten, Kontakt zu den Toten und Lebenden der Familie Weber aufzunehmen. Oder weil selbst ihm der Themenwechsel zu schnell ging. Für fünf Minuten war es mal nicht um Lukas gegangen und hier war ich und fing wieder von ihm an.

»Wartest du hier fünf Minuten auf mich?«

»Ich bin doch nicht lebensmüde«, sagte Viktor. »Ich häng solang die Füße ins Wasser. Vergiss mich bloß nicht. Ich bleib nicht bei der Irren!«

Clara sah kurz auf, als ich reinkam, um zu sehen, ob Viktor dabei war. Sie stand an der Spüle und schrubbte heftig die Pfanne. Ihr Gesicht war immer noch gerötet vor Zorn. Jeder Funke guter Laune war aus ihr verschwunden. Ich wäre am liebsten gleich gegangen.

»Er hat es nicht –«

»Er hat's genau so gemeint!«, zischte sie. »Weil ich mir nicht allen Scheiß gefallen lasse, bin ich Psycho oder was? Weil ich einmal einem Typen aufs Maul gebe? Er hatte es verdient!« Sie zitterte so heftig, dass sie mit der Pfanne die Spüle zerkratzte und Wasser verspritzte. Sie redete von dem Jungen, dem sie die Zähne ausgeschlagen hatte. »Er hatte es verdammt noch mal *verdient*!« Sie knallte die nasse Pfanne auf die Anrichte. »Er soll sich verpissen. Sag ihm das, ja?«

»Wir wollten gleich mal kurz weg«, sagte ich vorsichtig. »Er wollte mir das Kreuz zeigen.«

»Was für ein Kreuz?«, fauchte sie.

»An der Straße, wo –«

Aber das war ihr im gleichen Moment auch klar geworden. »Klar«, sagte sie, plötzlich nicht mehr angepisst, sondern erschrocken. »Ja, klar. Lukas. Mann, sorry.«

Eine sehr unangenehme Stille trat ein. Wir konnten uns nicht ansehen. Clara nahm das Küchenhandtuch, das Mike gestern nicht zerrissen hatte, und wischte das übergelaufene Spülwasser auf. Dann setzten wir uns auf die Bettkante und aßen schweigend das lauwarme Omelett. Es war immer noch gut. Ich machte Clara ein Kompliment, das sie schwach mit den Schultern wegzuckte, und bot ihr an, den Abwasch zu machen, bevor ich ging.

»Lass stehen«, murmelte sie. Ihre Schultern hingen herab. Sie sah wieder so müde aus, wie ich sie kennengelernt hatte. »Muss eh putzen.«

»Ich helf dir später. Diesmal echt.« Ich stand auf und holte mein Sweatshirt, das ich zum Trocknen übers Sofa gelegt hatte. Clara war auffällig damit beschäftigt, ihren Koffer in Ordnung zu bringen, also ging ich mit schlechtem Gewissen, weil ich mich so gut mit dem Typen verstand, den sie offenbar von Herzen verabscheute.

· 33 ·

SEIT MIR IN DER ZWEITEN WOCHE auf dem Gymnasium das Fahrrad geklaut worden war, schloss ich es auch ab, wenn ich nur eben Brötchen holen war. Daher stand es noch an seinem Baum, an dem ich es Montagnacht zurückgelassen hatte. Oles hatte wohl in den Kofferraum gepasst.

Viktor fuhr ein großes, schmutziges Mountainbike, das er an der Hecke abgestellt hatte. Auf den Waldwegen hatte er es viel leichter als ich mit meinem Damenrad für den wenig holperigen Berliner Stadtrand. Als wir auf die durchgehend asphaltierte Landstraße bogen, eierte mein Vorderreifen und ich schwitzte unter meinem Sweatshirt so sehr, dass ich die Ärmel hochschob, weil ich es nicht im Fahren ausziehen wollte. Über uns kam jetzt die Sonne raus.

Wir fuhren außen ums Dorf herum über holprige, sandige Feldwege. Das Gras am Wegrand schwitzte und trocknete in der Sonne zu Heu. Es wurde immer heißer. Von Weitem konnte ich das Haus meiner Mutter sehen, die blaue Garage.

Viktor war unterdessen ungewöhnlich schweigsam. Er sagte überhaupt nichts.

Hinter den Feldern kam eine Brücke über einen breiten Graben, die wieder aussah wie von Lukas' Foto, nur dass sie aus Holz war, und dahinter ein staubiger Platz, wo ein Stapel mit Farbe besprühter Holzstämme vom letzten Jahr auf seine Abholung wartete. Dahinter fing der Asphalt wieder an. Wir bogen auf eine neue Straße über einen lang gestreckten, steilen Hügel. Meine Beine brannten, heiße Luft füllte meine Lungen. Ich wollte nicht wie ein quengeliges Kind im Auto fragen, wie weit es noch war, aber ich wünschte, Viktor würde etwas sagen. Es kam mir falsch vor, von ihm so lang keinen dummen Witz zu hören. Besorgniserregend.

Dann bogen wir in eine lang gezogene Kurve, und ich spürte es, noch bevor ich das Kreuz in der Mitte sah. Mein Magen machte eine komische halbe Drehung. Viktor wurde langsamer, fuhr auf die andere Straßenseite und sprang vom Rad. Er ließ es achtlos in ein wildes Gebüsch kippen, statt es richtig abzustellen, und ging die letzten zwanzig Meter rauf zu Fuß. Ich stellte mein Rad daneben und folgte ihm. Das Kreuz zog mich an, als hätte es mich hypnotisiert. Als wäre es magnetisch und ich aus Eisen.

Inzwischen waren die roten Grabkerzen und Blumengedecke weniger geworden als auf den Fotos aus dem Internet. Der dornige Busch vom März, der am Seitenstreifen wuchs, trug jetzt kleine grüne Blätter. Julia hätte gewusst, was das für einer war. Ich sah keine Lücken darin, wo ein Körper reingeschleudert worden sein könnte. Auf dem Acker, der auf den Bildern mit weißen Frostresten bedeckt war, stand Weizen. Auf der anderen Straßenseite wurden Kartoffeln angebaut. Obwohl der ans Kreuz getackerte Zettel mit Lukas' Bild und dem Trauerspruch in Folie geschweißt war, hatte sich die Feuchtigkeit druntergeschlichen, und jetzt war das Papier ein wenig wellig und das Foto hatte kleine farbige Bläschen geschlagen, als wäre es schlecht entwickelt worden.

Viktor hockte sich vor das Kreuz und fing an, die Blumen auszusortieren, die verwelkt waren. Nicht viele, aber er machte es sorgfältig. Er hockte mit dem Rücken zu mir. Unter dem T-Shirt sahen sein Rücken, seine Schultern knochig und schmal aus, fast jungenhaft. Als er fertig war, raffte er zwei schlaffe rote Rosen und eine von Vögeln zerfressene Sonnenblume zu einem dünnen Strauß zusammen, stand auf und schleuderte ihn hinter die Büsche aufs Feld. Dann hob er einen kleinen Teddy auf, der eingestickte Tränen weinte und in seinen Plüschpfoten ein rosa Herz hielt, auf dem *Ich vermiss dich* stand, und warf ihn hinterher.

»War der verwelkt?«, fragte ich. Ich erkannte meine Stimme nicht wieder.

»Der war scheißhässlich«, sagte Viktor, ohne sich zu mir umzudrehen, und ich musste kurz und abgehackt lachen. »Mandy, garantiert. Mir kannst du so was aufs Grab packen, aber Lukas war nicht ironisch. Und in den ersten Wochen lagen hier ständig diese Zettel mit *Warum?* drauf. Da haben wir schöne Feuerchen mit angemacht.« Er hockte sich wieder hin und kümmerte sich jetzt mit einem seiner Streichholzbriefchen, mit denen er Beata bestochen hatte, um die Grabkerzen, die ausgegangen waren. »Am Grab machen wir das nicht. Aber hierfür sind wir zuständig. Der Spruch hier?«

Ich wusste, was da stand, aber ich trat trotzdem näher, um es zu lesen: *Lukas, Gott hat dich zu sich gerufen, weil er einen Engel brauchte.* Darüber lächelte Lukas breit in die Kamera, aus einem Gruppenbild geschnitten, für immer 18. Nächstes Jahr würde ich älter sein als er. Davon wurde mir so schwindelig, dass sich der Hügel um mich rum drehte und ich mich am liebsten hingelegt hätte.

»Er war der größte Atheist von allen«, sagte Viktor. Seine Stimme war ruhig, aber ich hörte die Wut raus. »Ich wollte den scheiß Wisch ersetzen, aber Mike geht da nicht mit. Das ist ihm zu arg. Ausgerechnet. Obwohl wir hier manchmal sogar rauchen. Aber der Spruch bleibt.«

Viktor drehte die letzte Grabkerze wieder zu und stellte sie zurück. Wir schwiegen. Die Sonne schien, und irgendwo rauschte eine andere Straße. Dann deutete er die Straße runter, an deren Ende ich nicht sehen konnte, weil hinterm Hügel ein Waldstück kam, und sagte: »Wir haben hinter der alten Laube ein Feuerchen gemacht. Ein bisschen was zu trinken und ein bisschen was zu rauchen. Wir drei und noch ein paar Leute. Die Laube gehört Mikes Opa, aber der ist im Heim. Es gibt sogar einen kleinen Teich da mit zwei, drei Fischen drin. Ein richtig guter Ort also. Hast du bestimmt auch irgendwo.« Er drehte sich immer noch nicht zu mir um, machte aber eine Pause, und ich dachte, ich müsste was sagen.

»Kattas Eltern – von einer Freundin von mir – die haben so einen alten Wohnwagen.«

Viktor nickte. »Genau«, sagte er. »Mandy war jedenfalls total hacke, und Lukas hat sie immer wieder vom Teich zurückgeholt, weil da eine dünne Eisschicht drauf war und sie probieren wollte, ob die sie trägt. Er meinte, sie ersäuft uns da drin sicher, obwohl er nicht tief war. Er hat den ganzen Abend auf sie aufgepasst, der alte Streber.« Er arrangierte die Grabkerzen und Blumen langsam neu, um seine Hände zu beschäftigen, und starrte währenddessen übers Kreuz die Straße hinab. »Dann wollte er zurück, weil es ja Sonntag war. Weil der Herr seinen Schönheitsschlaf brauchte. Er war ganz anders drauf die letzten Wochen. Einmal weil er die Noten brauchte, für Psychologie. Mike macht eh Ausbildung – ich kümmer mich da schon drum – und bei mir ist es auch nicht wichtig. Aber Lukas hat plötzlich richtig geackert für seine Noten. Da waren sogar die Lehrer verblüfft. Und dann hat er ja auch noch dich kennengelernt.« Er hielt inne und betrachtete sein Werk. »Jedenfalls wollte er irgendwann zurück. Mike wollte ihn noch fahren. Man kann über Mike sagen, was man will, und das machen auch viele, aber er ist verdammt loyal und hilfsbereit, und er hatte nur Bier intus, darauf kommt er klar. Die harten Sachen sind das Problem. Aber Lukas wollte lieber sicher zu Fuß los, und der Rest ist Geschichte. So viel zum Thema Gott, der seine Engel ruft.«

Er war ganz heiser geworden. Als hätte er stundenlang geredet. Er räusperte sich und sagte: »Ich hätte ihm was außer Gemüse und Kerzen mitbringen sollen. 'nen Joint oder so.«

Ein Auto näherte sich von einem der nahen Hügel. Viktor richtete sich auf und wir machten beide einen Schritt weiter vom Straßenrand weg, noch bevor es in der Kurve auftauchte. Die Zweige eines Buschs stachen mir in den Rücken, während wir abwarteten, dass der Wagen vorbeifuhr. Ich versuchte mit aller Macht, es mir nicht vorzustellen. Hatte er das Auto nicht gehört? War der Fahrer zu weit rechts gefahren oder auf Blitzeis gerutscht? Wie weit war er geschleudert worden? Hatte der Fahrer angehalten, bevor er dann doch weitergefahren war?

Der Fahrtwind ließ unsere T-Shirts flattern. Ich fühlte mich wie wenn man zu nah am Gleis steht, wenn ein ICE vorbeidonnert. Als hätte er etwas aus mir mitgerissen. Als könne mich ein im Windschatten mitfliegendes Teil noch erschlagen.

»Scheiß Hurensohn!«, brüllte Viktor, als der Fahrer nicht vom Gas ging, stürzte auf die Straße und reckte beide Mittelfinger hoch. »Wickel dich doch um 'nen Baum, du dreckiger Wichser! Du Vollspast!« Ich packte ihn an seinem Shirt und schleifte ihn grob von der Straße, spürte seinen Herzschlag, als wolle er auf mich überspringen, und meinen eigenen in der Kehle.

»Mann, pass doch auf!«, blaffte ich ihn an, während das Auto um die nächste Kurve verschwand. Dann kam ich zu mir und ließ ihn sofort los. Meine Augen brannten, meine Kehle war zu. Ich hatte es bislang geschafft, nicht noch mal vor ihm zu heulen, und wollte damit nicht anfangen. Nicht hier.

»Sorry«, sagte er erstickt und fast wieder ruhig. Strich sich das Haar zurecht. Machte eine schlaffe Geste in Richtung des Kreuzes, ohne noch mal hinzusehen. Seine Hand zitterte dabei. »Willst du noch bleiben? Wenn du allein sein willst, kann ich warten.«

Ich schüttelte den Kopf. Also holten wir unsere Fahrräder und fuhren die Straße entlang zurück auf den Platz, wo die Baumstämme gestapelt waren, wo man über die Felder bis nach Lauwitz sehen konnte und es nach Sommer und Staub roch. Nur den Hügel runter, und er hätte es geschafft. Er wäre einfach bis nach Hause spaziert, ohne dass ihn überhaupt ein Auto überholt hätte.

Auf der Brücke stieg ich ab und lehnte mich ans warme, mit Moos bewachsene Holzgeländer. Ich stützte die Arme drauf, beugte mich weit vor und sah nach unten ins Wasser. Es war nicht besonders tief und floss nicht besonders schnell. Die Strömung glättete hellgrünes Wassergras, wie dünne Algen, in lange, sanft wogende Fäden. Es tat gut, ihnen zuzusehen, wie sie hin und her wogten. Die Sonne brannte den Rotstich in mein Haar, den ich nur im Sommer hatte, und die Felder schienen ein wenig zu dampfen, während die Feuchtigkeit der Nacht wegtrocknete.

Viktor sah mir stumm zu, über seinen Lenker gehängt.

»Ich will noch ein bisschen hier sein«, sagte ich und fühlte mich alt und müde oder als hätte ich gerade ein Fieber überstanden.

Zu meiner Erleichterung sagte er einfach: »Okay.«

»Ich hab – ich hab meinem Freund nichts von Lukas erzählt. Er wusste nicht, warum wir hier waren.« Ich sah hinunter ins Wasser. »Ich hab niemandem was erzählt. Nicht, dass er gestorben ist, sondern schon vorher. Erst konnte ich es nicht glauben, und dann wollte ich es erst mal für mich behalten. Weil es nur meine Sache war. Ich hätte es natürlich allen gesagt. Aber dann –« Ich zwang mich, ihn über die Schulter anzusehen. Meine Kehle brannte. Er sah mich an. Nicht zornig. Nicht fassungslos. Nur überrascht und – traurig. »Tut mir leid, dass ich das nicht gesagt habe. Und dass es verrückt ist.«

»Gut, dass ich mich nicht mit ihm geprügelt habe«, sagte Viktor. »Erstens hätte ich den Kürzeren gezogen, wie der aussieht, und zweitens wär's falsch motiviert gewesen. Aber ich glaube, er war trotzdem ein Arsch. Nein? Okay.« Er nickte. »Danke, dass du's mir gesagt hast.«

Ich nickte auch, und er stieg zurück auf sein Mountainbike. Es war kein neues Modell. Ich kannte mich zwar nicht aus, aber es war eindeutig ein bisschen in die Jahre gekommen, als würde er es fahren, seit er groß genug dafür war. Ein wenig klobig, unterm Lenker rostig. Es konnte neuen Lack vertragen.

»Wenn du noch bleibst«, sagte er mit dem ersten matten Lächeln seit einer halben Stunde, »dann solltest du um Mitternacht wach sein. Meinetwegen ihr beide. Weil was passieren könnte.« Er zwinkerte mir zu. Bei jedem anderen Jungen wäre es affig gewesen, aber er war halt so. Zum ersten Mal hatte ich das Gefühl, ihn verstanden zu haben. Er fuhr weg in Richtung Dorf und drehte sich nicht noch mal zu mir um. Fuhr mit einer entspannten Hand am Lenker und dann frei. Der Wind zog an seinem T-Shirt. Ich war allein auf der alten Brücke und hörte schließlich nur noch das Gurgeln des Wassers.

· 34 ·

ALS ICH ZURÜCKKAM, war Clara noch unterwegs. Ich konnte Ablenkung gebrauchen und hatte ihr ja versprochen, dass ich ihr helfen würde, also fragte ich an der Rezeption nach, wo sie war. Das gelangweilte Mädchen, bei dem ich am ersten Tag Brötchen bestellt hatte, war wieder da. Möglichst unfreundlich zu Kunden sein war wohl Teil ihrer Jobbeschreibung. Ich fragte nach Clara, und mir war gleich klar, dass sie sich nicht ausstehen konnten. Nein, sie hatte sie nicht gesehen. Frau Pawlak? Die war irgendwo was reparieren. Ob ich was kaufen wolle? Als ich den Kopf schüttelte, wandte sie sich gereizt wieder ihrem Handy zu.

Ich ging um den Bungalow herum, weil ich da gestern meine Bettwäsche abgegeben hatte, und tatsächlich tauchte sie nach fünf Minuten mit einem Wäschesack über der Schulter auf. Sie hinkte leicht, um ihren Fuß nicht so stark zu belasten. Zu meiner Überraschung trug sie Schuhe, schwere, schwarze Arbeitsstiefel, die ihr mindestens drei Nummern zu groß waren.

»Wo ist Viktor?«, fragte sie zur Begrüßung.

»Nach Hause. Warte, ich helf dir.«

Sie schüttelte missmutig den Kopf, wechselte den Sack, der echt schwer aussah, auf den anderen Arm, machte die Tür auf und ging rein. Die Wäsche wuchtete sie mit Schwung in einen großen hohen Gitterkasten, der dann wohl einmal die Woche zur Reinigung abgeholt wurde. Ich blieb in der Tür stehen, weil in dem winzigen Kabuff nur für einen Platz war. Die Regale waren mit Putzmittel und Bettwäsche und Handtüchern und Ersatzgeräten vollgestopft.

»Ist alles okay?«

»Klar«, brummte sie.

»Wie geht's deinem Fuß?«

Sie zuckte die Achseln und zog frische Bettbezüge oben aus dem Regal, aber sie zerrte etwas zu heftig, sodass ihr ein ganzer Stapel auf den Kopf fiel. Ich sprang dazu, fing den Rest auf und stopfte ihn wieder zurück ins Regal.

»Scheiße!«, fauchte sie. »Scheiße, Mann!«

Eine Tür zwischen den Regalen ging auf und das Mädchen von der Rezeption streckte wütend den Kopf rein und fauchte: »Was macht ihr hier für'n Lärm?«

»Verpiss dich!«, blaffte Clara sie an.

»Fick dich, du dumme Fotze!« Sie knallte die Tür wieder zu. Clara trat mit dem gesunden Fuß mit solcher Wucht gegen das Regal, dass unten zwei Eimer rausfielen und die Seifenspender darüber gefährlich wackelten.

»Nutte!«, brüllte sie, dass sie es durch die Wand hören konnte, und kickte die Eimer mit dem Fuß zurück ins Regal.

»Was ist los mit dir?«, fragte ich ungläubig.

»Nichts!«

»Du hast 'ne scheiß Laune!«

»Klar, Mann! Ich hab ja auch 'n Arsch voll zu tun!«

»Ich hab dir vorhin gesagt, dass ich dir –«

»Du hast Urlaub.«

»Toller Urlaub bei meinem toten Bruder. Da kann ich ja wohl auch putzen.«

Sie kniff die Lippen zusammen. Ihre Schultern hoben und senkten sich wütend, aber sie schrie nicht mehr herum.

»Ich helf dir jetzt«, sagte ich mit sehr viel Nachdruck, selbst noch von meinem Zynismus überrascht, und dann sagte ich noch einen von Julias Sprüchen: »Gar keine Diskussion.« Obwohl sie Diskussionen so sehr liebte, dass sie sie zu ihrem Beruf gemacht hatte.

Ihr Mund wurde noch ein bisschen schmaler. Dann erschlafften ihre Schultern, und sie sagte heiser und widerwillig: »Okay.«

»Und hör auf, so angepisst zu sein.«

»Kann ich nicht einfach abstellen.«

»Ich kann ja gehen. Schrei halt dieses Mädchen an. Oder werd das nächste Mal von der Wäsche erschlagen. Wär dann nicht meine Schuld.«

Sie zuckte erneut mürrisch die Achseln. Es gefiel ihr überhaupt nicht, aber sie rang sich dazu durch, mich zumindest die Wäsche für sie runterholen zu lassen. Wir teilten sie auf uns auf, und Clara knallte für das Mädchen von nebenan die Tür so heftig hinter uns zu, dass sie wieder aufflog und ich sie noch mal schließen musste.

Während wir zur ersten Hütte gingen, erzählte ich Clara, dass ich noch bis morgen bleiben würde, genauso lang, wie ich mit Ole hatte bleiben wollen. Das heiterte sie gleich total auf, was mich sehr erleichterte und weshalb ich auch nicht dreimal höflich nachfragte, ob es wirklich okay für sie war. Weil sie so schlecht auf Viktor zu sprechen war, erzählte ich ihr erst mal nichts von seinem Tipp für heute Nacht.

»Du kannst das Bett heute«, sagte sie. »Ich tausch. Kriegst sonst Rückenprobleme.«

»Quatsch. Ich schlaf immer zusammengeknüllt.«

»Geknüllt?«

Das sagte Ole immer. Mein Lächeln wurde etwas schief. »So in Fötusstellung eben.«

Sie schien was zu merken und sagte etwas lockerer: »Hey, ich könnt dir nachher die Gegend zeigen. Wenn du willst. Wenn du Bock hast. Warst schon mal den Fluss runter?«

»Nee. Nur kurz.«

»Ist schön. Ich fahr gut Kanu.«

»Ich nicht so.«

»Ich zeig's dir. Ist gar nicht so schwer.«

Wir nahmen uns das erste Ferienhaus vor. Clara machte sich nicht die Mühe, ihre Stiefel auszuziehen. Die Grundreinigung mit dem Staubsauger hatte sie schon erledigt, aber als ich mit dem Finger über den Schrank fuhr, kam noch gut Staub runter.

»Ey, da oben ist doch scheißegal.«

»Ist es nicht!«

»Und ich komm auch nicht ran. Mann, wie groß *bist* du?«

»Ich dachte, du bist ein Mathegenie.«

»Aber ich bin kein Savant, ja?«

»Kein was?«

»Leute, die bei 'ner Schüssel Erbsen auf einen Blick wissen, wie viele das sind. Oder die eine ganze Stadt perfekt zeichnen, wenn sie einmal drüberfliegen. Dings – inselbegabt.«

»Dann schätz halt wie ein normaler Mensch.«

Sie riet ziemlich gut, und dann kabbelten wir uns ein bisschen. Ob ich echt Basketball spielte, was ich ja tatsächlich gemacht hatte. Oder ob sie in Sport überhaupt an den Barren kam. Ich wischte den Schrank ab und noch ein paar Oberflächen, die das dringend nötig hatten, während Clara die frische Bettwäsche hinlegte. Dann band ich mein Haar zum festen Knoten hoch, holte mir die Handschuhe aus dem Putzeimer und fing mit dem Bad an.

Ich hätte es echt kommen sehen müssen. Irgendwie war ich am Ende immer die, die Ordnung ins Chaos bringen musste, ob auf Klassenfahrten in Gemeinschaftszimmern, vor oder nach Partys in Wohnungen oder in den Wäschebergen, für die ich in unserem Haushalt zuständig war. Ich brachte mein eigenes Leben nicht auf die Reihe, aber aufräumen konnte ich richtig gut.

»Ey, du bist ja echt gut«, sagte Clara, die die Spüle putzte.

»Ich werd irgendwann mal eine ziemlich gute Hausfrau, schätz ich. So ohne Abi.«

»Ich auf keinen Fall.«

»Du kannst ja wen heiraten, der total gern putzt.«

Sie schien plötzlich sehr interessiert daran, ihre Spüle auf Hochglanz zu kriegen. »Vielleicht.«

Isi hätte sie längst gefragt. Da hatte sie keine Hemmungen. Wir schafften keinen Filmabend, ohne dass sie einen von uns bei so was wie zu eng kuscheln oder eine Decke teilen oder Lipgloss rumgeben haute und rief: »Biste 'ne *Lesbierin* oder was?« Das hatte ihr mal ein Typ im Club hinterhergerufen, als sie ihn abserviert hatte, und seitdem war es eins ihrer Lieblingswörter. Aber ich war nicht Isi, und eigentlich wusste ich es ja auch ohne dass ich irgendwelche scheinheiligen Fragen stellen musste wie ob Clara einen Freund hatte.

»Stehst du auf Viktor?«, fragte sie plötzlich.

»Ich steh doch nicht auf ihn«, sagte ich ein wenig ungläubig, dass sie davon so überzeugt war, aber leider wurde ich rot dabei. »Ich hab mich gerade erst getrennt!«

»Ich meine nur, er ist ein Weiberheld.« Sie drehte sich halb zu mir um. Sie war auch rot, obwohl ich echt nicht wusste, warum. »Die Schlampe Johanna an der Rezeption, mit der hatte er was und mit Tatjana und dieser Mandy. Die war in der Nacht, als – jedenfalls – er hat jedenfalls ständig Chicks und – was lachst du?«

»*Chicks!*«, wiederholte ich.

»Was? Sagt man so!«

»Nicht, wo ich herkomme. Und nicht in diesem Jahrhundert.«

»Ey, klar!« Sie starrte mich ungläubig an. »*Chicks*.«

»Bin ich auch ein Chick?«

»Aber eindeutig.«

Ich lachte, dass mir die Rippen wehtaten. Ich musste mich auf den Badezimmerboden setzen, um mich zu beruhigen. Wahrscheinlich war ich high vom Chlor. Es tat wahnsinnig gut, über so dummen Scheiß mit jemandem zu lachen. Irgendwie besonders mit Clara, vielleicht, weil sie das so widerwillig tat. Wie im Auto, als sie verzweifelt versucht hatte, sich nicht anstecken zu lassen.

Sie drohte mir mit dem Finger. »Noch lachst du, aber du wirst schon sehen. Du bist nur ein Chick in seinem Spiel.«

»In seinem Spiel von *was*?«

»Das wirst du auch noch sehen.«

Da fiel mir wieder ein, dass Viktor uns um ein Uhr nachts irgendetwas zeigen wollte. Ich hörte mühsam auf zu lachen.

Clara setzte sich auf die Bettkante, streckte den verletzten Fuß von sich und sah mir lächelnd zu, wie ich mir die Seite massierte und meine Sachen zusammenräumte.

Wir nahmen uns die nächste und übernächste Hütte vor. Wir klotzten richtig ran. Da war Basketballtraining oder Getränkekisten im Supermarkt schleppen nichts gegen. Wir hätten auf einem Schiff anheuern können mit unserer Disziplin. Ich war der Kopf und Clara der Muskel. Ich rief ihr Befehle zu und sie schleppte alles für mich hin und her.

In der letzten Hütte fand Clara eine angebrochene und zurückgelassene Riesenflasche Cola light im Kühlschrank, die sie uns, als wir endlich fertig waren, in zwei Gläsern auf der Terrasse servierte. Leider hatten wir keinen Seeblick, aber der Wald war auch ganz okay. Vor der Hütte gegenüber sonnte sich eine halb nackte Frau auf einer Gartenliege, auf der Straße rasten Kinder auf Fahrrädern herum, und am See lärmten die Schwimmer.

Ich war erledigt. Meine Schulter, auf die Clara sich gestern Nacht gestützt hatte, stach. Meine Augen brannten vom Chlordampf, meine Hände juckten von der langen Zeit im Handschuh und ich war voller Schweiß. Aber ich war auch hochzufrieden mit meiner unbezahlten Arbeit. Ich hatte wieder genug Kilometer, Stunden und Schmerz zwischen mich und den Ort gebracht, an dem Lukas gestorben war. Solange ich nicht noch mal über die Brücke fuhr, solange ich weiter neben Clara saß und mit ihr ab und an über etwas lachte, würde es mir bestimmt gut gehen.

· 35 ·

WIR SASSEN BESTIMMT eine Viertelstunde schweigend im Halbschatten und becherten die Cola wie zwei verschwitzte Bauarbeiter ihr Feierabendbier, nachdem sie eine Mauer hochgezogen haben. Clara hatte eine billige rote Sonnenbrille aus ihrer Hosentasche aufgesetzt, die aussah, als hätte sie sie aus dem Kiosk mitgehen lassen oder auch im Haus gefunden, hatte die Arme im Nacken verschränkt und genoss die frühe Nachmittagssonne.

»Wir sollten schwimmen gehen«, sagte ich, nachdem ich den letzten Rest Cola verteilt hatte.

»Mhm«, machte Clara. Dann fiel ihr der Fuß ein. »Kann nicht.«

»Du kannst eine Tüte drummachen. Zieh doch mal die Stiefel aus, das ist doch Wahnsinn.«

»Wenn du gern sterben willst, kann ich machen.«

Ich lachte. »Hast du keine Schlappen?«

»Nee. Kann ich nicht mit laufen.«

»Hä?«

Sie kickte mit ihrem Fuß. »Diese Dinger vorn tun mir an den Zehen weh. Und barfuß reißt den Verband ab. Außerdem sind das meine Lieblingsschuhe.«

»Ja, aber nicht im Sommer.«

Wir tranken unsere Gläser leer, aber keiner von uns stand auf. Es war einfach zu schön da auf der Terrasse. Es ließ sich echt aushalten.

»Alles klar?«, fragte Clara dann.

»Warum?«

Sie sah mich über die Sonnenbrille hinweg an, dieser *Was denn das für eine Frage*-Blick.

»Schon okay.«

»Hat Putzen dich geheilt?«

Ich zuckte die Achseln und bereute das sofort. Im Moment hätte ich den Arm am liebsten in eine Schlinge gesteckt, um meine Schulter zu schonen. »Du weißt ja. *In einem ordentlichen Zimmer ist die Seele auch geordnet.* Oder so.«

»*Ordnung ist künstlich. Natur ist Chaos*«, sagte Clara. »Nietzsche.«

»Quatsch!«

Sie nahm ihre Sonnenbrille ab und setzte sie mir auf. Ich hielt überrascht still. Sie setzte sich wieder hin. »Willst du drüber reden? Ich bin nicht gut in so was, aber ich – ich versuch's. Bin bestimmt besser als Viktor.«

Ich zuckte die Achseln und keuchte schmerzerfüllt. Der Mensch lernt nicht aus seinen Fehlern. Nietzsche. Oder Konfuzius.

»Willst du noch was von Lukas hören? Ich hab noch mehr. Nur nicht so gut wie Prag.«

»Kann ich eine von dir hören?«

Sie runzelte überrascht die Stirn.

»Wenn du willst«, fügte ich hinzu.

»Ich bin nicht so spannend.«

»Quatsch!«, protestierte ich.

»Findest du?«

»Du bist ein Enigma.«

»Hör auf.« Sie lachte. Ich hatte sie noch nicht so viel lachen sehen. Sie lachte misstrauisch, immer noch, aber es wurde besser. Ihre Augen waren nicht mehr so starr und wachsam. Sie kniff sie zusammen und schüttelte dabei den Kopf. »Was denn? Wer ich bin oder was?«

»Ja, klar.«

»Ich hab aber nichts richtig Witziges.«

»Ich doch auch nicht.«

»Okay. Stimmt.«

»Und ich hab dir meine ganze Lebensgeschichte erzählt.«

»Okay, okay, okay.« Sie rutschte auf ihrem Platz herum, überlegte und sagte: »Okay, die Story meines Genies.«

»Klingt gut.«

»Ist sie. Also, Fun Fact: Ich sollte eigentlich mit K heißen. Und Akzent.«

»Hä?«

Sie sprach es deutlich polnisch für mich aus: »*Klára*. Wollte mein Vater so. Meine Mutter dachte, mit C ist schön international und modern. Sie heißt Agata. Agata und Beata – klar, die sind gestraft. Sie haben dann den Kompromiss gemacht, weil der Nachname von meinem Vater war schließlich rumänisch. Er ist auch überfahren worden«, sagte sie aus dem Blauen heraus. »Nicht auf einer Straße allerdings. Er hat nachts LKWs ausgeladen. Einer hat die Handbremse nicht angezogen.«

Mein Magen verkrampfte sich ruckartig, als hätte mich wer in die Magengrube geboxt. Ich konnte nicht mal was sagen wie *Tut mir leid*, weil sie gleich weiterredete.

»Das hab ich lang nicht gewusst, wie es passiert ist. Er hat schwarzgearbeitet und Lebensversicherung gab's keine. Deshalb sind wir damals aus Polen weg und zu Beata. Ich erinner mich nicht mal richtig an ihn. Jedenfalls heiß ich jetzt wieder Pawlak und das C hat mir nie was gebracht, weil ich seh halt nicht sehr international-modern aus und kling ja auch nicht so. Ich wohn in Prenzlau, seit ich vier bin, aber – merkst ja. Denken also alle, ich hab sowieso keinen Bock auf Integration, und zumindest am Anfang hab ich mir echt Mühe gegeben, aber dann hatte ich darauf keinen Bock mehr. Weil, egal, wie sehr ich mich angestrengt hab, ich bin immer abgeschmiert. Ich bin nur aufs Gymnasium, weil meine Mutter das wollte. Ich hatte Hauptschulempfehlung. Aber ich pack's einfach nicht. In der Achten soll ich dann noch mal sitzen bleiben, das war schon klar. Deutsch war immer richtig scheiße bei mir. Aber dann macht mal so eine Referendarin Vertretung – frisch von der Uni und alles – und lässt uns Aufsätze schreiben. *Was ich mal werden will*, als wären wir in der Grundschule. Ich denke, die gibt mir meinen zurück mit so einem mitleidigen Blick für arme assige Ausländer, aber nee, die telefoniert mit meiner Mutter. Verpfeift mich direkt. Ich musste einen Test machen, und was kommt raus? Legasthenie. Hatte ich die ganze Zeit schon.«

»Und was wolltest du werden? In dem Aufsatz?«

Sie lachte. Diesmal ziemlich wenig misstrauisch. »Kugelstoßerin.«

»Echt?«

»Ja, ich weiß. Aber ich bin da richtig drauf abgegangen. Immer noch, eigentlich. Ich halt den Schulrekord.« Sie nickte und grinste. »11,97 Meter. Und mit der Männerkugel exakt zehn.«

Ich hatte immer in den lausigen Bereich um die sieben Meter geworfen. »Krass!«

»Ja, aber der Aufsatz war scheiße. Deutsch und Schreiben ist wie gesagt nicht so meins.«

»Das ist aber noch nicht die Genie-Story. Das ist bloß die Legasthenie-Story.«

»Ja, ja, ja, ich komm ja dahin! Also, Sport hatte ich immer Eins, Mathe immer Zwei.« Sie zuckte die Achseln. »Ich wusste immer, dass ich gut mit Zahlen bin. Tausendmal besser und verlässlicher als Buchstaben. Sag mir mal, warum man Kanone nicht mit h schreibt, aber das o lang ist.«

»Äh – keine Ahnung. Ist halt so.«

»Ja, aber es macht keinen Sinn, oder? Das ist doch Schwachsinn. Aber nimm mal Pi. Nimm jeden Kreis, und das Verhältnis Umfang zu Durchmesser ergibt immer Pi. Ist das nicht der Wahnsinn?« Das meinte sie wirklich ernst. Selbst als sie mir ihr Messer gezeigt und mit mir das sich auftürmende Gewitter angesehen hatte, hatten ihre Augen nicht so geleuchtet.

»Nee, das ist scheiße.«

Clara lachte. »Jedenfalls, ich bin dann wegen Legasthenie doch nicht sitzen geblieben, und in der nächsten Klasse haben wir einen Mathewettbewerb gemacht und ich hatte als einzige im Landkreis 100 Prozent. Die haben das noch nachgerechnet, weil die's nicht glauben konnten. Die haben mir noch mal Aufgaben geschickt. Eigentlich 'ne Beleidigung, aber ich hab die auch alle gelöst. Und dann war ich plötzlich richtig in der Nummer drin. Die Lehrer, Mann – also einige, nicht alle –, die sind auf einmal nett zu mir. Drei Monate in die Neunte haben sie mich dann überspringen lassen mit einer Sondergenehmigung und alles. Das war der Wahnsinn. Seitdem hab ich richtig gute Zeugnisse. Also für meine Verhältnisse. Hatte, jedenfalls.« Sie sah mich von der Seite an. »Hat Viktor dir gesagt, dass ich 'nen Typen geschlagen hab und geflogen bin?«

Ich hatte keine Erfahrungen mit Gewalt. Ich wusste nur, dass sie höchstens alles nur noch schlimmer machte. Als mich die Kinder in der Grundschule mit spuckegetränkten Papierkügelchen beschossen und meine Brotdose in den Müll geworfen und mir Flüssigseife in die Haare geschmiert hatten, hatte ich mich auf dem Klo eingeschlossen und abgewartet, statt mich zu prügeln. Meine erste Anti-Mobbing-Aufklärung war in der fünften Klasse gewesen, als extra zwei Frauen dafür vorbeikamen, und die hatten das zuallererst bestätigt: Wer zurückschlägt, ist genauso schlimm wie der, der zuschlägt, weil das zu einer Spirale an Gewalt führt. Dann hatten sie so viel Schimpfwörter an die Tafel geschrieben wie Schüler da waren und uns einzeln nach vorn kommen und das Wort abwischen lassen, was uns am meisten verletzte. Ich hatte *Heulsuse* abgewischt, weil ich in der Mitte des Alphabets kam und die meisten Sachen schon weg waren. Dann hatten sie uns noch erzählt, dass wir immer zu unseren Lehrern gehen konnten, wenn wir Schwierigkeiten in der Klasse oder zu Hause hatten oder so was. Als ob! Ich kannte nur eine Person, die je mit einem Problem zu einem Lehrer gegangen war, und das war Natalie, um Julia zu verpetzen, die in Französisch von ihr abgeschrieben hatte.

»Er meinte, der hätte es verdient«, sagte ich und versuchte, davon überzeugt zu klingen.

»Klar. Aber ich hätt ihn nicht schlagen sollen.« Sie zog eine Grimasse. »Viel zu teuer. 600 für 'ne scheiß Nase und 'n losen Zahn.«

»Oh«, sagte ich ernüchtert, weil ich nach Viktors Bemerkung im Café gedacht hatte, sie hätte ihm quasi gleich alle Zähne ausgeschlagen. Aber gebrochene Nasen hatte ich im Basketball auch schon gesehen – ein Ellbogen ins Gesicht bei einem Sprung und so –, und ein lockerer Zahn war ja kein ausgeschlagener.

Clara interpretierte meine Reaktion als Schreck vor so viel Geld, und zuckte die Achseln. »Wär mehr gewesen, wenn Viktor nicht ausgesagt hätte, sie hätten mich provoziert.«

Ich starrte sie an. »Viktor hat für dich ausgesagt?«

Sie sah so überrascht aus wie ich. »Vor zwei Wochen. Hat er dir nicht gesagt?«

»Nein!«

»Ist ihm wahrscheinlich peinlich.« Ihre Miene verdüsterte sich wieder. »Dabei hat er's nicht mal richtig gesehen, wie's passiert ist. Hat für mich gelogen. Knallharter Meineid.« Sie lachte bitter, schnappte sich die leere Colaflasche und drehte am Deckel herum. »Frederick – der Typ – ist richtig ausgeflippt, und seine Mutter auch. *Der war nicht da, der lügt, der war nicht da*. Aber weißt ja, wie Viktor schleimt, wenn er will. Hat sogar noch Lukas ausgepackt. Dass unser Freund – *unser* Freund – dass der der Junge war, den sie bei Lauwitz überfahren haben. Dass wir deshalb einfach emotional beeinträchtigt wären, was klingt, als wären wir behindert, aber das hat mir vielleicht 'n Tausender gespart. War das – Mann, das einzig Nette, was er je für mich gemacht hat.«

»Wow.«

»Ich will ihm nichts schulden, okay? Nicht Viktor Scharf. Ich meinte, vielleicht war er fertig, wegen Lukas. Weil Lukas und ich ja klarkamen und er dachte vielleicht, dann ist es angebracht, dass er mir hilft. Keine Ahnung. Aber ich will nicht, dass er so tut, als ob er – als ob das nie passiert wäre. Weil ist es eben, und ich kann ihn nicht ausstehen.«

Ich versuchte, das zu verstehen, und kam nur ein Stück weit mit. Aber ich nickte. Ich nahm die Sonnenbrille ab und setzte sie ihr auf, wie sie das eben bei mir gemacht hatte. Sie hörte auf, an der Flasche herumzudrehen, und ihre zusammengekniffenen Lippen verzogen sich zu einem Lächeln, als ich den Bügel in ihren Locken verhedderte.

»Steht dir eindeutig besser«, sagte ich.

Sie schnaubte. »Na klar.«

»Und was machst du jetzt?«

»Weiß nicht. Meine Mutter will mich wieder reinklagen. In die Schule. Sie hat da schon Widerspruch eingelegt, damit ich das Jahr noch fertigmachen kann, aber wir haben natürlich keinen Anwalt oder so was und ich will eh nicht zurück. Wird sowieso nur große Scheiße. Wenn ich Fredericks Visage wiederseh, vielleicht dreh ich dann noch mal durch, und die Lehrer finden mich jetzt eh nicht mehr so geil, wo ich doch wieder 'n Problemfall bin.« Sie schüttelte den Kopf und rückte die Sonnenbrille zurecht. »Jedenfalls arbeite ich deshalb hier. Hab ich früher manchmal auch. Beata macht das hier schon ewig. Ganz früher haben wir dann hier Urlaub gemacht, Mama und ich. Den Wald hier? Kenn ich auswendig. Jedenfalls mach ich jetzt keinen Urlaub. Sechs Wochen Klos putzen, dann hab ich's zusammen. Er kriegt nur dreckige Scheine von mir.«

Ich lachte darüber, obwohl das verdammt deprimierend war. Sechs Wochen Ferien, die sie mit Putzen verbringen würde.

»Jedenfalls, das ist die Story von meinem Genie.«

»Tut mir leid. Dass das alles passiert ist.«

»Bin ich ja schuld, oder?«

»Trotzdem. Ich meine, du hast es ja nicht einfach so gemacht, oder?«

»Willst du eigentlich abhauen?« Sie zeigte mit der Colaflasche über die niedrige Hecke. »Bevor die da sich nackt macht?«

Ich sah rüber zu der Frau auf ihrer Gartenliege. Sie hatte das Oberteil ihres Bikinis ausgezogen und cremte jetzt ihre blassen Brüste ausgiebig mit Sonnenmilch ein. Ich musste kichern wie eine Zehnjährige, wie sie da so herummachte.

»Das ist eine öffentliche Terrasse!«, rief Clara zu ihr rüber, aber nur, weil sie Kopfhörer aufhatte und uns gar nicht hören konnte. »Mann Mann Mann!«

»Sie haben da eine Stelle vergessen!«

»Wenn die braun werden sollen, vergessen Sie's ganz!«

Die Frau nahm ihre Kopfhörer raus und sah sich um. Clara stand auf und stolperte über ihren verletzten Fuß. Wir duckten uns hysterisch kichernd zurück ins Haus, Clara mit vor Lachen und Schmerzen verzerrtem Gesicht. Ich wusch unsere Gläser ab und sie packte das Putzzeug ein und als wir alles zurückgebracht hatten, ging ich allein eine Runde im See schwimmen.

Das Wasser war herrlich. Clara hatte mit ihrem Fuß nicht mit reingewollt. Ich schwamm immer noch, als sie schon längst vor der Hütte saß, frisch geduscht und wieder barfuß, den verletzten Fuß hochgelegt, die billige Sonnenbrille auf und ein kaltes Bier in der Hand. Für mich hatte sie schon ein zweites hingestellt. Sie trug ein graues Tanktop und darüber ein rot kariertes Hemd mit gegen die Hitze hochgekrempelten Ärmeln. Sie sah aus wie ein Redneck. Nur cooler. Ich winkte ihr aus dem Wasser und sie winkte mir lässig zurück und ich fühlte mich plötzlich warm und entspannt, als würde ich sie schon sehr lange kennen. Als wären wir schon ewig Freundinnen.

· 36 ·

ICH KOCHTE BUNTE PASTA mit noch mehr von Beatas Tomaten und Mais aus der Dose, und wir aßen wieder auf den Plastikstühlen auf der Terrasse. Dabei erzählte ich Clara von Viktors Plan für diese Nacht. Sie hielt mit der Gabel in ihrem Rest Pasta inne, runzelte die Stirn und sagte dann achselzuckend: »Gruppensuizid.« Das war auch schon alles, was sie dazu sagte, und daher nahm ich an, dass es abgemachte Sache war.

Nachdem wir den Abwasch erledigt hatten, eingespielt, als wären wir schon seit Wochen eine WG, holte Clara einen altersschwachen Laptop unten aus ihrem Koffer und las mir den Inhalt ihres Filmordners vor. Weil ich in meinem Leben nie einen *Jurassic Park* gesehen hatte, entschieden wir uns für den neusten. Clara stellte den Laptop auf die Anrichte und bockte ihn mit zwei Kochlöffeln auf, damit er unten nicht so heiß wurde. Sie setzte sich aufs Bett und ich mich aufs Sofa und wir teilten Maisstangen und eine Tüte saurer Gummiwürmer. Unsere Terrassentür war nur angelehnt und das Fenster auf Kipp, und von draußen zog die lauwarme, duftende Sommerluft herein, während es langsam dunkel wurde.

»Das ist der erste Film, an den ich mich erinner«, sagte Clara und zeigte mit einem Gummiwurm auf den Laptop.

»Klingt nach Trauma.«

»Boah, ja. Ich war vier oder so. Gab echt Ärger.« Sie rappelte sich vom Bett auf, duckte sich unter dem Bild durch, damit ich nichts verpasste, und kramte im Kühlschrank herum. »Was war dein Lieblingsdino als Kind?«

»Triceratops«, sagte ich, ohne überlegen zu müssen.

Sie humpelte zurück aufs Bett und drückte sich eine kalte Bierdose auf die Fußsohle, die sie selbst mit aus dem Kiosk geklauten Pflastern und einem Verband versorgt hatte. »Wusste ich gleich, dass du 'ne Dinophase hattest.«

»Hat doch jeder irgendwie. Außerdem interessier ich mich für Geschichte.«

»Geschichte, nee danke.« Clara schob die Bierdose mit dem Fuß drauf ans Fußende.

»Und dein Dino?«

»Parasaurolophus.«

»Sind das die mit diesem langen Bogen auf dem Kopf?«

»Genau.«

Wir schoben Dinotrivia hin und her, bis der Film rum war. Dann machte Clara noch den *X-Men* mit Wolverine an, den ich von einem Filmabend mit den Mädels schon kannte. Danach fing ich an zu gähnen, und Clara machte eine ganze Kanne extrastarken Instantkaffee für uns.

»Wie spät?«, fragte Clara, die ausgestreckt auf dem Bett lag.

Ich sah auf mein Handy. »Viertel nach.«

»Mann, der verarscht uns doch.«

»Glaube ich nicht.«

»Weil sonst zieh ich schon mal Schuhe an.« Sie setzte sich auf und zog sie heran.

»Wie kannst du in denen eigentlich laufen? Die sind doch gigantisch.«

»Ich hab Küchenschwämme vorne reingesteckt.«

Ich konnte mir beim besten Willen nicht vorstellen, wie jemand so arm sein konnte, dass er vier Nummern zu große Schuhe tragen musste.

»Die sind geerbt«, sagte Clara, als hätte sie meine Gedanken gehört. »Von meinem Vater. Öl- und feuerfest und vorn Stahlkappe. Da kann ein Pferd drauftreten und ich merk's nicht.«

»Ja, aber die sind doch megawarm. Du kannst meine Flip-Flops haben. Die haben nur einen Riemen obendrauf.«

»Nee. Geht schon. Dann würd ich eher barfuß laufen.«

»Im Winter machst du das aber nicht, oder?«

»Ich spinn ja nicht.« Sie schnürte den ersten Schuh zu. »Aber barfuß laufen hält den Kreislauf fit.«

»Außer, man läuft in Scherben. Oder vielleicht auch dann erst recht.«

Sie lachte.

»Tut es noch weh?« Dabei war mir schon klar, dass es noch wehtat. Ich überlegte schon den ganzen Tag, wie ich das Gespräch noch mal auf Thema Arzt lenken konnte, ohne dass sie gleich wieder zumachte.

Sie wusste sofort, was Sache war. »Nee. Alles klar.«

»Nur, dass sich das mal wer anguckt. Nur zur Sicherheit.«

Sie kniff die Lippen zusammen.

»Hast du Angst vor Ärzten?«

»Was? Nee. Warum?« Nicht gerade überzeugend. »Nee, hab ich nicht. Aber mein Fuß ist eh total in Ordnung. Ich muss den bloß ausruhen.«

»Hm«, machte ich zweifelnd.

Draußen war es ruhig geworden. Nur noch hier und dort glomm Kerzenschein auf den Terrassen. Irgendwo spielte einer Gitarre, und zwei nächtliche Schwimmer, ganz romantisch veranlagt, schwammen ihre Bahnen. Schließlich war die Nacht mild und klar und schön.

»Hast du Instagram?«, fragte ich in die Stille, weil ich mir Sorgen machte, sie wäre wegen der Sache mit dem Arzt sauer. »Oder Facebook?«

»Nee. Warum?«

Irgendwie überraschte mich das nicht. Wenn jemand beides nicht hatte, dann sie.

»Um in Kontakt zu bleiben.« Als wären wir Erwachsene, als hätten wir uns auf einer Tagung oder so getroffen. *Ich schicke Ihnen mein Xing-Profil, damit wir in Kontakt treten können.* Fehlte nur noch meine Visitenkarte. »Hiernach, meine ich.«

»Oh«, sagte sie, nicht mürrisch oder als fände sie lächerlich, wie ich es formuliert hatte, sondern erstaunt, dass ich das wollte, in Kontakt bleiben. »Ich – ich hab E-Mail.«

»Super.«

Wir schwiegen, und ich hatte den nagenden Verdacht, dass ich unbeabsichtigt etwas Dummes gesagt hatte, ein ähnliches Gefühl wie vor der Bäckerei, bevor ich doch reingegangen war und ihr einen Kaffee geholt hatte. Ein asoziales Gefühl. Ich *wollte* schließlich mit ihr in Kontakt bleiben.

In der Einfahrt knirschten Schritte, und noch bevor wir uns aufsetzten, klopfte es. Ich ging aufmachen. Viktor war allein bis zur Tür gekommen, aber ein Stück den Weg runter stand Mike und rauchte im Schein der Solarleuchten.

»So viel zu Tarnfarben«, sagte Viktor, nachdem er uns einmal beide gemustert hatte. Seine Lippe hatte sich gebessert. Vielleicht hatte auch er heute eine kalte Bierdose drangehalten.

»Du hast nichts von Tarnfarben gesagt.«

»Hast du nur diese weißen Schuhe? Wie hältst du die eigentlich so strahlend sauber?«

»Ich hab sonst nur Flip-Flops.«

»Vergiss es. Ansage ist festes Schuhwerk. Hast du keinen anderen Pullover?«

Clara bückte sich, zerrte einen dunkelgrauen Pullover aus ihrem Koffer und gab ihn mir. Ich tauschte ihn gegen mein leuchtend gelbes Sweatshirt. Er war mir zu weit und zu kurz und roch nach fremdem Waschmittel und Claras Räucherstäbchen. Die Kordel in der Kapuze fehlte und die Bauchtasche vorn war ganz abgewetzt. Ich fühlte mich, als trüge ich eins von Oles Sweatshirts. Warm und total gerührt, dass sie ihn mir gegeben hatte.

»Schmeichelt dir«, sagte Viktor mit seinem typischen schiefen Grinsen.

Clara schnürte ihren zweiten Stiefel zu, stand auf und schwankte ein bisschen und knirschte ein bisschen mit den Zähnen. Es war glasklar, dass sie mit dem Fuß gerade besser nirgendwo mehr hinlaufen sollte. Außer morgen früh zum Arzt. Entweder hatte Mikes Desinfektion durch Wodka versagt oder sie hatte immer noch eine Scherbe in der Fußsohle. Aber sie straffte die Schultern und sagte ruhig zu Viktor: »Du hast meine Lampe gestern mitgenommen.«

Er zog sie hinten aus seiner Jeanstasche und gab sie ihr ohne dummen Kommentar zurück. Sie hatten offenbar hinter meinem Rücken und jeder für sich Waffenstillstand beschlossen.

»Noch was?«, fragte Clara. Dann schloss sie ab und klippte den Schlüssel an die Kette an ihrer Hose. Sie zog kein Sweatshirt über, sondern krempelte bloß die Ärmel ihres Männerhemds runter.

Mike, der ungeduldig am Wegrand wartete, stützte sich auf eine Krücke mit schrill pinkem Plastikgriff. Er sah gerädert aus. Als hätte er einen absolut fürchterlichen Tag hinter sich. Auf dem Rücken trug er einen alten schwarzen Sportrucksack, der zur Hälfte gefüllt war. Die andere Krücke hatte er unter den Arm geklemmt, um die Hand für die Zigarette zu haben. Ich sah verdutzt auf seine Füße, die in seinen Springerstiefeln steckten und unverletzt aussahen. Er roch nicht nach Alkohol. Nur nach Zigaretten. Und seinem Duschgel. Er sah mich nicht an.

»Von meiner Schwester«, sagte er heiser zu Clara und hielt ihr die Krücken hin. »Kannst sie leihen.«

»Wie – laufen wir?«

»Per Auto ist zu auffällig.«

Einen Moment sagte Clara nichts. Vielleicht überlegte sie, ob sie es hinschmeißen und zurück aufs Bett sollte. Oder ob sie sich zwingen sollte, ohne Krücken weiterzugehen, nur damit alle sahen, dass sie stark und unabhängig war und alle sie mal konnten. Dann nahm sie die Krücken.

»Wohin gehen wir?«

»Wait 'n see«, sagte Viktor. Ich sah Clara neben mir die Augen rollen.

Wir verließen die Feriensiedlung, gingen aus dem Wald auf den Parkplatz und bogen von dort nicht auf die Schotterstraße, sondern auf den Feldweg, auf dem ich zum Friedhof gefahren war. Vorbei an der Weide, wo wir Kurze auf dem

Teerdach getrunken hatten und ich eine halbe Stunde lang Maren gewesen war. Ich konnte Stalin, den Grauen, dicht am Zaun sehen, ein heller Fleck im Dunkeln. Links das stille Dorf. Rechts Mais. Hinter uns der See. Diese Nacht war nicht halb so finster wie die letzte. Meine Augen gewöhnten sich rasch an die Dunkelheit.

Wegen Clara schlenderten wir ein bisschen. Mike ging voraus. In seinem Rucksack gluckerte es. Ich war so überzeugt, dass wir zum Friedhof gingen, dass ich überrascht war, als wir hinter dem ersten Maisfeld auf einen kleineren, schmaleren Feldweg abbogen, völlig vom Weg ab. Zwischen den riesigen Maispflanzen war es dunkler. Ich konnte mich nicht erinnern, dass sie am Montag schon über meinen Kopf gereicht hatten. Vielleicht über Mikes.

»Ich hab 'n Messer«, informierte Clara die Jungs. »Und ich setz es auch ein.«

»War der Mais schon immer so hoch?«, fragte ich Viktor.

»Man nennt es Wachstum.«

»Ha, ha«, sagte ich.

»Beim richtigen Wetter zehn Zentimeter am Tag«, sagte Viktor. »An einem Tag geht er dir nur bis zum Hals und am nächsten kannst du nicht mehr drübersehen. Manche Sorten werden drei Meter hoch, aber nicht in Deutschland. Es ist einfach nicht heiß genug.«

»Bist ja 'n echter Experte«, sagte Clara spöttisch.

Nach fünf Minuten erreichten wir das Ende des Feldes. Dahinter kam eine Reihe Bäume und dann eine Wiese. Zwischen dem Mais und den Bäumen war wieder ein Weg. Diesmal kein breiter, gut ausgetretener Weg. Eher ein Schleichpfad. Er war fast ganz dunkel.

Clara blieb stehen. »Nie im Leben. Never.«

Viktor knipste seine Taschenlampe an und hielt sie unter sein Gesicht, sodass es zu einer Fratze verzerrt wurde, wie man das als Kind auf Klassenfahrten machte, und verstellte die Stimme zu einem mysteriösen Geisterbeschwörer oder so was. »Treten Sie doch noch ein wenig näher heran! Nur keine Angst, nur keine Scheu!«

»Kommt jetzt«, brummte Mike und ging ohne Licht vor.

Wir fädelten uns auf wie auf eine Schnur. Mike vorn, dann Viktor, ich und Clara, die leise vor sich hin schimpfte und Schwierigkeiten hatte, mit ihren Krücken zu manövrieren.

Der Weg wurde mal wieder steiler. Ich spürte es in den Waden. Ich zerbrach mir den Kopf, wohin wir gingen, wenn alle meine anderen Vermutungen – ins Haus meiner Mutter einbrechen und irgendwas klauen, sein Grab umdekorieren, mehr Fahnen runterschneiden, mit der Drohne noch mal ein Ufo faken, irgendwo kiffen – keinen Sinn mehr machten. Dann blieb Mike endlich stehen, und in dem Moment kam ich drauf.

»Ihr wollt einen Kornkreis machen«, sagte ich. »Einen Maiskreis. Oder?«

Viktor klatschte umständlich trotz Taschenlampe in die Hände, und ich freute mich riesig, dass ich's erraten hatte. »Oh, sehr gut, Sherlock!«

»Leck mich doch am Arsch«, sagte Clara, die ein wenig keuchte und sich auf die pinken Krücken stützte, die in den weichen Boden einsanken. »Ihr habt sie doch nicht alle.«

»Ruhe«, sagte Mike und nahm seinen Rucksack ab. Er zog einen arg zerfledderten Collegeblock mit verbogener Spirale raus, klappte ihn auf und hielt ihn uns unter die Nasen. Viktor leuchtete ihn hilfreich an.

Ich hatte an einen oder zwei Kreise gedacht, aber es war komplexer: ein Ring im Zentrum und vier kleinere Kreise an daraus ausgestreckten Armen, wie ein Raumschiff mit vier Antrieben. Es war eine ordentliche, schöne Zeichnung in Fineliner, an der Seite sorgfältig mit Maßen versehen.

»Das wolltet ihr allein machen?«, fragte ich ungläubig. »In einer Nacht?«

»Na, offenbar nicht. Dafür seid ihr doch hier.«

Als ich den Collegeblock vorsichtig, falls Viktor ihn mir lieber wegreißen wollte, in die Hand nahm, bemerkte ich, dass er halb voll mit welligen, viel bekritzelten Seiten war. Ich blätterte ihn auf und fand mehr Entwürfe des Kreises, von Ufos, recherchiert, abgezeichnet und selbst ausgedacht. Das war kein neues Projekt. Es war viele Monate alt. Vielleicht ein halbes Jahr.

»Wer hat das gezeichnet?« Aber eigentlich wusste ich, wer. Darin waren wir beide gut gewesen.

Clara nahm den Block an sich und betrachtete den Entwurf. »Nie im Leben«, sagte sie sofort mürrisch. »Nicht im Mais, Alter. Warum macht ihr das nicht einfach in Weizen oder Raps?«

»Weil der nächste Regen den wieder platt drückt. Wir haben vor zwei Wochen bei Stemm einen geübt. War eine Heidenarbeit und keiner hat es gemerkt, weil es zwei Nächte später drübergeregnet hat.«

»Und es sieht auch keiner. Viel zu hoch alles.«

»Vom Hügel von ganz weit schon. Wir haben das getestet. Und wenn es einmal bekannt wird, dann fliegen hier Drohnen und Flugzeuge, und die Leute können die Kreise betreten.«

»Alter, dafür braucht ihr zehn Leute, nicht vier.«

»Ich geh jetzt rein«, sagte Mike barsch. »Macht, was ihr wollt.« Er warf uns aus seinem Rucksack ein bunt durcheinandergewürfeltes Knäuel Handschuhe vor die Füße, packte eine Stange durchsichtige Plastikbeutel aus, zog sie über seine Stiefel und klebte sie oben mit Gaffa fest. »Fußabdrücke.«

Clara schüttelte ungläubig den Kopf. »Das ist doch Schwachsinn. Ihr habt doch den Arsch offen.«

»Du kannst gern wieder ins Bett, wenn du dich zu sehr gruselst«, sagte Viktor.

Ich nahm mir ohne weitere Diskussion die Plastiktüten, allein schon, damit sie alle Ruhe gaben. Ich kam mir ziemlich albern vor, wie jemand, der von den exzentrischen Eltern einer Freundin zu Gästeschuhen gezwungen wird. Wenigstens sahen wir kollektiv blöd aus. Ich fand ein passendes Paar Gartenhandschuhe in Mikes Knäuel. Clara schlüpfte fluchend in ein Paar, das bis zu mir rüber heftig nach Benzin stank.

»In die Reifenspuren treten«, befahl Mike. »Nichts umknicken. Auf feste Stellen treten.« Er zeigte auf mich. »Die Blätter sind scharf. Würd die Ärmel runtermachen.«

Ich krempelte rasch die Ärmel des geliehenen Hoodies zurück auf die Handgelenke. Dann waren wir alle fertig. Mike tauchte als Erster ins Feld ein. Viktor und Clara ließen mir den Vortritt. Ich atmete tief ein wie vor einem Sprung ins Wasser und schob mich hinter ihm in den Mais.

Es war dunkel und schwül hier drin. Schon nach wenigen Schritten atmete ich die stickige, warme, klebrig-feuchte Luft tiefer und gieriger. So musste konzentriertes Chlorophyll riechen. Der Boden unter meinen mit Plastik bezogenen Turnschuhen gab, obwohl von mehreren Tonnen Landwirtschaftsgerät festgefahren, ein wenig nach. Meine nackten Schienbeine und Knie unter den Shorts waren helle Striche im Dunkeln. Ich orientierte mich an Mikes hellem rasiertem Nacken und Kopf und an der Schneise sternenheller Nacht über mir. Maisblätter stachen und kitzelten mich. Hinter mir hörte ich Claras ungleichmäßige, humpelnde Schritte.

»Hier«, sagte Mike nach etwa fünfzig Metern. Ich blieb gehorsam stehen. Mike drückte mir einen dünnen Metallstab in die Hand und knotete oben das Ende einer Wäschekordel an, die er auf ein Stück Pappe gewickelt hatte. Er zog den Stab auf doppelte Länge aus und befahl: »Gerade.«

Ich hielt ihn gerade vor die Brust und war froh, dass wir uns im Dunkeln nicht richtig in die Augen sehen konnten, nachdem er mir gestern so nah gekommen war.

»Du bist das Zentrum«, sagte er.

»Okay – äh – was soll ich denn machen?«

»Geh, bis die Schnur sich strafft. Halt den Stab, während wir die Ränder abknicken.«

Ich schob mich an Mike vorbei und lief gehorsam in der Traktorspur weiter, während Mike die Kordel von seiner Pappe rollte. Als sie sich straffte, blieb ich stehen. Mike zog probehalber daran.

Und dann stand ich da, während die anderen den Kreis zogen. Zehn Meter weiter konnte ich sie im Dunkeln nur hören: das Rascheln und Knacken und Ächzen der Pflanzen. Ich sah schemenhaft ihre Spitzen zucken und dann die ganze Pflanze fallen, als fräße sich ein großes Tier durch das Feld, mich umkreisend, näher kommend. Wenn nicht Clara ab und an leise geflucht und Viktor geredet hätte, ich wäre mir vorgekommen wie in einem tiefen, wirren, beängstigenden Traum.

Als sie einmal um mich herumgelaufen waren, holte Mike Stange und Kordel ein, und gemeinsam begannen wir, den Kreis nach patentierter Technik zu plätten: die Pflanze halb herausziehen, dann mit dem Fuß unten flachtreten. Viktor sah mich zögern und erklärte mir: »Das hier ist Energiemais, absolut wertloser Pflanzenmüll. Das wird alles vergärt. Hau rein, Helena.«

Also machte ich das. Der Regen hatte den Boden aufgeweicht, aber die Pflanzen saßen fest, und ihre messerscharfen Blätter schnellten mir ins Gesicht und verhakten sich in meinem Hoodie. Alle paar Sekunden musste ich loslassen und mir hektisch übers Gesicht wischen, weil ich das Gefühl hatte, mir liefe eine Spinne drüber. Nach fünf Minuten hatte ich den Hoodie unter den Armen durchgeschwitzt und nach zehn brannten mir die Arme wie nach einer halben Stunde Hanteltraining. Keine Ahnung, wann ich mich zuletzt so körperlich verausgabt hatte. Ich dachte ständig an die mit riesigen Weizenbündeln beladenen buckligen Frauen auf den Badezimmerkacheln im Feriendorf.

Je breiter die Schneise wurde, die wir in mühseliger Arbeit aus vier Richtungen schlugen, desto besser konnten wir wieder atmen, aber wir redeten trotzdem fast gar nicht. Sogar Viktor war zu erschöpft, um den Mund aufzumachen. Dann zischte Clara: »Auto!«

Wir waren nicht dicht genug an der Straße oben auf dem Hügel, dass ich das Auto sah, aber die Scheinwerfer fädelten sich fast bis zu uns durch die dichten Reihen Mais. Wir hielten inne und warteten ab, bis es vorbei war.

Fünf Minuten später packte Viktor die letzte stehende Maispflanze in unserem Kreis und ließ sich mit ihr zu Boden fallen. Um uns herum war jetzt genug Platz, um dreimal den Yaris zu parken. Clara massierte ihre Wade überm Stiefel und setzte sich zu Viktor, und ich auch. Die Pflanzen waren so grün und unreif, dass sie ganz elastisch waren. Wie eine riesige Matratze.

Mike kam nicht, ehe er den Kreis abgelaufen war wie ein skeptischer Projektleiter, der nicht weiß, ob er die Arbeit seiner Gruppe schon abnehmen kann. Wir zogen unsere Handschuhe aus, rieben unsere klebrigen, verschrumpelten Hände aneinander und genossen die kühle Nachtluft auf unseren Gesichtern. Vielleicht, dachte ich, träumte ich doch.

· 37 ·

IN MIKES RUCKSACK STECKTE eine große Flasche Wasser und eine Packung billiger Kekse mit Vanillefüllung. Ich war so hungrig, ich hätte sonst auch einen unreifen Kolben Energiemais angeknabbert, und so müde, dass ich ohne Probleme hier und jetzt hätte einschlafen können.

Clara sagte zuerst wieder was. »Und davon wollt ihr vier Stück?«

»Sei froh, dass wir die einfache Version machen.« Viktor verschränkte die Arme unterm Kopf und überschlug die Beine, als liege er irgendwo bequem am Strand und nicht auf einem Wirbel ausgerissener Maispflanzen. »Sonst wären wir noch die Woche hier.«

Dann schwiegen wir alle wieder und sahen hoch in die Sterne. Clara neben mir hatte ihr Hemd ausgezogen und umgeknotet. Ich sah den Schwung ihrer Muskeln, selbst wenn sie die Arme nur schlaff auf den Knien liegen hatte. Sie konnte unmöglich nur ihre improvisierten Hanteln stemmen. Ich war ihr so nah, dass ich sie riechen konnte: ihr billiges Shampoo und Deo und darunter frischer Schweiß. Oder vielleicht kam das auch von mir.

»Was ist?«, fragte sie, als sie bemerkte, dass ich sie ansah.

»Nichts.«

Sie gab mir die Kekse und ich nahm mir noch einen. Mike reichte zum Ansehen noch einmal Lukas' Skizze herum. Dann machten wir mit dem ersten der vier Arme, die hinaus zu den kleineren Kreisen führen sollten, weiter.

Die ersten zehn Meter hatte ich fast Krämpfe in den Armen vor Anstrengung, bevor die Routine einsetzte. Diesmal waren wir schon schneller. Allmählich machte ich mir Hoffnung, dass wir es wirklich in einer Nacht schaffen könnten.

Mike und Viktor arbeiteten am schnellsten, also ging ich für den nächsten Kreis zu Viktor und Clara zu Mike. Viktor hatte seine Handschuhe ausgezogen und in die Hosentaschen gestopft.

»Und?«, fragte er. »Wie gefallen dir deine Erlebnisferien so weit?«

»Ist ja eher ein Bootcamp.«

»Dann hast du was für deinen Aufsatz über die Ferien.«

Ich lachte außer Atem. »Wir haben ewig keinen Aufsatz mehr geschrieben.« Ich wischte mir mal wieder den Schweiß weg. Ich hatte gar nicht so viel getrunken, wie ich ausschwitzte. Dafür, dass ich noch vor einer Woche umgekippt war, ging es mir noch erstaunlich gut. »Aber ich könnte was über das Leben der Bauern schreiben. Jetzt weiß ich auch, warum die früher so jung gestorben sind.« Ich richtete mich auf, stemmte wie eine alte Frau die Hände ins Kreuz und renkte mich erst mal wieder ein. Über uns fuhr wieder ein Auto vorbei, diesmal nach Lauwitz zurück. Inzwischen duckten wir uns nicht mehr hinter die Pflanzen.

»Was macht dein frisch gebrochenes Herz?«

An das hatte ich heute Nacht nicht wirklich gedacht. Ich

hatte ja alle Hände voll Mais. An Ole denken war ein Stich in der Brustgegend, stumpf und nicht besonders tief. Absolut nicht lebensbedrohlich. Im Vergleich zu Lukas gar nichts.

»Ganz okay.«

»Na sicher«, sagte Viktor.

»Ist es.« Ich merkte, dass er mir nicht glaubte. Aber ich glaubte mir. In diesem Moment war ich körperlich am Ende und psychisch so gut drauf wie lang nicht, auch, wenn das sicher nur noch ein paar Stunden anhielt, so wie es seit März ständig war. »Wir hätten uns, glaube ich, eh getrennt. Früher oder später.«

Er lachte. »Warst du so grausam und hast ihm das gesagt?«

Ich zuckte die Achseln. »Ich glaube, er hat's schon mitgekriegt. Und was ist mit dir?«

»Mit mir?«

»Ja.«

»Wegen meiner Lippe? Ich sag doch, Scheidungskrieg. Laufbursche, Prügelknabe. Aber es tut dem alten Sack schon wieder wahnsinnig leid, da profitier ich dann später von.«

»Oh«, sagte ich.

Er lachte darüber, wie bestürzt ich klang. Ich kannte keinen, der von seinen Eltern geschlagen wurde – also, von Vincent aus der Fünften mal abgesehen. »Du meintest eigentlich Lukas, oder? Hey, Kopf hoch. Er würde sich vor Begeisterung nass machen, wenn er uns hier schuften sehen könnte, und er hätte Mikey nicht die Muster streichen lassen.« Er zeigte in Richtung des großen Kreises, den wir durch die zwei Meter breite Schneise sahen. »Darin war ein fünfzackiger Stern geplant. Vielleicht verzeiht er uns, dass wir das alles für Mais anpassen mussten. Bist du gläubig?«

Inzwischen überraschten mich seine Gedankensprünge nicht mehr. »Ich weiß nicht. Nicht so richtig.«

»An was glaubst du denn?«

»So das Übliche. Dass es irgendwie weitergeht, wenn – also, irgendwas muss ja danach kommen. Es kann ja nicht einfach zu Ende sein.«

»Ich glaube, das ist es.« Doch er glaubte das nicht nur, er war davon fest überzeugt. Das konnte ich hören. »Das Leben ist scheiße banal. Ob jetzt jemand einen Menschen totfährt oder ein Reh, ist dem Leben doch egal. Wenn Schluss ist, ist Schluss. Ich meine, hey, ich würde mich liebend gern trösten, indem ich jeden Scheiß als Zeichen von ihm aus dem Jenseits lese. Irgendwelche alten Nachrichten finden. Dass Sachen von ihm bei mir wieder auftauchen. Du und dein Alienfinger. No offense«, fügte er hinzu. »Er ist einfach weg, und wahrscheinlich kenne ich das Arschloch, das ihn plattgefahren hat. Vielleicht habe ich gerade mit denen Abi gemacht. Lukas wird nie die Aluhüte mit ein paar ausgerissenen Maispflanzen verarschen. Er wird nie sein dämliches Studium anfangen. Er wird diesen ganzen Scheiß nie machen. Weißt du, was das Schlimmste ist? Kein Mensch hatte so viele Nahtoderfahrungen. Da war *Final Destination* nichts gegen. Als wir zehn waren, sind wir auf einen Baum unten am See, zehn Meter hoch, und er ist runtergefallen, an mir vorbei. Ich hatte nicht mal Zeit, ihn zu packen. Er ist mit dem Fuß an einem Ast hängen geblieben, hat ihm das Bein gebrochen, aber für eine Sekunde habe ich gesehen, wie er zerschmettert da unten liegt. Wie wir runterklettern, seine Eltern holen, den Notarzt und die Feuerwehr und die Polizei und die Heilsarmee. Ich hab mich gefühlt, wie sich zwei Freunde fühlen, deren bester Freund in den Tod stürzt, weil sie alle drei dumme kleine Arschlöcher waren, die unbedingt auf den höchsten Baum weit und breit klettern mussten. Und ich schwöre dir, es war exakt so, wie es dann war. Wir haben ihn allein nach Hause laufen lassen, während wir uns mit Tequila abgeschossen –«

Ich versuchte, was zu sagen, aber er ließ mich nicht.

»Ich hasse Tequila! Wer mag Tequila? Aber ich bin trotzdem dageblieben. Ja, Mann, ich weiß, dass wir das nicht wollten, aber als mein Vater es mir am Morgen gesagt hat, dachte ich: *Jetzt hat er also doch mal Pech gehabt.*« Seine Stimme überschlug sich, und einen Moment hätte er lachen oder weinen können und beides hätte gepasst. »So viel zu Schicksal.« Er zog weiter Pflanzen aus der Erde, bewegte sich ruckartig, unkoordiniert, und dann hörte er auf, ging in die Hocke und verschränkte die Hände im Nacken.

Selbst erschöpft und verschwitzt war er merkwürdig, verwirrend schön. Sein Haar kräuselte sich in der Stirn, seine nackten Arme leuchteten. Er sah nicht zu mir hoch. Es war zu dunkel, um es zu sehen, aber ich wusste, er weinte.

»Wir haben ihn nicht mal gefunden«, schluchzte er. »Wir haben in der scheiß Laube gepennt. Wir haben nichts mitgekriegt. *Wir* hätten ihn finden sollen. Nicht irgendein *Hund*.«

Ich legte ihm die Hand, die linke, auf die verschwitzte, bebende Schulter und nach einer Weile nahm er sie und hielt sie so fest, dass es wehtat. Er zitterte. Er hielt sich mit der anderen Hand den Mund zu, damit die anderen sein Schluchzen nicht hörten. Ich dachte an das, was Clara und Mike über Viktor und mich gesagt hatten, und schämte mich dafür, dass ich erwartete, dass er hier und jetzt, wo er um seinen toten Freund weinte, einen Move gemacht hätte.

Irgendwann ließen wir uns los und beendeten schweigend unsere Arbeit. Als wir zurück im Mittelkreis waren, kam uns Mike entgegen wie der Bauherr, der seine Leute antanzen lässt. »Anderthalb noch«, sagte er und zu mir: »Du mach mit Clara den da fertig.«

Ich lief, Claras Hoodie in der Hand haltend, den Gang hinab und fand Clara an einer kleiner werdenden Insel arbeitend. Sie hatte sich hingekniet, um ihren Fuß zu entlasten.

»Willst du Pause machen?«, fragte ich sie. »Ich bin gerade ganz gut drin.«

»Fünf Minuten«, murmelte sie widerwillig. »Nur ganz kurz.«

Ich machte weiter, während sie am Rand saß, ihre Wade massierte und mir zusah, ihr Hemd um die Hüften geschlungen.

»Ich weiß schon, warum's Mais ist«, sagte sie. Ich drehte mich zu ihr um. Das wenige Licht der Sterne und des Mondes warf einen Glanz auf ihre verschwitzten, kräftigen Schultern und in ihr Haar. »Also, warum sie's hier machen. Sein Vater investiert hier. Biogas. Dem gehört das Teil. Oder sogar mehrere. Ist wohl ziemlich reich. Der kauft den ganzen Mais auf.«

»Es ist ja nicht viel, was wir kaputt machen, oder?«

Sie zuckte die Achseln. »Wird ihn auf jeden Fall nicht freuen. Wenn's nämlich rauskommt, hat Viktor ausnahmsweise mal nix zu –«

Ein Auto kam. Ich sah die Scheinwerfer. Aber diesmal wurde es langsamer. Clara und ich merkten es gleichzeitig. Die Scheinwerfer krochen an den äußeren Reihen Mais entlang, dann ruckelten sie über den Seitenstreifen und das Auto hielt an.

»Runter!«, zischte Clara und rappelte sich auf.

Wir hatten keine Gelegenheit mehr, den Jungs eine Warnung zuzurufen. Wir duckten uns hinter die äußere Reihe Pflanzen und erstarrten. Der Motor ging aus. Wir hörten eine Tür aufgehen, dann Schritte. Der Mais war zu dicht, als dass ich jemanden sehen konnte, und ich wagte nicht, mich flach auf den Bauch zu legen, um vielleicht einen Blick durch die Stängel zu erhaschen, falls wir gleich um unser Leben rennen mussten. Sahen die Bauern hier echt nachts nach ihren Feldern? Oder vielleicht war es Viktors Vater, der sehen wollte, wie gut das Zeug für seine Biogasanlage vorankam?

»Scheiße«, flüsterte Clara mir zu. »Sind das Bullen?«

»Scht!«, zischte ich zurück. Ich zitterte am ganzen Körper vor unterdrückter Panik. Zwischen uns und dem Wagen mit seinen grellen Scheinwerfern lagen dreißig Meter Mais und Dunkelheit. Wenn er hier rüber kam, war es zu spät. Ich konnte losrennen, aber Clara mit ihrem Fuß würde hier zurückbleiben, und egal, was Viktor sagte, das hier bedeutete Ärger mit der Polizei, den sie nicht gebrauchen konnte. Ich musste etwas tun. Ich musste einmal in meinem Leben mutig sein.

Neben Clara teilte sich der Mais in eine weitere Traktorspur. Ich rappelte mich auf und schlich darauf zu, während ich ihr bedeutete, den Mund zu halten. Ich glitt mit angehaltenem Atem zwischen die Maisstängel, mit jeder Faser darauf konzentriert, sie nicht zu berühren. Ich machte kaum ein Geräusch, während ich durch den Mais zum Auto hinüberpirschte. Nur die Plastiktüten an meinen Schuhen raschelten ein wenig. Und mein Herz raste natürlich, und in meinen Ohren rauschte das Blut, dass ich kaum was hörte.

Vor dem Wagen stand eine dunkle Gestalt am Feldrand. Ich legte mich flach hin und versuchte zu erkennen, ob sie auf uns zukam. Da war etwas, ein dumpfes, nasses Prasseln, das ich für eine Sekunde nicht einordnen konnte außer als Regen, was keinen Sinn machte, weil es nicht regnete.

Dann begriff ich. Ich bekam augenblicklich einen Krampf in der Bauchgegend vor lauter Anstrengung, mein hysterisches Gelächter bei mir zu behalten. Ich presste mir eine Hand gegen den Mund und eine in den Bauch und rang flach nach Luft, während der Typ zehn Meter von mir entfernt weiterpisste, als hätte er literweise Bier gesoffen. Dann tröpfelte es nur noch ein bisschen. Er grunzte, hüpfte kurz auf der Stelle und klapperte mit seinem Gürtel. Mein Kiefer brannte, mein Zwerchfell vibrierte in meiner Brust, meine Augen tränten. Der Typ stieg zurück in sein Auto und machte die Tür zu und mir entfuhr ein hilfloses, schrilles Japsen. Ich wartete noch, bis der Typ losgefahren war, ehe ich schluchzend und mich krümmend vor Lachen zurück zu Clara kroch.

»Was ist? Alles okay? Wer war da?«

Ich schüttelte den Kopf und ließ mich flach neben sie fallen. »Dein Bulle«, brachte ich keuchend hervor, »war bloß 'n Wildpinkler.«

Mike und Viktor waren aufgetaucht. Mike klang besorgt. »Hat euch wer gesehen?«

»Der war bloß zum Pissen da«, sagte Clara an meiner Stelle, ungläubig und belustigt zugleich darüber, dass ich mich deswegen kaum wieder einkriegen konnte. »Hat der dich gesehen oder was?«

Unter großer Anstrengung gelang es mir, mich zusammenzureißen. Ich schüttelte den Kopf, wischte mir die Tränen ab und rieb meine vom Lachen schmerzende Seite. »Oh Mann, ich war total bereit, mich zu opfern. Ich hätte ihn von euch allen weggelockt. Wirklich.«

»Das ist ausgesprochen edel von dir.«

Ich nickte und lachte und brach die nächsten zehn Minuten immer wieder in leises Kichern aus, während wir den Kreis mit unseren plastikbezogenen Schuhen platt stampften und dann zurück in die Mitte kehrten. Mike lief noch einmal alle Ränder ab, aber Viktor wollte nichts mehr davon hören, irgendetwas nachzubessern.

»Es ist gut«, sagte Clara, die sich auf einen von Mikes wackligen Metallstäben gestützt hatte. »Wird sicher eine Sehenswürdigkeit. Könnt ihr dann Eintritt verlangen.«

Mike kam zurückgestapft und holte eine große Steingutflasche ohne Etikett aus dem Rucksack, die er am Bügel öffnete und in die Mitte hielt. Mein Herz sank tief in meinen Magen, und ich erzitterte. Wir standen zusammen in einem schiefen Kreis und sahen uns im Dunkeln an.

»Auf Lukas«, sagte Mike, trank und reichte die Flasche an mich weiter, wobei er mir in die Augen sah. Ich nahm sie. Sie war schwer. Es roch scharf nach Alkohol und Frucht daraus.

»Auf Lukas«, sagte ich, setzte sie an die Lippen und nahm einen tiefen, durstigen Schluck, der heiß meine Speiseröhre verätzte. Ich unterdrückte mühsam ein Husten. Dann kam süß und prickelnd der Nachgeschmack: irgendeine Frucht. Vielleicht Brombeere. Ich gab die Flasche an Viktor neben mir, der dumpf wiederholte: »Lukas.«

»Lukas«, sagte Clara und trank und schloss den Kreis.

Ich hatte eine Gänsehaut. In meinen Augen brannten Tränen und Mikes Aufgesetzter in meinem Magen. Da standen wir, vier klitschnass geschwitzte, vor Erschöpfung auf der Stelle schwankende Jugendliche in einem frisch verwüsteten Feld, die Fingernägel voller schwarzem Dreck und die Handrücken und Unterarme übersät von dünnen Schnitten, die Schuhe in Plastiktüten steckend, und tranken auf unseren Kumpel, Freund, Bruder.

Dreimal ließen wir die Flasche kreisen, dann gab Clara sie an Mike zurück, der sie in seinen Rucksack steckte und dann ging, ohne auf uns zu warten. Wir nahmen unsere Sachen und tauchten zurück in die Schneise, aus der wir gekommen waren, einer nach dem anderen.

· 38 ·

AUF DEM FELDWEG SCHNITT Clara mit ihrem Messer die Plastikbeutel von ihren Schuhen. Als wir das Ende des Feldes erreicht hatten und es langsam angemessen erschien, fragte sie: »Wohin?«

»Ich weiß nicht, was ihr vorhabt«, sagte Viktor, »aber ich fantasier seit drei Stunden davon, wie ich mit Anlauf in den See springe.«

Da musste ich nicht überlegen. »Ich komm mit.«

»Mikey auch.« Viktor patschte ihm mit der Hand kameradschaftlich in den breiten Nacken. »Auch wenn mehr als zwei Bäder im Jahr ja bekanntlich Hexenwerk sind.«

Mike schüttelte müde seine Hand ab, doch er drehte nicht in Richtung Dorf ab.

Meine innere Uhr hatte aufgegeben. Es war die Zeit in der Nacht, wo nur du wach bist und als einziger Mensch auf der Welt. Die Müdigkeit summte in meinen Knochen. Meine Füße fanden den Weg von selbst, wie bei einem Rennen auf den letzten Metern vorm Ziel, wenn deine Beine von allein laufen.

Der Sandstrand war zertrampelt und menschenleer. Die einzigen Lichter in der Dunkelheit waren die Solarlampen, die den Weg zu den Sanitäranlagen beleuchteten. Die Feuerstellen waren erloschen, die Terrassen geräumt. Der See war wie noch nie zuvor von irgendwem berührt. Nur das Schilf knisterte. Ich glaube, es knisterte immer, während ich da war, auch wenn kein Wind wehte. Und die Grillen sangen an den Waldrändern, wo Gras wuchs, und ein Vogel rief im Wald, dieses unheimliche, zischende Fiepen.

Viktor sprang auf den Steg und schälte sich im Laufen aus seinem T-Shirt. Ich musste über ihn lachen, wie er sich rasch und schamlos all seiner Sachen entledigte und sie dabei auf der Länge des Stegs verteilte. Nur in Boxershorts fing er an zu rennen und sprang mit einem Schrei vom Ende ab und schlug mit einem gewaltigen Klatschen in den stillen, glatten See. Die Wellen liefen bis hoch in den Sand. Viktor kam zehn Meter entfernt japsend wieder an die Oberfläche und schüttelte sich wie ein Hund.

Um meine Schwimmsachen aus der Hütte zu holen, war ich viel zu fertig. Ich pellte mir das durchgeschwitzte Longsleeve ab und schlüpfte aus Schuhen und Shorts und ließ alles auf dem Steg liegen. Die Bohlen unter meinen nackten Füßen waren warm, wie das Teerdach warm gewesen war.

»Augen zu und durch!«, rief Viktor, der auf dem Rücken entspannte Kreise im Wasser zog. Ich rannte, sprang und kam scheiße auf. Jeden Schmerz in meinem Rücken und Hintern betäubte das Wasser, das schwarz und eisig war und mich für fünf Sekunden ganz verschluckt hielt. Ich ruderte wild mit Armen und Beinen und tauchte keuchend zurück an die warme Nacht und hörte die Wellen meines Sprungs hohl unterm Steg klatschen.

Mike setzte sich schwer auf die Bohlen und schnürte seine

Stiefel auf. Clara kam auf den Krücken bis an den Rand und sah auf mich herab.

»Komm rein«, sagte ich. Meine Zähne klapperten, aber es war herrlich. Besser, als ich es mir vorgestellt hatte. Besser als heute nach dem Putzen. Der Schmerz floss aus meinen Muskeln.

»Kann nicht«, sagte sie.

»Ich hab auch keine Schwimmsachen.«

Sie stützte sich auf die Krücken. »Mein Fuß kann nicht ins Wasser.«

Ich schwamm rüber zu Mike. Das Wasser war flach genug, dass ich stehen konnte. Er zog sich gerade sein Metalband-T-Shirt aus.

»Hast du noch Plastiktüten?«

Er gab mir eine aus seinem Rucksack und die fast leere Rolle Gaffa dazu. Ich schob sie über mein Handgelenk und schwamm halb, watete halb zu Clara zurück. Dort, wo sie stand, musste ich auf die Zehenspitzen, um über Wasser zu bleiben. Ich grinste zu ihr hoch. »Hier.«

Mike sprang klatschend neben uns ins Wasser, tauchte zu Viktor nach draußen und begann wieder in perfektem Kraulstil seine Runden zu drehen.

Clara, die letzte an Land, stand einen Moment unentschlossen da, dann setzte sie sich unbeholfen, legte die Krücken polternd neben sich und schnürte ihre Stiefel auf. Zuerst befreite sie ihren verbundenen Fuß. Sie ließ ihn übers Wasser baumeln, und ich zog ihr die Plastiktüte drüber, bevor sie ihn wieder wegziehen konnte.

»Hey!«, sagte sie erschrocken.

»Ich hab mir mal das Handgelenk gebrochen«, sagte ich

und hielt ihren Knöchel fest. »Ich musste den Gips ständig in eine Plastiktüte stecken, wenn ich duschen wollte.« Ich pulte das Gaffa auf und klebte es an die Tüte, und als Clara sich nicht wehrte, wickelte ich es ihr zweimal fest um den Knöchel. Dann schwamm ich ein Stück zurück und wartete auf sie, während sie sich auszog: der zweite, klobige Stiefel; die Hose, an der die Kette klirrte, das dumpfe Geräusch von Taschenlampe und Messer in den Taschen, als sie sie mit den Zehen des verletzten Fußes beiseiteschob; das umgeknotete Hemd. Dann stand sie krumm da, in schwarzen Boxershorts und Tanktop und mit Plastik bezogenem Fuß, und zögerte wie ein Kind im Hallenbad auf dem Fünfer. Ich konnte sehen, wie sie einatmete, ausatmete, wie es ihren Körper durchlief. Dann gab sie sich einen sichtbaren Ruck, lehnte sich nach vorn und sprang halb und ließ sich halb fallen. Ich war überzeugt, sie würde einen Bauchklatscher machen, doch es war eine Millisekunde später ein so guter Kopfsprung, dass wahrscheinlich nicht mal Ole was dran auszusetzen gehabt hätte.

Sie tauchte ein Stück hinter mir auf, ihr Haar nass und dunkel wie Öl, schaudernd. Sie bewegte sich im Wasser ganz anders als an Land. Selbstsicher, entspannt, fast lautlos. Neben ihr sah ich mit meinem unbeholfenen Bruststil aus wie ein langer, dünner Hund, der um sein Leben paddelt.

Wir schwammen ein Stück raus, weg vom Strand, rückten alles in eine andere Perspektive, indem wir uns von allem entfernten. Nichts als glattes Wasser um uns herum. Ich ahmte Viktor nach und ließ mich auf dem Rücken treiben, aber meine ausgestreckten Beine sackten immer wieder bleiern nach unten. Clara zog einen langsamen, weiten Kreis um mich. Der Sternenhimmel über uns war so hell, wie ich vielleicht noch nie einen gesehen hatte. Nicht bei Berlin. Es war so viel, ich wusste nicht, wo ich zuerst hinschauen sollte. Selbst wenn ich Sternzeichen außer dem Großen Wagen gekannt hätte, ich hätte in dem Wimmelbild da oben keinen Anfang gefunden.

»Ist das die Milchstraße?«, fragte ich Clara und tauchte mit dem Hinterkopf aus dem Wasser.

»Ja. Die hundert hellsten Sterne sind alle da drin.«

Der Anblick machte mich beinahe high. Das da oben war eine andere Galaxie mit eigenen Planeten, ganzen Sonnensystemen, schwarzen Löchern, kosmischen Nebeln. Ich hatte nie begriffen, was Lichtjahre wirklich waren, nur, dass das alles unerreichbar weit weg war. Wir konnten gar nicht allein im All sein. Wenn wir uns irgendwie von Amöben zu Säugetieren zu Neandertalern und zu Menschen mit Steuern und Gesetzen und sechzehn beschissenen Bildungssystemen in einem Land hatten entwickeln können, dann mussten das auch andere hingekriegt haben. Das erschien mir plötzlich logischer als alles, was je eine mir unverständliche Wahrscheinlichkeitsrechnung behauptet hatte. Aber außer, jemand kam uns besuchen, würden wir das im gigantischen, endlosen All auch nie rausfinden. Wie ein Sandkorn am Strand suchen. Einen Tropfen im See finden.

»Alles okay?« Clara war zu mir herangeschwommen, so dicht, dass ich vorsichtiger mit den Beinen trat, um sie nicht versehentlich am Fuß zu erwischen.

»Wir sind so unwichtig. Denkst du da manchmal drüber nach?« Ich richtete mich im Wasser auf und paddelte auf der Stelle und fühlte mich erleuchtet und vor Furcht überwältigt zugleich. »Wir waren mal bloß Affen und Höhlenmenschen und jetzt haben wir Steuern und Noten und Schulden. Wie ist das einfach passiert? Sorry, das macht keinen Sinn.«

»Doch, voll.«

»Nee. Ich glaub, ich bin high.«

Sie lachte, aber nicht gemein. »Von dem Schnaps?«

»Keine Ahnung«, sagte ich und schmeckte zu meiner Überraschung plötzlich warme, salzige Tränen. Ich heulte und hatte es nicht mal gemerkt.

Sie schwamm noch ein Stück näher heran. Wir berührten uns fast. Vielleicht wollte sie mich stützen. Ich verstand nicht, wie sie das machte, fast still im See stehen, die Arme ausgebreitet, ihr durchnässtes Tanktop vom Wasser ein wenig aufgebauscht.

»Du hast schon ganz blaue Lippen«, sagte sie leise.

»Es ist doch viel zu dunkel. Das siehst du doch gar nicht.«

»Licht aus dem All.«

Ich lächelte benommen. Meine Arme brannten davon, mich an der Oberfläche zu halten. Es musste irgendeinen Trick geben, den ich nicht verstand. In meinem Mund schmeckte es nach See und Tränen. Clara stand vor mir im Wasser, als schwebe sie, leicht nach hinten gelehnt.

Ich wollte ihr sagen, dass es mir gut ging. Dass ich vor zehn Jahren für meinen Freischwimmer die Baderegeln auch mal alle gelernt hatte. Mein Körper hatte die Wassertemperatur akzeptiert. Ich hätte wahrscheinlich noch bis zur Morgendämmerung so energiesparend wie jetzt weiter im Wasser dümpeln können. Aber abgesehen davon fühlte ich mich, als würde ich gleich hier ohnmächtig. Als würde mein Herz nach all den Strapazen der letzten Woche einfach stillstehen. Ich würde mit den Füßen voran nach unten sinken und die Welt würde aufhören zu existieren.

Dann kam wieder Bewegung in uns, denn über uns blitzte

etwas lang auf, und als wir beide den Kopf hoben, sah ich zum ersten Mal in meinem Leben einen Meteor. Er fiel schnell wie eine Sternschnuppe, aber er verglühte nicht. Er schnitt über den Sternenhimmel nach schräg unten und hatte schon ein Drittel geschafft. Er war das Gegenteil eines Kondensstreifens, der Schweif spitz und dünn und der Meteor selbst heller als der hellste Stern.

»Alter, Mike!«, rief Viktor, der ihn ebenfalls gesehen hatte, laut genug, um den halben See zu wecken. Er schwamm zu ihm, um ihn aufzuhalten. »Mann, Mike, du verpasst es! Mike!«

Aber Mike sah ihn noch. Er tauchte aus dem zerwühlten Wasser auf, in dem er seine Bahnen zog, und sah mit offenem Mund hoch. Der Meteor flog den ganzen weiten Weg bis auf die andere Seite des Himmels. Clara und ich schwammen ein Stück mit ihm mit, als er über unsere Köpfe hinweg war. Dann verschwand er hinter den Wäldern.

»Holy shit«, sagte Viktor ehrfürchtig. »Der ist irgendwo eingeschlagen.«

»In Polen«, sagte Clara heiser.

»Setzen wir uns ins Auto?«, fragte Viktor. Dann lachte er. Dann stieß er einen lauten, wilden Jubelschrei aus, der über den ganzen See ging, bis in den Wald.

Wir sahen hoch in den Himmel, als erwarteten wir, dass er uns noch mehr schickte. Dass das eben vielleicht nur der Vorbote zu einem ganzen Schauer gewesen wäre. Mike hörte auf mit seinem Schwimmtraining. Sogar Viktor planschte nicht mehr herum. Ich weinte, und sie ließen mich.

Bald würde die Dämmerung einsetzen. Da, wo Osten sein musste, war der Himmel schon etwas weniger dunkel, wie Aquarellfarbe, die langsam mit Wasser verdünnt wurde. Es sangen schon viel mehr Vögel als auf dem Hinweg. Ich hörte sie von allen Seiten, im Schilf, im Wald, in den Hecken. Wenn ich die Augen schloss, sah ich den Schweif des Meteors innen auf den Lidern wie einen Schnitt.

Wir schwammen zurück. Clara neben mir schien auf der Stelle zu treten. Natürlich wegen mir. Schließlich schwamm sie neben mich und nahm meine kalte rechte Hand.

»Es geht schon.«

»Bullshit.« Sie legte meine Hand auf ihre Schulter und drehte sich herum. Ich hielt mich an ihr fest und paddelte mit den Füßen, während sie uns beide zurück zum Steg schwamm. Viktor bückte sich von oben und hielt mich am Arm, bis ich meine Füße unter mich gebracht hatte, und half mir zusammen mit Clara die nächste Leiter hinauf.

»Mikes Beeren haben's in sich«, sagte Viktor. »Hätte dich warnen sollen.«

»Geht schon«, sagte ich. »Alles okay.«

»Bist du sicher?«

Ich setzte mich klatschnass und schwindelig auf den Steg. Claras warme Hand an meinem Knöchel, Viktors auf meiner Schulter. »Sicher«, sagte ich und lehnte mich schwankend rüber zu meinen Sachen. Viktor ließ mich los, um sie mir zu bringen.

»Fluppe?«, fragte Mike.

»Was?«

»Zigarette.« Ihm perlte noch das Wasser übers Gesicht und den nackten Oberkörper, aber er hielt schon eine halb gequalmte Zigarette. Ich nahm sie ihm mit nassen Fingern vorsichtig aus der Hand und nahm vorsichtig einen Zug, wie ich es tat, wenn ich mal von Oles Joint zog. Ich schaffte es, nicht zu husten, und gab sie Mike zurück.

»Hilft?«

Ich nickte, weil ich ihn nicht enttäuschen wollte. Weil es eine nette Geste war. Er nickte ebenfalls. Ich sah die Tätowierung auf seinem Knie direkt neben mir, die ich am ersten Abend auf dem Teerdach bemerkt hatte. Es war der Kopf eines hechelnden Pitbulls. Ich war kein Hundekenner, aber die geknickten Ohren waren eindeutig.

Mike merkte, dass ich guckte.

»Hab's selbst gestochen«, sagte er und knickte das Knie leicht ein. Es sah aus, als lächle der Hund.

»Woher ist der?« Obwohl ich es eigentlich wusste, und er wusste offenbar auch, dass ich das schon wusste, aber er sagte es mir trotzdem.

»Lukas. Wenn ich in der Schule eingepennt bin – und bin ich ständig –, dann hat er mir immer was ins Heft gemalt. Manchmal nur Scheiß.« Er zuckte die Achseln. Er sprach leise. Ruhig. »Aber den mochte ich eben.«

Viktor kam zurück, und Mike verließ den Steg. Clara war noch immer im Wasser. Ihre nackten Arme und Beine schimmerten gespenstisch unter der Oberfläche.

»Ich schwimm zurück«, sagte sie. Sie war bis zum Kinn untergetaucht. Ihr Haar trieb um ihren Kopf. »Besser als laufen.«

Ich knotete meine Turnschuhe zusammen, was ziemlich anstrengend war, hängte sie mir über und sammelte Claras Sachen auf, vorsichtig, damit der Inhalt ihrer Hosentaschen nicht rausfiel. Sie drehte sich um und schwamm langsam weg, wieder hinaus auf den See. Sie schaffte es, kaum das Wasser zu bewegen. Es musste ein ganzes Stück bis zu unserem Steg im Feriendorf sein. Ich dachte plötzlich an die Geschichte mit Prag, die sie mir erzählt hatten. Wie sie den Jungen zusah, die durch die Moldau schwammen. Vielleicht hatte sie mir nicht ganz die Wahrheit gesagt. Wenn ich so eine gute Schwimmerin gewesen wär wie sie und dann noch so mutig, ich wäre mitgeschwommen. Vielleicht hatte Lukas sie rausgezogen und nicht irgendeinen anderen Jungen.

»Die schafft das schon«, sagte Viktor, als hätte er meine Gedanken erraten. »Die ist zäh.«

»Seid ihr alle.«

Viktor lachte, aber nicht laut und übermütig. »Mann, wär das schön, zäh sein.« Er hob die pinken Krücken für mich auf und raffte seine Sachen zusammen, und wir gingen den Steg hinab, nasse Fußabdrücke hinterlassend, ich ein bisschen taumelnd und schief, zurück an den Strand und in den Wald. Viktor gab mir die Krücken, legte mir die Hand auf den Oberarm und drückte ihn in einer merkwürdig unbeholfenen Geste, als scheue er vor einer Umarmung zurück.

»Nüchtern genug für den Rückweg?«

»Klar.«

»Und vergiss Clara nicht im Wasser.«

Ich nickte, und er ließ mich los, ging rückwärts, grinste, drehte sich um und schloss leicht joggend zu Mike auf. Legte ihm wieder die Hand in den gebeugten Nacken. Ich dachte: Das sind meine Freunde. Ich dachte: Wir haben die ganze Nacht gefeiert. Wir schweben im Morgengrauen nach Hause, und wenn wir alle unsere Räusche ausgeschlafen haben, sehen wir weiter. Und: Wir können alle nicht so weitermachen, sonst gehen wir kaputt, und einen Moment war ich darüber so verzweifelt, dass ich laut aufschluchzte, nur einmal, weil ich es nicht unterdrücken konnte.

Ich ging barfuß den Weg zurück ins Feriendorf. Nach drei Tagen fand ich den Weg, als hätte ich jeden meiner Sommer hier verbracht. Ich schlafwandelte. Meine Hände und Füße waren kalt, aber ansonsten ging es. Das Wasser war wie Seide gewesen und jetzt war es die Luft. Warm und weich. Ich lief am geschlossenen Kiosk vorbei, an den Solarlichtern des Klohauses, an stillen Hütten, an einer Terrasse, auf der jemand seine Teelichter vergessen hatten, die im letzten Millimeter mit Insekten durchsetzten Wachs auszubrennen drohten. Vor Claras Hütte legte ich unsere Sachen ab und nahm nur die Krücken mit. Ich konnte sie schon sehen. Sie schwamm im gleichen, bemessenen Tempo wie eben. Wie jemand, der weiß, dass er noch sehr viel Weg vor sich hat und sich nicht verausgaben will.

Ich stellte mich an das Ende des Stegs. Das Schilf knisterte. Eins der Kanus schaukelte dumpf gegen die Bohlen. Ich hörte mein Herz pochen. Mein Brustkorb schmerzte. Meine Eingeweide waren ein einziger, wirrer Knoten. Ich zitterte. Vielleicht ein Drittel vor Kälte. Ich hatte eine Gänsehaut am kompletten Körper, und ich war immer noch nur in meiner Unterwäsche und einem durchsichtigen Longsleeve, weshalb man echt alles sah. Normalerweise hätte ich meine Arme vor der Brust verschränkt.

»Hey«, sagte Clara und streckte sich aus dem Wasser nach der Leiter. Sie tropfte und zitterte. Das Haar hing ihr schwer und dunkel über die nackten Schultern. Unterm Steg gurgelte das Wasser. Sie sah zu mir hoch und auf die Krücken. »Oh, gut. Danke.«

»Klar«, sagte ich benommen.

Sie stieg mit dem unverletzten Fuß auf die Leiter und zog sich mit beiden Armen am Geländer hoch wie ein Reckturner. Ich griff ihren Ellbogen, um ihr helfen, aber ich hatte null Kraft mehr in den Armen. Wie sie das machte, keine Ahnung. Sie rappelte sich auf die Krücken auf. Einen Moment standen wir da beide, nass und klamm.

»Du schwimmst ja megagut«, sagte ich und spürte mein Gesicht warm werden, weil das so saublöd klang.

»Danke«, sagte Clara heiser. »Und deine Lippen sind wirklich blau und deine Zähne klappern.«

Ich nickte. Ich zitterte. Dann gingen wir rauf.

· 39 ·

VOR DER HÜTTE KRAMTE ICH tropfend und zitternd nach Claras Schlüssel und schloss auf. Sie machte das Nachtlicht an und setzte sich schwer aufs Bett, während ich alle Handtücher aus dem Bad holte. Bewegung tat gut. Machte mich wieder etwas klarer im Kopf.

Clara versuchte, ihren Fuß aus der Plastiktüte zu schälen. Das gelbe Licht der Energiesparlampe fiel ihr in den Rücken, sodass sie weiche, goldene Streifen auf den nackten Oberarmen hatte und ihr teerschwarzes Haar schimmerte wie Öl. Sie sah aus wie aus einem Bild der alten Meister. Ich war auf einmal von dem Drang überwältigt, sie zu malen, genau so, wie sie da saß, dass es mich einen Augenblick fast verrückt vor Inspiration machte. Das war mir seit Jahren nicht mehr passiert. Vielleicht noch nie.

»Scheiße«, knurrte sie und zerrte an der Plastiktüte. »Kannst du mal das Messer geben?«

Ich zog das Messer aus ihrer Hose und gab es ihr mit dem Griff voran. Sie schnitt die Tüte runter und pellte dann vorsichtig Verband und Pflaster aus der Wunde. Beides war blutig. Das stundenlange Rumgerenne im Maisfeld und die Anstrengung hatten alles schlimmer gemacht.

»Lass mich mal gucken.«

Sie legte den Fuß für mich hoch aufs Knie. Ihre Fußsohle war hinten gerötet und der Schnitt darin war schwarz und nässte hell, nicht wie Eiter, aber die Wunde roch, als wäre zu lang ein Pflaster drauf gewesen. Süßlich und entzündet. Als ich vorsichtig ihre Ferse berührte, war sie zu warm, selbst für Claras krasse Körpertemperatur. Sie starrte so angeekelt und wütend auf ihren Fuß hinab, als ob er an allem Schlimmen auf der Welt Schuld hätte.

»Wenn ich mitkomme, gehst du dann ins Krankenhaus?«

»Muss ja wohl, oder?« Aber sie klang ängstlich. »Scheiße, Mann.«

»Es wird echt nur noch schlimmer.«

»Weiß ich.«

»Mike fährt uns hin. Garantiert.«

»Jetzt?«

Ich fand keine rote Linie, die ihr Bein hochwanderte. Vielleicht war das auch ein Mythos. In Erste-Hilfe-Kursen lernt man, was man mit offenen Wunden und bewusstlosen Menschen macht, nicht, wie man mit langsamen Entzündungen klarkommt.

»Was, wenn du eine Blutvergiftung kriegst?«

»Ich will nicht jetzt fahren. Ich kann nicht. Ich kipp um. Ich bin saumüde. Und ich hab seine Nummer nicht.«

Ich legte ihr die Hand auf die Stirn. Sie zuckte ein bisschen und sah mich überrascht an. »Du hast kein Fieber. Glaube ich. Fühlst du dich fiebrig?«

»Nee. Gar nicht.«

»Okay, dann mach ich da noch mal was drauf und dann fahren wir morgen früh, gleich, wenn wir aufgestanden sind. Okay? Versprochen?«

Sie atmete schwer aus vor Erleichterung. »Klar. Ja. Versprochen.«

Ich holte ihr meine Schmerztabletten aus dem Bad und machte einen Handtuchzipfel nass. Im Stehen schwankte ich vor Erschöpfung. Ich kam kaum noch vor Clara auf die Knie. Sie roch nach modrigem Waldsee. Nach Mais. Nach ihrem Männershampoo. Nach den Diesel-Handschuhen. Aus meinem Haar tropfte es nass über meine Brust und auf ihren Fuß, während ich mir große Mühe gab, müde und betrunken die Wunde zu säubern. Das Schwarze da drin war nur altes Blut, und es kam ein bisschen Eiter. In Berlin hätte ich das eklig gefunden, aber jetzt war ich so müde, dass es mich auch nicht mehr schockte.

»Du tropfst«, flüsterte Clara durch zusammengebissene Zähne. Sie nahm mein Handtuch vom Bett und legte es behutsam um meine nackten Schultern, während ich ein Pflaster auf ihren Fuß strich.

Ich stand auf und wühlte einen sauberen Slip und ein T-Shirt aus meinem Rucksack, zog mich um und legte mich zu Clara aufs Bett. Ich dachte überhaupt nicht darüber nach. Es fiel mir erst auf, als ich schon lag, und ich war so k.o., dass ich nicht mehr hochgekommen wäre. »Sorry«, murmelte ich. »Kann ich hier schlafen? Ich mach mich auch nicht so breit. Versprochen.«

Clara sah sich zu mir um. Sie hatte sich aus ihrem Top geschält und es in die Spüle geworfen, zu meinen nassen Sachen. Sie trug einen durchgängig genähten grauen Sport-BH mit einem bunten Muster aus helleren Pinselstrichen, der komisch feminin an ihr aussah, und immer noch ihre Boxershorts.

»Klar«, sagte sie heiser und löschte das Licht, damit ich schon schlafen konnte.

Alles drehte sich immer wieder an, wie ein Karussell, das nicht genug Schwung hat, um einmal rumzukommen. Mein Mund schmeckte nach Beerenschnaps und Mikes Zigarette und meine Haut und mein Haar rochen nach See und ich konnte vor Erschöpfung kaum noch die Augen offen halten. Ich lag still und schwindelig auf der dünnen alten Matratze, den Kopf in einem nach fremdem Waschmittel riechenden Kissen. Clara zog sich mit dem Rücken zu mir um. Ich sah beim Vorbeugen die Rundungen ihrer Wirbel, ein langer Bogen, bevor sie ein Unterhemd aus ihrem Koffer drüberzog. Auch das war schön. Auch das wollte ich malen, und ich versuchte, es in meinem müden Hirn zu speichern wie ein Foto: ihr Rücken, ihr Haar, die roten Linien, wo der BH eingeschnitten hatte.

Zuletzt stand sie auf und zog saubere Boxershorts an. Sie bewegte sich steif und zu hastig, als spürte sie, dass ich die ganze Zeit zuguckte, also machte ich für eine Weile die Augen zu und schlief fast ein. Dann senkte sich die Matratze neben mir und Clara legte sich neben mich, ganz langsam, als schliefe ich schon. Wie ich früher, wenn ich die Hand ins Aquarium gehalten hatte, um einen der buntschwänzigen Guppys zu berühren. In Zeitlupe. Als wäre sie diejenige, die sich in mein Bett legte. Sie roch noch wie eben, aber jetzt auch nach Wäsche. Trocken und gut. Ich machte meine Augen wieder auf.

»Kann ich dich was fragen?«, fragte ich.

Sie sah mich an. Dunkle Augen und dunklere Augenringe. Ihr Kopf lag auf ihrem angewinkelten Arm.

»Was?«, sagte sie.

Ich konnte es nicht gleich sagen. Selbst betrunken und supermüde konnte ich es nicht gleich sagen. Ich schob die Worte so lang im Kopf herum, dass es viel zu lang war, und ich glaube, sie hatte es da schon erraten, als ich es dann doch sagte.

»Bist du lesbisch?«

Sie antwortete nicht sofort was, aber ich konnte es selbst im Dunkeln sehen. Sie sah aus, als wolle sie weinen. Ich wollte noch was sagen. Dass es okay war. Dass es mir überhaupt gar nichts ausmachte und dass ich es sowieso schon längst von Viktor gewusst hatte und dass jeder doch lieben konnte, wen er wollte, heutzutage, und dass sie's mir hätte sagen können. Aber ich bekam nichts davon heraus. Meine Kehle war zu. Mein Herz schlug hart unter meinen Rippen, und ich hatte ein Bohren unterm Bauchnabel. Meine Ohren rauschten vor Müdigkeit und Erwartung.

Dann nickte sie. Und ich nickte auch. Das kriegte ich gerade noch hin, auch wenn es richtig dämlich war. Aber mehr nicht.

Es dämmerte. Die Vögel machten vor Vorfreude einen Höllenlärm, und auch ohne die Lampe sah ich alles in der Hütte: die bläulichen Umrisse von Türen und Fenstern und Schränken und der Hecke draußen. Das heller werdende Quadrat des Himmels schräg über uns.

Ich schob meinen Arm zu ihr rüber und legte die Hand auf ihren Ellbogen vor ihrem Gesicht. Meine Fingerspitzen berührten beinahe ihre Wange. Sie bewegte sich keinen Millimeter. Zuckte nicht und atmete nicht. Als wären wir beide so eingefroren. Ihre Augen waren – ihre Augen waren riesig. Nur Pupille. Ich ließ sie los und rutschte ein Stück zu ihr rüber. Mein Herz sprang aus der Brust. Mein Puls vibrierte bis in meine Fingerspitzen, bis runter in meine Zehen. Mein Körper gab aufs letzte Prozent plötzlich noch mal alles. Wie ein Marathonläufer kurz vor dem Ziel.

Ich küsste sie. Kurz und schief in den Mundwinkel, weil sie ja lag und ich mich gleichzeitig zu hektisch und zu schwerfällig bewegte. Wir starrten uns an. Unsere Gesichter waren sich so nah, dass meine Augen wehtaten. Eine Ewigkeit lagen wir so da. Ihr angewinkelter Ellbogen berührte beinahe mein Brustbein. Ich schob meine müden Finger in ihre Armbeuge. Spürte ihre Hitze und ihre Muskeln und Sehnen in den Fingern. Ich fühlte mich von Kopf bis Fuß warm und schwer und wild glücklich und traurig zugleich. Nur denken konnte ich nicht mehr. So schlief ich ein, immer noch einen Streifen auf den Lidern, der Meteor über dem See.

Als die Sonne aufging, wachte ich kurz auf. Oder schlafwandelte. Ich nahm die ganze Matratze ein, von links unten nach rechts oben. Claras Fuß hing vom Bett. Ihr dichtes, wild kräuselndes Haar, übers Kissen gebreitet, juckte auf meiner Stirn. Sie war so warm, dass ich keine Decke brauchte. Auf der Badezimmertür war ein goldener Streifen Licht.

· 40 ·

IRGENDWER KLOPFTE, UND davon wurde ich dann wach. Ich wollte mich aufsetzen und kippte stöhnend zurück auf die Matratze. Alles von meinen tauben Armen bis hoch in den Nacken war versteinert. Jede kleine Bewegung brannte, als hätte ich Säure in den Adern.

Clara war weg. Ihre Decke lag schief gefaltet an ihrem Fußende. Die Sonne schien durchs Fenster, und mein schlechtes Zeitgefühl sagte mir, dass es längst Nachmittag war. Am See lärmten die Badegäste und an der Tür klopfte es. Davon merkte ich, dass ich auch noch Kopfschmerzen hatte. Und dass das Klopfen mich mächtig nervte.

»Ich komm ja!«, krächzte ich. Alkohol und lange Nächte. Am Morgen danach klang ich immer wie zombifiziert. Wenigstens hörte das Klopfen auf.

Ich stellte meine schmutzigen Füße auf den Teppichboden und stand schwankend auf. Mein Kopfschmerz schwoll heiß an, überlegte es sich anders und wurde erträglich. Ich angelte mir meine Shorts vom Sofa. Wo ich nicht geschlafen hatte. Weil ich bei Clara auf dem alten Klappbett geschlafen hatte. Clara, die ich geküsst hatte. Jemand, der nicht Ole war. Jemand, der ein Mädchen war.

Das haute mich so sehr um, dass ich mich gern wieder hingesetzt hätte, aber da war ja wer an der Tür. Ich stieg wacklig in meine Shorts, machte sie zu und öffnete.

Draußen stand Ole. In einer Hand trug er einen Strauß gelber Blumen und auf dem Gesicht ein bemühtes Lächeln.

»Hey«, sagte er.

Mein Hirn musste zwei Schleudertraumen Sekunden nacheinander verarbeiten und fror deshalb ein. Mein Gesicht auch. Ich sah so komplett aus den Latschen gehauen aus, dass Oles Lächeln in eine Schieflage geriet, die bei ihm nicht halb so gut wirkte wie bei Viktor. Trotzdem fuhr er fort: »Ich bin gekommen, um mich zu entschuldigen und dir zu versprechen, dass ich dir in Zukunft ein besserer Freund sein werde.«

Er konnte sich echt sehen lassen. Er trug seine beste Jeans und ein cremeweißes Hemd aus Leinen. Er hatte es über die Ellbogen hochgekrempelt, wie es ihm am besten stand und seine Arme gut zur Geltung brachte – das hatte ich ihm mal gesagt –, und oben zwei Knöpfe offen. Er sah aus, als wäre er irgendwo Trauzeuge oder würde mich gleich zum Abschlussball abholen. In seinem schiefen Strauß steckten kleine Sonnenblumen und etwas mit zitronengelben Blüten.

»Ich weiß, dass ich in letzter Zeit viel zu wenig für dich da war. Ich war schließlich zu blind, um zu merken, dass dir etwas tief in deinem Inneren zugesetzt hat. Ich hätte für dich und deine Trauer da sein müssen.«

Er hatte das eindeutig auswendig gelernt wie ein Gedicht und auf der Fahrt mit einem Spickzettel geübt. Wie auch immer er hergekommen war. Ich sah mich unwillkürlich um, ob Max oder Sinan hinter der Hecke warteten, oder, Gott bewahre, sein großer Bruder oder seine *Mutter*. Das war das

Erste, was ich überhaupt machte, und es irritierte ihn noch mehr. Als ob ich nach der versteckten Kamera guckte.

»Es tut mir so leid, dass du deinen Halbbruder verloren hast. Ich kann mir nicht vorstellen, wie weh das tut. Aber du musst das nicht allein durchstehen. Ich liebe dich nämlich, Helena.« Er geriet ins Stocken. »Ich liebe dich sehr, okay?«

Und er drückte mir seinen Blumenstrauß in die Hand. Er hatte ihn für mich zusammengestellt, bestimmt auf einer dieser Wiesen, wo man das für ein paar Euro konnte. Die Blumen dufteten fast zu stark. Nicht bitter wie Mais und nicht faul wie Raps. Nicht wie meine Nacht.

Davon kriegte ich endlich den Mund auf. »Was machst du hier?«, fragte ich. Ich klang so schrill wie kurz vor einem Panikanfall und so fühlte ich mich auch. »Ich dachte, du bist in Berlin!«

»Ja, war ich ja auch. Aber jetzt bin ich wieder da.«

»*Warum?*«, rief ich.

Er sah nicht mehr beunruhigt aus, sondern geradezu verstört. Jetzt, wo er den Strauß nicht mehr in den Händen hatte, schien er nicht so recht zu wissen, wohin mit ihnen. »Weil ich nicht aufhören konnte, an dich zu denken, okay? Ich hab kaum geschlafen.«

»Du kannst doch nicht einfach –« Ich konnte nicht mal richtig ausdrücken, was er nicht einfach konnte. »Wie hast du mich überhaupt *gefunden?*«

»Ich hab dieses Mädchen an der Rezeption gefragt.« Sein bemühtes Lächeln steckte mich nicht an. »Nett von dieser Clara, dass du hier die ganze Zeit schlafen durftest. Hat sie mir erzählt.« Er machte eine Bewegung, als wollte er an mir vorbeischauen. »Ist sie gerade da?«

»Nein«, sagte ich benommen.

Er konnte es immer noch nicht fassen. Ich hatte lieber bei einer Fremden geschlafen, statt allein zurück nach Berlin zu fahren.

»Bist du mit dem Fahrrad hier oder was?«

»Nee. Sinan hat mich gebracht. Aber er wartet hinten«, fügte er hastig hinzu. »Ich hab ihn echt angebettelt, mich zu fahren. Sonst hätte ich auch den Zug genommen. Ich wär sogar Anhalter gefahren. Oder ohne Führerschein. Das wär mir total egal gewesen.«

Er hatte sich für mich schick angezogen und seinen Freund überredet, ihn wieder herzufahren, und auf dem Weg hatte er Blumen in meiner Lieblingsfarbe gepflückt. Er hatte auf sich genommen, ausgelacht zu werden für seinen unpassend schicken Aufzug. Er sah aus wie ein Sohn Neureicher, der sich im Urlaubsort geirrt hat. Aber hier war er. Für mich.

Ich wünschte mich sehr weit fort. Irgendwohin, wo ich nicht denken musste.

»Wenn du noch Zeit brauchst, versteh ich das echt total. Wenn du Freiraum haben musst.« Da war es wieder, das Rollenspiel mit Sinan im Auto. *Ich bin Helena, okay? Und jetzt entschuldige dich.* »Vielleicht können wir an den Strand oder so. Oder in den Wald gehen und einfach reden. Ich meine, das mit deinem Bruder, das ist bestimmt richtig schwer für dich, und ich –«

»Ole«, sagte ich matt, »ich kann das nicht.«

»Ich will für dich da sein, okay? Wir kriegen das zusammen hin. Deshalb hab ich die Blumen genommen. Sonnenblumen bedeuten Hoffnung. Wusstest du das?«

Bevor ich ihm sagen konnte, dass ich das nicht gewusst

hatte, sah ich Clara. Sie stand auf der Schotterstraße auf ihren Krücken und wusste nicht, ob sie kehrtmachen sollte oder rüberkommen. Sie trug das gewaschene Drachen-Shirt, ihre Cargohose und ihren alten Rucksack und hatte einen frischen Verband um ihren Fuß gemacht, irgendwann heute, als ich noch geschlafen hatte. Ihr Gesicht war starr und blass. Ole drehte sich zu ihr um und erkannte sie. Das Mädchen aus der Feriensiedlung, das aufgetaucht war, um meine Sachen zu holen, während er und die Jungs die Zelte abbrachen. Sie war ja nicht gerade leicht zu vergessen.

»Hey«, sagte Ole. Ich dachte, er würde rübergehen und ihr die Hand schütteln. Aus Dominanz oder so. Aber sie hatte von null auf hundert wieder diese Aura. Sie schien einen Schalter dafür zu haben. In einem Comic hätten ihre Augen Blitze geschossen. Sie wusste, dass der rausgeputzte Typ mein Freund war, und sie sah die frischen Blumen in meiner Hand. Zwei und zwei. Musste man kein Mathegenie für sein. Ich spürte es gleich oben im Magen, knapp unterm Rippenbogen. Das nervöse Flattern, dass was passieren würde. Nichts Gutes.

»Du bist Clara oder was?«, fragte Ole. Er spürte es auch. Er klang angespannt. Misstrauisch. Plötzlich fiel mir auf, dass ich Clara nie gefragt hatte, ob sie vor zwei Tagen mit ihm geredet hatte. Oder ob er irgendwas zu ihr gesagt hatte, als sie mein Gepäck aufgesammelt hatte. »Du wohnst hier oder was?«

»Ja.«

»Dann danke für den Schlafplatz für Helena«, sagte er langsam und deutlich. Er hielt Clara entweder für des Deutschen nur so halbwegs mächtig oder für beschränkt oder für beides. Die Luft wurde noch ein bisschen dünner. Clara starrte ihn nur an.

Ole drehte sich wieder zu mir um und lächelte mich angespannt an. »Ich geh einfach erst mal runter zum Strand. Wenn du noch einen Augenblick brauchst. Okay?«

Das war wohl Teil ihres Plans, seines und Sinans: *Wenn sie nicht gleich Ja sagt, dann geh erst mal auf Abstand. Stress sie nicht.*

Ich stand geschockt mit dem schiefen Strauß Blumen auf der Schwelle. Die Stiele fühlten sich feucht an, waren auf der Fahrt vielleicht von Sinan, der so weit denken konnte, in nasse Tücher gewickelt oder eine Plastiktüte mit Wasser gesteckt worden. Ich konnte sie nachschneiden und sie in eine der Tassen aus dem DDR-Schrank über der Spüle –

Viktor hatte recht. Der verdammte Strauß war der geschickteste Schachzug von allen. Mir etwas Lebendiges geben, um das ich mich kümmern musste, das ich nicht einfach wie einen kitschigen Brief oder ein Geschenk ungeöffnet zurückgeben konnte, etwas, das ohne meine Pflege dahinwittern und sterben würde. Und ich Vollidiotin hatte mich schon halb umgedreht, um in der Hütte irgendwas zu suchen, wo ich sie reinstellen konnte, wo sie hübsch drinnen aussahen, die schäbige Inneneinrichtung aufwerteten, weil Gelb passte ja zu 70er-Jahre-Orange.

Ich kotzte mich an. Ich war keine Hausfrau, aber ich benahm mich wie eine. Egal, wie gut er zum Sofa passte, ich wollte diesen Strauß nicht in einer Tasse oder einem mit Claras Messer halbierten Tetrapak auf der Anrichte stehen haben oder zwischen uns auf dem Terrassentisch, an dem wir uns das Gewitter angesehen hatten.

»Hey!«, rief ich und lief los, barfuß und alles, an Clara vorbei. Ole drehte sich im Gehen um. Er sah richtig hoffnungsvoll aus. Ich hielt ihm den Strauß hin. »Nimm ihn zurück.«

»Was?«

»Ich will den nicht.« Aber er nahm den Strauß nicht zurück. »Wir haben uns getrennt. Ich mach das nicht noch mal. Ich kann das echt nicht.« Ich drückte ihm den Strauß vor die Brust. Viel zu grob. Die Blumen konnten am wenigsten dafür. Unter anderen Umständen wäre das das beste Geschenk gewesen, was er mir je gemacht hatte. Meine Lieblingsblumen in meiner Lieblingsfarbe, die er schief selbst zusammengestellt hatte, statt im Blumenladen Rosen perfekt in Zellophan zu kaufen. Aber auf die Idee war er erst gekommen, als wir Schluss gemacht hatten.

»Komm schon! Das ist doch Bullshit!«

Ich machte einen großen Schritt von ihm weg, damit er sie mir nicht gleich wiedergeben konnte. Entsetzt stellte ich fest, dass meine Augen zu brennen begannen und mein Hals sich zuschnürte. Nach zwei Schritten hatte er mich eingeholt. Ich wich vor ihm zurück und sah in sein bleiches Gesicht.

»Liebst du mich nicht mehr? Hast du mich überhaupt irgendwann mal geliebt?«

Ich fing an zu weinen und zu lachen gleichzeitig. »Mann, du Arsch! Natürlich hab ich dich geliebt, aber ich –«

»Aber?«, rief er verzweifelt. »Aber was?«

»Aber nicht mehr. Okay?«

»Nein, ist es nicht! Ich versteh es nicht! Ich kann doch deine Gedanken nicht lesen! Wenn du mir von Anfang an gesagt hättest –«

»Es tut mir leid. Wirklich. Aber ich hab's nicht und das ändert auch nichts mehr. Ich will das nicht hier machen, bitte schrei nicht so rum.«

»Ich hätte dich verstanden. Ich würde das verstehen.«

»Ich versteh's ja selbst nicht.«

Er versuchte noch einmal, mir die Blumen zu geben. Ich wehrte sie wütend ab.

»Ich brauch dich. Und du brauchst mich auch.«

»Nein, tu ich nicht. Geh zurück, okay? Geh wieder nach Hause. Ich komm allein klar.«

»Hey!«, kam Claras Stimme hinter uns, diesmal scharf und klar. Wir hatten nicht bemerkt, dass sie auf Krücken auf uns zugehinkt war. Ich machte noch einen Schritt von Ole weg.

»Helena, bitte«, sagte er, und es traf mich mitten ins Herz: Er war kurz davor zu heulen. Ich hatte ihn genau einmal heulen gesehen, als er sich beim Basketball einen Finger gebrochen hatte (ein Sprung zu hoch an den Korb), und da war er hauptsächlich wütend gewesen. »Ich versteh das einfach nicht. Das macht doch null Sinn.«

»Lass sie in Ruhe, Mann!«, sagte Clara etwas lauter. Er hörte auf, sie zu ignorieren. Sie stand direkt vor ihm. In seine Verzweiflung mischte sich Zorn. Immer gefährlich.

»Was geht dich das denn an?«

»Schon was, wenn du sie nicht in Ruhe lässt.«

»Ist schon gut«, sagte ich und wusste selbst nicht, wen von uns dreien ich am meisten damit beschwor. »Hört jetzt auf. Ole, ich will nicht –«

»Das hier ist meine Freundin, okay? Wer bist du überhaupt?«

»Sie hat mit dir Schluss gemacht. Sie ist deine Ex, Mann.« Sie kam auf Krücken einen Schritt näher. Sie war kleiner als er und sie konnte nicht auf beiden Füßen stehen, aber es war ihr scheißegal. Sie war wütend und sie hatte keine Angst vor ihm und zeigte ihm ihre Muskeln. Das war ihm noch nie passiert. »*Get a fucking hint.*«

Er hatte plötzlich ein Zucken im Gesicht. »Lass stecken, ja? Helena steht nicht auf Frauen.«

Clara wurde erst rot und dann sofort sehr blass.

»Bei der musst du aufpassen«, erklärte Ole mir mit der Häme, die er von Max hatte, dieses Talent, eine Schwachstelle zu finden, reinzubohren und dabei fett zu grinsen. Das war mir schon ein paar Mal aufgefallen, aber so hatte er immer nur über Leute geredet, die wir beide nicht ausstehen konnten, und dann war es meistens lustig gewesen. »Die an der Rezeption meinte, die geht alles an, was weiblich und nicht bei drei –«

Clara warf sich nach vorn und rammte Ole mit voller Wucht den Kopf gegen die Brust. Es schlug ihn bloß nicht zu Boden, weil sie kleiner war als er und nicht den besten Winkel hatte.

Ole stolperte drei Schritte rückwärts, bevor er sich mit rudernden Armen fing. Sein Gesicht verzerrte sich vor Schock und Schmerz und fassungsloser Wut. Er rang nach Luft. Dann ging er auf sie los und ich versuchte noch mal, was ich gestern mit Clara und Viktor gemacht hatte. Ich ging dazwischen.

Es ging ziemlich schief, denn die beiden krachten in mich statt ineinander. Clara versuchte noch, mich zu fangen, oder vielleicht versuchte sie auch einfach nur, zurückzuspringen, aber ich stolperte über ihre Krücken oder ihre Füße oder vielleicht auch meine. Das war dann auch egal. Ich ging ziemlich genau da zu Boden, wo es Mike vor zwei Nächten hingehauen hatte, volle Wucht mit dem Hinterkopf auf die Schotterstraße.

· 41 ·

DIESMAL WAR ES ZIEMLICH sicher keine Ohnmacht. Mir war schwarz vor Augen, aber ich war nicht ganz weg. Dann war die Welt auch schon verschwommen auf mich zurückgerauscht, die Sonne knallte von oben heiß und grell direkt hinter meine tränenden Augen, und mein Schädel fühlte sich unter meinen ihn umklammernden Händen an, als hätte wer eine Axt reingeschlagen. Alter Schwede. Ich krümmte mich im Staub und konnte erst mal nichts anderes tun als heulen vor Schmerz.

»Helena! Helena, Mann, hörst du mich?« Kräftige Hände schüttelten mich. »Alter, du scheiß Psycho-Fotze, ich mach dich fertig!«

Ich hörte Clara irgendwas antworten, aber weil sie mir nicht wie Ole ins Ohr brüllte, verstand ich kein Wort. In meinem Kopf dröhnte ein ganzes Orchester. Meine Zähne vibrierten bis in den Kieferknochen, weil sie beim Aufprall so heftig aufeinander geschlagen waren, meine Brust schmerzte, wo ich gegen Ole gerempelt war, und meine Zunge schmeckte nach Blut. Ich rang nach Luft und schaffte es schon fast, Ole zu sagen, dass er mit dem Gebrüll aufhören sollte. Aber dann kam er da von selbst drauf. Er zog an meinen Händen und sagte: »Scheiße, lass mich das mal ansehen!«

Ich stöhnte bloß laut. Er half mir auf und stützte mich mit einer Hand im Rücken, damit ich nicht gleich wieder umkippte. Um mich rum wirbelte alles wie von einem Karussell. Ich tastete meinen Hinterkopf ab. Der Schmerz ließ mir die Tränen runterlaufen, aber wenigstens war an meinen Fingern, als ich sie vor mein Gesicht hielt, kein Blut. Ich hatte Ströme erwartet.

»Kannst du aufstehen?«

»Klar«, ächzte ich, aber als ich es versuchte, wurde mir speiübel. Ich kniff die Augen zu und machte ein paar Mal die Atemübung, die mir die Hausärztin gezeigt hatte. Die half etwas. Das Karussell drehte sich langsamer, und ich hatte eh nicht viel zum Übergeben im Magen.

»Ich ruf Sinan an«, erklärte Ole, der angespannt meine Arme hielt. »Wir fahren ins Krankenhaus.«

»Quatsch. Es geht gleich wieder.«

Aber er hörte mir gar nicht zu. Ich sah mich, den Kopf in den Händen, nach Clara um, während er vom Handy aus Sinan anrief. Ich hatte gedacht, sie wäre irgendwo bei mir, aber sie hatte sich bis ganz vor die Hütte zurückgezogen und saß da auf der Türschwelle, das verletzte Bein von sich gestreckt, und beobachtete uns aus sicherer Entfernung. Zumindest glaubte ich das. Die Sonne blendete mich. Ich sah sie nicht richtig. Sie stand nicht auf und kam rüber, aber sicher würde sie das jeden Moment.

Dann drückte Ole meinen Arm, und ich sah mich benommen um. Er hatte sein Handy schon wieder eingesteckt. »Wir müssen das erst mal kühlen, okay?« Er schlang den Arm um meine Schulter, half mir auf die Beine und hielt mich gerade, während ich auf der Stelle schwankte und meinen Körper sich das mit der Ohnmacht und dem Übergeben noch mal überlegen ließ.

»Ich kann laufen«, ächzte ich. Aber es war wohl besser, dass er mich den ganzen Weg zu den Duschen am Arm hielt, nur für den Fall, dass ich doch noch umfiel.

Er half mir ins Sanitärgebäude zu den Waschbecken, wo ich mich abstützen konnte.

»Bin gleich wieder da, okay? Schaffst du das?«

Im Spiegel war ich ungesund blass, ungeschminkt und benommen. Ich zeigte mir selbst die Zähne, um zu gucken, woher der Blutgeschmack in meinem Mund kam. Wahrscheinlich von der Zunge oder so. Ich spuckte rosa Speichel ins Waschbecken. Aber es war alles noch dran. Dann tastete ich noch mal vorsichtig meinen Hinterkopf ab. Wieder der explodierende Schmerz, wie ein Böller. Das würde eine richtig fette Beule, wahrscheinlich schlimmer als die von vor einer Woche. Irgendwo half mir auch der naumannsche Dickschädel nicht weiter.

Ole kam mit einer Rolle Klopapier zurück und fing an, dicke Packen Papier unterm Hahn nasszumachen, damit ich was zum Kühlen hatte. Er ließ die Schultern nach vorn hängen, als habe er Schmerzen. Logisch. Clara hatte ihm mit einer Wucht den Kopf vor die Brust geknallt, die andere flachgelegt hätte. Wie dieser eine Fußballer, als dessen Schwester beleidigt worden war.

»Sinan kommt gleich«, sagte Ole beschwichtigend. Er fasste nach meinem Kopf und ich schob seine Hand weg, bevor er voll auf die Beule drücken konnte. »Ey, ich mach diese durchgeknallte Schlampe fertig.«

»Nenn sie nicht so.« Ich schob seine Hand erneut weg. Plötzlich war ich nicht nur geschockt und gehirnerschüttert, sondern auch wütend. »Ich hab euch gesagt, ihr sollt aufhören damit. Was sollte das? Musstest du sie beleidigen?«

Er starrte mich ungläubig an. »Was jetzt, weil ich gesagt hab, dass sie 'ne Lesbe ist oder was?«

»Was sollte der Scheiß denn?«

Er ging sofort in die Luft. »Die hat mir einfach so einen Kopfstoß verpasst! Du kennst sie überhaupt nicht! Du kennst keinen von diesen Typen wirklich! Nur weil die mit deinem Bruder befreundet waren oder was? Die ist total psycho!«

»Nenn sie nicht psycho!«

»Wie soll ich das denn sonst nennen? Psychisch voll gut eingestellt? Helena, die ist doch gestört! Wegen ihr hast du jetzt wieder 'ne Gehirnerschütterung!«

»Ihr seid beide schuld! Ihr seid beide in mich reingerannt!«

Ole öffnete wütend den Mund, doch in dem Moment platzte Sinan rein, das Handy in der Hand. Ohne Longboard diesmal. Offenbar war er den ganzen Weg gerannt. »Was ist los, Mann?« Dann sah er unsere wütenden Gesichter und dass ich mir nasses Klopapier an den Hinterkopf hielt. »Alles okay?«

»Diese blöde Fotze, bei der sie übernachtet –«

»Nenn sie nicht Fotze!«

»Helena hat wegen ihr wieder 'ne Gehirnerschütterung!«

Sinan begriff natürlich überhaupt nichts. Er starrte zwischen uns hin und her und fragte vorsichtig: »Soll ich dich zum Arzt –«

»Ich will nicht zum Arzt, klar?«, fauchte ich sie beide an, was ich gleich bereute, weil Schreien meinem Kopf echt wehtat. Sinan machte den Mund zu und stand dann erst mal bloß dumm da. Obwohl ich außer mir war, tat er mir leid. Konnte er ja genauso wenig für wie die Blumen. Ich atmete zweimal tief und zittrig durch, machte meinen Lappen Klopapier noch mal nass und drückte ihn mir auf den Hinterkopf. »Ich geh jetzt zu Clara.«

»Ey, du verarschst mich«, sagte Ole. »Du gehst doch jetzt nicht ernsthaft zu ihr zurück!«

»Du hättest sie einfach in Ruhe lassen sollen!« Und zu meiner Überraschung und Bestürzung fing ich jetzt *richtig* an zu weinen und nicht nur, weil ich Schmerzen hatte.

Ole wurde sofort weich. »Du hast einen Schock, okay?«, sagte er und wollte mich in den Arm nehmen, aber ich schubste ihn weg und schluchzte: »Vergiss es!« Ich pfefferte das Klopapier in den Papierkorb und rempelte an Sinan vorbei aus der Tür, was eine schlechte Idee war, weil die Erschütterung meinen Kopf noch schlimmer dröhnen ließ. »Fahr allein zurück!«

Ole folgte mir hinaus. »Helena, jetzt warte mal!«

Ich konnte nicht ertragen, dass er mich noch mal einholte und noch mal versuchte, mich in den Arm zu nehmen. Wenn ich mir das jetzt ein drittes Mal antat, würde mein Kopf wirklich platzen. Er fühlte sich schon so mies genug an. Ich drehte mich leicht schwankend um und sagte heulend, aber ansonsten ziemlich fest: »Ich bleib jetzt hier. Ich weiß nicht, wie lang, aber ich bleibe, weil das hier ist meine Sache, okay? Und hätte es von Anfang an sein sollen. Es tut mir alles echt leid, aber du hattest recht, als du gesagt hast, es ist aus. Weil das ist es. Tut mir leid, dass du den ganzen Weg gefahren bist, aber darum hab ich dich nicht gebeten. Und diese Leute sind keine Psychos, sondern meine Freunde, Lukas' Freunde.«

Er nahm mich nicht noch mal in den Arm. Er kam mir auch nicht nachgelaufen. Er blieb vor dem Duschhaus stehen und wollte etwas sagen, hatte schon den Mund auf, schloss ihn dann aber einfach wieder. Auf einmal war die Luft aus ihm raus. Er sah müde und verwirrt und wie mit sehr überraschenden, sehr schlechten Neuigkeiten konfrontiert aus. Sein perfektes Hemd war von der missglückten Prügelei ganz zerknittert. Das ist der Nachteil an Leinen. Es ist echt empfindlich.

»Sorry«, sagte ich. Und ich meinte es auch so. Aber nicht genug, um deswegen einzuknicken. Ich drehte mich schwankend um und ging allein zurück.

· 42 ·

CLARA WAR WEG. Es sah nicht mal so aus, als wäre sie hier drin gewesen. Ihr altes Handy lag auf dem Nachttisch, ihr lädierter Koffer unterm Bett. Ich schluckte zwei meiner Schmerztabletten und gurgelte mit kaltem Wasser, bis mein Mund nicht mehr ganz so widerlich schmeckte. Dann sprühte ich mir reichlich Deo unter die Achseln und zog, weil mein BH noch klamm war, das Bikini-Oberteil unter das vorletzte saubere T-Shirt, holte das letzte Dosenbier aus dem Kühlschrank, um mir damit die Beule zu kühlen, und setzte mich auf die Türschwelle in die Nachmittagssonne. Da wartete ich dann darauf, dass die Schmerzen nachließen. Und auf Clara. In mir drehte sich alles und um mich herum auch. Ich musste mich links anlehnen, um nicht umzukippen.

Clara tauchte nicht auf und Ole kam auch nicht noch einmal zurück. Der Blumenstrauß, den er mir mitgebracht hatte, lag sattgelb leuchtend am Straßenrand, wo wir ihn beim Gerangel hatten fallen lassen.

Ich hatte keine Ahnung, was ich machen sollte, aber ich schob auch keine Panik. Ich war zu erschöpft, und es stimmte so viel nicht, dass ich nicht wusste, wo ich anfangen sollte. Oles Gesicht, als er mich fragte, ob ich ihn je überhaupt geliebt hatte. Wie Clara ihm den Kopf vor die Brust knallte. Clara.

Gestern Nacht stand wieder so deutlich vor mir, dass mein Magen sich eng zusammenzog und eine Gänsehaut runter auf meine Handrücken lief. Ich spürte sie wieder, als wäre sie da. Ihren warmen Körper an meinem. Ihren Herzschlag. Ihren Kuss.

Zwei Neunjährige kurvten auf ihren Mountainbikes vorbei und glotzten mich dabei unverhohlen an, wie ich da erschöpft saß.

»Hey!«, rief ich. Es tat immer noch weh. Alle Geräusche kamen doppelt so laut und schrill bei mir an wie sonst. »Habt ihr ein Mädchen mit Krücken gesehen? So alt wie ich?«

Sie blieben auf ihren Bikes stehen und tuschelten und grinsten, dann schüttelten sie die Köpfe und fuhren weiter, wobei sie mich blöd lachend über die Schulter ansahen. Ich hätte sie plötzlich am liebsten von ihren Rädern runtergetreten.

Als ich mich endlich klarer im Kopf und sicherer auf den Beinen fühlte, zog ich mir Schlappen an die Füße, deren Sohlen fast so grau waren wie Claras vom Barfußlaufen, und ging zur Rezeption. Ich schob mich an zwei Radfahrern vorbei, die sich von einer Frau im taubenblauen Mitarbeiter-Poloshirt in Sachen Straßenkarte beraten ließen. Vor den Süßigkeiten waren zappelige Kinder dabei, ihr Taschengeld für bunte Tüten und Eis auf den Kopf zu hauen. Johanna schaufelte gerade weiße Mäuse in eine Papiertüte. Sie erkannte mich, als ich mich hinter die Kinder schob, und runzelte die Stirn über die Bierdose, die ich an meinen Kopf hielt.

»Weißt du, wo Clara ist?«

»Warum sollte ich?«

»Ich such sie. Hast du sie heute schon gesehen?«

»Sie hat vorhin Brötchen geholt. Ey, Finger weg von den Schlümpfen!«, fauchte sie einen zahnlückigen Jungen an, der seine Hand in die Packung zu stecken versuchte.

»Also ist sie nicht putzen?«

»Weiß ich nicht. Ist mir voll egal.«

»Clara?«, fragte die Frau, die gerade ihre Karte verkauft hatte, hilfsbereit. »Die hab ich heute noch gar nicht gesehen.«

»Ist ihre Tante da?«

»Frau Pawlak ist gerade in der Stadt einkaufen.«

Ich nickte, als wäre mir damit geholfen – dabei tat es nur ziemlich weh –, und kehrte zurück zur Hütte, die nach wie vor leer war. Dann ging ich die Feriensiedlung und den Campingplatz ab und suchte dort nach Clara. Ich fragte ein paar Camper und ein Ehepaar, das zum Vögelbeobachten unterwegs war, mit Kamera und Bestimmungsbuch und allem, aber sie hatten sie auch nicht gesehen. Dann tat mir der Kopf trotz Tabletten so weh, dass ich zurückging und mich hinlegen musste. Jedes kleine Geräusch vibrierte in meinem Schädel hin und her wie eine kleine Kugel in einem der Geduldsspiele, die ich als Kind in der Uni unter den Tischen gespielt hatte, und immer, wenn es auf einer Seite aufprallte, stach es heiß und grell hinter meinen Augen.

Ich schob die Bierdose in das halb zugefrorene Gefrierfach und meißelte dann mit einem Buttermesser Eiskristalle von der Wand. Ich steckte mir einen in den Mund und schlug den Rest in das Küchenhandtuch und streckte mich mit meinem selbst gemachten Kühlpack erschöpft auf der quietschenden Matratze aus.

Die ganze Hütte roch nach Clara. Diese Räucherstäbchen.

Ihre Klamotten, weil jede Familie auf der Welt ihr eigenes Waschmittel zu benutzen schien. Mir wurde im Liegen ganz schwindelig, und mein Herz stach.

Ich hatte Clara geküsst. Nicht sie mich. Das war ich gewesen. Betrunken, high, aber ich, und ich erinnerte mich an alles, was ich gedacht hatte oder eher nicht gedacht, und auch an alles, was ich gefühlt hatte, was fast immer das Wichtigere war. Es hatte sich gut angefühlt. Besser als gut. Es war wie eine Anamorphose im Kunstunterricht betrachten und nach langem Herumgehen und Bücken aus wirren Details im richtigen Winkel plötzlich einen Gegenstand zusammengesetzt zu sehen. Vorher hatte es keinen Sinn ergeben und dann plötzlich einen ganz neuen. Mein Herzrasen im See, das nervöse Ziehen in meinem Magen und meiner Brust seit zwei Tagen, wie zufrieden ich mich fühlte, als ich Clara das erste Mal zum Lachen brachte. Alles verwirrende, scheinbar sinnlose Details, die sich zu etwas Greifbarem zusammensetzten, als sie mir sagte, sie sei eine Lesbe, und ich mich trotz meiner Schmerzen noch mal aufrappelte und sie küsste.

Ich wusste theoretisch, was das hieß. Ich kannte ja sogar Leute, die schwul waren oder lesbisch. Meine allererste Freundin in Berlin hatte zwei Mütter gehabt. Der Freund von Aljoscha, einem Mitbewohner aus Berlin, war oft zum Kochen oder zum Tatort vorbeigekommen, so ein großer dünner Typ mit knalligen T-Shirts und vielen Piercings, der mir ein paar Mal die Fingernägel lackiert hatte, viel besser als Lena oder Inga das konnten. Bei uns an der Schule gab es zwei Mädchen, die zusammen waren, eine Stufe über uns, und Isi meinte immer, sie wäre gern bi, weil sie dann Frauen daten und eine Pause von Männern machen könnte. Ich wusste, dass es nichts Schlimmes war, wenn man als Frau auf Frauen stand, dass das jetzt viel normaler war, dass sogar Promis sich outeten. Aber das waren die anderen, nicht ich. Ich war bis vor ein paar Tagen mit Ole zusammen gewesen. Ich war hetero. Das dachte ich in diesem Moment zum allerersten Mal. Das hatte ich noch nie über mich sagen müssen, dass ich hetero war. Das ist man ja einfach.

Ich lag da und versuchte, für alles eine andere Erklärung zu finden. Ich war betrunken gewesen und hatte mich gerade von meinem ersten richtigen Freund getrennt und war verzweifelt wegen Lukas, und Clara verstand das alles einfach. Da hatte ich sie offenbar in einem meiner sehr seltenen verrückten Anflüge von Mut geküsst. Aus Dankbarkeit vielleicht und um ihr zu zeigen, dass ich es wirklich okay fand, dass sie lesbisch war, und weil sie mich so inspiriert hatte.

Seit er tot war, wünschte ich mir ständig, Lukas wäre da, aber in diesem Moment besonders. Ich war plötzlich überzeugt davon, dass er der einzige Mensch auf der Welt war, mit dem ich gerade hätte reden wollen. Nicht mit meinen Freundinnen weit weg zu Hause und in Frankreich und Italien und auf dem Weg nach Kenia, nicht mit Ole auf der Rückfahrt nach Berlin, nicht mit meinem in sein Manuskript vertieften Vater oder meiner im Garten grabenden Stiefmutter. Nicht mit Viktor, der wahrscheinlich mit Mike um die Häuser zog, und nicht mit Mike, der vielleicht in einem kleinen Fluss sein tägliches Bad nahm. Nicht mal mit Clara, die irgendwo war, nur nicht hier, auch weil ich mir nicht sicher war, ob ich mit ihr hätte reden können. Lukas wäre der Richtige gewesen. Er hätte genau das gesagt, was ich hören musste, was auch immer das jetzt war. Er hätte eine frische Perspektive auf das alles gehabt, so wie er sie auf mich und Mathe gehabt hatte.

Während ich über das alles nachdachte, döste ich weg. Die Sonne stieg tiefer. Ich schlief nicht richtig. Das hätte ich gar nicht gekonnt. Im Halbschlaf sah ich Clara und Lukas und Ole, und mein Magen begann zu schmerzen. So fing es immer an. Dann wurden meine Hände kalt und schwitzig, und davon wurde ich wieder wach.

Sie hätte längst zurück sein müssen. Sie würde nicht abhauen, um mir ein schlechtes Gewissen zu machen, wie ich es bei Ole getan hatte. Oder?

Ich hatte gerade beschlossen, noch mal rauszugehen, als es klopfte. Es war Beata in alter Trainingshose und Arbeitshemd, eine Zigarette hinters Ohr geklemmt.

»Wo ist Clara?«, fragte sie barsch, statt mich zu begrüßen. Sie schien sich nicht mal zu wundern, dass ich hier war. »Sie hat eine Menge Arbeit zu tun.«

»Ich weiß nicht, wo sie ist. Ich dachte, Sie hat Ihnen vielleicht Bescheid gesagt.« Als ob ich das geglaubt hatte, und an Beatas Miene sah ich, dass sie es wirklich nicht getan hatte. Ich zögerte, dann erklärte ich: »Wir haben uns gestritten. Vorhin.«

Sie grunzte verärgert. »Ja, das macht sie. Mit allen streiten. Und jetzt ist sie im Wald.«

»Wie, im Wald?«

»Das hat sie schon als Kind gemacht. Sie vergisst die Zeit. Schläft da, auf einer Decke im Moos wie ein Penner. Kommt ganz verfilzt zurück. Weiß nicht, warum ich ihr die Hütte gegeben hab. Aber ich brauch sie hier. Sie ist hier angestellt. Sie kann nicht einfach abhauen.«

»Aber vielleicht ist sie auch nach Prenzlau oder so.«

»Zu Agata?« Sie schnaubte über diesen lächerlich absurden Einfall. »Auf keinen Fall.«

»Sie kann doch gar nicht so weit sein. Sie hat sich doch am Fuß verletzt. Sie kann überhaupt nicht richtig laufen.«

Beata winkte ab, steckte die Zigarette von hinterm Ohr zwischen ihre Lippen und suchte ihre Jogginghose nach einem Feuerzeug ab. »Gut. Dann kommt sie früher wieder.«

»Und wenn sie gar nicht wiederkommt? Wenn ihr was passiert ist?«

Sie zündete ihre Zigarette an und betrachtete mich von Kopf bis Fuß, als ob sie mich noch mal abschätzen müsste, was ich für ein Typ war. Ob ich die Wahrheit verkraften konnte. »Das hier ist die Uckermark, nicht die Wälder von Kanada. Was soll ihr passieren außer meine Lohnkürzung? Es gibt hier keine Mörder außer den des armen Jungen, der dort hinten die Straße entlanggelaufen ist, und im Wald ist sie zu Hause. Nachdem sie sich in der Schule geprügelt hat, war sie drei Tage weg. Sie kommt zurecht.« Sie aschte in die Auffahrt und schüttelte mürrisch den Kopf. »Ich allerdings nicht. Ich hab zu tun. Wenn sie da ist, schick sie sofort zu mir runter.«

Mehr wollte sie nicht hören. Ich ließ sie davonschlurfen, zog mir richtige Schuhe an und ging selbst noch einmal zurück. Am See war es jetzt viel ruhiger. Der Tag nicht mehr so heiß. Es war schon nach sieben. Johanna beäugte mich misstrauisch über ihr Handy hinweg.

»Sie ist nicht hier, okay?«, sagte sie genervt. »Frau Pawlak sucht sie auch.«

»Ich weiß. Hast du Viktors Nummer?«

»Hä?«

»Viktor Scharfs Handynummer. Ich dachte, ihr wart mal zusammen.«

Sie starrte mich mit offenem Mund an. »Hat sie dir das

gesagt?«, fauchte sie und richtete sich vor Wut hinter dem Tresen auf.

»Bitte, ich brauch die Nummer.«

»Vielleicht hab ich sie ja gelöscht!«, knurrte sie.

»Ich muss ihn anrufen, okay?« Allmählich verlor ich die Geduld. Mein Kopf tat weh, ich machte mir Sorgen, und dass sie so scheiße zu mir war, machte mich wütend. »Dafür, dass du dem Typen vorhin erzählt hast, wo ich bin. Vielleicht wollte ich gar nicht, dass er mich findet. Vielleicht war das mein Stalker.«

Einen Moment sah sie aus, als wolle sie mich auslachen. Sie schnaubte, schüttelte ungläubig den Kopf, kniff die Lippen zusammen und machte ihr Handy wieder an. Sie wischte heftig auf dem Display herum, knallte es auf den Tresen und drehte es, sodass ich die Nummer lesen konnte. Sie hatte ihn unter *WICHSER NICHT DRANGEHEN!!!* gespeichert. Sie trommelte ungeduldig auf den Tresen, bis ich die Nummer endlich für richtig abgetippt befunden hatte.

»Gern geschehen!«, rief sie mir gereizt hinterher, aber da war ich schon draußen.

· 43 ·

VIKTOR MELDETE SICH nach dem vierten Klingeln mit vollem Namen. Ich war überrascht, dass er so ernst und seriös klang. Leicht angespannt, als erwarte er bei einer unbekannten Nummer einen wichtigen Anruf. Dann hörte er, wer dran war, und war sofort wieder ganz lässig.

»Diese Nummer ist geheim«, sagte er. »Wer hat die geleakt?«

»Ist doch jetzt egal. Clara ist verschwunden. Ihr Handy ist noch da, nur sie nicht. Wir haben uns gestritten. Mein Freund ist vorhin aus Berlin zurückgekommen und –«

Er lachte vergnügt. »Du verarschst mich!«

»Nein, tu ich nicht. Clara und er haben sich jedenfalls gestritten und jetzt ist –«

»Hat sie ihm die Fresse poliert?«

»Ist doch scheißegal, okay? Sie ist jedenfalls weg. Ihre Tante meinte, sie wäre in den Wald.«

»Dein Leben ist echt 'ne Soap! Sie ist also abgehauen, ja? No shit, wär ich auch. Und bei Clara kann es Tage dauern, bis sie wieder auftaucht. Nachdem sie Frederick geklatscht hat, war sie drei Tage weg. Hat auf irgendwelchen Feldern geschlafen. Im März!«, fügte er hinzu, als wäre das einerseits bescheuert und andererseits total bewundernswert.

»Aber sie kann nicht drei Tage weg. Ihr Fuß ist entzündet oder so. Sieht jedenfalls übel aus. Sie wollte mit mir heute ins Krankenhaus.«

»Tja, daraus wird nichts. Jetzt heißt's eben survival of the fittest.«

»Das ist nicht witzig! Ich muss sie suchen!«

»Dein Boyfriend hilft dir doch bestimmt«, sagte er gespielt unschuldig.

»Er ist mein Ex, und er würde mir garantiert nicht helfen. Mann, ich weiß, dass du und Clara euch nicht ausstehen könnt, aber kannst du das nicht einmal –«

»Ich würd dir ja wirklich gern helfen, aber ich bin vielleicht nicht direkt ihre erste Wahl, wenn sie wo untertauchen will.«

»Vielleicht weiß Mike irgendwas.«

»Was soll der wissen? Liegt hier im Schlafsack und katert. Aber –«, er ächzte, als ob er gerade von irgendwo aufstehen würde, »– wenn du nicht drei Tage warten willst, bis sie ihre Laune auskuriert hat, kann ich mich natürlich mal umsehen. Nach Clara. Weil du's bist.«

»Das wär wirklich super. Danke.«

»Dann betrachten Sie's als erledigt, gnä' Frau.«

Er legte auf, und ich stapfte, mich schlechter und besser, nervöser und hoffnungsvoller zugleich fühlend, den Weg bis hoch zum Maisfeld, wo Clara sich nachts die Scherbe eingetreten hatte. Dort ging ich etwas auf und ab und bog dann tiefer in den Wald, immer in der Nähe des Sees, bis ich fast am Flussarm war. Ich rieb mir den schmerzenden Kopf, atmete tief und bemüht gleichmäßig und versuchte, wie Clara zu denken. Leicht verrückt, aber gerade heraus. Mutig. Survival-mäßig. Sie konnte hoch zur Straße gelaufen sein und per Anhalter gefahren sein. Oder einer von den Gästen hatte sie mitgenommen. Wenn sie sich wirklich ins Zeug legte, und ich zweifelte nicht dran, dass sie das konnte, dann war sie schon weit weg.

Ole hatte recht. Ich kannte Clara nicht, und selbst wenn ich ein ungutes Gefühl hatte – mit Gefühlen konnte die Polizei nichts anfangen. Die würden mir sagen, eine vermisste Person mit einem verletzten Fuß könnte bei dem Wetter eine Nacht im Wald überleben, ohne dass man gleich die Hundestaffel losschicken müsste. Ole, Max und Sinan hatten das bekifft geschafft.

Auf dem Rückweg traf ich das vogelbeobachtende Ehepaar, das mit vollen Speicherkarten von seiner Tour kam. Sie erkannten mich und fragten, ob ich meine Russin immer noch suchen würde.

»Sie ist Polin und Rumänin«, sagte ich. »Und ich such sie immer noch.«

»Da haben wir jetzt aber nach einer Russin Ausschau gehalten«, sagte der Mann und lachte. Die Frau rollte entschuldigend die Augen und zog mit ihm weiter. Ich ließ ihnen einen Vorsprung, weil ich nicht mit ihnen reden wollte, und ging dann ebenfalls zurück.

Oles Blumenstrauß war weg. Für einen irren Moment hoffte ich, dass Clara ihn mitgenommen hatte. Aber natürlich nicht. Er stand jetzt irgendwo auf einer Terrasse in einem mit Wasser gefüllten Milchkrug. Als ich die Tür schloss, rief Viktor zurück und sagte mir, dass sie nicht im Dorf war. Nicht im Netto und auch sonst nirgends, wo ihnen eingefallen war, nachzusehen.

»Wo soll sie hier auch sein?«, sagte er. »Im Gasthof, um sich zu besaufen?«

»Das ist nicht witzig.«

»Also, wenn sie wirklich im Wald ist, suchst du dich da drin dämlich.«

»Ich weiß ja nicht mal, ob sie da echt ist.«

»Wenn es ihrem Fuß wirklich so scheiße geht, dann kommt sie von allein zurück.«

»Und wenn sie das nicht mehr kann?«

»Ach, komm«, sagte Viktor zweifelnd. »Hey, wir kommen gleich rum, okay? Kannst du 'ne Drohne gebrauchen? Für Luftsuche? Damit schaffst du den Wald schneller.«

Das sollte ein Scherz sein, aber es traf mich wie ein Schlag. Irgendwas war mir den ganzen Nachmittag schon im Kopf rumgegangen, und es war nicht nur Schmerz gewesen oder der Gedanke daran, wie ich sie küsste – auch wenn mir das immer noch bis ins Mark ging.

»Fuck!«, rief ich erschrocken und zuckte dabei zusammen, weil meine Stimme schmerzhaft laut in meinem Kopf ankam.

»Okay, okay!« Viktor klang, als hielte er das Handy vom Ohr weg. »Kein Grund, so zu schreien!«

Aber ich hörte ihm nicht richtig zu. Auf Wikipedia und dem Aushang an der Rezeption hatte ich ein paar Sachen über die Gegend gelesen. Die Wasserwege waren hier weitverzweigt. Viele Seen, viele kleine Flüsse, das Ergebnis der letzten Eiszeit. Von manchen konnte man übersetzen, indem man sein Boot nur hundert Meter über Land zog. Es war wie ein ganzes Straßennetz. Sie hatte einfach ein Kanu genommen. Wahrscheinlich eins von direkt vor der Tür.

»Sie hat ein Kanu!«, erklärte ich. »Sie ist mit dem Kanu weg!«

Viktor hatte das Handy wieder am Ohr. »Gratuliere, Sherlock. Und jetzt? Verhaften?«

»Warte kurz.« Die Sonne stand schon orangerot auf der Waldkante, als ich auf die Terrasse trat. Links lag ein Kanu vertäut, rechts keins. Aber gestern waren es zwei gewesen. Das wusste ich hundertprozentig. Auf mein Gedächtnis konnte ich mich verlassen. »Ich fahr sie jetzt suchen.«

»Allein in den Dschungel? Brauchst du echt keine Hilfe?«

»Ich kann sie ja schlecht mit dem Kanu ins Krankenhaus paddeln.«

»Einen Versuch wär's wert. Aber okay. Können wir machen.« Er wandte sich an Mike, den ich im Hintergrund ab und an hörte. »Clara ins Krankenhaus fahren?«

»Jetzt?«, kam seine undeutliche Stimme.

»Helena muss sie erst finden, du alter Riesenochse.«

»Ich ruf euch an, okay?«

Ich legte auf und hätte mir vor den Kopf gehauen, wenn der nicht immer noch echt wehgetan hätte. Seit Stunden sorgte ich mir Knoten in den Bauch und sah nicht, was direkt vor mir lag: ein riesiger verdammter See. So viel zu meinem detektivischen Scharfsinn, Sherlock.

Ich kippte meinen Rucksack aufs Bett aus und räumte wieder ein, was ich brauchen würde: eine Flasche Wasser, Pflaster, Verbände und meine letzten Tabletten, ein Handtuch. Ich ging so logisch ich konnte vor. Was brauchte ich auf einer Kanufahrt in der Brandenburger Wildnis? Ein Messer und eine Taschenlampe, und da wurde mir einmal mehr klar, dass ich schlecht vorbereitet war. Ich hatte diese Reise zwar geplant, weil ich alles plante, aber eingepackt hatte alles von meiner zweiseitigen, im Internet zusammenrecherchierten Packliste Ole, weil er so Dinge wie ein Multitool oder eine starke Taschenlampe besaß. Kein Grund, doppelt zu packen, hatte ich gedacht, und jetzt war das alles weg.

Ich begnügte mich dann mit einem großen Küchenmesser, das ich in das Handtuch wickelte. Ich zog meine Jogginghose und mein Sweatshirt an, gegen Mücken und Dornranken, und band mein Haar im Nacken zu einem Knoten. Ich schulterte den Rucksack und las Viktors gerade eingetroffene SMS: *Weidmannsheil!*

Beata saß auf ihrer Terrasse. Sie las ein Taschenbuch, das ich schon von Weitem erkannte. Es war *Der schwarze Schlaf*, das Buch, mit dem mein Vater den Durchbruch geschafft hatte. Es war das zweite Mal, dass ich dieses spezielle Wunder sah. Einmal hatte ich es eine Frau in der S-Bahn lesen sehen. Weil es dämmrig wurde, kniff Beata angestrengt die Augen zusammen, um die Buchstaben zu entziffern. Ihre Zigarette hatte sie gegen eine Dose Bier getauscht, die gleiche Marke, die meine Beule gekühlt hatte. Sie sah auf, als ich kam, und runzelte die Stirn.

»Ich geh Clara suchen«, erklärte ich ihr. »Könnten Sie mir eine Taschenlampe leihen?«

Sie seufzte sehr schwer und zu sich selbst. Dann stand sie auf und verschwand in ihre Hütte. Sie rumorte drinnen herum und kam mit einer schweren silbernen Maglite zurück, die ich genauso gut als Knüppel verwenden konnte. Sie drückte sie mir kommentarlos in die Hand.

»Danke. Ich bring sie heil zurück.«

»Meine Nichte oder die?«

»Beide.«

Sie setzte sich und nahm wieder das Buch zur Hand.

»Das hat mein Vater geschrieben.«

»Bitte?«

»*Der schwarze Schlaf*«, sagte ich. »David Naumann. Das ist mein Vater.«

Das brachte sie so sehr aus dem Konzept, dass sie mir nicht mal was Mürrisches hinterherrief.

Mit der Taschenlampe in der Hand und dem Rucksack auf dem Rücken fühlte ich mich wie ein Abenteurer, der in unbekannte, feindliche Länder aufbricht. Zum ersten Mal stieg ich selbstsicher in ein Kanu. Ich wusste, wo ich hinwollte. Diesmal würde ich nicht klein beigeben. Ich nahm das andere, das an unserem Steg lag. Ich band mich los und schob mich mit dem Paddel vom Steg weg. Schilfblätter streiften meine Arme, auf denen noch feine Schnitte vom Mais gestern brannten.

Über den See kehrten die Nachzügler von ihren Ausflügen zurück. Der Abendhimmel verfärbte sich feuerrot. Ich erreichte den trägen Flussarm, der den See speiste und auf dem Clara mit mir hatte fahren wollen. Um mich herum wurde es so düster, als hätte die Nacht beschlossen, früher zu kommen. Plötzlich hatte ich nicht hundert Meter in jede Richtung zum Manövrieren, sondern nur zehn. Dann sieben. Dann fünf. Hohe Bäume und dichte Sträucher schossen zu beiden Seiten auf. Vor mir kam Gelächter den Fluss rauf. Die Studenten, neben denen wir gezeltet hatten.

»Hey!«, rief einer, als er mich erkannte. »Hallo!«

»Habt ihr ein Mädchen mit einem Kanu gesehen? Kleiner als ich, schwarze Haare?«

»Nee, Mann.«

»Es wird gleich dunkel«, sagte er einer. »Solltest du da allein rumfahren? Hey, du, alles klar bei dir? Sollen wir mitkommen deine Freundin suchen?«

»Nein, ist schon okay.«

»Wenn sie meint«, sagte der, der mich erkannt hatte.

»Aber wenn ein Perverser sie vergewaltigt und ermordet? Wär dann ja unsere Schuld, oder?«

»Mann, das hier ist Brandenburg.«

»Ja, eben!«

Hinter der nächsten Kurve hörte ich sie nicht mehr. Nur noch mein ins Wasser stoßendes Paddel und das langsame Gleiten des Kanus und den abendlichen Wald um mich herum.

· 44 ·

ICH TAUCHTE UNTER NIEDRIGEN Ästen weg, zog die Arme ein, wenn mit grünen und roten und schwarzen Früchten besetzte Brombeerranken nach mir griffen. Ich schob mich mit dem Paddel an mir in den Weg ragendem Treibholz vorbei. Ich umfuhr die hellen Streifen von Sandbänken dicht unter der Wasseroberfläche. Von einem übers Wasser ragenden, schwarzen Baum hing ein blaues Plastikseil und streifte meine Schulter.

Die Ufer waren zu steil und dicht mit dornigem Gestrüpp und Meeren aus Brennnesseln bewachsen, um anzulegen, doch es gab auch flachere Stellen. Beerensammler hatten dort die Sandbänke zertrampelt und Picknicker die Grasflächen platt gesessen. Ich fuhr daran vorbei, weil ich sicher war, dass Clara weitergefahren war.

Ich hatte überhaupt keine Angst. Ich war nervös und hatte Bauschmerzen vor Sorge, aber nicht, weil ich allein im Wald war oder weil es bald Nacht sein würde oder weil ein Perverser im Busch lauern konnte. Das hätte ich mir vor einer Woche selbst nicht geglaubt, aber es war so. Die Nacht war warm und freundlich und ließ mich in Ruhe. Ich hörte wenig und alles. Ich und der Fluss und späte Vögel. Leises Rascheln in der Böschung. Kein Brausen einer Straße oder gedämpfte Musik irgendwo oder betrunkene Stimmen fünf Häuser weiter. Bei reichlich Sonnenschein machte es sicher sogar Spaß, hier durch die Natur zu dümpeln.

Ich geriet an meine erste Abzweigung und nahm den breiteren Arm. Hinter einer Biegung wurde das Wasser brackig und schwarz. Das Ufer verengte sich in eine Sackgasse. Über mir schlossen sich die Bäume, und es wurde nachtfinster. Pflanzen streiften meine unter dem hochgekrempelten Sweatshirt nackten Arme und jagten brennenden Schmerz hoch in mein Hirn, ehe ich sie wegreißen konnte. Ich rammte mit dem Kanu in eine Sandbank. Um mich herum war das Unterholz so dicht, dass ich keine zehn Meter weit sehen konnte.

»Fuck!«, keuchte ich in den Wald. Das Paddel glitschte in meinen von Brennnesselstichen juckenden Händen. »Mist!«

Ich tastete im Kanu nach der Maglite, knipste sie an und schwenkte sie einmal herum. Wasser blitzte. Schwarzweiße Bäume. Ich holte dreimal tief Luft und prägte mir den Weg ein, manövrierte mich vorsichtig zurück zu der Abzweigung und atmete erleichtert aus, als ich über mir wieder den Abendhimmel sah. Meine Arme brannten, dass es mir die Tränen in die Augen trieb. Ich kratzte dagegen an und kühlte sie abwechselnd im Wasser, aber es half nichts.

Ich steckte die Lampe weg und paddelte den schmaleren Flussarm weiter. Nach fünfzig Metern wurde der Fluss wieder breiter und das Wasser tiefer. Ab da hatte ich erst mal nur noch Glück mit den Abzweigungen. Hinter mir zog die Nacht herauf. Meine Augen hatten viel Zeit, sich an die Dämmerung zu gewöhnen. Ich sah noch jeden Zweig und jedes Blatt, wo ich in Berlin schon mit meinem Handy hätte leuchten müssen. Und ich sah schließlich auch das Kanu ohne die Lampe.

Zuerst hielt ich es bloß für einen langen, sehr perfekten Ast oder einen ins Gebüsch gestürzten Baum. Ich schob mich näher heran und lachte vor Freude auf. Es war ein Kanu, an einer Stelle rauszogen, wo einer dieser schwarzen knorrigen Bäume übers Wasser ragte. Eine Esche, glaube ich. Es war in ein Gebüsch gezogen und mit Zweigen bedeckt worden, so gut, dass es keinem aufgefallen wäre, der nicht danach suchte.

Ich legte mein Paddel ins Kanu, um beide zerstochenen Hände frei zu haben, setzte meinen Rucksack auf und griff in einen stark aussehenden Ast über mir. Meine Arme waren immer noch schwer vom Muskelkater, und am Barren hatte ich mich in der Schule blamiert, obwohl ich eine der wenigen war, die sich nicht danach strecken musste. Fiedler, Sportlehrer und Arschloch der Extraklasse, hatte mir damals erklärt, ohne Körperbeherrschung würde das nichts mit meiner Modelkarriere, aber Muskelkater und Fiedler konnte mich mal.

Ich schwang mich an Land und landete mit gebeugten Knien und geducktem Kopf und mehr Schmerzen in den Armen. Unter meinen Turnschuhen knackten winzige Zweige. Ich band mein Kanu fest und verknotete die Riemen meines Rucksacks unter der Brust, damit er nicht so schlackerte. Der Messergriff bohrte sich durch das Handtuch in meinen Rücken. Ich kroch zu dem fremden Kanu und strich mit der Hand daran entlang. Es war kein Moos dran oder so. Es lag noch nicht lange hier. Es war Claras. Ganz sicher.

»Clara?«, rief ich. »Ich bin's!«

Ich horchte mit angehaltenem Atem in die Dämmerung. Wie ein Jäger auf der Pirsch. Wie Katniss in der Arena der Hunger Games. Irgendwo raschelte etwas, wie es schon die ganze Zeit irgendwo raschelte. Hinter mir schwappte und gurgelte das Wasser. Irgendwo zischte eine Eule.

Noch konnte ich genug sehen. Ich folgte einem Wildwechsel wie dem, auf dem Clara und ich auf das Ufo zugelaufen waren. Alle paar Meter verlor ich ihn unter Brennnesseln, die kräftig genug waren, um durch meine Jogginghose zu stechen. Ich ließ meine Arme brennen, statt sie zu kratzen, obwohl es fast so sehr weh tat wie mein Kopf. Ich war so konzentriert wie seit langer Zeit nicht, und mit jedem Schritt spürte ich mein Herz deutlicher in der Brust. Das hier war der richtige Weg. Ich war ganz sicher.

Die Bäume lichteten sich. Zwischen den Kiefern wechselten sich weiches, meine Schritte schluckendes Moos und trockener, harter Waldboden ab. Ich wollte gerade noch einmal nach ihr rufen, da sagte eine Stimme schräg über mir: »Was machst du hier?«

· 45 ·

MIR BLIEB FAST DAS HERZ stehen. Ich schrie, machte einen Satz und knallte mit dem Rucksack in den nächsten Baum. »Clara?«, japste ich. Rappelte mich auf und drehte mich mit rasendem Puls und schmerzendem Schädel. »Wo bist du? Clara?«

»Hier«, sagte sie. Sie klang ganz komisch.

»Wo?«

Etwas bewegte sich über mir, und ich machte erneut einen Satz und einen großen Schritt zurück. Ich war fast an ihr vorbeigelaufen. Sie hockte in zweieinhalb Metern Höhe auf etwas, das aussah wie die Überreste eines alten Jagdstandes. Er lehnte an einem Baum und war mit allerlei Holz und Seilen befestigt, und darunter war eine Art Höhle aus dicken Ästen und Zweigen gebaut. Wie eine schmale, zweistöckige Hütte.

Ich hatte sie wirklich gefunden. Die Erleichterung haute mich kurz fast um. Ich stützte mich an den nächsten Baum und zitterte am ganzen Körper und wollte lachen und jubeln, aber ich kriegte nichts raus. Ich hatte plötzlich das Gefühl, in einen Raum gekommen zu sein, in dem gerade noch alle über mich hergezogen hatten. Keine freudige Begrüßung, keine Erleichterung. Mir wurde kalt und flau.

Wir starrten uns erst mal bloß an. Ich konnte sie gerade so da oben ausmachen, obwohl ich nur die Hand nach ihr hätte ausstrecken müssen. Nackte Arme und Füße und der helle Fleck ihres Gesichts, wie sie auf mich runterguckte.

»Ich hab dich gesucht«, brachte ich endlich hervor. Ich klang ganz matt. »Ich hab dich überall gesucht.«

»Ich dachte, du bist in Berlin«, erwiderte Clara. Leise, mit einer Stimme, als hätte ich sie gerade geweckt. Heiser und müde. Ich hatte sie noch nicht so gehört. Ich wollte sie nicht so hören.

»Ich bin doch nicht nach Berlin«, sagte ich ungläubig. Keine Stadt auf der Welt war gerade weiter weg. Noch ein wenig länger, und ich würde sie noch vergessen.

Clara schwieg.

»Geht's dir gut?«, fragte ich drängend. »Was ist mit deinem Fuß?«

»Was ist mit deinem Kopf?«, erwiderte sie. Ihre Stimme machte mich nervös, unsicher. Als wäre das da oben gar nicht sie, sondern etwas, das bloß ihre Gestalt nachahmte.

»Geht schon wieder. Ist schon okay.«

Sie sagte nichts.

»Ich steh doch hier. Ich hab einen ziemlich soliden Schädel. Was ist jetzt mit dir? Clara?«

Plötzlich wurde sie angespannt. »Bist du allein?«

»Was?«

Sie setzte sich ein wenig gerader hin, als versuche sie, Bewegungen im dunklen Wald zu erkennen.

»Natürlich bin ich allein«, sagte ich und wurde dabei zu meiner eigenen Überraschung wütend. Gekränkt. Ich hatte mich durch den halben Wald geschlagen, um sie zu finden, und sie konnte sich nicht mal freuen. Sie konnte nicht mal da runterkommen und mich richtig ansehen. »Wen soll ich denn mitgebracht haben? Clara, ich hab mir Sorgen gemacht! Du kannst nicht einfach so abhauen! Du kannst mich nicht einfach allein lassen! Ich dachte, dir ist was passiert!«

»Mir?«, wiederholte sie.

»Natürlich! Weil du den ganzen Tag einfach weg warst!«

Sie lachte zittrig und heiser. Rutschte ein bisschen auf dem Hochsitz herum, kam aber nicht herunter. Ihre Ellbogen lagen auf dem Geländer, sodass sie sich nach vorn lehnen konnte. Ihre Beine hingen über die schmale Plattform, auf der sie saß, und ich sah, dass sie keinen Verband mehr am Fuß hatte und dass sie das verletzte Bein langsam und steif bewegte.

»Was dachtest du denn? Dass ich da bleib, nachdem du wegen mir k.o. bist?«

Ich starrte zu ihr hoch. Um uns rum der stille Wald. Ich hörte sie tief und mühsam Luft holen.

»Mir geht's gut«, sagte ich. »Ich war nicht ohnmächtig. Und es war nicht nur wegen dir.«

Sie schwieg.

»Eine Freundin von mir hat mich mal mit ihrem Rucksack die Treppe runtergestoßen. Als sie sich umgedreht hat und mir was sagen wollte. Das war total aus Versehen. Ich hab mir das Handgelenk gebrochen. Das war das, wo ich mit Gips duschen musste. Aber wir sind trotzdem noch Freundinnen. Weil es keine Absicht war.«

»Ich würde dir nie was tun.« Ihre Stimme zitterte, und ich würde es nicht aushalten, wenn sie zu heulen anfing. Nicht Clara. »Ich würde lieber sterben.«

»Das weiß ich doch«, sagte ich verblüfft.

»Ich dachte, du wärst zurück nach Berlin. Mit deinem Freund.«

»Bin ich aber nicht. Und wir sind nicht mehr zusammen. Aber du kannst trotzdem nicht einfach – du kannst nicht vor allem immer wegrennen. Guck mich an. Das bringt echt nichts. Es macht alles nur noch schlimmer.«

Sie schüttelte heftig den Kopf. »Dein Typ hat recht, ja? Alle haben recht. Ich bin psycho. Ich bin 'n gefährlicher Asi, genau, wie alle sagen. Ich hätt Freddie alle Zähne ausgeschlagen, wenn ich's gekonnt hätte. Aber ich hab's diesmal versucht, wirklich versucht. Ich schwör's. Du bist das Beste, was mir je passiert ist, und trotzdem musste ich's verbocken. Das ist *Clara's law,* Mann.« Sie lachte, aber es klang eher wie ein wütendes Schluchzen.

Ich wusste nicht, was ich sagen sollte. *Das Beste, was ihr je passiert war.* Meine Kehle war auf einmal zugeschnürt.

»Tut mir leid, dass ich abgehauen bin«, sagte sie, als von mir nichts kam. Ruhiger und leiser und müder. »Dass ich mich mit deinem Typen geprügelt hab und dass ich dich ausgeknockt hab und dass ich dich geküsst hab und dir Sorgen gemacht hab.«

»Quatsch«, sagte ich. Heiser und schockiert, dass sie sich auch noch dafür entschuldigte. »*Ich* hab *dich* geküsst.«

Sie sagte nichts. Ich konnte ihr Gesicht nicht erkennen. Nicht sehen, ob sie weinte. Ob sie schockiert war oder drauf und dran, zu sprechen.

»Ich hab dich geküsst«, wiederholte ich. »Wenn sich einer von uns dafür entschuldigen muss –«

»Musst du nicht«, sagte sie. Das war also ihre Stimme, wenn sie krampfhaft versuchte, nicht zu weinen. Ganz belegt und rau. »Ist schon okay.«

»Und Ole hat sich auch mit dir geprügelt. Oder jedenfalls hat er angefangen. Das war scheiße von ihm und ich hab's ihm auch gesagt. Du hättest ihn nicht so mit dem Kopf rammen sollen, und keine Ahnung, was mit diesem Freddie war, das hättest du vermutlich auch nicht machen sollen – aber du bist trotzdem kein Assi oder Psycho. Nicht für mich jedenfalls. Du warst nett zu mir, du bist mir nach, als ich hinterm Dorf geheult hab, du hast mir von Lukas erzählt und mich auf deiner Couch schlafen lassen und alles, du hast mir gesagt, dass ich Dyskalkulie hab, und *ich* hab *dich* geküsst, weil ich das wollte, und jetzt komm da gefälligst runter oder ich komm hoch und mach's noch mal.«

Ich knipste die Maglite an und leuchtete zu ihr hoch. Sie hatte den gesunden Fuß auf eine olle Holzleiter gestellt und ließ den anderen baumeln. Es war wirklich ein Hochsitz, vor vielen Jahrzehnten von einem Jäger oder Wilderer an den Baum gezimmert und dann über die Jahre in sich zusammengesunken, bevor er zusammengeflickt worden war. Ich sah Nägel und Stricke und Holzbretter, die ihn solide genug machten, dass man drauf sitzen konnte. Keine professionelle Arbeit, aber immer wieder von einer passionierten Hobby-Schreinerin überarbeitet. Die Höhle darunter war richtig anständig. Dicke Äste als Wände, dazwischen längs Zweige gewoben, darin Rinde, Moos und Nadelzweige. Wie ein Korb. Meine Lampe schien nicht durch. Fehlten nur ein paar Schilder: *Sperrgebiet. Betreten verboten. No boys allowed.*

Clara schirmte geblendet ihre Augen ab. Sie trug die Sachen, in denen sie vorhin abgehauen war. Neben ihr lagen ihr abgewetzter Armee-Rucksack und eine Wolldecke, auf der sie saß. Ihre Krücken lagen unter der Leiter. Ihre verletzte Fußsohle war blutbeschmiert, der Schnitt lang und dunkel. Ich trat näher ran und berührte ihren Knöchel, der ganz heiß war. Sie zuckte zusammen.

»Du kommst da gar nicht mehr runter, oder?«, sagte ich, heiser vom Reden.

»Klar.«

»Wie bist du da überhaupt rauf?«

Sie blinzelte gegen die Maglite an. »Ich kletter gut«, sagte sie und wischte sich dabei energisch über die Augen. Dann seufzte sie. »Ich hab versucht, die Wunde aufzumachen. Mit dem Messer. Ich bin fast umgekippt. Nicht nur wegen Blut. Ich spür's bis hier hoch.«

»Okay. Ich bring dich jetzt zurück, und Mike und Viktor fahren uns ins Krankenhaus. Keine Widerrede, klar?«

»Wie hast du mich überhaupt gefunden?«

»Logik. Du musstest ja mit dem Kanu los sein. Und ich hab es unter den Büschen gesehen.«

»Ich zieh's sonst höher«, murmelte sie, als wäre sie bei der Survival-Prüfung durchgefallen. Sie sah plötzlich hundemüde aus. Kurz vorm Runterfallen.

Ich holte mein Handy raus, um die Jungs anzurufen, und stellte bestürzt fest, dass ich hier keinen Empfang hatte. Was mir jetzt keine Überraschung hätte sein sollen. Wenn ich ein paar hundert Meter in die eine oder andere Richtung lief, würde ich sicher Balken kriegen. Das war zwar Brandenburg, aber immer noch Deutschland. Spätestens nach drei Stunden bist du auf die nächste Bundesstraße gelaufen. Aber Clara ging es nicht gut. Die Zeit hatte ich nicht. Und ich musste eh mit ihr zurück, weil Mike und Viktor uns kaum mit ihrer Drohne hier rausholen konnten.

»Okay«, sagte ich mehr zu mir als zu ihr. »Okay, ich bring dich zum Fluss und fahr dich zurück und dann ruf ich sie an. Kannst du da ein Stück runter? Ich fang dich auch auf.«

Und endlich lachte sie doch mal. »Ja, sicher. Dann kannst du gleich mit ins Krankenhaus.« Sie ließ ihren Rucksack vom Hochsitz fallen und drehte sich seitlich unter dem Geländer durch, über das gebeugt sie gelehnt hatte. Ich machte einen nervösen Schritt vor, während sie sich mit der Leiter im Rücken ans Runterklettern machte. Auf der Hälfte rutschte sie seitlich ab und schrie auf, und ich sprang vor und fing sie auf. Meine Schultern kreischten vor Schmerz. Es war gerade mal einen Tag her, dass ich ein halbes Feld umgepflügt hatte, und meine Hände brannten und wurden steif von dem Brennnesselgift. Ich half ihr, sich an die Leiter zu lehnen, und japste: »Alles klar?«

Sie nickte erschrocken keuchend. Sie roch nach Schweiß und Wald und war so warm, als hätte sie am ganzen Körper Sonnenbrand. Ich ließ sie los, und sie rieb sich fluchend den Oberschenkel, bis in den der Schmerz offenbar reichte. Selbst sie musste Muskelkater haben nach gestern Nacht.

»Ich meinte das ernst«, sagte ich, als wir uns etwas beruhigt hatten. »Das eben.«

»Was?«

Aber sie wusste, was. »Dass du kein Psycho bist. Und dass ich's noch mal mache. Dich küssen. Wenn du das willst.«

Sie starrte mich an. Sie zitterte. Wahrscheinlich nur vor Erschöpfung. Aber sie sah aus, als hätte sie Angst vor mir. Dann flüsterte sie: »Du musst nicht.«

Ich starrte zurück. Sie öffnete den Mund und wollte sich erklären. Aber dann atmete sie schwer aus. Stemmte sich ein

Stück von der Leiter weg, sodass sie halbwegs gerade stand, und ich nahm ihr Gesicht, und wir küssten uns zum zweiten Mal.

Es war nicht perfekt. Von der Ausführung her und von den Umständen auch. Sie zitterte immer noch, und sie weinte jetzt doch und ich irgendwie auch fast, und außerdem gehörte sie in die Notaufnahme und ich brauchte zumindest Bettruhe. Wir waren beide verschwitzt und verfilzt und erschöpft. Ich konnte sehen, konnte fühlen, dass sie am Ende war, und ich auch. Ich hatte zu viel in den letzten Tagen gefühlt. Lukas. Ole. Sie. Aber ich hatte sie auch den ganzen Tag küssen wollen, wurde mir jetzt klar, wo ich es tat. Und deshalb war es trotzdem gut. Wunderbar sogar. Für ein paar Sekunden konnte mir alles andere total egal sein.

Und dann, wundersamerweise, wurde es besser. Nicht der Kuss – der war wirklich noch nicht perfekt –, sondern die Situation. Meine Gefühlswelt. Wie wenn an einem kalten Tag die Sonne rauskommt und dir die Arme unterm T-Shirt aufwärmt. Wie ein kühler Wind beim Joggen. Wie sich nach einer langen Woche endlich in ein frisch gemachtes Bett legen und am nächsten Morgen ausschlafen können. Wie vor einer Ohnmacht – nur wirklich gut. Mein Herz hörte auf, wie irre zu pochen. Es wurde nicht gerade Ruhepuls, aber es schlug mir auch nicht mehr bis hoch in den Kopf. Ich hörte endlich wieder was: den Wald. Clara atmen. Mich selbst. Ich hielt ihr Gesicht mit beiden Händen und sie mit einer Hand meinen Arm und ich glättete mich von innen raus. Mein Zittern hörte auf. Meine Hände fühlten sich an, als könnten sie wieder warm werden. Sogar meine Brennnesselstiche juckten nicht mehr so stark.

Ich küsste sie noch ein Mal, nur ganz kurz, und dann nahm ich endlich meinen Rucksack ab und packte die Tabletten und das Wasser aus dem Rucksack aus, während sie sich die Tränen vom Gesicht wischte und mit der Maglite leuchtete.

»Was ist mit deinen Händen?«

»Ich bin voll in Brennnesseln reingefahren.«

»Nimm Sauerampfer. Das kühlt. Unten am Fluss ist welcher.« Sie beugte sich vor und griff in das Handtuch, aus dem der Messergriff ragte. Ihre Stimme war ganz belegt. »Ist das aus der Hütte?«

»Ich wusste ja nicht, ob es hier Lianen gibt oder so.« Ich lächelte matt. »Oder Wölfe.«

»Ich verkauf dir nachher für ein Cent ein richtiges.«

»Warum für einen Cent?«

»Weil geschenkte Messer Freundschaft zerschneiden.« Sie gab mir das Messer zurück, so vorsichtig, wie sie mit scharfen Dingen immer war. Sie wischte sich immer noch im Gesicht herum, und ich zog ihre zitternde Hand nach unten und drückte sie, bis sie sich etwas beruhigte. Aber die Tabletten wollte sie nicht alle allein nehmen. Sie gab mir eine und sagte heiser, aber halbwegs energisch: »Für deinen Kopf und deine Hände.«

Ich stellte fest, dass ich ihr nichts mehr abschlagen konnte. Oder wollte. Also nahmen wir jeder eine und spülten sie mit Wasser aus der Flasche runter. Ich packte den Rucksack ein und hob auch Claras auf und gab ihr ihre Krücken vom Boden. Sie atmete ein paar Mal tief durch wie ich, wenn ich die Übungen meiner Hausärztin machte. Als müsse sie gleich wo runterspringen. Oder als wolle sie den Moment eben nicht vergessen.

Inzwischen war es fast ganz dunkel. Als ich die Maglite probehalber ausknipste, sah ich noch genug Schemen um mich herum, aber alles war grau in grau, und nach zwanzig Metern war Schluss. Es war ganz still. Keine zischende Schleiereule. Kein Gurgeln von Wasser. Kein Wind in den Spitzen der Bäume. Ich schaltete die Lampe wieder an und leuchtete den Weg voraus, durch Brennnesseln und Dornen. Clara folgte mir langsam und schwerfällig auf Krücken. Ich blieb alle paar Meter stehen, falls sie eine Pause brauchte. Ihr Keuchen machte mir Angst. Bis runter zum Fluss war sie klatschnass geschwitzt und sah aus, als würde sie gleich umkippen.

»Ich schaff das schon«, versicherte sie mir. »Ich kann das.« Aber es war quälend umständlich, sie in mein Kanu zu kriegen, ohne dass sie sich auf den entzündeten Fuß stellen musste. Sie fluchte und würgte und gab sich große Mühe, für mich cool zu bleiben. Ich hielt das Kanu, so gut ich konnte, fest, dann gab ich ihr die Rucksäcke und die Krücken und kletterte auf den Vordersitz. Ungeschickt genug, dass mein linker Schuh nass wurde, aber ohne es zum Kentern zu bringen. Ich schob die Maglite unter das breite Nackenband meines Bikinis, wie es Polizisten mit diesen kleinen, auf ihre Westen klippbaren Lampen machten, sodass sie übers Wasser den Weg leuchtete.

»Kannst du steuern? Ich bin echt schlecht.«

»Klar«, sagte sie erschöpft. Sie gab mir ein Paddel und wir stießen uns auf den Fluss hinaus.

Wir fuhren vorsichtig. Wir wollten nicht auf Sandbänken oder in einem Dornengestrüpp stranden oder den Kanuboden von Treibholz aufgeschlitzt bekommen. Clara steuerte uns viel besser, als ich es gekonnt hätte.

Es war schön auf dem nächtlichen Fluss. Viel schöner als auf der Hinfahrt, jetzt, wo sie bei mir war, auch wenn wir gerade auf dem Weg ins Krankenhaus waren. Im Ufergestrüpp zirpten Grillen. Ich hörte das knurrende Quaken von Fröschen und das Platschen, wenn einer direkt vor uns ins Wasser hüpfte, eine kurze schnelle Schwarz-Weiß-Bewegung im Kegel der Taschenlampe. Ein paar Insekten umschwirrten und umtaumelten uns und stießen vorn gegen die Maglite und verfingen sich in meinem Haar, das sich aus dem Knoten löste. Ab und an schlug ich eins weg, das mir zu schrill ins Ohr sirrte. Es hatte abgekühlt, und meine Ellbogen wurden eisig, sodass ich meine Sweatshirtärmel herunterschob.

Etwa auf der Hälfte ließ ich Clara uns für ein paar Meter fahren und holte mein Handy raus. Ein Balken. Sofort taumelte eine Schnake gegen mein erleuchtetes Display. Ich schrieb eine SMS an Viktor und bekam in der nächsten Biegung seine Antwort.

»Sie warten auf uns«, sagte ich erleichtert. Griff mein Paddel und legte mich noch mal richtig ins Zeug, Muskelkater hin oder her. »Sie bringen uns.«

»Bist du sicher, dass du nicht 'n Auto für mich knacken kannst?«

»Die Lektion hatten wir noch nicht.«

Sie lachte müde.

»Ist es eigentlich irgendwie komisch?«, fragte ich in die Stille. »Wenn wir –?«

»Was?«, fragte Clara.

Mein Gesicht begann wieder zu brennen, genau wie mein Magen, obwohl sie mich nicht mal sehen konnte. »Wenn ich seine Halbschwester bin. Du warst ja nicht wirklich mit ihm zusammen, aber vielleicht ist es trotzdem irgendwie falsch. Ethisch verwerflich oder so. Vielleicht wäre es mit Viktor auch so. Wenn ich mit ihm – obwohl er Lukas' bester Freund ist. Und weil ich – weil ich trauern sollte, oder?« Ich fühlte mich, wie wenn ich gleich eine Klausur wiederkriegte. Aber nicht Mathe. Eher Politik, wo ich manchmal Einsen und manchmal Vieren schrieb. Weil das hier eben auch eine Vier werden konnte. Und das wollte ich nicht. Das war das Letzte, was ich wollte. Das war mir jetzt glasklar. »Findest du das falsch?«

»Ich weiß nicht. Ich glaub nicht. Und du trauerst doch.«

Wir schwiegen länger, weil wir beide nicht wussten, was wir sagen sollten. Oder weil wir's wussten und nicht anfangen wollten, weil es vielleicht den Augenblick ruinierte.

»Ich hab das allerdings echt noch nie gemacht. Ich wusste ja nicht mal, dass ich auch auf Frauen stehe.« Es laut zu sagen war größer und schwieriger, als Clara zu küssen. Füllte mich gleichzeitig mit Schreck und Angst und mit wildem Glück. »Ich hab total keine Ahnung.«

»Von was?« Sie klang auch nicht gerade souverän, fand ich. »Küssen oder Sex oder was?«

»Nee. Ja. Alles eben.«

»Ich auch nicht«, sagte sie. »Ich hab auch keine Ahnung.«

Ich musste lachen. Es überkam mich. Es hörte sich ein bisschen irre an, ein wenig gruselig im dunklen Wald. »Okay«, sagte ich, damit sie nicht dachte, ich würde sie auslachen. »Cool.«

»Cool«, wiederholte sie heiser, und als hätte sie gespürt, dass ich das brauchte, lehnte sie sich vor und legte eine Hand auf meine Schulter und drückte sie, erst zögernd, wie sie mich bislang immer berührt hatte, aber dann fester, sodass ihr Zittern aufhörte und meins auch.

Der Wald gab uns her. Der Fluss wurde immer breiter und mündete in den See. Die Nacht wurde ein wenig heller. Ein wenig weiter. Ich sah die Lichter von der Feriensiedlung und ein Lagerfeuer am Campingplatz. Ich knipste die Lampe aus. Die Insekten ließen uns jetzt, wo sie uns gründlich zerstochen hatten, in Ruhe. Wir kamen besser voran.

Mike stand oben auf dem Steg. Ich sah seine Schienbeine unter der Dreiviertelhose leuchten. Daneben Viktor. Er schaltete seine Taschenlampe ein und blendete uns.

»Willkommen zurück in der Zivilisation!«, rief er.

· 46 ·

MIKE PACKTE VON OBEN Claras Arm, und zusammen halfen wir ihr hoch auf den Steg. Er hakte ihren Arm um seine Schultern und schleppte sie den Weg rauf zum Auto. Ich rannte in die Hütte, durchwühlte ihre Tasche und fand ihr Portemonnaie mit Versichertenkarte und Schülerausweis und allem. Ich schnappte mir noch eine ihrer T-Shirt-Rollen und aus dem Bad ihre Zahnbürste und machte das Küchenhandtuch gründlich nass. Alles bis auf den nassen Lappen stopfte ich in den Recycling-Beutel ihrer Mutter.

Diesmal saßen wir anders: Clara vorn wegen mehr Fußraum, Viktor und ich hinten. Mike trug seinen siffigen, löchrigen Hoodie, Viktor die gleiche Jeans und ein authentisch ausgeleiertes und verwaschenes Green-Day-Shirt, das ihm Mike offenbar geliehen hatte. Wir sahen alle ziemlich abgerissen aus. Stanken nach See und Schweiß und Sommer. Als ich einstieg, packte Viktor meine Hände und ließ sie gleich wieder los, weil ich vor Schmerz japste.

»Holy shit, was hast du denn gemacht?«

»Brennnesseln gepflückt.« Ich reichte Clara das tropfende Handtuch nach vorn. »Zum Kühlen.«

Sie wickelte es umständlich um ihren Fuß und lehnte sich erschöpft gegen die Tür. Mike fuhr uns rumpelnd über die

Schotterpiste und auf die schlechte Asphaltstraße. Er kurbelte sein Fenster etwas herunter gegen unseren kombinierten Gestank und gab etwas mehr Gas als sonst. Ich hatte mir Sorgen gemacht, dass er wieder betrunken war, aber er sah okay aus.

»Danke fürs Fahren«, sagte ich zu ihm. »Super von dir.«

Mike brummte.

»Er liebt unsere Roadtrips doch auch«, versicherte Viktor mir. »Mann, Helena, du bekommst ja echt was zu sehen.« Er lehnte sich gegen den Vordersitz, um uns beide gut im Blick zu haben. Er war schon wieder nicht angeschnallt. »Irgendwas Spannendes passiert in den letzten 24 Stunden?«

Es gab überhaupt gar keine Möglichkeit, wie er irgendwas darüber wissen konnte, was im Wald passiert war, aber natürlich wurde mir trotzdem ganz heiß im Gesicht. Wenn wenigstens mein Sonnenbrand noch da gewesen wäre, statt sich einfach in meine erste Sommerbräune verwandelt zu haben. »Absolut gar nichts«, sagte ich und zuckte die Achseln.

Viktor versuchte, Claras Aufmerksamkeit auf sich zu ziehen, aber sie starrte stur aus dem Fenster. »Hey, hat dich wieder wer verklagt? Hey, meinst du, sie schneiden dir den Fuß ab?«

»Schnauze!«, sagte Mike.

»Mann, hör auf!«, sagte ich und boxte ihn ganz automatisch.

Er rieb sich theatralisch den Arm. »Was? Bin ich ein Arzt? Weiß ich doch nicht! Bei Zombies –«

»Was weißt'n du von Zombies?«, knurrte Clara und drehte sich mühsam zu ihm um. Sie sah echt gar nicht gut aus. Blass und verschwitzt und gestresst. Wirklich wie von einem Zombie gebissen, dachte ich, und sie hat's keinem von uns gesagt und wird sich gleich verwandeln und die ganze Gruppe umbringen. »Mike würd ich mitnehmen, aber du? Was willste machen, die Zombies *anschauspielern*?«

»Ich kann zuallererst mal immerhin weglaufen.«

»Was ist eigentlich mit dem Kreis? Hat den schon wer bemerkt?«

Er sah plötzlich etwas enttäuscht aus. »Bislang keine Sau. Aber er sieht top aus. Wir haben die Drohne drübergeschickt. Warte mal –« Er drehte sich um und beugte sich in den Kofferraum. Ich wollte ihn am liebsten festhalten. Oder ihn an Mike verpetzen, der gerade auf die Landstraße bog und von seinem Manöver nichts bemerkte. Viktor tauchte mit der Drohne wieder auf und schraubte die GoPro aus ihrer Halterung.

»Morgen ruf ich unser Käseblatt an und gebe einen anonymen Tipp ab«, sagte er, legte die Drohne zurück und stellte die Kamera an. »Manchmal muss man Wundern eben hilfreich in den Arsch treten.« Er streckte sie zwischen uns, sodass Clara, die sich mürrisch zur Seite lehnte, es auch sehen konnte.

Mike schob seinen Arm weg. »Schnall dich an, Wichser.«

»Ist doch eine gerade Straße!«

»Wir müssen in der Aufnahme eh warten. Zeig das da.«

»Du bist so eine scheiß Mutti, ey.«

Ich hatte gute Reflexe. Ich sah etwas von links und brüllte: »Pass auf!«, noch bevor mein Hirn das Bild verarbeitet hatte und mir sagte, dass es ein Reh war. Noch bevor die Panik mich regelrecht erschlug. Mike reagierte zeitgleich, weil er es auch gesehen hatte. Vielleicht eine halbe Millisekunde später. Er riss am Lenkrad. Das Auto schleuderte mit jaulenden Reifen nach scharf rechts. Ich wurde in meinen Gurt und dann gegen Viktors Schulter geworfen. Eine Sekunde. Plötzlich schoss nicht schlechter Asphalt unter uns weg, sondern gar nichts. Mein Magen stieg hoch in meine Brust. Dann setzten wir krachend wieder auf. Pflanzen droschen auf die Vorderscheibe. Wuchtige, polternde Schläge donnerten unten an den Wagenboden. Der Knoten in meiner Brust löste sich in einen Schrei auf. Viktor kreischte. Clara schützte ihr Gesicht mit beiden Armen. Zwei Sekunden. Mais prasselte krachend um uns herum auf Blech und Glas. Es war dunkel wie in einem Tunnel. Mike drehte stumm und mit weit aufgerissenen Augen am Lenkrad. Drei Sekunden. Das Auto stellte sich schräg, der Mais lichtete sich, vor der Windschutzscheibe tauchte ein Gewirr aus Zweigen und Dornen auf, der Wagen schleuderte wieder nach rechts und wir krachten mit der Fahrerseite hinein, als Mike gleichzeitig endlich auf die Bremse stieg und der Airbag explodierte.

Wir standen. Leicht in Schieflage, sodass mein Kopf an der Scheibe lag, links vom Gestrüpp aufgebockt, mit dem Kofferraum im lädierten Mais hängend, aber wir standen. Der Motor hatte sich abgewürgt.

Ich hörte erst nur ein Pfeifen, das langsam leiser wurde, dann Viktors Stimme. Er rüttelte mich am Arm. Ich starrte ihn benommen durch einen Vorhang von durchgewirbeltem Haar an.

»Alles fit bei dir?«

»Yep«, krächzte ich. Mein Herz schlug viel langsamer als eben noch. Die Panik zündete nicht mehr durch alle meine Synapsen. Ich fühlte mich etwas schwerfällig, etwas schlafwandlerisch. Die Erleichterung. Oder der Schock. Clara vor mir stöhnte Flüche auf Deutsch und Polnisch, und Mike kämpfte sich mit einem schwachen Arm hinter dem Airbag hervor, der ihn davor bewahrt hatte, voll aufs Lenkrad zu krachen. Auf dem in sich zusammensinkenden Nylonsack glitzerten Scherben.

»Mike? Mikey?«, fragte Viktor und klopfte ihn auf die Schulter.

Ich machte meine Tür auf. Sie fiel wegen unserer Schräglage von allein auf und blieb in weichem Ackerboden stecken. Ich roch Pflanzen. Mais. Erde. Und verbranntes Gummi. Ich schnallte mich erst mal ab, dann knipste ich das Licht über mir an. Clara drehte sich halb zu mir um. Sie war blass, aber das war sie vorher schon gewesen. Ansonsten sah sie okay aus.

»Alles klar?«, fragte sie mich.

Ich nickte. Mein Kopf pochte widerwärtig und meine Brust schmerzte vom Gurt.

»Gut. Brennt das Auto? Läuft Benzin aus? Guck das mal nach.« Sie schnallte sich ebenfalls ab und beugte sich rüber, um Mike mit dem Airbag zu helfen, von dem knisternd Glas rieselte. Ich rutschte aus dem Auto, klopfte mir zittrig das Sweatshirt ab und strich meine Haare zurecht und ging, so weit ich konnte, herum. Ich war wacklig auf den Beinen, und die frische Luft tat echt gut.

Bestandsaufnahme: Wir waren von der Straße abgekommen, über einen Graben geschossen, durch ein Maisfeld gebrettert und am Feldende in ein paar wilde Gestrüppe gekracht. Ich konnte von hier die Straße sehen, nur fünfzig Meter weiter hoch. Schäden: Die linke Seite des Yaris war völlig zerkratzt, die Schnauze und Fahrertür steckten in den Büschen fest. Aber ich sah und roch nirgendwo auslaufendes

Benzin. Auch kein Feuer. Nicht mal Rauch. Nur die Reifen stanken von dem Ausweichmanöver.

»Sieht alles okay aus«, rief ich Clara zu und kam zurück.

Mike hatte sich endlich aus dem Airbag gekämpft, der ihm jetzt als schlaffe Hülle im Schoß lag. Aus dem zerbrochenen Fenster ragten Zweige ins Auto und stachen ihm in den Arm. Er stierte nach vorn aus der Frontscheibe ins Leere. Er war leichenblass. Hatte ganz blaue Lippen. Und er blutete. Seine linke Hand war von Flecken bedeckt, und vom Kinn fielen ihm Tropfen in den Schoß.

»Fuck«, sagte Clara, die sich, so gut es ging, auf ihrem Sitz aufgerichtet hatte und ihn an der Schulter hielt, als wolle sie ihn zwingen, sich ganz zu ihnen zu drehen. »Fuck, Mann, du blutest.«

Viktor beugte sich nach vorn zu ihm, hielt ihn auch. Schüttelte ihn vorsichtig, wie er mich geschüttelt hatte. Auch auf seinem Gesicht stand der Schreck. »Mikey«, wiederholte er. »Hey, Erde an Mikey. Alles klar, Mann? Jetzt sag schon was, du Irrer!«

»Hab ich's erwischt?«, flüsterte er. Seine Stimme klang so anders, so hohl und leblos und weit weg, dass ich zuerst nicht mal sicher war, ob er das gesagt hatte oder ob sich bei dem Aufprall vielleicht das Radio eingeschaltet hatte.

Wir starrten ihn alle an.

»Was? Mikey, was?« Aber dann schaltete er. »Nee, hast du nicht. Du bist ausgewichen. Du warst doch rechts. Wir sind ausgewichen. Oder hat's das Reh erwischt?«, fragte er mich.

»Nein«, sagte ich. »Nein, ich glaub nicht.«

»Welches Reh?«, fragte Clara.

»Siehst du. Gute Arbeit, Stuntman.«

Mike holte tief und zitternd Luft und begann zu weinen. Sank schluchzend und bebend nach vorn in sich zusammen. Einen Moment waren wir alle erstarrt. Viktor schüttelte ihn noch mal und sagte erschrocken: »Mikey, Mann, alles ist gut, alles ist okay, uns geht's gut! Sogar dem Reh geht's gut!«

Aber er reagierte überhaupt nicht. Er weinte weiter, die Hände überm Kopf gekrümmt. Wo ihm links der Ärmel runterrutschte, sah ich blutige Schnitte.

Clara rückte ihren Sitz nach hinten, stellte das linke, unverletzte Bein über die Mittelkonsole, schob Mikes Füße zur Seite und hielt sich mit beiden Händen an den nicht zusammenpassenden Kopflehnen links und rechts fest. Dann trat sie auf die Kupplung, legte den ersten Gang ein und ließ das Auto anrollen. Das reichte nicht, um uns aus dem Gestrüpp zu befreien, und weil sie nicht aufs Gas treten konnte, stieg ich wieder aus und schob das Auto an. Ganz mechanisch, so wie ich es gemacht hätte, wenn wir im Sand oder Schnee festgesteckt hätten. Ich musste mich nur einmal kräftig gegen den Kofferraum lehnen, dann arbeitete die Kupplung und die Schwerkraft für mich und eine Tonne Auto rutschte unter meinem Rücken weg. Ich verlor das Gleichgewicht und setzte mich hart auf den Hintern. Zweige kreischten über Metall, der Wagen ächzte und ruckelte und rollte mit einem dumpfen Schlag auf ebenen Boden zurück. Links das Gebüsch, rechts der von uns geschredderte Mais. Perfekt in die Lücke eingeparkt.

Clara reckte den Daumen in meine Richtung hoch und ließ sich schwitzend vor Schmerzen wieder in den Sitz fallen. Viktor stieg aus und öffnete die Fahrertür und versuchte von dort, Mike zu beruhigen. Schließlich schnallte Clara ihn ab, damit er ihn rausziehen konnte. Er stolperte einen taumelnden

Schritt weg vom Auto und setzte sich dann schwer unter das lädierte Gebüsch. Er zitterte, als wäre er besoffen. Viktor hockte sich vor ihn. Er hielt seinen linken Arm umklammert und redete leise auf Mike ein. Ich konnte nicht hören, was er sagte. In meinen Ohren pfiff es immer noch vom Knall des Airbags.

»Wir müssen wen anrufen«, sagte ich laut zu keinem bestimmen der drei. »Die Polizei oder so. Einen Krankenwagen.«

Clara lehnte sich über den Fahrersitz. Sie war immer noch mit dem Auto beschäftigt. »Braucht es nicht. Das können wir fahren. Sieht alles heil aus. Guck doch mal, wo der Weg über den Graben ist.«

Ich leuchtete mit meinem Handy. Wir hatten Riesenglück. Wir standen bloß dreißig Meter davon entfernt.

»Helena!«, rief Viktor. »Ich brauch hier mal Licht!«

Ich joggte mit schwachen Knien zurück und leuchtete ihm mit meinen letzten Akku-Prozenten. Mike liefen immer noch die Tränen runter. Er hatte einen Schnitt auf der Stirn und einen am Kinn von herumfliegenden Glasscherben. Mir wurde ganz flau. Viktor neben mir würgte ein bisschen und riss sich dann zusammen.

»Hilf ihm mal mit dem Hoodie. Falls er verletzt ist. Ich krieg's nicht hin.« Er machte mir Platz, und wir tauschten. Handy gegen Erste Hilfe. Ich kniete mich auf den Boden und sagte dünn und bemüht Ersthelfer-freundlich: »Hey, kann ich – kannst du das mal ausziehen?«

Endlich sagte er was. »Ich bin kein Baby«, krächzte er.

»Du bist ein Riesenbaby«, sagte Viktor schwer erleichtert. »Uns geht's doch allen gut. Kein Grund zu heulen, Mann.«

Mike bemühte sich, aus dem Hoodie zu kommen, und ich zog ihn hinten aus seinem breiten, verschwitzten Rücken über seinen Kopf. Darunter trug er bloß das weiße Unterhemd, das links aufgerissen und ein bisschen blutig war. Eine lange Schramme ging darunter quer über seine Rippen, wo ein Ast ihn durchs zerbrochene Fenster getroffen hatte. Der rechte Ärmel ging gut ab, der linke klebte fest. Als ich ihn abzog, kamen darunter mehr Schnitte zum Vorschein.

Aber es sah nicht lebensgefährlich aus. Es waren nur Schnitte und ein Schock.

»Braucht ihr Verbände?« Clara hatte den Verbandskasten unter ihrem Sitz gefunden und lehnte sich über den Fahrersitz zu uns rüber. Ich sprang auf und ging ihn holen. Viktor quatschte weiter beruhigend auf Mike ein. »Na, sieht doch alles prima aus«, sagte er und gab sich Mühe, richtig ehrlich enthusiastisch und nicht angeekelt und jämmerlich zu klingen. »Das gibt ein paar geile Narben. Die Chicks werden die lieben.«

»Ich bin schwul«, flüsterte Mike.

Wir starrten ihn beide an. Er barg seinen stinkenden Hoodie in den Händen und zitterte. Er fuhr sich über den stoppeligen Kopf und drückte die Hand vor den Mund, wie um es zurückzunehmen, und schmierte dabei noch ein bisschen mehr Blut auf sein Gesicht. Eine Weile sagte keiner von uns was. Schließlich legte Viktor ihm die Hand in den breiten Nacken, auf seine Ketten.

»Hey, Mann«, sagte er. Dünn und erschrocken. »Mann.«

Mike schluchzte, dass seine Schultern zuckten, und Viktor rieb ihm den gekrümmten Nacken, um ihn zu beruhigen.

»Alles okay?«, fragte Clara, die uns im Auto und flüsternd

nicht richtig hören konnte, besorgt. Ich schüttelte den Kopf und zuckte hilflos die Achseln.

»Ich wollt's euch sagen«, krächzte Mike, auf seinen Hoodie weinend. »Ich wollt's euch bald erzählen.«

Ich wusste nicht, ob er uns meinte oder ob er von der Vergangenheit sprach. Von Lukas.

»Ist doch okay«, sagte Viktor, ganz untypisch hilflos. »Mensch, ist doch okay.«

Mike starrte auf seine Knie und schüttelte den Kopf. Wischte sich schon wieder Blut über den Mund. Ich hockte mich neben ihn, machte den Verbandskasten auf und versuchte, mich trotz allem an meinen Kurs zu erinnern. Viktor hatte den linken Arm immer noch auf den Knien liegen.

»Kannst du das Handy halten?«

Er tätschelte Mike noch einmal und sagte: »Alles ist okay, ja? Ich hab dich immer noch lieb, Mann. Das stört mich doch nicht.« Dann ließ er ihn los und hielt mir das Handy hoch, sodass ich eine sterile Auflage auf die schlimmsten Schnitte legen und Mikes Arm mit einer Mullbinde umwickeln konnte. Er streckte mir die Hand hin und hörte auf, seinen Hoodie zu kneten, damit ich besser rankam. Ich steckte den Verband fest, als auch die alte Narbe darunter verschwunden war, die er mir besoffen in der Nacht gezeigt hatte, als wir Claras Fuß versorgt hatten. Dann erlaubte er mir noch, ein Pflaster auf die blutige Schnittwunde in seiner Stirn zu kleben.

»Clara sagt, das Auto fährt noch.«

Er schüttelte den Kopf. »Ich kann nicht. Wenn ich's überfahren hätte –«

»Hast du aber nicht«, erinnerte Viktor ihn.

Mike brach erneut in Tränen aus, und Viktor schluckte

schwer und sagte heiser: »Mikey, es war nicht – es war nur ein Reh. Es war bloß ein Reh, und es geht ihm gut.«

Er schluchzte fürchterlich, irgendwie ganz schrill. Viktor bekam ihn kaum beruhigt. Als ich mich zum Auto umdrehte, beobachtete uns Clara bestürzt, und ich wollte ihr Daumen hoch zeigen für dass es uns gut ging, aber es ging uns ja nicht gut.

»Komm schon, Mikey. Nicht hier, okay? Wir bringen dich ins Krankenhaus. Uns alle. Mal sehen, ob wir von diesem scheiß Feld runterkommen. Ich kann echt keinen Mais mehr sehen.«

Ich klappte den Verbandskasten wieder zu und legte ihn ins Auto, und dann halfen wir Mike auf die Beine und bugsierten ihn auf die Rückbank und schnallten ihn an wie Eltern ihr Kind. Viktor schüttelte Scherben von der Holzperlen-Sitzauflage, schob den leeren Airbag beiseite, schnallte sich umständlich an, lehnte sich zu Clara und sagte leise etwas. Er zeigte ihr seinen linken Arm, den er so in sein T-Shirt geschlagen hatte, dass der Ellbogen den Stoff spannte und der Arm in der Falte ruhig lag. Erst da begriff ich es. Er hatte ihn sich gebrochen, weil er unangeschnallt in die Tür geknallt war.

Clara nickte und legte die verschwitzte Hand auf den Schaltknüppel. Gemeinsam brachten sie den Wagen zum Laufen. Der Motor klang ganz normal. Nirgendwo fing es an zu rauchen. Nur der eine Scheinwerfer ging nicht. Wir rumpelten im Rückwärtsgang vorbei an der Schneise, die wir gepflügt hatten, wobei der Außenspiegel Maispflanzen umknickte. Wir wendeten, plätteten noch ein bisschen mehr Mais und eierten mit ächzendem Motor runter vom Feld auf die leere Straße.

Mike neben mir umklammerte seinen verbundenen Arm auf seinem zerknüllten Hoodie. Auf seinem Gesicht trockneten Tränen. Ich legte ihm die Hand auf den sommersprossigen Arm, so wie Viktor ihm die Hand immer in den Nacken legte. Als er sie nicht abschüttelte, ließ ich sie da, den ganzen Weg in die Notaufnahme.

· 47 ·

DAS KRANKENHAUS LAG AM Stadtrand, ein schmutzig-weißes, dreistöckiges Gebäude mit rotem Ziegeldach, das in den Dreißigern prächtig gewesen sein musste und jetzt so verlassen aussah wie alles in der Stadt. Nur ein kastenförmiger, recht moderner Anbau war erleuchtet, und der stellte sich als die Notaufnahme raus. Als wir reinkamen, sah die Krankenschwester am Empfang uns misstrauisch an, als wolle sie schon mal einschätzen, wie viel Ärger wir ihr machen würden.

Vor uns kamen bloß fünf Leute. Es gab hier so Sitznischen wie in amerikanischen Diners mit Fenstern raus zum Hof, und der Wartende Nummer fünf, der eine gequetschte Hand in eine tropfende Plastikpackung Eiswürfel gesteckt hatte, beschloss bei unserem Anblick, dass er sich doch lieber woanders hinsetzen wollte. Clara übernahm seinen Platz mit einem dankbaren Stöhnen.

Ich ging zu der jungen blonden Schwester an der Aufnahme und machte ein paar notdürftige Erklärungen: eingetretene Scherbe vor zwei Tagen, Entzündung, kleiner nicht näher spezifizierter Unfall, denn ich wollte Mike nicht irgendwie in Schwierigkeiten bringen. Aber sie wollte eh nur die Verletzungen wissen und ob einer von uns gerade am Verbluten oder Kotzen oder so was war.

Ich kramte in Claras Beutel nach der Versichertenkarte, während die Frau ungeduldig wartete. Viktor hatte mir seine aus der Brieftasche gegeben und Mikes hatte zusammen mit seinem Perso und einer halb vollen Stempelkarte von einem Dönerladen in der Stadt in einer schmutzigen Klarsichtfolie im Auto gelegen. Ich reichte nacheinander alles hin wie eine Mutter an der Supermarktkasse ihre Coupons. Die Frau tippte vor sich hin seufzend Infos ab und gab sie mir wieder, und ich sah mir alle Karten noch einmal an, bevor ich sie wegsteckte. Clara, eine jüngere Version mit straff nach hinten gebundenem Haar und in schwarzem Rollkragenpullover, guckte auf ihrem Foto so finster, als wollte sie dem Fotografen an die Kehle. Mike hatte noch rotblonde Haare bis zu den Ohren, kein blaues Auge und nur halb so viele Piercings. Nur Viktor schaffte es, sogar auf dem Passfoto gut auszusehen. Alle drei wirkten irgendwie weicher. Unschuldiger.

»Und Sie haben jetzt nichts?«

»Nee«, sagte ich. »Nur mein Kopf. Ist aber echt nicht so schlimm.«

»Dann setzen Sie sich mal alle hin«, sagte die Schwester und stand auf, um sich um irgendwas anderes zu kümmern.

»Wie lange dauert das denn ungefähr? Meine Freundin hat vielleicht eine Blutvergiftung.«

Meine Freundin, dachte ich trotz allem. *Wahnsinn.*

Die Frau sah mich zweifelnd an. Dieser typische Ärzteblick, wenn sie alles besser wissen. Und wussten sie ja meistens auch. »Das würden Sie merken. Hat sie Fieber? Nein? Und ich kann Ihnen nicht sagen, wie lange das jetzt dauert, ich bin hier nicht die Auskunft. Sie werden aufgerufen, wenn Sie aufgerufen werden.«

»Kann ich denn bitte ein Kühlkissen haben? Für den gebrochenen Arm?«

Sie sah noch ein bisschen genervter aus, aber dann ließ sie mich warten und kam echt noch mal zurück, um mir eins zu bringen, bevor sie sich um wichtigere Fälle kümmern ging.

Clara hatte sich längs über drei Stühle gestreckt und einen Arm über die Augen gelegt, als wolle sie schlafen. Mike sah mit trübem, verquollenem Blick aus dem Fenster, das uns alle verwaschen spiegelte. Viktor war neben ihm tief in seinen Sitz gerutscht und starrte glasig hoch an die Decke. Er war immer noch sehr blass. Die Notaufnahme war bestimmt nicht der richtige Ort für jemanden, der kein Blut sehen konnte. Vielleicht hätte ich an der Aufnahme Bescheid sagen sollen.

Ich sagte ihnen, was Sache war. Viktor wickelte sich dankbar das Kühlkissen um den Arm und ich setzte mich neben Claras Kopf und überlegte, ob ich ihn in den Schoß nehmen sollte, doch sie schien schon froh, dass ich überhaupt da war. Und dann saßen wir da alle und sahen zu, wie die Leute vor uns aufgerufen wurden. Wir waren zu erschöpft für lange Unterhaltungen. Wir hörten bloß den Gesprächen und dem Gestreite mit der Schwester zu und wie einmal ein Betrunkener kurz im Gang randalierte, bevor er sich rauskomplimentieren ließ.

Nach einer halben Stunde war Viktor als Erster dran, weil er zum Röntgen musste. Obwohl man das natürlich deutlich sehen konnte, dass da was gebrochen war. Er sah echt gar nicht gut aus, aber er bemühte für uns alle ein lässiges Grinsen und Zwinkern, bevor er der Schwester folgte.

Kurz darauf wurde Clara aufgerufen. Sie quälte sich stöhnend von ihren Stühlen und hoch auf ihre Krücken. Ich beschloss, dass Mike einen Moment allein klarkam, und begleitete sie in die Notaufnahme bis vors Behandlungszimmer, falls sie stürzte. Mit rein durfte ich nicht. Ein müder Arzt warf mich raus, sobald ich Clara auf die mit Papier bezogene Liege geholfen und die Krücken an die Wand gelehnt hatte. Sie sah aus, als würde sie gleich losheulen, aber sie machte die Schultern gerade und versuchte genau wie vorhin im Kanu für mich cool zu wirken.

Vor der Tür waren zwei Stühle, und ich setzte mich auf einen davon, weil mir das ja keiner verboten hatte. Dann wartete ich. Die Schwester kam mit dem jetzt ganz kleinlauten Betrunkenen im Schlepptau vorbei und der Mann mit der gequetschten Hand mit einer dicken Bandage aus einem anderen Behandlungszimmer. Viktor machten sie wahrscheinlich gerade den Gips. Nach einer Viertelstunde kam der Arzt hinter mir heraus und verschwand den Gang runter. Ich dachte, er würde nur was holen, aber dann kam er nicht wieder, und ich stand auf und ging zu Clara rein.

Sie lag ausgestreckt auf der Liege, die Hände auf dem Bauch gefaltet. Ihr rechter Fuß war bis hoch auf den Knöchel strahlend weiß verbunden, sodass gerade noch ihre Zehen rausschauten. Sie war immer noch ziemlich blass um die Nase, aber ihr Gesicht war nicht mehr starr und grau vor Schmerz. Als ich den Kopf reinsteckte, lächelte sie matt und überrascht. Mir wurde sehr viel leichter ums Herz.

»Hey«, sagte sie heiser. »Du bist ja da.«

»Klar bin ich da. Wie geht's dir?« Ich legte meine Hand auf ihre, und sie zuckte zusammen und starrte mich an und dann meine Hand. Aber dann lächelte sie wieder. Mehr als vorher.

Ganz überwältigt. Sie sah zu mir hoch, als hätte ich sie gerettet oder so was. Als hätte ich sie persönlich auf meinem Rücken aus der Wildnis zurück in die Zivilisation getragen. Sie drückte meine Hand zurück, fest und zittrig gleichzeitig.

»Gut«, flüsterte sie. Ich fand, sie klang ein bisschen high. »Super.«

»Keine Blutvergiftung?«

»Nee. Ich hätt früher kommen sollen, sagt der Arzt. Darf nicht schwimmen.« Sie hielt mir ein graues, visitenkartengroßes Stück Pappe hin. Ich nahm es und musste verwirrt blinzelnd zweimal hinsehen, bis ich erkannte, dass das Grüne, das mit Tesa draufgeklebt war, ein millimetergroßer, scharfer Glassplitter war. Der Rest der Bierflasche, den der Arzt aus ihrer vereiterten Fußsohle gezogen hatte.

»Ich wollt's als Trophäe. Fand er cool. Aber die wollen da noch was drummachen. Eine Schiene oder so. Und gegen Tetanus hat er mich noch mal geimpft.« Sie zeigte mir mit der freien Hand das Pflaster. »Obwohl ich hundertpro schon geimpft bin. Da ist meine Mutter echt hinterher. Hab ich ihm auch gesagt. Jedenfalls bin ich jetzt unkaputtbar. Mein Bein ist betäubt. Ich brauch Antibiotika. Was ist mit den anderen?«

Sie war sogar *eindeutig* high. Zum Glück hatte ich massig Erfahrung damit, Isi zu babysitten, wenn sie richtig weg war. »Viktor wird gerade gegipst und Mike ist bestimmt auch gleich dran.«

»Gut. Ich muss echt schlafen.«

»Kannst du bestimmt gleich. Musst du noch hierbleiben?«

»Ich hab ihm gesagt, meine Mutter holt mich dann ab. War aber gelogen. Ich hab nicht mal Handy mit.« Sie zog meine Hand etwas hoch, um sie besser sehen zu können, und berührte sie mit der anderen. Sie war ganz vorsichtig, als könne mir was kaputtgehen. Sah sich blinzelnd die ganzen Nesselstiche an. »Du musst da Sauerampfer draufmachen.«

»Das hast du mir im Wald schon gesagt.«

Sie runzelte verblüfft die Stirn. »Echt? Sorry.«

»Macht doch nichts. Außerdem tut's nicht mehr wirklich weh.«

»Tut mir leid, dass ich nicht wollte. Ins Krankenhaus. Ich hatte Blinddarm, aber ich hatte auch meine Tage und die dachten, ich bin bloß 'n hysterisches Mädchen. Haben mich nach Hause geschickt. Kam dann der Krankenwagen. Da bin ich fast gestorben. Willst die Narbe sehen?«

Jemand kam hinter mir ins Zimmer, bevor sie mir die Narbe zeigen konnte, und ich dachte, es wäre der Arzt, aber es war noch eine Schwester, die einen faltbaren Rollstuhl schob und ihn an die Liege stellte. Sie hatte den gleichen blauen Schwesternkittel an wie die, die am Empfang Dienst hatte, nur dass sie älter war und nicht so klein, dass ich auf sie runtergucken musste. Außer dem Rollstuhl hatte sie eine dieser grauen Plastikschienen mit Klett mitgebracht, die man, wenn man Glück hat, statt Gips kriegt. Maren hatte nach ihrem Bänderriss ewig so eine getragen. Diese Schwester sah auch nicht gestresst aus, bloß müde und ferngesteuert. Das, was nach dem Stress kommt. Sie beachtete mich überhaupt nicht, sondern hatte Tunnelblick für die Schiene und Claras Fuß.

Dann machte sie sich vor Überraschung etwas größer. Sie war sogar größer als ich. Wenn auch nur einen Zentimeter oder so.

»Clara?«, fragte sie.

Clara starrte sie ungläubig an. Alle Farbe war aus ihrem

Gesicht gewichen, aber ihre Hand packte meine so fest, dass es jetzt wehtat. Als hätte sie jetzt wirklich ein Gespenst gesehen. Eine Sekunde war ich vor Erschöpfung so losgelöst von allem, dass ich fast irre darüber lachen musste. Aber dann gingen in meinem Kopf alle Lichter auf einmal an. Mein erschöpfter Körper, der schon kurz vorm Runterfahren gewesen war, wachte noch einmal von Kopf bis Fuß auf.

Ich erkannte diese Frau. Und sie erkannte mich.

· 48 ·

ICH WAR ACHT, ALS ich auf einer Lesung meines Vaters glaubte, meine Mutter zu sehen. Er hatte mir wie immer mit seiner Jacke einen Platz ganz hinten freigehalten. Am anderen Ende der Reihe saß eine junge Frau mit schwarzer Lederjacke und langem dunklem Haar in einem französischen Zopf, die sich die ganze Zeit in meine Richtung den Hals verrenkte. Jede Minute war ich sicherer. Ich wusste nicht, was es war, vor allem Jahre später nicht, nur, dass ich es gespürt hatte, ganz tief in mir drin. Mein Herz hatte so heftig geschlagen, dass es bis in meinen Kopf gepocht hatte. Ich hatte meine Hand so auf mein Knie gelegt, dass sie meine vier Finger sehen konnte. Ich war mir megaschlau vorgekommen. Aber nach den ersten Minuten Lesung war ein Mann durch die Tür neben mir reingehuscht, hatte sich umgesehen, sie erblickt und sich entschuldigend flüsternd zu ihr gesetzt, und danach hatte sie nicht noch mal zu mir rübergesehen.

Mit vierzehn war es noch mal passiert. Das gleiche Gefühl. Ich war mit Isi und Katta vorm Kino bei Starbucks gewesen, weil Isi ganz verrückt nach irgendeiner neuen Kaffee-Kombination war. Auf einem der Fensterplätze hatte eine Frau im grauen Pullover und langem, schönen kastanienbraunen Haar an einem Laptop gearbeitet. Sie hatte ihren Kaffee getrunken oder ihren Latte oder was es gewesen war, und an der großen Panoramascheibe war der Regen hinabgelaufen. Irgendwas an ihr hatte mich elektrisiert. Ich hatte sie angestarrt, bis sich der Barista über die Theke lehnte und mir genervt auf den Arm tippte, damit ich meine Bestellung endlich aufgab.

Jetzt war es so, nur hundertfach stärker. Sie sah wie keine Mutter aus meinen Einschlafträumen als Kind aus und auch nicht wie die Frau aus dem Starbucks oder die von der Lesung. Als Erstes sah ich all die Unterschiede zwischen uns, als wolle ein Teil meines Unterbewusstseins versuchen, die Wahrheit wegzuerklären, die der andere Teil schon erkannt hatte. Sie hatte dunkleres Haar als ich. Sie hatte nicht meine Nase und nicht meinen Mund und nicht meine Augenfarbe und fünf Finger an jeder Hand. Aber sie war *Lukas'* Mutter. Gar kein Zweifel.

Wir fielen uns nicht in die Arme. Wir sahen uns einfach an. Ganz lang. Viel zu lang. Vielleicht eine ganze Minute. Als müssten wir uns alles einprägen, um uns gleich ohne Vorlage zu malen. Als käme es dabei besonders auf die kleinen Details an. Ihr Haar, schulterlang und rasch in einen unordentlichen Pferdeschwanz gebunden, war getönt. Ich sah nirgendwo Grau, und sie hätte welches haben müssen. Sie hatte ihren Sohn verloren, und außer in ihrem Haar sah ich es überall: Sie ging auf die vierzig zu und sah aus wie über fünfzig. Unter ihrem Kittel war sie eingefallen-dünn, Schmerz-dünn. Sie hatte dicke, bläuliche Ringe unter den Augen, und ihre Wangenknochen traten hervor und machten ihr blasses Gesicht noch schmaler. Sie sah aus wie eine hagere, hungernde Krähe.

Sie sah mich an, als ob sie nicht sicher war, ob sie nicht träumte. Oder ob *ich* das wirklich war, das große, dünne, eingefallene Mädchen in an den Knien schmutziger und an den Oberschenkeln rissiger Jogginghose und leuchtend gelbem Sweatshirt mit kleinen roten Blutflecken hier und da, das sonst so glatte Haar vom Schwimmen im See wellig und fettig, das Gesicht halb sonnengebräunt und sonnenverbrannt.

Dann zuckte sie etwas. Ihre Arme hoben sich ruckartig ein Stück. Sie wippte leicht nach vorn. Weil sie gleich umkippte. Oder weil sie mich umarmen wollte. Jedenfalls tat sie es nicht, denn sie bremste sich wie jemand, der sich gerade noch erinnert, dass an den Stromzaun oder in die offene Flamme fassen wehtut. Dabei fiel ihr auf, dass sie immer noch die Schiene in der Hand hielt. Sie sah darauf hinab, als hätte sie so was noch nie gesehen, was irgendwie trotz allem ziemlich komisch aussah, genau wie Claras schockiertes Gesicht eben.

»Entschuldige«, sagte sie. Sie klang fast normal, fast, als hätte sie damit gerechnet, dass ich hier auftauchen würde. »Einen Moment.« Sie wandte sich Clara zu, die uns beide hilflos anstarrte und meine Hand genauso wenig losließ wie ich ihre, und legte die Schiene an ihren Knöchel. »Ich heb deinen Fuß jetzt an.«

Sie machte Clara die Schiene über dem Verband fest und schloss sie mit Klettverschlüssen, schnelle, routinierte Bewegungen, die schlafwandlerisch wirkten. Da kam ich auch etwas zu mir. Ich ließ endlich Claras Hand los – meine vier Finger fühlten sich ganz leicht an ohne ihre – und griff ihr stattdessen unter die Schulter. Ich half ihr von der Liege und in den Rollstuhl, den meine Mutter (*meine Mutter,* dachte ich) ein Stück vorschob. Unter allen anderen Umständen hätte Clara deswegen ein Riesentheater gemacht, da war ich mir sicher. Aber jetzt sagte sie überhaupt nichts. Ich gab ihr die Krücken, damit sie die für mich hielt.

»Du solltest den Fuß erst mal nicht belasten«, sagte meine Mutter zu Clara.

»Ich weiß«, sagte Clara, als hielte sie meine Mutter für verrückt und irgendwie gefährlich.

Meine Mutter nickte und sah mich an. »Fahrt ihr denn jetzt gleich schon wieder nach Hause?«

Ich schüttelte den Kopf. »Unsere Freunde sind auch verletzt.«

»Was haben sie?«

»Einen gebrochenen Arm und eine Schnittwunde. Und einen Schock. Sie sind auch schon in der Notaufnahme.«

»Aber du hast nichts?«

»Nur mein Kopf etwas. Aber nichts Schlimmes.«

»Trinkst du Kaffee?«

Ich nickte. Ich trank zwar eigentlich keinen, wenn es sich vermeiden ließ, aber das wären jetzt zu viele Worte gewesen. Eben hatte Clara sich verrückt aufgeführt. Jetzt waren wir die, die sich benahmen wie nach einem tiefen Zug von einem guten Joint. Vollkommen losgelöst. Vollkommen bescheuert.

»Willst du dich vielleicht mit mir in die Cafeteria setzen? Um die Zeit ist zwar abgeschlossen, aber ich hab einen Schlüssel.«

Ich dachte einen Moment darüber nach. Oder jedenfalls erweckte ich den Anschein, denn ich konnte gerade nicht nachdenken. In meinem Gehirn hatte es vor einigen Minuten einen Kurzschluss gegeben, und irgendwas funktionierte nicht so richtig. Ich war nur froh, dass es mich am Durchdrehen hinderte. Jedenfalls stand ich kurz mit den Händen an den Rollstuhlgriffen da, bevor ich nickte und sagte: »Wo ist das denn?«

»Du musst einfach den Flur runter und dann rechts. Es ist im alten Gebäude.«

»Okay.«

Ich nickte und sie nickte. Dann schob ich den Rollstuhl aus dem Zimmer und lenkte ihn langsam und bemüht gerade den Flur runter, weil das Teil schon älter war und das linke Rad leicht eierte.

Mike war eingedöst. Sein Kopf lag an der Scheibe, der Hoodie war ihm zwischen die Füße gerutscht. Ich stellte Claras Rollstuhl außen an die Sitznische, und sie setzte sich auf, griff über die Schulter meinen Arm und hielt ihn fest. Ich ging um sie herum, damit sie sich nicht so verrenken musste.

»Helena –«, sagte sie, und sie sah aus, als müsse sie gleich weinen.

»Ich bin gleich wieder da«, flüsterte ich.

»Ich hab's vergessen. Dass sie Schwester ist. Ich hab's vergessen. Ich hab's völlig vergessen. Ich –«

Ich schüttelte den Kopf. »Ich hab doch bei ihr geklingelt. Ich hätt's doch fast gemacht.« Dann beugte ich mich zu ihr runter und gab ihr einen Kuss. Sie ließ mich los und schniefte und wischte sich rasch die Augen trocken, und ich ging in den Gang, der aus dem Neubau rausführte.

· 49 ·

ICH FAND DIE CAFETERIA, DIE abgesperrt und dunkel war. Bevor ich mich lange umsehen konnte, tauchte meine Mutter aus dem leeren Flur auf. Sie trug zwei Porzellantassen, eine weiße und eine mit Muster. Sie hatte ihren Pferdeschwanz noch einmal sorgfältig gebunden, hatte sich vielleicht im Bad Wasser ins Gesicht geklatscht. Hatte sich im Spiegel angesehen und sich eine kurze Motivationsrede gehalten.

»Entschuldige«, sagte sie noch einmal. »Ich musste die Schicht schieben. Zum Glück ist die Aufnahme fast leer. An Wochenenden ist hier der Teufel los. Aber gerade möchte mir hier keiner etwas abschlagen.« Sie gab mir die Kaffeetasse ohne Muster in die Hand, zog einen großen Schlüsselbund aus ihrer Hosentasche, schloss die Tür auf und schaltete das Licht an. Ich sah mich blinzelnd in dem kleinen Raum um. Gepolsterte Holzstühle an runden, gut abwischbaren Tischen, eine kleine Küche hinter einem Tresen mit Süßigkeiten und Obst, Fenster zum dunklen Innenhof, in denen wir uns verzerrt spiegelten: ein großes dünnes Mädchen in schmutzigen Sachen und eine große dünne Frau im Schwesternkittel. »Ich konnte nicht mehr beurlaubt sein«, fuhr meine Mutter fort, ohne mich dabei anzusehen, ob ich zuhörte. »Der Nachtdienst tut mir gut. Verrückt, aber es ist so. Ab nächste Woche arbeite ich wieder tagsüber.« Sie stellte ihre Tasse auf den Tisch ganz hinten am Fenster. »Ich hab dich nicht gefragt, ob du Zucker und Milch möchtest. Wir haben hier aber welchen.«

»Danke, ist schon okay«, sagte ich, obwohl ich schwarzen Kaffee am wenigsten von allen mochte. Claras Instantmischung hatte ich nur mit Zucker und H-Milch trinken können. Während meine Mutter hinter dem Tresen verschwand, setzte ich mich, weil ich ja nicht ewig stehen konnte. Weil es unhöflich gewesen wäre und weil ich vor Müdigkeit im Stehen leicht schwankte wie eine Betrunkene. Der Kaffeegeruch ließ meinen Magen knurren. Ich hatte vor Sorge und Stress den ganzen Tag nichts gegessen. Ich sah auf meine Hand, die die leicht angeschlagene Tasse hielt, und stellte fest, dass ich schwarzen Dreck unter den Fingernägeln und etwas eingetrocknetes Blut auf den Fingern hatte, weil ich Mike versorgt hatte. Mein Sweatshirt roch verschwitzt und ungewaschen.

»Ich bin jetzt nicht gerade frisch geduscht«, sagte ich lahm.

»Das macht doch nichts.« Sie kam um den Tisch herum, setzte sich mir gegenüber und breitete vier verschiedene Schokoriegel vom Tresen vor mir aus. »Nimm dir doch einen.«

Ich zögerte und nahm mir eine Marke, die ich nicht kannte, mit Vollkorn drin. Ich griff mit links zu, ganz automatisch. Weil ich die vier Finger nie ausstellte. Meine Mutter nahm ein Bounty und fragte: »Darf ich dich untersuchen?«

»Was?«

»Susanne sagt, dass ihr einen Autounfall hattet, und du hast mir eben erzählt, dass dein Kopf wehtut. Vielleicht hast du ein Schleudertrauma und, wenn du dir den Kopf irgendwo angeschlagen hast, eine Gehirnerschütterung.«

»Ich glaube nicht.« Aber mein Kopf pochte tatsächlich

immer noch dumpf vor sich hin. Ich merkte es nur schon gar nicht mehr so sehr.

»Ich würde nur einmal deine Pupillen testen.«

Ich wusste nicht, wie ich ihr das abschlagen sollte. Ich setzte mich gerade hin und hielt so still ich konnte, und sie beugte sich über den Tisch und leuchtete mir mit der kleinen Taschenlampe an ihrem Schlüsselbund nacheinander in beide Augen, so routiniert, wie sie Clara eben die Schiene angelegt hatte. Sie war müde und erschöpft, aber ihre Hände zitterten, anders als meine, überhaupt nicht. Übungssache, nahm ich an.

»Die Pupillen müssen sich gleichmäßig verengen«, erklärte sie. »Alles andere deutet auf eine Schwellung im Hirn hin. Aber bei dir sieht es gut aus. Ist dein Nacken steif?«

»Nicht sehr.«

»Das kann auch erst morgen einsetzen. Wenn er steif wird, solltest du noch einmal herkommen. Oder zu einem anderen Arzt gehen. Der verschreibt dir Tabletten, aber Wärmekissen helfen auch recht gut.« Sie steckte den Schlüsselbund wieder ein. »Deine Freunde in der Notaufnahme, das sind Viktor und Mike, stimmt's?« Sie nickte. »Das habe ich mir gedacht. Wer sonst? Ich wusste nur nicht, dass sie auch mit Clara befreundet sind. Lukas und ich haben sie letztes Jahr im Dezember einmal hier in der Stadt getroffen, und er hat sie mir vorgestellt. Ich glaube nicht, dass er wirklich mit ihr zusammen war, auch wenn ich das von der Mutter von Tatjana gehört habe. Sie ist gar nicht sein Typ.« Sie lehnte sich auf ihrem Stuhl zurück und nahm ganz gedankenverloren einen Schluck Kaffee. Weil ich nicht einfach nur dasitzen wollte, trank ich auch etwas. Der Kaffee war gut. Nicht mehr heiß, aber es war Koffein drin, das ich wirklich dringend gebrauchen konnte. Und außerdem konnte ich so Zeit schinden. Meine Mutter hatte offenbar genauso wenig Ahnung wie ich, wie sie das alles anfangen sollte, und das war unfair, denn ich war erst siebzehn und ich hatte nicht darum gebeten, gezeugt, geboren, verlassen und um meinen Bruder betrogen zu werden. Ich hatte es ja nicht mal drauf angelegt, sie hier zu treffen.

»Du warst da«, sagte sie endlich und drehte ihren Kaffeebecher auf dem Tisch, sodass der Henkel auf ihre Brust zeigte. Auf der Tasse stand ein Spruch, den ich nicht lesen konnte. »Als Köhlers – das sind die Nachbarn – erzählt haben, dass ein junges Mädchen bei uns geklingelt hatte, da wusste ich, dass du es sein musst. Dass du den Strauß an sein Grab gelegt hast. Das warst du doch?«

Ich nickte stumm. Deshalb war sie also nicht wirklich überrascht gewesen.

»Ich gehe jeden Morgen hin. Nach der Nachtschicht. Die Ablöse kommt um sechs, und dann ist es schon hell genug. Aber so früh bist du natürlich gar nicht aufgestanden. Du hast ja Ferien.« Sie riss ihr Bounty auf, brach ein Stück ab und legte es dann bloß auf den Tisch, als wüsste sie doch nicht, was sie damit anfangen sollte.

Ihre Schultern waren schmal, besonders, weil sie sie im Sitzen nach vorn zog. Sie schüttelte den Kopf, lehnte sich in ihrem Stuhl zurück und legte eine Hand gegen ihre Wange. Ich sah sie an, und von ihrem Blick wurde mir ganz schwummrig.

»Du warst so ein süßes Baby, weißt du das?«

»Ähm – keine Ahnung.«

Sie lächelte und nickte. »Du kamst viel zu früh. Fünf

Wochen. Sie mussten einen Kaiserschnitt machen. Hier machen wir selten welche. Das ist alles alte Schule hier. Wir machen die natürliche Geburt, wann immer es geht. Viele junge Frauen wollen den Kaiserschnitt aus kosmetischen Gründen. Lukas war eine leichte Geburt. Es hat kaum eine Stunde gedauert. Er hat sofort geschrien.«

Sie erwähnte ihn nebenbei. Einfach so, als würde es ihr gar keine Schmerzen bereiten. Oder vielleicht waren sie so stark, dass sie sich daran gewöhnt hatte. Ich hatte gedacht, sie würde nicht von ihm sprechen wollen. Ich hatte gedacht, ich müsste davon anfangen und würde sie zum Weinen bringen oder Schlimmeres.

»Aber bei dir habe ich gleich gespürt, dass etwas nicht stimmt. Mitten in der Nacht sind wir los. Ich hatte solche Angst um dich. Du warst so klein und hast keinen Mucks von dir gegeben. Als hättest du keine Stimme. Und deine Fingerchen – darf ich deine Hand noch einmal sehen?«

Ich legte meine Hand auf den Tisch, weil ich zu benommen war, um Nein zu sagen. Sie beugte sich ein wenig vor, aber sie berührte sie nicht. Bislang hatte sie das nicht.

»Niemand in der Familie hat es«, sagte sie, beinahe bewundernd. »Niemand außer dir. Vielleicht haben deine Kinder es auch. Und jetzt sieh dich an. Frühchen und trotzdem so groß geworden.«

Ich zog meine Hand wieder in den Schoß.

Meine Mutter richtete sich in ihrem Stuhl auf, als wäre ich vom Small Talk in den offiziellen Teil des Bewerbungsgesprächs gesprungen, und sagte: »Erzähl mir von dir.«

»Was?«

»Was hast du für Hobbys? Wann machst du dein Abitur?

Bald, richtig? Weißt du schon, was du danach machen möchtest?«

»Ich weiß nicht«, murmelte ich. »Vielleicht was Soziales.«

»Davon brauchen wir mehr.« Sie lächelte mich an, aber ich glaubte es ihr nicht, dieses Lächeln. Vielleicht war es nur, weil sie mich untersucht und nach meinen Kopfschmerzen gefragt und sich eben wie eine Krankenschwester benommen hatte, aber ich fühlte mich, als würde sie mich auch jetzt noch untersuchen und das war jetzt eben der psychische Teil, bei dem ich im Anschluss eine Beurteilung meiner geistigen Gesundheit erhalten würde. »Und bestimmt bist du sportlich. In deinem Alter habe ich im Schulteam Basketball gespielt. Ich konnte den Ball einfach in den Korb legen. Die anderen Teams haben mich gehasst.«

Ich hätte antworten können, dass ich auch Basketball spielte oder gespielt hatte. Dass ich mal mit einem Korb die Meisterschaft gerettet hatte. Der Schwung in meinen Armen und der satte Schlag des Balls ins Netz und das Publikum, das brüllte, dass es mir in den Ohren klingelte, das Stampfen der Füße, das bis in meinen Brustkorb vibrierte. Aber ich brachte es nicht heraus.

»Entschuldige«, sagte sie, als ich zu lang schwieg. »Tut mir leid. Ich will dich nicht bedrängen. Du kannst mich alles fragen, was du möchtest. Alles, was dir einfällt. Das, was du mich gefragt hättest, wenn ich am Montag aufgemacht hätte.«

Warum hast du nicht besser verhütet?, dachte ich. *Und warum wusste ich nichts von Lukas?*

»Du fragst dich bestimmt, warum ich mich nie gemeldet habe.«

Ich zuckte schwach die Achseln.

»Jedes Mal, wenn ich die Narbe vom Kaiserschnitt sehe, denke ich an dich. Ich habe an jedem deiner Geburtstage an dich gedacht. Aber wenn ich dich besucht hätte, an den Wochenenden, dann hätte uns das allen das Herz gebrochen. Du hättest es nicht verstehen können.«

Ich fand meine Stimme wieder, auch, wenn sie krächzig war. »Es ist doch nicht mehr 1950. Es hätte mir doch nichts gemacht, dass ich ein Bastard bin.« Ich versuchte, sie anzusehen, aber ich kriegte den Blick nicht höher als bis zu ihren Schultern, als hätte ich Blei unterm Kinn. »Du hättest mir schreiben können.«

Sie schüttelte sanft den Kopf. »Wir haben alle beschlossen, dass es das Beste für uns ist, wenn wir einen radikalen Schnitt machen. Um allen beteiligten Familien den Schmerz zu ersparen.«

Sie hatten gewollt, dass Lukas mit einem Geschwisterchen aufwuchs. Vielleicht hatten sie schon ein Zimmer für mich angestrichen, Spielzeuge ausgesucht, sich Namen überlegt. Gehofft, dass meine Geburt genauso unkompliziert würde wie die von Lukas (*zwei Stunden, und er schrie sofort*). Und dann war ich gekommen, viel zu früh, mit nur neun Fingern und den Zügen eines anderen Mannes. Vielleicht hatten sie noch einen Test gemacht, um ganz sicherzugehen. Die Freude über die kleine Tochter war verschwunden. Im Römischen Reich hätte mich ihr Mann als Familienoberhaupt auf einem Misthaufen aussetzen oder gleich als Sklavin verkaufen können. Also bekam Lukas kein Geschwisterchen. Das Spielzeug wurde auf dem Flohmarkt verkauft. Sie waren aus der Stadt aufs Land gezogen. Wenn Lukas nicht was geahnt hätte, irgendwie, wo ich doch nicht mal gespürt hatte, wie er gestorben war, hätten wir uns nie gefunden. Ich würde jetzt in Paris sein, ohne Abi, aber nicht mit gebrochenem Herzen.

»Helena«, sagte sie, und mein Name aus ihrem Mund war ein Stich in meine Brust, »ich habe es nicht unüberlegt getan, und es war nicht leicht für mich. Es war das Schwerste, was ich je getan habe. Aber ich hatte schon einen kleinen Sohn. Ich hatte schon eine Familie. Es tut mir unendlich leid, dass mein Fehler auf deine Kosten gegangen ist.«

Ich mühte mich noch mal ab, den Kopf ganz zu heben, und schaffte es jetzt. Ich sah sie mir an, diese vor mir in einer Krankenhauscafeteria sitzende Fremde, hohlwangig und eingefallen vom Tod ihres Sohns. In der ich mich nicht sehen konnte. Nicht heute und nicht in zwanzig Jahren. Ich dachte an Isi, die immer sagte, wie viel leichter es Männern fiel, zu gehen. In irgendeinem Film hatte ich das gehört: *Mein Vater gründet in jeder Stadt eine neue Familie, wie ein Franchise.*

»Ich weiß, dass du enttäuscht bist. Ich weiß, dass es schwer für dich gewesen sein muss, und für David auch.«

Es stieß mich ab, dass sie ihn *David* nannte. Als hätte sie ihn länger gekannt als für eine Woche, als er Student gewesen war. »Mein Vater ist toll«, sagte ich. Obwohl er nicht gerade perfekt war. Wenn er seine Gefühle für mich ausdrücken wollte, schrieb er eine Widmung für mich in seine Bücher oder in seine Danksagung: *Ohne meine wunderbare Tochter Helena wäre dieses Buch schneller fertig geworden.* Aber wir gehörten trotzdem zusammen. Er hatte sein Bestes getan, damit ich mich als Kind nicht so arm fühlte, wie wir waren. Und natürlich war es schwer gewesen, aber aus dem Mund meiner Mutter kränkte mich diese Feststellung. Es verletzte meine Ehre, von der ich nicht mal gewusst hatte, dass ich sie hatte.

»Es war so für uns alle das Beste. Du hast einen Vater, der dich sehr liebt.« *Weil mein Mann dich Kuckuckskind gehasst hätte.* »Du trinkst ja deinen Kaffee gar nicht. Du siehst aus, als könntest du Koffein gebrauchen.«

Du auch, dachte ich und nahm nicht noch einen Schluck.

»Ich weiß, das ist in deinem Alter unbegreiflich. Wie ich das tun konnte. Aber es war nicht nur aus Feigheit und Egoismus. Es war nicht, um dir wehzutun, im Gegenteil.«

»Das ist mir eigentlich auch alles egal«, sagte ich und schob meinen Vollkornriegel zurück zu den anderen. Diesmal krächzte ich nicht. »Das ist jetzt eh alles vorbei. Ich wollte bloß wissen, dass ich einen Bruder hatte. Das hätte ich gern gewusst.«

Ihre Schultern sackten ein Stück herab. Sie war auf einmal viel kleiner.

Wir schwiegen. Sie drehte ihre Tasse geistesabwesend im Kreis, und ich konnte den Spruch unter einem großen roten Kreuz lesen: *Lassen Sie mich, Krankenschwester, ich bin durch.*

»Es wäre ja vielleicht nicht für immer gewesen«, sagte sie dann. »Vielleicht, wenn ihr erwachsen wärt. Darüber habe ich manchmal nachgedacht. Bestimmt haben dir die drei viel von ihm erzählt.«

»Das haben sie.«

Sie nickte schwer. »Er hätte uns alle zusammenführen können«, sagte sie voller Schmerz und Sehnsucht. »Vielleicht hätte das alles ein gutes Ende finden können. Ganz sicher.«

Es machte mich fast wahnsinnig. Es machte mich plötzlich wütend, von ganz tief unten aus der Brust hoch in die Kehle und in den Kopf, dass es wehtat, dass ich fast aufgebrüllt hätte. Dass es mich fast auf die Beine getrieben hätte. Ich hätte den Stuhl umschmeißen und die Kaffeetasse auf den Boden schleudern und meine Mutter aus vollen Lungen anschreien können und ich hätte alles Recht der Welt dazu gehabt, scheißegal, ob das hier ein Krankenhaus war. Wie konnten sie das einfach so entscheiden, dass wir ausbaden mussten, dass sie eine Affäre gehabt hatten? Dass ihre Schande auf uns übergehen musste? Und jetzt war es zu spät für immer. Und der Gedanke knickte mich wieder ein.

Eine halbe Minute trugen wir den ganzen Schmerz gemeinsam. Dann sah ich ihr in die Augen und sagte fest: »Ich kann nicht einfach so anfangen, deine Tochter zu sein.«

Sie nickte und sah weg. »Das weiß ich, Helena.«

»Okay. Danke für den Kaffee und dass du dich um Clara gekümmert hast. Ich geh jetzt zu ihr und zu den anderen. Sie haben echt viel durchgemacht.«

Jetzt sah sie mich doch noch einmal an. »Ich kann dich in ein paar Stunden zurückfahren, wenn du möchtest. Euch alle. An den See oder wohin immer du willst.«

»Danke, aber wir schaffen das schon.«

Für einen Moment schienen wir uns die Hände schütteln zu wollen. Bei uns beiden spannten sich schon die Sehnen in den Unterarmen so wie bei ihr vorhin, als sie mich fast umarmt hätte oder vielleicht doch nur fast umgekippt wäre. Aber das wäre ein Versprechen gewesen und noch konnte ich keins geben. Ich stand auf, schob meinen Stuhl ran und ging, ohne mich noch einmal umzudrehen.

· 50 ·

DIE ANDEREN WAREN NICHT mehr in der Notaufnahme. Die Schwester am Empfang hatte ihren Stuhl nach hinten gekippt und ruhte sich aus. Ich verließ das Gebäude und ging zum Parkplatz, weil sie sicher beim Yaris warteten, aber da waren sie auch nicht. Die Nacht um mich herum war lauwarm und fast still, weil wir weit genug hinter der Stadt waren. Nur ab und an das Rauschen eines Autos weit weg, und in den Büschen auf der anderen Straßenseite die Grillen. Als wären wir noch auf dem Land. Über allem ein wolkenloser Sternenhimmel.

Ich stand am Straßenrand und blickte mich suchend um, als ich einen Typen in Unterhemd und mit verbundenem Arm von hinterm Krankenhaus kommen sah. Mike. Er hob schlaff eine Hand und sagte, etwas heiser: »Wir sind hinten.«

Ich ging zu ihm rüber. Vor der Garage, in der der Krankenwagen stand, war etwas Licht. Mein unbeholfener Verband war professionell ersetzt worden und das Pflaster auf seiner Stirn auch. Am Kinn hatte er einen einzelnen dieser dünnen Klammerstreifen, wenn sich Nähen nicht lohnt. Das Blut hatten sie ihm abgewischt. Abgesehen davon, dass er vor Erschöpfung krumm wie ein alter Mann stand, sah er wieder fast normal aus.

Wir gingen zusammen um den Neubau herum über trockenen Rasen. Mike schlenderte, und ich dachte, er hätte Rückenschmerzen vom Autounfall oder so was. Hinter dem Krankenhaus und dem großen Garten, zu dem die nachtblinden Fenster der Cafeteria gezeigt hatten, kam eine Allee mit alten Bäumen, dann ein Parkplatz, auf dem bloß drei Wagen standen, und dahinter einfach gar nichts mehr. Bloß leere Felder und das in die Nacht abfallende Land. Irgendwo ganz weit weg blinkten verschwommene Lichter, vielleicht Windräder oder ein einsamer Fernsehturm. Von den Feldern rauf wehte der Duft von trocknendem Gras.

An der Ecke vom Parkplatz blieb Mike unter den Bäumen stehen.

»Warte mal«, sagte er leise.

Ich wartete unsicher, während er sich die Worte zurechtlegte. Er hatte die Hände in den Taschen vergraben und die Schultern nach vorn gerollt und sah angestrengt an mir vorbei. »Ich hab's auch vergessen«, sagte er dann rau. »Mit Anja. Dass sie Schwester ist. Sorry.«

»Oh. Ist schon okay.« Und das stimmte. Ich war nicht sauer auf ihn oder Viktor und Clara, weil sie versäumt hatten, mir das zu erzählen. Ich hatte es ja selbst wissen können. Ich hätte Lukas damals fragen können und vielleicht auch sollen, aber wir hatten über uns und unsere Zukunft gesprochen und nicht über unsere Mutter und ihre Vergangenheit. Und wenn ich gewusst hätte, dass ich sie hier treffen könnte, hätte ich sie trotzdem nicht allein ins Krankenhaus geschickt.

Mike schüttelte den Kopf, dass die Ketten auf seiner Brust schlenkerten. Sein linkes Knie zuckte nervös. Er wollte rauchen, das spürte ich. Oder einen tiefen, hochprozentigen

Schluck. »Ist es nicht. Ist es alles nicht. Ich vergess letztens einfach allen Scheiß. Als wär ich dement, Mann. War sie okay zu dir?«

Es überraschte mich, dass er das fragte. Es berührte mich. »Sie war komisch. Natürlich. Aber es war nicht schlimm. Nicht, wie ich gedacht hätte.«

»Tut mir leid.« Er sah bemüht irgendwo anders hin. Über die Felder. Es war zu dunkel, um seine Mimik zu sehen, aber seine Haltung war ein einziger Krampf. Als hätte er von uns beiden vielleicht eher das Schleudertrauma. »Der ganze Scheiß. Ja? Du bist nämlich okay.«

Ich wurde auf einmal furchtbar verlegen. »Du aber auch.«

»Lass den Scheiß mal. Ich war'n scheiß Arsch. Ich *bin* 'n scheiß Arsch.«

»Nee, bist du nicht. Nicht mehr jedenfalls. Ich versteh, dass du nicht begeistert warst. Ich hätte nicht einfach so ohne Vorwarnung hier auftauchen sollen.«

»Klar hättest du! Ist dein Recht. Hätte er doch so gewollt.« Er wurde ganz heiser. So wie er in zehn Jahren klingen würde, wenn er weiter so viel rauchte. »Weißt du was? Wir hätten dich einladen sollen. Wir hätten rausfinden sollen, wer du bist und wo du wohnst. Wir sind bei ihm eingestiegen, wir haben Scheiß von ihm geklaut, seine Hefte und das Messer und 'ne Jacke und all so Mist, haben wir alles mitgenommen, bevor sein Alter es wegschafft, aber wir hätten lieber dich suchen sollen. Und dann hätten wir's gleich von Anfang richtig gemacht.«

Jetzt war ich doch den Tränen nah. »Ihr wusstet ja nicht mal richtig Bescheid. Und ihr hattet meine Nummer nicht.«

»Dann hätt ich sie aus Christoph eben rausgeprügelt!«, sagte er heftig. Er zog eine Hand aus der Tasche, fuhr sich heftig über den Mund und zuckte zusammen, als er die Wunde am Kinn erwischte. »Fuck, Mann.«

»Mike –«

Er schüttelte den Kopf. »Ist so«, krächzte er. »Ist so. Haben wir verbockt.« Dann schwiegen wir beide, und dann wollte er sich schon abwenden und zurück zu den anderen.

»Warte«, sagte ich jetzt. »Kann ich dir noch was anderes sagen?«

Er drehte sich um.

»Ich bin in Clara verliebt«, sagte ich. »Aber erst so richtig seit gestern. Oder seit heute.«

Er sah mich an, als wäre er nicht ganz sicher, ob ich das ernst meinte. Aber ich meinte es ernst. »Hast du ihr das gesagt?«, fragte er. »Weil, ich glaub, sie ist vielleicht auch in dich.«

Ich nickte. »Hab ich. Vorhin. Als ich sie aus dem Wald geholt hab.«

»Wow, Mann«, sagte er, einen Moment nur verblüfft statt traurig und verzweifelt. »Wirklich?«

»Ich weiß, ich hab mich gerade erst getrennt und sie war seine Freundin und alles, und ich wusste nicht mal, dass ich – also, dass ich auf ein Mädchen stehen könnte. Aber ich wollte es dir sagen, wegen vorhin.« Ich machte mir Sorgen, dass das für ihn zu verrückt klang. Dass mir ausgerechnet das wichtig war, wo wir eben noch über meinen toten Bruder und seinen besten Freund gesprochen hatten. »Hey, warst du – warst du in Lukas verliebt?«

»Nee, Mann.« Er lachte kurz auf. Mehr ein Schnauben. »Ich steh doch nicht deswegen auf jeden Typ.«

Ich kam mir saudumm vor. »Klar. Natürlich. Ich meinte das nicht –«

»Und ich steh auch nicht auf Viktor. Nicht meine Art Mann.«

»Tut mir leid. Das war 'ne bescheuerte Frage.«

»Ich hab nicht *deswegen* geheult«, sagte er, weil ihm wohl gerade aufging, warum ich das vielleicht dachte. »Mann, ich hab nicht geheult, weil ich schwul bin, okay? Ich hass mich nicht oder so was, aber ich – ich hätt's ihnen sagen müssen. Sie sind meine besten Freunde seit immer. Obwohl meine Familie assi ist. Obwohl ich 'n schlechter Einfluss bin. Aber das hab ich ihnen nie gesagt, dabei weiß ich's irgendwie schon ewig. Ich hab mir gesagt, ich sag's ihnen dieses Jahr, dass ich nicht auf Mädchen steh. Sie haben's verdient, das zu wissen, wie ich bin, Mann, und – und wer, und – bevor wir alle – bevor – fuck, Mann, ich – ich – ich heul nicht wegen –«

Ich nahm ihn in den Arm. Er schluchzte heftig und erschrocken, und zu meiner Überraschung umarmte er mich zurück, richtig, nicht so schief, wie Jungs das sonst machen. Anders als Clara war er kalt. Sein Rücken bretthart unter meinen Händen. Er rang erstickt und ungesund in der Brust pfeifend nach Luft und krampfte dabei am ganzen Körper.

»Ich vermiss ihn«, schluchzte er. »Mann, Helena, ich vermiss ihn so sehr.«

Ich hielt ihn, so fest ich konnte. Vielleicht hielt er auch mich. Keine Ahnung, wie lang. Völlig egal. Irgendwann ließ er mich los und murmelte eine Entschuldigung, geschockt und beschämt über seinen Ausbruch, und rieb sich mit seinen Händen heftig das Gesicht. Er legte den Kopf in den Nacken und holte tief durch Mund und Nase Luft. Ich wartete ab. Als das Pfeifen aufhörte, gingen wir langsam das letzte Stück an der Baumkante entlang zu Clara und Viktor.

Clara saß tief in dem Krankenhaus-Rollstuhl am Rand des Parkplatzes, ihren Fuß in der neuen Plastikschiene ausgestreckt, die Hände überm Baum gefaltet, und sah raus über die nächtlichen Felder. Ein bisschen wie ein Redneck auf seiner Veranda, genau wie am See. Viktor lag auf dem Rasen, die Knie zur Brust gezogen und Mikes Hoodie unterm Kopf zusammengeknüllt, und schlief tief und fest. Neben ihm lag ein Umschlag, in dem wahrscheinlich wie bei meinem Handgelenk damals die Röntgenbilder waren. Sein Arm war dick gegipst.

»Hey«, sagte Clara leise und sehr erleichtert, als sie uns sah. Sie setzte sich auf, und ich beugte mich runter und gab ihr einen Kuss. Vielleicht hätte ich es noch nicht gemacht, wenn Viktor wach gewesen wäre. Aber es waren nur wir drei.

Sie sah mich im Dunkeln an.

»Alles okay«, flüsterte ich. »Ich bin okay.«

»Wirklich?«

»Klar. Ich bin immer okay.«

Sie versuchte aufzustehen, und ich zog sie zusammen mit Mike mit meinen letzten Kraftreserven aus dem Rollstuhl und half ihr auf die Rasenkante. Sie hielt sich schon etwas besser als in der Notaufnahme, und sie war nicht mehr so schlimm verschwitzt.

»Ist Viktor umgekippt?«

»Nee. Bloß müde«, sagte Mike und setzte sich, langsam und vorsichtig, als hätte er doch einiges abgekriegt, zu uns. Er war ganz heiser. »War zu viel für ihn.«

Über uns fiel eine Sternschnuppe, und wir sahen alle hin. Dann kam gleich noch eine. Kein Meteor diesmal. Nur kurz blinkende verglühende Sterne.

Nach einigen Minuten angelte Clara ihren Rucksack mit dem gesunden Fuß heran und holte eine Tüte raus, die sie mir in die Hand drückte. »Ich hör dein Magen«, sagte sie. »Iss was.«

In der Tüte war ein letztes Körnerbrötchen. Das hatte sie also heute Morgen geholt, als ich ohne sie aufgewacht war.

»Wollt ihr auch noch was?«, fragte ich, verlegen, dass sie mitgekriegt hatten, wie hungrig ich war, aber sie schüttelten beide die Köpfe. Ich aß das ganze Brötchen und dann noch die Krümel, während wir uns weiter den Nachthimmel ansahen, und erst, als ich mich danach etwas besser fühlte, wurde mir klar, wie schwach und zittrig ich gewesen war.

Keiner von uns wollte reden. Mike kratzte sich immerzu am Knie, aber als ich näher hinsah, bemerkte ich, dass er mit dem Daumen ständig nervös über den kleinen lächelnden Hund strich. Wenn ich nicht relativ sicher gewesen wäre, dass man da im Krankenhaus an der falschen Adresse war und ich meiner Mutter über den Weg laufen könnte, wäre ich noch mal aufgestanden und hätte ihm einen Zigarettenautomaten gesucht. An Alkohol kam er hier ja zum Glück gerade nicht.

»Im Yaris ist 'ne Decke«, sagte er, als wäre ihm das gerade eingefallen. »Wenn wer friert.«

Aber es war warm genug für Viktor, um einfach im Gras zu schlafen, und auch für mein Sweatshirt und für Mikes Unterhemd und Claras nackte Füße. Keiner von uns stand für eine Decke auf. Mike hörte auf, sein im Suff selbst tätowiertes Knie zu reiben. Clara streckte sich schwerfällig auf der Rasenkante aus und legte den Kopf in meinem Schoß. Ihr Haar breitete sich über meine Oberschenkel, weich und dick unter meinen Fingern. Ihr verbundener Fuß leuchtete weiß. Ich legte meinen rechten Arm über ihren. Wir sahen zusammen über den Parkplatz in die hinterm Feld abfallende Nacht. Der Himmel, wolkenlos und unendlich, schien nur aus Sternen zu bestehen. Nicht ganz so viele wie gestern Nacht im See – ich dachte, dass ich vielleicht nie mehr so viele Sterne sehen würde –, aber immer noch Millionen, und dazu der ein oder andere blinkende Satellit. Alle paar Minuten fiel eine neue Sternschnuppe und manchmal zwei oder drei auf einmal. Irgendwann hörte ich auf, mir Sachen zu wünschen. Ich sah einfach zu. Das Koffein in meinem Blutkreislauf war noch nicht mal auf Halbwertszeit.

»Die haben Saison«, sagte Clara schläfrig. »Die Sternschnuppen.« Dann: »Helena?«

»Ja?«

»Ich hätt euch übrigens nicht zugeguckt.«

»Was?« Ich dachte, sie würde von Mike und mir reden, eben unter den Bäumen. »Wobei?«

»Im Wald«, murmelte sie. »Dein Freund und du. Wenn ihr was – Intimes gemacht hättet. Ich bin ja nicht pervers.« Sie klang, als würde sie jeden Moment einschlafen. »Ich saß nur oben fest.«

Ich brauchte ganze zehn Sekunden, bis ich schnallte, was sie meinte. »Du warst das auf dem Baum?«

»Ich kletter gut.«

Ich starrte ungläubig auf sie runter. »Warum warst du da?«

»Bin immer im Wald. Mein Wald. Schön da.«

»Wow«, sagte ich und musste tatsächlich lachen. Clara drehte den Kopf und blinzelte mich an.

»Er hätt mich verprügelt«, murmelte sie. »Und du hättest mich für'n Spanner gehalten. Dann hättest du mich gehasst.«

Und als ich ihr nichts dergleichen sagte und meinen Arm nicht von ihrem zog, schloss sie die Augen und schlief in meinem Schoß ein. Ich sah Mike an. Er war noch so wach wie ich. Oder vielleicht so halbwach. Starrte vor sich hin in die Dunkelheit.

»Wie kommen wir nach Hause?«

»Das Auto fährt noch.« Er pulte an dem Klammerpflaster an seinem Kinn herum und hörte wieder auf, als er meinen Blick bemerkte. »Schaff ich schon. Oder du fährst.«

Ich wollte ihm sagen, dass ich erst Theorie gehabt hatte. Aber dann dachte ich darüber nach und war mir sicher, dass ich es hinkriegen konnte, wenn nötig. Kupplung, Gang, Gas. Ich zuckte ebenfalls mit einer Schulter. »Vielleicht«, sagte ich und meinte es vollkommen ernst.

Mike stand auf. Er bückte sich nach Viktor und zog den Röntgenumschlag unter seinem Ellbogen raus. Dann verschwand er langsam schlurfend ums Krankenhaus herum außer Sicht. Fünf Minuten später rumpelte ein Yaris mit lädierter, fensterloser Fahrerseite und einem kaputten Scheinwerfer auf den Parkplatz. Mike fuhr ihn im Schneckentempo, als wolle er nebenbei kurz Fahrzeugdiagnose machen, und parkte ganz hinten vor dem leeren Feld. Schlau, falls irgendein Polizist vorbeigekommen wäre und beschlossen hätte, sich den Wagen mal näher anzusehen. War das schon Fahrerflucht gewesen, was wir auf dem Feld gemacht hatten? Bestimmt, weil man ja, glaube ich, jeden Unfall melden muss, aber viel schlimmer als unser Maiskreis am Hügel konnte es ja auch nicht sein. Alles bloß Energiemüll.

Mike ging an den Kofferraum und kam mit einer grauen Wolldecke von der Bundeswehr, einem Schlafsack und der zusammengeknüllten Deutschlandfahne zurück. Die Decke gab er mir, den Schlafsack machte er auf und legte ihn über Viktor, bevor er die Fahne drüberbreitete. Wir sahen uns an und mussten beide müde grinsen. Ich befreite mich von Clara, die halb wach wurde, murmelnd protestierte und schon wieder eingeschlafen war, als ich sie zudeckte.

Mike hatte irgendwo eine Zigarette her, eine richtige sogar. Vielleicht hatte er jemanden in der Notaufnahme angeschnorrt. Er zündete sie an und stöhnte erleichtert auf. Dann qualmte er erst mal die Hälfte. Er kramte in seinen unmöglichen Taschen, in denen ich dumpf Glas und Münzen klimpern hörte, zog dann einen kleinen Gegenstand raus und hielt ihn mir hin. Es war das alte Schweizer Messer, mit dem sie die Fahne abgeschnitten hatten.

»Du kannst auch was anderes haben. Wir haben wie gesagt 'ne ganze Kiste von seinem Zeug.«

Aber ich nahm es. Ich wollte es. Es war warm von Mikes Hosentasche, das Wappen ganz verkratzt, das Feuerrot matt geworden.

Die Tränen gehen einem nie aus, egal, wie viel Mühe man sich gibt. Ich umklammerte das alte Messer in vier Fingern und legte die andere Hand über den Mund, damit ich Clara und Viktor nicht weckte. Mein Körper brannte von Kopf bis Fuß, und in meiner Brust wühlte und wölbte sich der alte Schmerz, der da im März eingezogen war. Mein Herz hatte einen nicht enden wollenden Krampf. Mike rauchte aus und packte wie immer gewissenhaft den Stummel weg und tätschelte mir einmal kurz den zitternden Rücken. Clara lag unter der muffigen Decke eingerollt und schnarchte leise, und Viktor, der im Schlaf Fahne und fadenscheinigen Schlafsack vor der Brust zusammenknüllte, zuckte ab und an wie ein Hund, der im Traum rennt.

Ich hatte gedacht, ich würde es bis zum Morgen schaffen. Wo die Nacht doch am Horizont schon grau wurde. Wo mir alles schon heller vorkam und ich mehr Vögel hörte, scharf und laut durch das statische Rauschen in meinem Kopf. Aber ich schaffte es einfach nicht. Ich legte mich nach hinten ins Gras, schloss die Augen und wurde gegen sechs Uhr früh wieder wach, als um uns herum allmählich der reguläre, spärliche Krankenhausbetrieb einsetzte.

· 51 ·

ICH MUSSTE DANN DOCH nicht fahren. Mike, der als Einziger wach geblieben war, machte ein paar Dehnungsübungen auf dem Parkplatz und verkündete dann, er fühle sich topfit. Er holte den Yaris vom anderen Parkplatzende und fuhr ihn ein Stück die Straße runter zur Tankstelle, wo er sich Kaffee kaufen wollte, während wir uns die Beine wach traten und unser Zeug einsammelten und ein paar Leute – Personal, Besucher, eine Putzfrau – an uns vorbei ins Krankenhaus tröpfelten. Dass da ein paar Jugendliche mit Gips und Schienen auf dem Rasen hinterm Krankenhaus gepennt hatten, einer davon unter einer riesigen Deutschlandfahne, schien keinen groß zu schocken oder überhaupt zu interessieren.

Die Sonne war schon aufgegangen und noch ganz morgenweiß. Ich zog mein versifftes, vom Tau klammes Sweatshirt aus und ließ mich von ihr auftauen und ein bisschen Steifheit aus meinen Gliedern schmelzen. Lukas' Messer, das ich in die Tasche meiner Jogginghose gesteckt hatte, hatte eine schmerzhafte Stelle an meinem Oberschenkel hinterlassen, und ich musste daran denken, was meine Mutter über Schleudertrauma gesagt hatte.

Viktor brachte den Rollstuhl zum Hintereingang und ließ ihn dann da einfach stehen, weil keiner von uns große Lust hatte, noch einmal reinzulaufen. Meine Mutter sah ich nicht. Viktor meinte, dass auch ihr Auto hier nicht stehen würde. Offenbar hatte sie es woanders geparkt, und das war mir echt nur recht. Die Nacht kam mir gerade wie ein absurder, fiebriger Traum vor. Unmöglich, dass so viel in so wenig Stunden passiert sein konnte.

Da kam Mike uns einsammeln. Er hatte an der Tankstelle die Glasscherben und Blätter von dem Busch, in den wir gerauscht waren, aus dem Fußraum gesaugt, Gaffa besorgt und den nur noch an den Kabeln hängenden, gesplitterten Seitenspiegel wieder angeklebt. Ich hatte schon schlimmere Autos im Berliner Stadtverkehr herumfahren sehen. Wenn kein übereifriger Polizist im Dienst war – und irgendwie bezweifelte ich das –, würde uns wohl kaum jemand anhalten.

Mike hängte sich aus dem offenen Fenster zu uns raus. Er trug seine Sonnenbrille und schlürfte Kaffee aus einem Pappbecher. »Abmarsch«, sagte er.

Ich warf den Schlafsack und die Decke und meinen Rucksack hinten rein und kletterte groggy und trotz Sonnenbad steif wie eine alte Frau und schon zum zweiten Mal wieder echt und richtig hungrig zu Viktor auf den Rücksitz. Clara, die unter den Bäumen zwei Runden auf ihren Krücken gedreht hatte zum Beweis, dass sie vielleicht jetzt nicht topfit, aber immerhin auf dem besten Wege dahin war, setzte sich nach vorn. Mike schob ihr eine Papphalterung mit vier Coffee to go rüber und holte eine Tüte mit trockenen Brötchen vom Armaturenbrett. Er hatte den leeren Airbag aus dem Lenkrad gehebelt und das Loch mit Gaffa abgeklebt.

»Die rechts sind mit Milch und Zucker. Du hast bezahlt«, sagte er zu Viktor, der sich gähnend unterm Gips kratzte und sich, weil es noch morgenkühl war, wieder in die Fahne gehüllt hatte. »Ich zahl's später zurück.«

»Laber nicht, rück rüber.«

Clara teilte aus. Milch und Zucker für die Rückbank und schwarz für vorn und für jeden ein Brötchen, und es machte mir absolut nichts aus, dass ich letzte Nacht schon eins gegessen hatte, denn die hier waren frisch und innen warm und pappig und vielleicht die besten Brötchen meines Lebens. Mike machte das Radio an, um sich wach zu halten. Erst liefen Hits aus den 90ern und 2000ern. Als Werbung kam, schaltete er auf ein Inforadio und blieb da.

Ich wurde nach meiner kurzen wachen Phase auf dem Parkplatz immer müder. Das Gequassel aus dem Radio, das Mike wach hielt, lullte mich ein. Es flimmerte an den Rändern von meinem Sichtfeld. Ich wollte neben Clara auf dem quietschenden DDR-Klappbett liegen und mir für zehn Stunden mindestens keine Gedanken mehr über irgendwas machen müssen. Nicht über meine Mutter und nicht über Ole und auch noch nicht mal über Lukas. Insgeheim hoffte ich, dass ich nach einem halben Tag mit einem ausformulierten Plan für mein weiteres Leben aufwachen würde. Und außerdem wollte ich im See schwimmen, erst das, und dann ausgiebig duschen.

Wir passierten ein Maisfeld. Ich blinzelte müde aus dem Fenster und erkannte die Schneise, die wir gestern in den Rand geschlagen hatten, und ein paar schiefe Pflanzen, wo wir von der Straße abgekommen waren. Beim Ausweichmanöver hatten die Reifen eine schwarze Spur hinterlassen, die auf dem Asphalt bald verblassen würde. Mike fuhr ohne Kommentar weiter.

»Ich hab gestern noch nachgedacht«, sagte ich, bevor ich echt einpennte. »Oder eher heute früh.« Ich war nicht die Einzige, der drei Stunden Schlaf auf hartem Rasen und auskühlender Erde nicht gereicht hatten. Viktor döste, und Clara hielt sich mühsam damit wach, Mike alle zehn Sekunden anzusehen, ob ihn schon der Sekundenschlaf übermannte. Aber er hatte offenbar genug Kaffee getankt. Er drehte das Radio für mich etwas leiser.

»Ich würde gern noch ein bisschen bleiben. Bis zum Wochenende oder so. Wenn das für dich okay ist«, fügte ich an Clara gerichtet hinzu.

Sie sah über die Schulter und nickte, und dann grinste sie, dass es mich sofort ansteckte, mich unter Strom setzte, und für einen Moment löste ich mich vor Glück aus mir raus, schwebte ein kleines Stück nach oben. Fühlte sich an, als würde ich vibrieren. Als wären unter mir riesige rumpelnde Maschinen statt bloß ein rappliger Yaris. Ihr Blick war noch mal anders als auf dem alten DDR-Bett und dann high in der Notaufnahme, immer noch, als könne sie es nicht fassen, aber das konnte ich ja auch nicht. Am Ende dieser Fahrt wäre ich wieder mit ihr allein, zum ersten Mal, seit wir aus dem Wald gekommen waren. Es war – Mann, es war überwältigend. Dass mich wer so ansehen konnte. Dass ich so viel Angst und so viel Freude gleichzeitig fühlen konnte.

Dann fragte Viktor schläfrig: »Hast du echt immer noch nicht genug? Langsam können wir dir nichts mehr bieten.« Aber mir war ja klar, wie er es meinte, und Mike nickte kurz, dass er's zur Kenntnis genommen hatte. Darüber hätte ich mir noch vor zwei Tagen den Kopf zerbrochen, ob das hieß, dass er mich nicht leiden konnte, nur war das eben seine Art.

Die Zufahrtsstraße zum See kam. Mike fuhr an ihr vorbei ins Dorf. Alles schlief. Kirche, Feuerwehr, Bushaltestelle. Auf den vertrockneten Rasenstreifen glänzte Tau. In den Büschen flatterten träge die ersten Schmetterlinge. Die Sonne blinkte weiß auf den nach Osten gerichteten Fenstern.

»Du hast die Straße verpasst«, informierte Clara Mike.

»Hab ich nicht.«

»Wasch dich wann anders«, gähnte Viktor. »Bitte, Alter, ich muss schlafen.«

Mike zuckte die Schultern und fuhr weiter. Raus aus dem Dorf, am Friedhof vorbei und einen langen Schlenker über einen Hügel. Viktor gab das Hinterfragen mit einem schweren Seufzen auf und machte es sich wieder an der Fensterscheibe bequem.

Dann bog Mike auf einen staubigen Feldweg weiter den Hügel hoch und rüttelte uns alle gründlich wach.

Um uns rum war auf einer Seite ein Weizenfeld und auf der anderen bloß Unkraut, das in kleinen weißen Blüten stand. Hier oben gab es keine Bäume, nur Büsche. Man konnte richtig weit sehen. Am Horizont staffelten sich verschieden weit entfernte Hügel und Wälder nach Farben: vorn ganz dunkel, dahinter in der Luft immer blasser werdend, beinahe bläulich. Als wäre ich mit dem Fahrrad wieder auf einer Hügelkuppe oder auf dem warmen Teerdach, nur höher. Der höchste Punkt der Gegend.

Als wir den Hügel ganz raufgekrochen waren, parkte Mike den Wagen und stieg aus. Wir folgten. Es war noch kühl hier oben. Es roch nach Staub und Acker. Clara lehnte sich unbeholfen in die offene Tür, drehte das Gesicht der Morgensonne zu und schloss zufrieden die Augen. Viktor hingegen wurde plötzlich ganz zappelig. Er lief ein Stück den Feldweg rauf und runter und starrte in die Ferne.

»Man kann's sehen!«, rief er. »Man kann's echt sehen! Oh Mann! Oh *Alter*!«

Mike fing ihn im Vorbeilaufen am Kragen ein und ließ ihn dann doch wieder gleich los. Gestern hatte sich was zwischen ihnen verändert, und sie hatten noch nicht genug darüber gesprochen. Viktor allerdings war so aufgeregt, dass er es gar nicht merkte. Er strahlte übers ganze Gesicht.

»Steig rauf aufs Auto«, sagte Mike.

Viktors Augen leuchteten. Aber dann besann er sich und sagte: »Nee. Helena zuerst.«

»Ich?«

»Nein, die andere Helena.«

Jetzt sahen sie mich alle an. Viktor nickte begeistert und winkte mir, dass ich machen sollte. Ich zögerte immer noch, und Mike sagte ruhig: »Steig jetzt schon auf das scheiß Schrottauto.«

Also legte ich beide Hände auf die von Sonne und Getriebe heiße Motorhaube und stemmte mich hoch. Normalerweise hätte ich das mit Schwung gekonnt, aber jetzt zitterten und zuckten meine Arme vor Müdigkeit. Meine Handflächen pappten auf dem heißen Blech fest. Ich kraxelte ungeschickt hinauf, brachte die Füße unter mich und richtete mich auf die Knie auf, bevor mir die Hände verbrannten. Das Blech beulte sich leicht nach unten. Aber nur leicht. Clara, die auf das linke Bein gelehnt in der Tür stand, hielt mir die Hand hin und stützte mich, damit ich hochkam. Ich machte einen großen, heftig schwankenden Schritt über die Windschutzscheibe, die rechts einen langen, verästelten Riss hatte, auf das Dach. Clara hielt meinen Knöchel über dem Turnschuh fest, und Mike und Viktor sahen aus, als würden sie mich im Notfall auffangen. Ich holte tief Luft, wie mir die Hausärztin gesagt hatte, und fand die Balance. Der Schwindel legte sich. Ich stellte mich breitbeiniger hin und drehte mich und sah über die Hügel hinaus.

Eine Brise strich mir über den Kopf und übers Gesicht. Die Sonne schien bereits wärmer als vor dem Krankenhaus. Sie drang durch mein T-Shirt und meine dünne Jogginghose.

Ich sah über die Hügel bis auf den See, ein glitzernder Streifen am Horizont, und weit dahinter noch einer. Ich sah Lauwitz. Das Dorf und ein paar versprengte Gehöfte und Schuppen, halb in den Wölbungen des Landes versteckt, zwei Windräder auf einem anderen Hügel, das graue, viel geflickte Band der Straße. Den Friedhof mit der schiefen weißen Kapelle. Die Tupfer von Gräbern. Ich sah gelbe Flächen Raps und goldene Flächen Weizen und wilde Hecken Holunder und, riesig, der Mais. Bloß sorgfältig angelegte gleichmäßige Bahnen Pflanzenmüll. Und mittendrin ein Muster, wie von oben genauso ordentlich reingedruckt, wie die Saat im Frühjahr gepflanzt worden war, nicht so riesig und nicht so superkomplex, wie Lukas es auf dem Collegeblock entworfen hatte, aber da. Real. Aus der Landschaft herausleuchtend.

Je länger ich dort auf dem verbeulten alten Auto stand, desto mehr sah ich, bis ich am Ende alles sah. Hügel und Häuser und Straßen und Felder harmonierten und verschwammen ineinander und schmolzen in die Kreise. Eine riesige, wilde Anamorphose.

Ich hätte mich in die dünne Morgenluft auflösen können, wenn ich es nur versucht hätte. Ich stand mit einem Bein in einer anderen Dimension wie Claras Raststättengeist. Alles hatte ein fernes Echo und einen zweiten, blassen Schatten, und alles war in langer, gleitender, unendlicher Bewegung und würde nie mehr stillstehen. Wie eine Welle, die nicht brechen und nicht ankommen wollte.

Wahrscheinlich war ich nur sehr müde, Koffein hin oder her. Vielleicht würde ich es nicht mal schaffen, vom Auto runterzuklettern. Ich würde sicher nicht mehr mitkriegen, wie wir von diesem Hügel wieder herunterfuhren. Aber Claras Hand hielt meinen Knöchel fest und Mike würde mich auffangen und Viktor es mit einem Arm wenigstens versuchen.

Ich stand da oben, bis es nicht mehr ging, und das war erstaunlich lange.

· DANK ·

Ihr kennt diese Leute vielleicht nicht alle, aber für mich und dieses Buch waren sie extrem wichtig: Laura, Expertin für pointierte Kritik und Roadtrips; Maiti, für Rat, Tat und Öffentlichkeitsarbeit; Fionna, die ich hoffentlich bald ganz legal meine Ehefrau nennen kann; Mama, Papa, Mausi, Marlin und gleich zwei erweiterte Familien, die mich lieben und unterstützen. Außerdem prägend, weil ich ohne euch am Rad drehen würde: Ulrike und Lara, Armin und Emily, Norhild und Birthe, die Enjas, Lenja, Charlotte und ganz Exilia. Danke an die Agentur Michael Gaeb und besonders Lisa, die immer alles lösen kann, sowie an Martina Imkeller, die auch das zweite Buch in Bestform gebracht hat, und das Team von cbj.

Bis zum nächsten Mal!

© Charlotte Niekamp

Moira Frank, geboren 1993 bei Hamburg, studierte Kreatives Schreiben und Kulturjournalismus in Hildesheim. Sie hat in Anthologien und Zeitschriften veröffentlicht und war 2015 Stipendiatin des Klagenfurter Literaturkurses. »Nachtschwärmer« ist ihr zweites Jugendbuch.

Von Moira Frank ist bei cbj erschienen:
Sturmflimmern (16457)

Mehr über cbj auf Instagram unter @hey_reader

Alexandra Kui

Solange es hell ist

320 Seiten, ISBN 978-3-570-16515-7

Eine Irrfahrt von Leuchtturm zu Leuchtturm, ein verschollener Vater, zwei kleine Geschwister im Schlepptau: Manchmal, wenn sie nach Mitternacht aufs Meer schaut, kommt es Mika (15) vor, als ob die Pause zwischen zwei Lichtzeichen ewig dauert. „Man wartet und wartet, die Nacht wird immer schwärzer, aber irgendwann dann kommt es doch. Und solange es hell ist, für diesen kurzen Moment, ist plötzlich alles ganz einfach. Du siehst den Weg wieder“.

20275

www.cbj-verlag.de